UM GUARDIÃO SEM-VISÃO

Editora Appris Ltda.
1.ª Edição - Copyright© 2022 da autora
Direitos de Edição Reservados à Editora Appris Ltda.

Nenhuma parte desta obra poderá ser utilizada indevidamente, sem estar de acordo com a Lei nº 9.610/98. Se incorreções forem encontradas, serão de exclusiva responsabilidade de seus organizadores. Foi realizado o Depósito Legal na Fundação Biblioteca Nacional, de acordo com as Leis nºs 10.994, de 14/12/2004, e 12.192, de 14/01/2010.

Catalogação na Fonte
Elaborado por: Josefina A. S. Guedes
Bibliotecária CRB 9/870

F442g 2022	Fiatkowski, Ana Clara Aparecida 　　Um guardião sem-visão / Ana Clara Aparecida Fiatkowski. - 1. ed. - Curitiba : Appris, 2022. 　　370 p. ; 23 cm. 　　ISBN 978-65-250-3350-1 　　1. Ficção brasileira. 2. Guerreiros. I. Título. 　　　　　　　　　　　　　　　　　　CDD – 869.3

Livro de acordo com a normalização técnica da ABNT

Appris editora

Editora e Livraria Appris Ltda.
Av. Manoel Ribas, 2265 – Mercês
Curitiba/PR – CEP: 80810-002
Tel. (41) 3156 - 4731
www.editoraappris.com.br

Printed in Brazil
Impresso no Brasil

Ana Clara Aparecida Fiatkowski

UM GUARDIÃO SEM-VISÃO

FICHA TÉCNICA

EDITORIAL	Augusto V. de A. Coelho
	Sara C. de Andrade Coelho
COMITÊ EDITORIAL	Marli Caetano
	Andréa Barbosa Gouveia (UFPR)
	Jacques de Lima Ferreira (UP)
	Marilda Aparecida Behrens (PUCPR)
	Ana El Achkar (UNIVERSO/RJ)
	Conrado Moreira Mendes (PUC-MG)
	Eliete Correia dos Santos (UEPB)
	Fabiano Santos (UERJ/IESP)
	Francinete Fernandes de Sousa (UEPB)
	Francisco Carlos Duarte (PUCPR)
	Francisco de Assis (Fiam-Faam, SP, Brasil)
	Juliana Reichert Assunção Tonelli (UEL)
	Maria Aparecida Barbosa (USP)
	Maria Helena Zamora (PUC-Rio)
	Maria Margarida de Andrade (Umack)
	Roque Ismael da Costa Güllich (UFFS)
	Toni Reis (UFPR)
	Valdomiro de Oliveira (UFPR)
	Valério Brusamolin (IFPR)
SUPERVISOR DA PRODUÇÃO	Renata Cristina Lopes Miccelli
ASSESSORIA EDITORIAL	Manuella Marquetti
REVISÃO	Manuella Marquetti
PRODUÇÃO EDITORIAL	William Rodrigues
DIAGRAMAÇÃO	Bruno Ferreira Nascimento
REVISÃO DE PROVA	Romão Matheus
	William Rodrigues
CAPA	João Vitor Oliveira dos Anjos
ILUSTRAÇÃO CAPA	Ana Clara Aparecida Fiatkowski
COMUNICAÇÃO	Carlos Eduardo Pereira
	Karla Pipolo Olegário
	Kananda Maria Costa Ferreira
	Cristiane Santos Gomes
LANÇAMENTOS E EVENTOS	Sara B. Santos Ribeiro Alves
LIVRARIAS	Estevão Misael
	Mateus Mariano Bandeira
GERÊNCIA DE FINANÇAS	Selma Maria Fernandes do Valle

Dedico este livro à minha falecida tia, Cristiane — que você brilhe ao lado da lua como a estrela que você sempre foi.

AGRADECIMENTOS

Agradeço à minha mãe, Vanessa, que sempre leu livros para mim quando criança e me proporciona a compra de livros novos.

Agradeço à minha avó, Maria Alice, que também me apoiou na escrita deste livro.

Agradeço à minha avó Marlene, que estimulou minha imaginação durante minha infância.

Agradeço ao meu pai Cristiano e ao meu avô Astolfo, os dois são bons exemplos para mim.

Agradeço à minha tia Maria Alice, ela me proporcionou momentos maravilhosos.

SUMÁRIO

PRÓLOGO 11

PARTE UM

CAPÍTULO 1 – 12 DE MARÇO 15

CAPÍTULO 2 – 13 DE MARÇO 23

CAPÍTULO 3 – 14 DE MARÇO 27

CAPÍTULO 4 – 25 DE ABRIL 49

CAPÍTULO 5 – 30 DE ABRIL 67

CAPÍTULO 6 – 19 DE MAIO 77

CAPÍTULO 7 – 20 DE MAIO 89

CAPÍTULO 8 – 23 DE MAIO 91

CAPÍTULO 9 – 12 DE JULHO 96

CAPÍTULO 10 – 21 DE JULHO 111

CAPÍTULO 11 – 21 DE AGOSTO 123

CAPÍTULO 12 – 2 DE SETEMBRO 142

CAPÍTULO 13 – 3 DE SETEMBRO 149

CAPÍTULO 14 – 16 DE SETEMBRO 152

PARTE DOIS

CAPÍTULO 1 – 17 DE SETEMBRO 169

CAPÍTULO 2 – 18 DE SETEMBRO 175

CAPÍTULO 3 – 19 DE SETEMBRO 182

CAPÍTULO 4 – 23 DE SETEMBRO 190

CAPÍTULO 5 – 30 DE OUTUBRO 205

CAPÍTULO 6 – 31 DE OUTUBRO 227

CAPÍTULO 7 – 2 DE NOVEMBRO 240

CAPÍTULO 8 – 3 DE NOVEMBRO 255

CAPÍTULO 9 – 4 DE NOVEMBRO 268

CAPÍTULO 10 – 16 DE FEVEREIRO 276

CAPÍTULO 11 – 17 DE FEVEREIRO 282

CAPÍTULO 12 – 30 DE FEVEREIRO 299

CAPÍTULO 13 – 3 DE MARÇO 314

CAPÍTULO 14 – 7 DE MARÇO..323

CAPÍTULO 15 – 8 DE MARÇO 331

CAPÍTULO 16 – 13 DE MARÇO 344

CAPÍTULO 17 – 14 DE MARÇO..350

CAPÍTULO 18 – 15 DE MARÇO 363

EPÍLOGO...366

PRÓLOGO

Os raios da lua passaram pela vidraça azul do castelo, iluminando o grande salão. Tornando o ambiente mais sombrio do que deveria ser, dentre as cadeiras e mesas do lugar estava uma mulher, com a pele negra brilhando sobre o luar. Seus olhos negros focados ao chão, seus cabelos cacheados caídos para baixo.

A porta do lugar foi aberta, atraindo a atenção da moça. Com os braços para trás, sua feição estava calma, mas seus olhos variam o lugar, não conseguindo manter o foco em uma única coisa.

O homem se aproximou e fez uma longa reverência, e então ergueu seus olhos castanhos escuros para ela.

— Relatório. — Ela pediu ríspida.

— Três novos ataques, dois mortos e quinze feridos, mas os filhos do Sol saíram em desvantagem. — Comentou o homem orgulhoso.

— Esses ataques estão chegando perto. — Disse a moça não parando no lugar, seus passos ecoando pelo ambiente.

— Com todo o respeito, Rainha, mas nossas tropas dão conta de alguns filhos do Sol. — Falou o Homem acompanhando os movimentos dela.

— Eu vou redobrar a segurança, começando por Ágata. Quero alguém com ela 24 horas por dia!

— E trazer um estranho para dentro do castelo? Você tem certeza disso? — Perguntou ele, incrédulo e irritado.

— Já tomei minha decisão. — A Rainha semicerrou os olhos para ele. — Amanhã mesmo distribuímos os folhetos.

— Claro, quando estamos sendo atacados, o que devemos fazer? Trazer um estranho para a fortaleza! Que ideia maravilhosa! — Desdenhou ele, a raiva transparecendo na voz.

— Eduardo... — A Rainha tinha começado, mas foi interrompida por outro barulho. — Ágata?

Uma menina baixinha, os cabelos enrolados estavam despenteados, os olhos castanhos claros em enormes bolas, vestindo uma camisola que passava de seus pés e roçava ao chão. Ela sibilou enquanto coçava um dos olhos:

— Não consigo dormir.

— Ágata, volte para sua cama. Está muito tarde. — Comentou a mulher, indo na direção dela, mas antes se virou para o homem. — Eduardo... não quero mais discussão, amanhã de manhã você vai sair entregar esses panfletos. A segurança dela é minha prioridade.

E então ela foi de encontro à criança, levando-a para outro andar, deixando para trás o homem, sozinho na escuridão.

PARTE UM

Capítulo 1

12 de março

O sol subiu ao céu, substituindo a lua e seu manto estrelado de preto e roxo por amarelo vibrante com um laranja claro. A calmaria da noite foi logo esquecida quando milhares de passarinhos começaram a entoar seus cantos do alto das copas das árvores e os animais abriram os olhos e a floresta ganhou cor.

Mas, quem não tinha pregado os olhos naquela noite era um menino, o olhar castanho claro cansado, os cabelos pretos despenteados, a boca curvada em uma linha para baixo, sua pele branca, quase transparente, refletindo a luz da manhã.

Ele se levantou e se espreguiçou, as costas fazendo barulho ao serem esticadas. Suas roupas, com furos, mas sempre bem limpas, com os pés descalços, ele se virou para a janela, destrancando-a. O ar ainda gelado encheu seus pulmões e a luz irradiou aquela pequena casa de madeira. Observou um homem, os cabelos pretos oleosos há muito tempo não lavados, deitado na cama, a barba longa, os olhos sempre fechados e com a coberta até o pescoço.

O menino suspirou, com os ombros caídos, foi até a cozinha, cada parte de seu corpo doendo por ter passado a noite em claro cuidando do homem de cama.

Toda a casa era de madeira, mesmo parecendo velha tinha aguentado muitas tempestades e ainda estava intacta. Claro, um pouco torta e furada, mas estava em pé, o que já era grandes coisas; chegando na cozinha, que era extremamente pequena, mas bem limpa com panelas penduradas nas paredes, um velho fogão de ferro e uma mesa de madeira faltando um pé no centro do cômodo.

— Bom dia, mãe. — Comentou o menino ao se aproximar de uma velhinha, os cabelos loiros curtos, os olhos azuis brilhantes e cheia de rugas.

— Bom dia, filho. — Ela respondeu olhando no fundo de seus olhos. — E seu pai?

— Você sabe, o mesmo de sempre, dormindo. Nenhuma convulsão essa noite.

— Isso é ótimo, Heitor — Ela pegou de leve na mão do menino. — Sei que está cansado, mas já sabe, né?

— Preciso ir à cidade. Eu sei, mãe. — O tom de Heitor era doce, ele tentava ser gentil com ela. Não apenas por ser sua mãe, mas, sim porque ela já tinha passado por muitas coisas ao longo da vida. — Eu estou indo neste momento.

Heitor se virou e foi em direção à porta da casa, que não era bem uma "porta", era um velho lençol todo rasgado que impedia que a maioria dos bichos entrassem lá. Com um movimento rápido, afastou o tecido e saiu para o terreiro, um lugar de pura terra com várias galinhas ciscando.

— E mais um dia de trabalho. — Sussurrou o menino para si mesmo indo em direção ao estábulo.

Ele pegou uma égua marrom com manchas brancas, devagar colocou a sela, espartilhos e cabresto. Rapidamente, o jovem montou em cima do animal e saiu trotando do local, fazendo um bando de galinhas voarem para todos os lados.

— Desculpem — Ele pediu enquanto dava um sorriso sem graça para as aves.

— Tome, filho. — A mulher falou fazendo força para empurrar uma enorme farda com queijos dentro.

— Não precisava trazer aqui. Já falei para você não fazer força.

— Para de reclamar, Heitor, já te trouxe aqui. — A mulher ergueu uma sobrancelha. — Você sabe o que lhe digo toda vez que vai na cidade — A mulher começou, mas o menino interveio:

— "Tome cuidado lá, é um dos piores lugares" — Heitor imitou a voz da mãe e de resposta ela quase deu um tapa nele. — Eu já sei, mãe, eu volto antes do pôr do sol, prometo. — O menino puxou o cavalo, colocando a farda na frente de seu corpo, e parou bem na frente da porteira antes de abri-la. — E não fique preocupada.

E saiu a galope pela longa estrada de terra que levava até a cidade, a mulher se agarrou a beirada da casa, o rosto magro com um sorriso no rosto.

— É difícil não se preocupar depois de tudo que já aconteceu. — Sussurrou a velha entrando em casa novamente.

O vento da corrida fazia os cabelos pretos e a crina do cavalo rodopiar para trás, o barulho de cascos batendo contra a terra, misturado com os sons dos pássaros deixavam a floresta com uma estranha atmosfera calma.

Quatro horas depois, Heitor estava em uma ponte de pedras escuras, abaixo deles um rio de água azul cristalina corria e fazia curvas entre pedras para cair em uma cascata logo a frente, algumas capivaras descansavam na beirada da correnteza.

O jovem seguiu caminho, com o sol alto queimando as costas. O Reino de Amon era como um diamante negro no meio de esmeraldas, com enormes muros de pedras azul, eles tinham mais de 10 metros. A muralha tinha quatro portas, no sul, no norte, no leste e no oeste. O único lugar que era proibido entrar era na ala oeste, Heitor nunca soube o porquê ninguém podia andar por aquelas bandas e muito menos era louco o suficiente para perguntar a algum guarda real.

Dentro daqueles muros a cidade era ainda mais bonita, as trepadeiras passavam pelas muralhas e se engalfinharam dentre as casas dando um jeito de sobreviver. Árvores frutíferas também nasciam aleatoriamente, dando um pouco mais de vida àquele lugar. As ruas de pedras pretas, as calçadas eram de uma matéria roxa que o menino não sabia dizer o que era. As casas, se fossem de madeira, eram de um roxo claro, e se fossem de pedra, eram de um tom mais escuro.

Heitor andou pela cidade, vendendo seus queijos, até que um guarda da Rainha veio em sua direção usando uma armadura escura com o símbolo da Lua, gravado em seu peito. O símbolo do Reino de Amon era e sempre foi a Lua, seja minguante ou cheia. E por isso, todos os guardas, ou quem trabalhava para a Rainha, usavam esse símbolo. Ele se mexeu sem dificuldade, mesmo com aqueles quilos de ferro puro cobrindo seu corpo e foi até o jovem.

— Bom dia — Cumprimentou o guarda abaixando sua lança. — Poderia me ver dois queijos?

— Ah, claro! — O menino pegou dois da faixa, branquinhos e secos; entregou ao homem. — Cada um é 13,07 junas... juntando os dois...

— Dá 26,14 junas. — Respondeu o homem rapidamente, fitando Heitor.

O menino sentiu as bochechas corarem.

— É que eu não sou muito bom com números... desculpe.

— Tudo bem. — disse o guarda, sumindo pelas ruas.

"É cada vergonha que eu passo"— Heitor pensou, batendo a mão rapidamente na perna, mas sua atenção foi desviada pela bandeira do reino que batia freneticamente contra o vento. O símbolo dela era uma lua minguante na frente do Sol e atrás e em volta havia pequenas estrelas que brilhavam.

— Vamos, Manchas, temos ainda muita coisa pra vender. — Disse o menino desanimado, batendo os calcanhares contra a barriga do animal.

O sol estava começando a querer sumir no horizonte, "Se eu acelerar o passo, dá para chegar em casa antes do anoitecer e evitar uma bronca." — pensou o menino com um pouco de esperança. Ele abriu o saco, lá dentro restou apenas um queijo. Mesmo perambulando pela cidade o dia todo, sobrou um.

— Vamos pra casa, amiga, temos um longo caminho pela frente. — Heitor puxou a égua para a saída da cidade, mas uma voz o chamou ao lado. — Ah, oi?

Um homem alto, os cabelos brancos embaraçados, os olhos cansados e a boca curvada em um sorriso, mostrando, assim, um dente podre. Mesmo estando ainda meio claro, o menino não conseguia ver muito bem o homem.

— Ó, meu jovem, eu vi que você vende queijos, quanto eles custam?

Por algum motivo, Heitor sentiu algo virar em sua barriga e até mesmo Manchas mostrou certa apreensão, batendo os cascos no chão.

— 13,07 junas cada. — Respondeu Heitor, ríspido.

— E você vendeu muito hoje? — O homem deu alguns passos para frente.

— Ah, sim... — O cérebro de Heitor deu um alerta, ele estava perto demais. — Na verdade, acabei de lembrar que eu vendi o último, sinto muito... Então já vou indo.

Mas antes que o menino pudesse dar um passo para trás, o velho puxou ele de cima da égua, que soltou um relincho e se ergueu nas patas traseiras.

Heitor tentou se agarrar ao cabresto, mas sem resultado, a mão se soltou e caiu de cara no chão de pedras, a pele branca sendo arranhada pela superfície áspera, soltou um gemido de dor ao se levantar, a cabeça rodopiando.

Agora mais perto, o jovem conseguia ver o que o homem tinha nas mãos. Gelou no mesmo instante, sentindo a garganta fechar, brilhando ali no escuro a alguns centímetros dele estava uma lâmina cinza, afiada, com vários riscos e marcações.

— Agora, meu jovem, me diga, cadê o dinheiro?

— Ah, então, olha, eu disse que vendi todos os queijos?... Era mentira, eu não vendi nenhum, tô sem dinheiro. Necas, nada é nadinha de nada. — Heitor tentou disfarçar, mas seus olhos percorriam o lugar procurando por alguém. "Ótimo, quando precisamos de alguém, não tem ninguém".

— Ah, tá bom, eu não sou burro. Me dê logo o dinheiro. — O homem se mexeu rapidamente, posicionando a faca na garganta de Heitor, a superfície lisa e fria encostando na pele quente. Aquilo foi a pior sensação que Heitor já sentiu, o frio da lâmina parecia passar pela pele e perfurar sua alma. — Agora, você vai me dizer onde está o dinheiro? Sem brincadeiras.

O medo apertou Heitor como uma cobra aperta a presa, sentiu as mãos suarem e as pernas começaram a tremer, tentou engolir, mas isso só piorou. Parecia que seu corpo tinha perdido todos os sentidos e a única coisa que ele tinha ciência de que estava acontecendo era a faca em sua garganta. Tentou falar, mas sua voz falhou.

— Fale logo pirralho! — Gritou o homem e a faca foi flexionada de novo.

— A... a bolsa... — Heitor engoliu vendo como a voz estava fraca. — A bolsa que está na minha égua, lá tem todo o dinheiro que consegui hoje.

— Ótimo. — O homem puxou Heitor para frente e o jogou para perto do cavalo. — Pega.

— Qual é, o dinheiro já é meu. Não faz eu te entregar na mão, é muita humilhação. —

O homem não disse nada, seus olhos faiscavam de raiva e ganância. O menino respirou fundo, pegou o dinheiro e levou até o senhor. Hesitante, ergueu a mão com as notas verdes e azuis, o homem pegou rapidamente e as contou. Ele virou para Heitor, indignação escancarada em seus olhos.

— Aqui só tem 78,42 junas! — Ele gritou irritado e indo na direção do menino.

— Eu sou pobre, moço! O que você queria? — Heitor engoliu em seco, indo para trás.

— Tá — O homem guardou o dinheiro no bolso. — Eu sinto muito, pirralho, mas isso não é o suficiente.

— O que...? — Começou Heitor, mas o homem o empurrou para trás e ele bateu de novo contra o chão.

O homem puxou Manchas para perto e tentou fazer carinho em sua cabeça, mas a égua em resposta, abaixou suas orelhas.

— É melhor você não fazer isso. — Avisou Heitor, levantando-se e limpando a cara cheia de poeira.

— Ah, cale a boca! — O homem montou na égua e Heitor se afastou, já ciente do que aconteceria.

No mesmo momento a fêmea começou a rodopiar, a girar de um lado para o outro, bufando e batendo os cascos no chão. Pulando, levantando nuvens de puro pó, ela se ergueu nas patas traseiras e se jogou ao chão, o ladrão foi espremido contra as pedras roxas da calçada e o corpo do animal, obrigando assim o senhor a desmontar na base dos golpes.

Caído ao chão, tremendo o homem se virou e saiu correndo pelas ruas.

— Eu disse para não fazer isso. — Heitor conteve uma risada, foi até Manchas e passou a mão em sua crina bagunçada. — Boa garota. — Ele sussurrou encostando a cabeça na dela.

Foi então que olhou para cima, percebendo o quanto estava escuro. Já era noite! Ele se assustou e montou em Manchas, já sabendo que teria muita coisa para explicar a sua mãe quando chegasse em casa.

Chegando perto da porteira, pulou de Manchas e a abriu devagar, torcendo para que ninguém escutasse. Com pequenos passos, puxou a égua até o estábulo e a colocou na baía. O animal se movia de um lado para o outro agitado, com toda certeza era pelo acontecimento de antes.

— Obrigado, amiga, se não fosse por você eu estaria a pé... Ou morto talvez. — O menino agradeceu à égua enquanto colocava um pouco de farelo em seu cocho, foi em direção da sua cela e, ao tirar ela, Heitor notou um papel preso ao objeto.

— Ué, o que é isso? — Ele pegou a folha, mas antes de ler, alguém entrou no estábulo. Heitor se virou e desviou os olhos de sua mãe. Ela tinha uma expressão séria e preocupada ao mesmo tempo.

— Pela Lua! O que aconteceu com você? Parece que rolou no pó! — A mulher gritou. — Por que demorou tanto?

— Ah... — O menino parou no mesmo momento, ele iria mesmo assustar sua mãe com o fato de quase ter levado uma facada? E aí? Ela não deixaria mais ele ir para a cidade e não traria mais dinheiro para casa. — Eu perdi o dinheiro. É isso, eu perdi e até agora eu estava tentando achar. Desculpa.

— Ah, Heitor, tudo bem. — Sua mãe passou as mãos no braço do menino. — Tá tudo certo, filho, pelo menos você está em casa.

— É verdade, mãe, só vou terminar com a Manchas e já vou para dentro, ok? — A Mulher saiu pela mesma porta que entrou, deixando Heitor sozinho. Ele suspirou e passou a mão no ralado da bochecha e Manchas bateu os cascos ao chão. — Você queria que eu dissesse a ela o quê? "Ah, mãe, eu fui atacado por um maníaco na cidade"?

Voltando para casa, sua mãe já estava deitada ao lado de seu pai, encolhida, ele desejou um "boa noite" silencioso e foi para seu quarto.

Menor que um banheiro, o quarto de Heitor era uma extensão improvisada da casa, feito às pressas, já que Heitor era um bebê não planejado. Dormia em uma rede amarela pendurada na parede, a porta do quarto também como da cozinha era apenas um pano. Lá dentro tinham alguns livros antigos que o menino gostava de ler nas horas vagas – como nunca tinha ido para a escola, tudo que sabia era de sua própria vontade e da bondade de sua mãe, que mesmo cansada dos longos dias de trabalho ensinava ele a ler. Desenhos de animais, que ele mesmo tinha feito com um pequeno lápis, cobriam as paredes de madeira.

Puxou a rede e se jogou lá dentro, sentindo cada músculo de seu corpo doer e tremer ao mesmo tempo. Com a cabeça latejando, Heitor pegou aquele pedaço de papel que tinha achado, a luz fraca da lua entrando pelas fendas da madeira o ajudaram a ler enquanto balançava devagar a rede com o pé.

SENHORAS E SENHORES!
PRESTEM ATENÇÃO NO RECADO DA RAINHA!!

Queridos com-visão, nossa Rainha, Fernandez, solicita a presença de todos vocês no dia 14 de março ao nascer do sol, no portão da ala Norte. Não deixem nenhum sem-visão ver ou vir com vocês.

"Mas o que a Rainha quer conosco?", vocês se perguntam! Ora, ela quer pedir a vocês um humilde trabalho, simples, honesto. Cuidar de sua filha, a princesa Ágata. As demais informações serão dadas no dia da "Escolha".

Contamos com sua presença.

Ass.: Roberto e vossa majestade.

Capítulo 2

13 de março

Mais uma noite em claro, a mente de Heitor não parava de funcionar, os dedos batucando nas pernas. Os olhos castanhos vidrados no teto, mas seus pensamentos estavam longe, ele mordeu as pontas dos dedos. "E se eu trabalhar para a Rainha? Eu poderia trazer dinheiro para casa, já que perdi tudo ontem à noite". A boca dele se curvou em uma expressão de nojo, "Parabéns, Heitor! Você consegue fazer pelo menos algo certo? Não". Ele se virou bravo consigo mesmo.

— Heitor? Por que ainda está deitado? Os bichos não se alimentam sozinhos. — A voz brava de sua mãe cortou o silêncio da manhã.

— Estou indo, capitã Cris. — Heitor debochou ao se levantar, pegando o papel e o escondendo no meio dos livros.

A mulher olhava pela janela da cozinha, os olhos azuis estavam longe, as mãos em torno de uma xícara de metal com a fumaça subindo.

— Tá tudo bem, mãe?

Ela se assustou com a repentina fala.

— Tudo, tudo. Bom, vá fazer suas tarefas.

— Ué, mas sem café da manhã? Saco vazio não fica em pé.

— Quem mandou acordar tarde? Pega alguma fruta no pomar e vai, as galinhas já estão irritadas. — A mulher disse isso voltando para sua posição original.

O menino saiu puxando uma goiaba ao passar embaixo de uma árvore de tronco robusto e se dirigiu ao galinheiro, os pensamentos tomando conta de sua mente "Eu poderia ir, afinal, o que tenho a perder?

Mas e minha mãe? Ela nunca me deixaria fazer isso. Se eu for fazer isso, vai ter que ser escondido".

— Ai! — Heitor gritou quando bateu de frente com a parede do galinheiro, tão concentrado em suas ideias que não viu que se aproximava dali.

A primeira tarefa do dia era alimentar os animais. Coisa simples e corriqueira. Heitor pegou os sacos na despensa e jogou o milho para as aves.

Enquanto elas ciscavam e piavam, ele pensava sobre o trabalho. "Se eu fosse trabalhar para a realeza, talvez, só talvez, eu conseguisse uma vida digna para a mãe e eu. Um médico para o pai" e lá se vai mais punhado de milho para elas.

E quando foi jogar o outro, uma dor lhe assustou, perto do pé. Exatamente no calcanhar.

— Mas o que... ah, oi, Margarida... pare com isso ou vai virar canja. — Ameaçou o menino fechando o saco.

Margarida era uma velha galinha da fazenda, com penas brancas, Heitor cuidava dela desde um mísero pintinho.

— Margarida, não deveria estar com as outras galinhas? Ficar me seguindo não vai ajudar você a se enturmar. — Falou o menino, colocando o saco em cima da prateleira de madeira. — Na verdade você pode me ajudar... o que eu faço, hem? Acha que devo ir trabalhar para a Rainha?

Ele se abaixou e olhou nos olhos dela.

— Um pó pra sim, dois pó pra não. — Ele suspirou. — Devo trabalhar para a majestade?

— Pó.

— ... É sério?

— Pó.

— O que eu estou fazendo? Conversando com uma galinha? — Heitor se levantou e colocou a mão na testa — preciso de pessoas de verdade — encarou o animal por mais alguns segundos — Não de uma galinha que nem sabe o que estou falando. Mas talvez você esteja certa, Margarida. — Heitor disse e foi em direção à casa. Tão indeciso como sempre foi. — A quem você quer enganar, Heitor, você não tem coragem de sair de casa e vai se meter em uma aventura pelo castelo.

Perto de chegar na entrada, ele viu sua mãe. E a imagem lhe causou grande aflição, um aperto no peito. Talvez ter o apunhalado pelas costas teria doído menos. Viu sua mãe com um vestido branco nas mãos, um véu comprido, os olhos azuis caídos para a peça de roupa. E no portão, uma jovem moça olhava para os tecidos. E então pegou o vestido e saiu, deixando algumas notas na mão de sua mãe.

— Ela... está vendendo o vestido de casamento? Para nos sustentar. — As palavras acertaram a barriga de Heitor melhor que um soco. — Precisamos de dinheiro e é pra ontem.

— Pó. — Piou Margarida.

— É, Margarida, já me decidi, eu vou trabalhar pra Rainha. Custe o que custar. — E o menino partiu para terminar o serviço. Ciente de que amanhã teria que estar na frente do castelo.

À noite, Heitor tinha preparado a mala, algumas roupas que não eram muitas e seus lápis de desenho, jogou um caderno velho e um livro. Ele respirou fundo, não parava de tremer, pegou o papel dentre os livros, molhando o objeto com suas mãos suadas, e o colocou na bolsa também. A respiração estava muito acelerada e batia os pés freneticamente ao chão.

— Tudo pronto. — Ele sussurrou para si mesmo.

— Heitor, vem jantar. — No mesmo instante que sua mãe disse isso, o estômago dele embrulhou.

— Tá... tô indo.

Se sentou na mesa e algo pesou em suas costas: era o mais puro fracasso, o fracasso de só ser um peso para sua mãe. Um fracasso de não trazer dinheiro para casa. Os dois estavam sozinhos, se tinha um momento para saber se ela apoiava sua ida à cidade, era agora. Limpou a garganta e então falou:

— Mãe, é só uma ideia, mas e se... eu fosse trabalhar na cidade? — O menino fechou os olhos pronto para a bomba que viria.

— Não, Heitor. — Disse ela, muito calma.

— Ah... ah, tá, mas você sabe, o dinheiro tá curto, talvez se eu trabalhasse lá conseguiríamos dinheiro. Bem mais do que só vendendo leite, queijo ou carne de frango e porco.

— Heitor, eu já disse que não! Ninguém de nós vai trabalhar na cidade, nada de bom vem de lá! — Ela ergueu um pouco o tom de voz.

— Mas, mãe...

— Eu já disse NÃO! — Gritou a mulher, batendo a mão no balcão. — Não quero você na cidade! Me escutou?!

— Sim... — Disse ele sem muita empolgação.

Capítulo 3

14 de março

Cada centímetro do corpo de Heitor gritava para ele se levantar, a ansiedade batendo contra a boca do estômago, estava escuro, não podia se ver um palmo à frente do rosto. O ar frio fez os cabelos da nuca do menino se arrepiar quando ele saiu da cama. Tirou a melhor roupa que tinha de uma gaveta solta.

Era uma calça preta, uma camiseta branca — que ele suspeitava ser de seu pai, mas eram do tamanho certo de Heitor, ele achou estranho, mas ignorou. —, e um sapato marrom. Vestiu-se rápido para sair antes de sua mãe acordar.

Então, sem deixar nenhuma mensagem, sem dizer nada, Heitor pegou Manchas. O sentimento de ansiedade e emoção vinham com a tristeza de abandonar o lar, porque sabia que teria que ficar na cidade se fosse aceito como babá.

O sol não dava indícios de que nasceria, nem uma luz rompia a noite. Heitor olhou para casa, piscou. Colocou sua mão pálida em cima da porteira.

— Tchau. Por enquanto. — Olhou para a estrada de terra sabendo que a partir dali sua vida mudaria por completo.

Heitor parou na ponte de pedras da cidade, o arrependimento já batendo em sua porta.

— É, garota, eu espero estar fazendo a coisa certa, porque agora não tem mais volta. — Bateu com os calcanhares na barriga do animal e a égua adentrou a cidade azul escuro.

O castelo ficava no meio da cidade, não tinha como não o ver. Ele era feito de uma espécie de pedra preta, como se a galáxia pudesse ser transmitida a uma parede. Os portões, que eram abertos aos súditos, eram dois, um no sul e outro no norte, ambos eram gigantescos, com espinhos afiados. E em torno do castelo, como na cidade, havia uma muralha, claro, menor que a original. Mas ainda assim era alta.

Heitor pegou de volta o panfleto, parando embaixo de uma luz fraca de uma vela em cima de um longo poste — "Ala norte", então ele deu uma cutucada em Manchas e, engolindo em seco, avançou para o local. A única coisa que se escutava na rua eram os cascos do cavalo batendo contra as pedras e ecoando pela cidade. A neblina densa bloqueando parte da visão.

Lá havia apenas pessoas bem-vestidas, com ternos ou vestidos de gala, com suas carruagens e cavalos de raça esperando sob a luz do amanhecer que tinha começado a surgir. Heitor pulou de Manchas para o chão, fazendo subir uma nuvem de pó da calçada.

Sentindo cada pedaço de seu corpo tremer, ele se aproximou das pessoas. "O que você está fazendo?", gritava uma voz em sua cabeça — tentou ignorá-la, mas a cada passo que dava, ela se elevava. As pessoas olharam Heitor com certo desgosto. Ele ficou no final da fila encolhido, esperando que ninguém mais conseguisse vê-lo.

Quando o Sol começou a brilhar, o jovem não suava apenas por conta da ansiedade, mas também do calor infernal. Os olhos focados no chão.

Finalmente tinha chegado sua vez e ele andou até o portão feito de ferro com vários espinhos na lateral, ergueu os olhos e observou apreensivo a carranca de um guarda, sua armadura cintilando ao sol.

— Quantos anos você tem e qual é seu nome? — O homem pediu com os olhos semicerrados enquanto segurava um maço de papéis em uma mão e na outra um lápis.

— T... tenho 17, e meu n... nome é Heitor. — O menino respondeu gaguejando, o guarda era tão alto que fazia sombra sobre ele.

— Certo... me mostre suas faíscas e pode entrar. — Ele pediu, ficando na frente do portão e finalmente tirando a cara das folhas brancas.

Heitor recuou para trás.

— Faíscas? — Perguntou, erguendo uma sobrancelha.

— Vai mesmo fazer essa brincadeira comigo? Eu não estou com saco para isso — O homem pressionou os dedos nos olhos. — Só vamos logo com isso.

— D... desculpe, senhor, mas eu não tenho nenhuma faísca.

— Ah, um sem-visão. — Ele pareceu estranhar a palavra, como se não a dissesse há muito tempo. — Cai fora daqui.

— Ah, qual é? O portão está atrás de você, por que não o abre rapidinho? Eu entro e o senhor finge que nunca me viu. — A careta do homem se tornou uma mistura de raiva e frustração. — Ou eu posso calar a boca e ir embora.

— Eu acho essa a melhor opção. — Respondeu o guarda, cuspindo no chão.

— É, eu também. — Suspirou Heitor, dando as costas ao homem e indo direito para Manchas.

Com os ombros caídos Heitor, pegou Manchas e começou a seguir pela rua rente aos muros do castelo. "Ótimo", pensou ironicamente quando bateu de leve na barreira, mirou seus olhos cor de avelã para cima.

Uma ideia nasceu nele bem devagar, mas ele gostou e a alimentou, virando assim um plano. A barreira de pedra tinha em torno de 10 metros, "como passar por isso?", se perguntou, coçando a cabeça, os relinchos de Manchas ecoando ao fundo.

— Manchas, dá pra parar? Tô tentando pensar e com esse... — mas Heitor não terminou a frase ao ver o que a égua estava tentando mostrar. — Você é uma gênia!

Heitor correu até o animal, Manchas relinchava para um cipó, que deveria ter nascido de uma árvore perto do muro. Ao mesmo tempo que Heitor achou aquilo ótimo, achou estranho. "Como um castelo tão protegido poderia deixar passar uma coisa dessas?".

Heitor era um menino pequeno, tinha 1,65m de altura. Manchas deveria ter 1,80", "Talvez nós dois juntos dê a altura até o cipó". Montou de novo no animal e se colocou abaixo da planta verde que balançava de um lado para o outro.

O menino se preparou, ainda não acreditando que estava fazendo aquilo, se fosse visto com toda certeza ele seria morto; ficando em pé em cima de Manchas quase tocava a planta, mas ainda não era suficiente suas contas estavam erradas... como sempre. Então ele teria de pular.

— Ah, pela Lua... — Heitor suspirou, pegou impulso e fez o salto.

Por alguns segundos tudo ficou em câmera lenta e, esticando até as pontas dos dedos, tocou de leve o cipó com a mão direita, mas não foi o suficiente e a gravidade fez seu trabalho. O menino começou a ir para baixo, o pânico passando pelo rosto do Heitor. Rapidamente, ele jogou o braço esquerdo, em uma tentativa desesperada de não dar de cara com o chão.

Sentiu a mão fechando sobre a superfície verde e lisa, mas todo o peso do corpo do menino foi jogado naquele braço, que foi esticado e fez um enorme estalo, como se fosse um galho quebrando em dois. Heitor soltou um gemido de dor, ainda estava descendo para baixo, então como em um impulso jogou os dois pés para frente e freou o seu próprio corpo, que finalmente ficou imóvel.

Os relinchos de Manchas chamaram atenção, olhou para baixo com um sorriso meio frouxo e disse:

— Eu estou bem! Volto para te pegar depois. — E, com uma piscadela, o menino começou a subir, os músculos faltando força. — Ah, por que eu fui levar uma vida tão sedentária?

Os pulmões clamando por ar, começou a subir a muralha, torcendo para ninguém o ver; lá do topo, ele vislumbrou e seus olhos se arregalaram com o tamanho do castelo de Amon. Ele era grande, isso era óbvio para Heitor, só não esperava que fosse tanto. Era uma construção de quatro andares, enormes janelas brilhantes com pedras escuras como a noite na parede. Havia duas portas, uma gigantesca e uma bem pequena na lateral. "A porta grande deve ser para os convidados, se quero entrar despercebido, o certo é ir pela pequena".

— Ótimo, plano feito, só falta agora... — Disse Heitor enquanto arfava, os cabelos pretos agora sendo jogado para trás por conta do vento. Ele olhou para baixo, mais 10 metros de descida. — A descida...

Agarrado ao cipó, ele começou a segunda parte de seu trabalho, nenhum guarda observou sua entrada clandestina. De novo, o cipó não alcançou o chão como do lado de fora da muralha, fez uma oração em silêncio e pulou. Heitor caiu de uma altura alta, poderia ter quebrado algum osso. Mas, felizmente, estava bem.

— Se eu não sair vivo, não vou ficar surpreso. — O menino resmungou se levantando. Quando ficou em pé, o corpo de Heitor relaxou, mas não sua mente.

— Eu sou louco? O que eu tô fazendo?! — Ele observou o jardim onde tinha descido, árvores de todos os tipos, tamanhos e troncos de todas as cores cresciam de forma aleatória. — Claro, árvores de todos os lados, mas nenhuma perto da muralha..... afinal. Como aquele cipó estava ali?

A grama estava rente ao chão e as amoreiras nasciam perto de outros dois muros de pedra que ficavam à direita e à esquerda do castelo.

— Tá, Heitor. Calma, lembre-se: você faz isso por sua mãe. Por sua mãe.

Tentou se acalmar com essas palavras e caminhou até a porta de madeira pequena. Enquanto ia até ela, aproveitou para sentir o aroma doce das plantas que percorreriam o ar e entravam em suas narinas, atentando os olhos castanhos atentos a qualquer coisa, tentando aliviar o medo, ele mordeu a ponta dos dedos, mas não deu muito certo.

Tocou a maçaneta da porta, que era fria, feita de metal. Heitor respirou. "Você consegue fazer isso, é pela sua mãe", e juntando toda a força que tinha, empurrou aquela porta. Quando fez isso, o ar frio do castelo bateu contra seu rosto esfriando até seus ossos.

Tremendo, puxou a porta devagar para fechar, seus olhos se assustaram com a escuridão que era lá dentro. Heitor sentiu agora os pelos transparentes dos braços se levantarem, "As janelas que estão aqui são de enfeite? Por que luz nenhuma entra aqui?", pensou, seguindo o corredor escuro, torcendo para estar indo na direção certa. "Pensando agora, esse plano foi bem ruim ...".

Cada passo dele ecoava pelas paredes, Heitor se encolheu sentindo que era o único ser vivo do planeta, por que lá era tão quieto? Tinha tanta gente lá fora falando pelos cotovelos. Por que ali não entrava um único som?

Ele parou na frente de um quadro de uma mulher de pele negra e olhos castanhos escuros. "Definitivamente estou perdido! Que beleza!". Ele respirou e apurou os ouvidos, talvez se achasse um criado ou alguém que trabalhasse no castelo, poderia lhe mostrar a direção. Até que seus ouvidos captaram uma conversa ao fundo, algo distante, mas à medida que avançava pelos corredores se tornava bem maior.

Ele acelerou o passo, pensando finalmente ter encontrado o lugar das audições, o jovem virou na curva do corredor, mas quando viu o que realmente era, tampou a boca e fechou os olhos. "Agora babou".

— Quem é você? — Cuspiu um guarda de sobrancelhas erguidas.

— É... eu... eu vim para ser — Ele notou como a palavra soava boba. — A babá da princesa.

— Ah, é mais um participante perdido. — A outra guarda soltou com a voz suave. — Vamos leva-lo até Ágata.

O alívio tomou conta de Heitor e pôde respirar novamente. Começou a seguir os guardas, mas foi surpreendido quando o outro soldado o puxou pelo braço e disse:

— Mas antes, me mostre suas faíscas.

— Ah... minhas... minhas faíscas? É que... eu estou sem gás no momento. Não consigo fazer isso o tempo todo, sabe? — Heitor inventou a desculpa apressado, suando frio.

Os guardas trocaram um olhar desconfiado e logo os dois miraram Heitor. Tentou recuar para trás, mas seu antebraço estava envolvido pela mão pesada do guarda.

Em um tique-taque de coração, os dois soldados levantaram Heitor do chão, puxando-o para algum lugar que ele não sabia qual seria. Mas, tinha um palpite a Rainha, a quem mais eles levariam um invasor? Heitor lutou contra eles, batendo o seu corpo contra o deles.

— Espera! Espera! — Gritou Heitor tentando se livrar das mãos ásperas dos soldados.

— Parem! — Gritou uma voz suave, mas forte.

Uma terceira pessoa adentrava no corredor, ele só conseguia ver sua silhueta, baixa e magra. Seja quem fosse era importante, porque os guardas soltaram Heitor no mesmo instante que aquela voz ecoou pelo ambiente e se abaixaram em uma longa reverência. E o menino simplesmente ficou parado ali tentando identificar quem era a pessoa na escuridão.

— Ah... olá? — Perguntou sussurrando.

Uma velha senhora, miúda e de pele negra, uma pinta preta embaixo de seus olhos brancos, os cabelos grisalhos encaracolados e curtos. Tinha várias rugas e linhas do tempo em sua face, usava uma camiseta branca com mangas longas e uma saia azul clara que passava de seus pés e se estendia pelo chão.

— O que está acontecendo aqui? — Perguntou a velha com curiosidade.

— Desculpe, Cora, estávamos levando esse sem-visão para Fernandez. Ele invadiu o castelo. — Respondeu a guerreira, ainda abaixada ao lado de Heitor.

Em um movimento de respeito, Heitor também se ajoelhou ao ver Cora. Não fazia ideia de quem ela era, mas se os guardas se curvaram, ela deveria ser alguém muito importante. E Heitor já estava envolvido em problemas demais para se preocupar com desacato a autoridade. Ela tinha os olhos parados em um único ponto e as orelhas apuradas ao que os soldados diziam.

— Como é seu nome? Invasor? — Perguntou, falando a palavra "invasor" com certo deboche.

— Heitor Costas. — Respondeu, sentindo a face esquentar enquanto focava sua visão ao chão.

Ao ouvir esse nome ela arregalou as pupilas esbranquiçadas e colocou a mão trêmula e cheia de anéis na boca.

— Deixe que eu levo esse invasor super perigoso. — Ela avisou, agora sua surpresa se tornando um sorriso. — Venha. — Ela pediu, estendendo a mão.

Os soldados se entreolharam, as bocas abertas e os olhos esbugalhados. Nenhuma palavra foi trocada de tão chocados que estavam.

Heitor aceitou a mão um pouco receoso.

— Obrigado, Cora. — O menino sussurrou.

Cora o puxou em uma direção para longe dos guardas. A cada passo que dava, Heitor sentia que um peso enorme saía de suas costas e podia respirar mais aliviado.

— Olha, senhora. — Heitor coçou a garganta. — Eu não sei o porquê você está me ajudando. Mas eu agradeço, muito obrigado, mesmo, você salvou minha pele.

— De nada... Heitor. Eu posso estar sendo muito precipitada, mas eu acho que essa não será a única vez que vou salvar sua vida. — O menino arregalou os olhos para ela, que estalou os dedos e um pássaro voou do meio da escuridão, as penas azuis refletindo na luz. — Mas mudando de assunto, por que invadiu o castelo?

O menino manteve a boca aberta e os olhos também. O animal que surgiu das sombras e pousou no ombro da velha era uma ave, as penas azuis brilhavam, ela tinha uma faixa amarela em torno tanto do bico negro e pontudo quanto dos olhos castanhos.

— Isso é uma arara-azul?! — Perguntou boquiaberto. — Nunca tinha visto uma antes! E nem tão de perto!

— Ora, pelo jeito você sabe de animais. Esse é Catu. — Ela passou a mão na cabeça do bicho, que soltou um assobio de felicidade. — Mas você não respondeu minha pergunta.

— Ah... bom — Heitor olhou para os lados. — Eu não sei o que são essas tais de "faíscas", mas tenho certeza de que não tenho elas. E não me deixaram passar do portão por causa delas... então eu... entrei no castelo.

— Sem falar para ninguém?

— Sem falar para ninguém. — Repetiu o menino.

— Corajoso de sua parte. — Heitor notou quando ela deu um sorriso pequeno. Ela tinha aprovado tal ação?

Os dois andaram pelos corredores até um par de escadas em espiral que levava ao segundo andar do castelo. Heitor hesitou ao pisar no primeiro degrau.

— Para onde está me levando? — Perguntou agarrando nas mangas da camiseta.

— Você não queria o emprego? Até pulou o muro para o ter.

— Sim, eu quero! Eu preciso dele!

Ela parou no meio da escada.

— Então vou te levar ao centro de tudo. A pessoa que vai decidir se você fica ou sai, Heitor Costas. — E então continuou a subir os degraus.

— Ei! Me espera! — Ele correu atrás de Cora. — Não posso te seguir se não te ver!

— Essa é a coisa mais boba que eu já ouvi. — A velha deu uma risada e continuou seu caminho.

O segundo andar era mais iluminado do que o primeiro, mas ainda assim era escuro demais para Heitor. Lá tinham bem mais janelas, bem mais armaduras e o pior: guardas. Heitor estava ali só fazia alguns minutos, mas já detestava aqueles caras. Quando alguns soldados passaram por eles, o menino se posicionou atrás de Cora.

— É aqui seu destino. — Ela anunciou, parando de repente.

Heitor olhou intrigado para frente: ali tinha apenas uma porta de madeira dupla com uma menina mais ou menos da idade de Heitor, parada com os braços cruzados, parecia ser a guarda-costas mais durona que já tinha visto. Ela era loira, os cabelos curtos um pouco abaixo da orelha, os olhos verdes em fendas analisando tudo, sua sobrancelha, que era da mesma cor que o cabelo, tinha um risco, cicatrizes pequenas cobriam seu rosto, junto de vários piercings. Mas o que mais chamou a atenção dele foi um que ficava no septo do nariz da menina. Ela era alta e gorda, usava uma regata preta com uma calça rasgada com botas de couro até o joelho.

O menino começou a tremer de novo e deu alguns passos para trás involuntariamente, ele engoliu em seco.

— Calma, Heitor Costas, não te levei à Rainha, te levei até Ágata.

O menino teve a sensação de *déjà vù* com o nome.

— A princesa?

— Essa mesma. — A velha deu um sorriso e seguiu em frente com o menino logo atrás.

Heitor abaixou a sobrancelha, por que aquela velhinha estava sendo tão gentil com ele?

Eles se aproximaram da guarda-costas de aparência mal-humorada.

— Mariane. — Cora cumprimentou a mulher ao lado da porta.

— Sim, Cora? — Falou Mariane, seus olhos focaram em Heitor, o menino ergueu a mão e com um gesto tímido tentou dar oi, mas ela o ignorou.

— Esse é Heitor, ele é o último dos concorrentes. — Explicou Cora, o tom doce.

— Ah, um dos últimos concorrentes? Que você mesma trouxe? — Mariane cruzou os braços. — Sei lá, achei isso meio suspeito.

Mariane continuou analisando Heitor com a sobrancelha falhada erguida, e a boca em curva para baixo, o que fez ele tremer um pouco.

— Tá tudo bem. — Ela ergueu as duas mãos para cima. — Só me mostre suas faíscas e pode entrar.

— Eu... eu... não tenho nenhuma — Heitor admitiu olhando para baixo.

— Ele é um sem-visão! Cora! — A menina repreendeu a velha.

— Mariane, não se preocupe, se alguém chamar sua atenção por isso, pode dizer que a responsável foi eu. — Cora colocou sua mão esquelética no peito e Catu soltou um longo assobio perante o gesto.

35

— Eu vou pôr mesmo! — Mariane cuspiu e encarou Heitor, quase o matando com o olhar. — Entre logo, pirralho.

— Ah, obrigado. — Sussurrou Heitor para Cora enquanto passava por ela, a velha deu um sorriso sem mostrar os dentes. Ele olhou para Mariane por alguns segundos. — Obrigado você também.

A loira arregalou os olhos e os cabelos deram um leve arrepiada, ela fitou Heitor, os olhos verdes brilhando. Ela abriu a boca para falar algo, mas voltou a fechar.

Heitor puxou a porta dupla, ainda tremendo, mas o coração quentinho, não sabia porquê, mas Cora tinha o ajudado e parecia feliz com isso. Quem era aquela velhinha e por que tinha feito tal coisa?

Essa ala do castelo era da cor roxo escuro. As luzes ali eram fornecidas por várias velas. Tinha apenas brinquedos bem-organizados e um carpete redondo com uma mesa de madeira no centro.

E atrás da mesa, uma menininha, pequena, os olhos enormes de cor castanho claro. Seus cabelos pretos e enrolados estavam presos em dois coques, usava um vestido comprido com a mesma tonalidade do quarto. Tinha os olhos caídos e focados abaixo, a boca fechada e as mãos na frente do corpo.

— Ah... oi. — Cumprimentou Heitor com um sorriso no rosto.

— Oi! — Ela deu um sorriso. — Sabe que está atrasado, não é? — A menina perguntou, erguendo uma sobrancelha.

— É, eu não sou muito pontual. Me desculpe. — Disse Heitor sentindo o rosto ficar vermelho enquanto se ajoelhava na frente da pequena mesa.

— Sabe que isso não ajuda, né? Suas chances. Ficar falando no que você é ruim só diminui a probabilidade de ser contratado. — Ela disse, não em um tom de advertência, mas sim como uma curiosidade.

O jovem engoliu em seco, talvez fosse mais difícil do que pensava. "Lembre-se: o que você fazia quando você precisava cuidar das crianças do sítio vizinho?".

Heitor já teve todos os empregos que você puder imaginar, desde lavador de carruagens até cuidador de animais, crianças e velhinhos. Ele era um faz-tudo ambulante.

Heitor se levantou rápido e olhou para todos os brinquedos guardados em caixas e prateleiras.

— Qual é o seu brinquedo favorito?

— O quê? — Ela ergueu outra vez a sobrancelha.

— Qual é o seu brinquedo favorito? — Heitor perguntou de novo. — Preciso saber do que você gosta se eu for sua babá. — De novo dando uma olhada no quarto, ele viu um cavalo de madeira lindo, ele brilhava na luz. — Olha esse, por exemplo! Qual é a história dele?

— Não pega! — Gritou a menina se levantando e o menino parou no mesmo lugar. — Por favor, esse brinquedo não.

Heitor deu dois passos para trás.

— Claro, não pego. — Ele voltou a sua posição original.

— Mas... — Começou Ágata quebrando o silêncio. — Eu gosto muito dessa onça — Ela ergueu um ursinho de pelúcia velho sem um olho. — Eu chamo ela de caolha.

— É, deu pra perceber o porquê. — Heitor riu, apontando o olho faltando do boneco.

Heitor soltou um sorriso, sabia que tinha conseguido fazer ela falar com ele. Isso já era algo muito bom. Um leve sentimento de orgulho brotou em seu peito e logo sumiu. Como se despertasse de um sonho.

— Gostei da caolha, quer brincar com ela? Podemos brincar de casinha.

— Eu posso... — Ela colocou a mão na frente do peito. — Escolher?

— Claro, é você que está brincando, pode escolher... — Heitor achou aquela pergunta tão boba. Como que ela não poderia escolher o que quer?

— Ah, então — Um sorriso saiu de leve. — Minha mãe nunca me deixa brincar de cabana, ela fala que não é coisa de princesa.

Heitor achou aquilo estranho, mas ignorou. Talvez a Rainha tivesse seus motivos, mas por outro lado... não deixar a criança brincar de uma coisa é um tanto peculiar.

— Então vamos fazer uma cabana, pegue algumas daquelas cadeiras ali e eu pego o tapete e alguns panos. — Mandou Heitor puxando o tapete.

Depois de meia hora ou mais – por ser o último, Heitor tinha bem mais tempo do que os outros participantes — ele observou de longe a cabana, analisando se estava certa.

— Ficou bom? — Perguntou Heitor, olhando a pequena criança.

— Ficou ótimo! — Disse ela com entusiasmo.

Mas então a porta se abriu, Mariane adentrou no quarto e fez uma careta quando viu a cabana que tinha sido recém feita.

— Tá, o que era para ser isso? — Ela perguntou agora virando a cabeça.

— Uma cabana, Mari! Olha para ela! Heitor que fez, não ficou incrível? — Ágata foi ao lado da guarda.

"Com toda certeza ela não acha incrível", pensou Heitor, colocando as mãos no bolso.

— Você que fez, pirralho? — Ela perguntou olhando Heitor de cima a baixo.

— Ah... s... sim! — Heitor gaguejou, o que deixou ele com ainda mais vergonha.

Mariane não disse mais nada, apenas observou de novo aquela cabana que, pela sua cara, considerava uma catástrofe.

— Vem. — Ela agarrou Heitor, ele sentiu na hora a poderosa mão se fechando em torno de seu pulso.

— Nossa, como você é forte! — Ele falou tentando tirar o pulso. — Espera, onde você tá me levando?

— À escolha... imbecil. — Ela rosnou e olhou para a princesa. — Ágata, você espera que alguém te acompanhe até o grande salão. Está bem?

— Está. — Ágata olhou para Heitor. — Tchau — Ela fez esforço para lembrar. — Heitor, esse é seu nome, né?

— Sim, esse é meu nome. — Ele confirmou dando tchau para ela enquanto a guarda-costas o puxava para fora.

Mariane começou a guiar o menino pelos corredores, ela se orientava com tanta facilidade por eles. "Como ela não se perde? Para mim todos eles são iguais. Até os quadros parecem iguais". Heitor observou uma pintura na parede. "Tenho certeza de que já vi esse quadro umas quatro vezes".

— Rã, sabia que a Rainha não gosta que Ágata brinque de cabana, não é? — Mariane contou, agora soltando o pulso de Heitor.

— Essa é a coisa mais ridícula que já ouvi. Uma criança não pode brincar do que ela quer. — Heitor bufou observando o pulso agora vermelho.

— Se você for quebrar as regras do castelo. — A loira olhou em volta para garantir que ninguém estava perto. — Tomara que seja contratado. Precisamos de um pouco de caos nesse lugar.

— Não! Pelo amor da Lua! Não diga que quero quebrar as regras do castelo à Rainha.

— Não vou dizer. Nós não somos amigas, quase ninguém fala com ela. — Mariane parou na frente de uma porta. — Mas eu ficaria feliz se você não contasse a ela que eu disse que esse lugar precisa de "caos".

Sem aviso, Mariane abriu a porta e Heitor arregalou os olhos ao ver quantas pessoas estavam lá dentro. Ele tremeu, nunca esteve com tantas pessoas no mesmo espaço.

— Bom... Bora lá, pirralho! — Mariane agarrou os ombros de Heitor e o jogou para dentro da sala.

Se levantando do chão, sentindo o rosto ficar quente e as orelhas também ao perceber que todos os olhares estavam nele. "Não é de menos, eu beijei o chão", pensou Heitor, ficando de pé e limpando a calça, envergonhado e sentindo que sumiria perante os olhares de todos, correu para trás de um dos pilares que sustentava a sala e se apoiou nele.

Aproveitando o minuto de descanso olhou em volta.

A sala era grande e o teto alto, com quatro pilares que sustentavam o teto da ala. As cores variavam entre branco e dourado, mas o que mais chamou a atenção de Heitor foram as várias mesas distribuídas aos cantos e no centro da sala com vários petiscos e bebidas.

Heitor olhou para as mini comidas, sua janta já tinha sido digerida fazia horas, café da manhã não tinha tomado. Sua barriga roncava de fome.

Aproximou-se das mesas, os olhares indo de novo a ele.

Nunca tinha visto nada daquilo, pegou um que parecia o mais apetitoso, uma esfera preta com confeitos em cima. Levou até a boca com medo de não gostar, porque já tinha analisado o lugar. Não teria onde cuspir caso não gostasse.

Primeiro era sem gosto, mas depois o doce invadiu sua boca tão rápido que até se assustou. Na mesma hora ele adorou. Pegou mais da comida e voltou para seu esconderijo, aproveitando o sabor de cada uma até o momento da escolha.

Quando terminou de dar a última mordida no lanche, a porta no canto direito da sala se abriu.

Uma mulher alta adentrou no grande salão e automaticamente todo mundo foi ao chão em uma longa reverência. Ela era magra e em sua pele negra dava para ver seus ossos, tanto do rosto quanto da clavícula. Seus olhos eram castanho-claros e, semicerrados, observavam todos no salão. Abaixo de sua coroa de puro ouro com várias pedras lápis-lazúli, os cabelos marrom-escuros encaracolados, que caíam para baixo, amarrados na ponta, alcançavam sua cintura. Ela usava um longo vestido azul pastel. Logo atrás veio uma menina pequena que Heitor reconheceu como Ágata, que passava seus olhos pela plateia e então pousaram em Heitor. Ela deu um sorriso e o menino notou que ela não tinha um dente, ele sorriu de volta e balançou a mão.

O terceiro a entrar na sala foi um homem que também tinha a pele negra, era careca e tinha uma barba rala, cicatrizes percorriam todo seu corpo, elas eram parecidas com as de Mariane, mas maiores e mais fundas. Usava um terno preto e sapatos que brilhavam, seus olhos eram escuros como a noite. Ele deu uma olhada em todo o espaço, parecia matar todos ali apenas com o olhar. O homem parou os olhos em Heitor, ele gelou, engoliu em seco e desviou rapidamente os olhos.

O menino só se atreveu a ergueu os olhos quando mais uma pessoa passou pela porta. Uma mulher alta, mas menor que a Rainha e magra. Sua pele era branca, seus olhos eram azuis e seus cabelos pretos e lisos que desciam até suas costas, um nariz empinado, os cílios gigantes que podiam ser vistos de longe. As unhas pretas berrantes, usava um vestido do mesmo tom. Ela vinha com um enorme sorriso e balançava a mão acenando a todos que via. A mulher também pousou os olhos em Heitor, mas, diferente do outro homem, ela os manteve por um longo tempo. Ela parecia incomodada, ele ignorou o olhar e virou a cara para o teto.

Heitor quase se engasgou ao ver que a última pessoa da família real era a velha que tinha o ajudado antes, Cora, que era seguida de perto por Catu e que pousou bem em cima da cabeça do menino.

Todos no salão abriram a boca para o fato, inclusive Heitor.

"Minha Lua! Ela é da família real! Agora que não sou escolhido.", pensou olhando desajeitadamente para o pássaro em seu poleiro. "Se ele não fizer nenhuma necessidade em mim está ótimo".

— Bom dia, meus filhos — A mulher de azul disse erguendo a mão para que ficassem em pé novamente. — Hoje, minha filha Ágata receberá uma babá, à escolha dela, é claro. Mas já aviso, não será fácil!

Não é porque ela é uma criança que vai ser apenas brincar e alimentar. Vocês vão ficar o dia todo com ela e, além de cuidados básicos, vão fazer a segurança dela! E destinar todo seu trabalho para a proteger! — A voz dela era forte, fazia com que todos ficassem quietos apenas com uma palavra. — E claro, morar no castelo, já garantindo aqui que terão um quarto propício, três refeições, banheiro e água à vontade. Além do salário.

Heitor sentiu o estômago embrulhar. Ele sabia que teria que morar ali, mas só tinha caído a ficha agora de que não poderia sair em hipótese nenhuma do castelo sem as ordens da Rainha ou sua permissão. "Se acalme, você nem foi escolhido e já está preocupado com isso?".

— Quem — Heitor saiu de seus pensamentos com a fala do homem cortando o silêncio. Ele tinha a voz grossa, mas a da Rainha colocava mais medo em Heitor — acha que não consegue lidar com isso pode sair pela porta. Agora!

O menino escutou as portas abrirem e fecharem, mas não conseguiu ver quem se retirou.

— Já que eles desistiram, talvez vocês tenham mais chances! — Tentou animar a mulher de olhos azuis. Mas sem sucesso.

— Enfim — A Rainha lançou um olhar de riso a outra mulher. — Espero que saibam que isso vai ser difícil e que vai exigir 150% de todos. E não se esqueçam dos perigos que uma princesa tem que passar diariamente. E as coisas estão ficando mais... perigosas a cada dia. — Ela disse isso com receio e ergueu seus olhos castanhos para a plateia. — Agora que estão avisados, Ágata, pode escolher.

Heitor se sentiu um animal de certo modo, todos em uma sala e a menina escolhia qual mais tinha gostado. Franziu a testa com tal pensamento e olhou em volta, se fosse pensar desse jeito, todos ali eram cachorros de raça, pitbulls, pastores-alemães e dálmatas, todos com enfeites e roupinhas caras. E ele? Heitor era apenas um vira-lata caramelo, não tinha raça, não tinha riqueza, nem roupas e muito menos enfeites. Mas podia ser um ótimo companheiro.

A princesa desceu da escadinha do palco e olhou todos em volta e Heitor esperou na ponta dos pés, era um dos primeiros, sabia que se era para ser ele, ela já o teria visto. Quem não viu o menino quando Catu pousou em cima de sua cabeça?

Mas a menina não foi até Heitor. Ágata adentrou no meio de toda aquela gente e puxou uma mulher, baixa e com uma cara de sapo

— Heitor não sabia se achou aquilo porque a mulher era assim mesmo ou se estava com raiva.

— É essa. — Avisou Ágata olhando para sua mãe.

A Rainha balançou a cabeça aceitando a decisão. Mas quando ela foi abrir a boca para responder, Cora interveio com uma mão na frente da cara da mulher. O que fez Heitor arregalar os olhos. Primeiro, como ela andou tão rápido? Segundo, ela poderia simplesmente colocar a mão na cara da Rainha e não aconteceria nada? Tipo, nenhuma execução nem exílio?

— Calma. — Pediu Cora, fazendo Catu gritar afundando suas garras no couro cabeludo de Heitor, que trincou os dentes com a dor.

A mulher de cabelos pretos pareceu se interessar pela repentina mudança, mas o homem ao contrário, pareceu muito desconfortável. Com toda certeza ele só queria sair dali.

— Querida — Cora virou o rosto para a princesa —, algumas decisões se tomam no coração. Não no cérebro. Só queria dizer isso, podem continuar.

O silêncio reinou novamente e Ágata virou a cabeça para o lado fitando Heitor e o enorme bicho azul que pousara em sua cabeça. Ele deu um sorriso amarelo e ela respondeu com uma sobrancelha levantada, como se dissesse "belo piolho gigante".

— Então eu escolho Heitor! — Ela anunciou.

— E quem seria esse menino? — Perguntou a Rainha olhando para a filha com interesse.

Heitor deu um passo para a frente, as pernas bambas que mal conseguia se equilibrar nelas. Talvez um pouco fosse culpa da ave pesada em cima de sua cabeça, mas grande parte era nervosismo.

— S... sou... e... eu! — Ele anunciou, "Pare de gaguejar!".

— Olá, jovem. — Cumprimentou a Rainha com um sorriso leve no rosto. — Bom, se escolheu Heitor. Ele será nosso novo...

— Espere! — Gritou o homem fitando não a mulher, mas sim Heitor. — Sabe que sempre temos que verificar as faíscas.

A Rainha o lançou um olhar severo.

— Eduardo, não vou fazer isso.

— Não vou correr o risco de um sem-visão cuidar da minha sobrinha, Fernandez!

UM GUARDIÃO SEM-VISÃO

— Ela é *minha* filha, Eduardo — A Rainha cuspiu, ressaltando o "minha" na cara do homem.

— Ele não entra se eu não ver as faíscas dele.

— Se eu mandar ele entrar, ele entra, Eduardo. — Fernandez semicerrou os olhos.

— O que custa? — A mulher de olhos cor de céu perguntou se intrometendo. — Peça a ele. Quanto mais rápido fizermos isso, mais rápido acaba, Fernandez.

A mulher bufou.

— Ágata, por favor. Vá esperar lá fora.

— Mas mãe... — A menina pareceu que iria contrariar, mas a Rainha foi mais rápida.

— Agora. — Repetiu, não tirando os olhos do homem.

Ágata lançou um olhar a Heitor e saiu pela mesma porta que entrou, os passos lentos e arrastados.

Heitor se encolheu, não queria testemunhar uma briga de família, principalmente uma da família real.

— O que estão esperando? O resto de vocês, sumam! — Gritou Cora, ríspida, e todos se apressaram a sair dali. A sala toda ficou vazia, a não ser pela família.

— Por que você quer fazer isso?! — Perguntou Fernandez indo em direção ao homem. — É claro que ele tem faíscas, acha mesmo que os guardas deixaram ele passar se não fosse um com-visão?

— Se ele não tem nada a esconder, Fernandez, ele mostrará sem problema nenhum! — Retrucou o homem.

"Por favor, não me pergunte se tenho faíscas", pediu mentalmente Heitor se ajeitando nas pernas. Elas já estavam começando a doer.

— Ah, pela Lua, chega disso. — Pediu Cora.

— Mostre logo suas faíscas... como é o seu nome mesmo? — Eduardo perguntou com desdém.

— Heitor, meu nome é Heitor. — Repetiu o menino tentando não soar mal-educado.

— É, Heitor — Ele disse o nome como se fosse um palavrão. — Mostre suas faíscas.

43

Fernandez bufou perante a fala e a outra mulher se aproximou devagar, bem interessada no que aconteceria em seguida.

— ... Faíscas? Tipo fogos de artifício? — Heitor tentou entender o que era aquilo. Mas foi repreendido pelos olhares dos irmãos, apenas a morena riu disfarçadamente perante a situação.

— Acha que estamos brincando aqui? — Eduardo perguntou, a boca em um rosnado.

— Não, não. Eu sei que não estão brincando, mas... eu não tenho... faíscas. Eu não faço faíscas. — Admitiu ele e um silêncio caiu sobre todos.

Até que a mulher de cabelos pretos deu um passo à frente.

— Tá... isso é um problema? — Ela perguntou, seus olhos azuis-claros focados em Fernandez.

— Como? É claro que é um problema! Ele é um sem-visão? Quer mesmo um deles protegendo Ágata? Ela vai ser morta no primeiro ataque! — Respondeu Eduardo.

— Não acredito que vou dizer isso, mas concordo com meu irmão. — Fernandez olhou para Eduardo com certa raiva. — Ágata vai estar em perigo com ele.

Heitor escutava tudo com ouvidos apurados, mas não entendeu nada. "Incrível como eles falam de mim como se eu não estivesse aqui". Ele abaixou o cenho para o fato.

— Ei! — Gritou Heitor e todos os olhares foram para ele. — Olha, eu posso não ser um tal de com-visão, aliás, o que isso significa?

— Não te interessa. — Disse Eduardo ferozmente e Heitor sentiu sua coragem indo pelo ralo.

— Tá, posso ser um com-visão! Sem-visão! Mas o que importa é que eu vou cuidar de Ágata, eu juro. — Heitor olhou para todos.

O silêncio reinou de novo no lugar, a única coisa que se escutava era Catu assobiando uma canção que Heitor tentou identificar, mas falhou miseravelmente no ato.

— Acredito nele. — Comentou Cora com a voz calma e um sorriso no rosto.

— Não vou levar à sério um menininho que tem uma ave na cabeça. — Eduardo disse olhando bem fundo nos olhos de Heitor.

— Ah, Cora, por favor! — Pediu Fernandez.

— Pergunte o nome dele. — Disse Cora delicadamente. — Só pergunte o nome dele, ande.

— Tá bom! — Fernandez bufou de novo, com toda certeza ela achava aquilo ridículo. — Qual é seu nome, menino? Seu nome completo?

— Heitor Costas. — Respondeu achando aquilo — assim como a Rainha — uma idiotice.

O queixo da Rainha quase caiu, Eduardo arregalou os olhos. A mulher de olhos azuis deixou a feição séria, mas um olhar estranho passou por seus olhos claros.

Heitor achou aquilo tão estranho, não vinha de uma família rica. Por que se impressionar tanto com seu nome?

— Eu disse algo... errado?

Todos trocaram olhares. Pareciam estar tendo uma conversa mental.

— Não posso deixar um sem-visão cuidar da minha sobrinha! — Sibilou Eduardo sua voz tão áspera como uma lixa.

— É minha filha também, patife. — Respondeu Fernandez, passando a mão sobre o queixo.

— Ele é um sem-visão, tá, mas e daí? Fernandez, ele vai fazer todos os serviços do mesmo jeito. A segurança está reforçada. — Disse a mulher de cabelos pretos. — E você sabe que Ágata não vai te perdoar se esse menino não for a babá dela. — A morena apontou com o dedão para Heitor, tão repentino que até assustou o menino.

— Quem estiver a favor de Heitor Costas ser o guardião de Ágata levante a mão. — Cortou Cora com a mão já erguida.

A moça de cabelos pretos levantou a mão pálida para cima também, Eduardo manteve a sua bem baixa, assim como seu olhar. Heitor sentiu os pelos do braço arrepiarem, observou a Rainha atentamente, o destino dele estava em suas mãos.

— Ele será o guardião de Ágata. — Anunciou a Rainha erguendo a cabeça e seu irmão lhe lançou um olhar incrédulo.

Heitor sentiu uma felicidade nascer em seu peito, deu um pulo por pura emoção, fazendo Catu voar para cima com o movimento repentino.

— Você fará um juramento, Heitor Costas — Cora anunciou. — Coloque a mão no peito.

Heitor colocou a mão e sentiu que seu coração estava batendo tão rápido que parecia que explodiria ou sairia para fora do peito.

— Heitor Costas — A Rainha fez questão de deixar isso bem claro. — Eu, Fernandez Eliza de Monte, coloco esse menino para ser o guardião da Princesa Ágata. Seu dever é proteger e se certificar que ela esteja a salvo e bem. Heitor Costas, você jura se dedicar total à princesa? De dar sua vida a ela se necessário? E acima de tudo, você aceita esse cargo que lhe dou?

— Aceito! — Respondeu o menino, a animação transparecendo na voz.

— Então está feito, agora você é o guardião. — Contou Fernandez. — Mais uma última coisa, Heitor. — Falou a Rainha olhando em seus olhos. — Não pode comentar nada com Ágata sobre sem-visão, com-visão e muito menos sobre faíscas, ouviu?! Se fizer isso, no mesmo instante estará fora do cargo e não receberá seu salário.

— Ah, sim, pode deixar, Rainha... eu só queria pedir uma coisa... — Começou Heitor, erguendo o dedo.

— Viu! Ele já quer algo, quem pensa que é? — Rosnou Eduardo.

— Pare com isso! Diga sua oferta. — Pediu Cora.

— Eu quero que todo o meu dinheiro vá para a minha mãe. Ela mora no interior, eu posso dar o endereço.

Fernandez balançou a cabeça concordando com o pedido do menino.

— Dá para ver que você tem bom coração, Heitor... — Fernandez admitiu. — Fique tranquilo, tudo será enviado para sua mãe. Os mensageiros devem saber o local. Agora pode ir. Amanhã seu trabalho começa.

O menino saiu da sala pela mesma porta que entrou, tremendo ele segurou as mangas de sua camiseta branca. Respirou fundo, o coração batendo nos ouvidos.

— Eu consegui? Eu consegui! — Heitor gritou a plenos pulmões e depois tampou a boca. — Eu consegui...

— É, conseguiu. — O menino deu um pulo para o lado, sentindo os pelos do braço arrepiarem.

— Que susto! — Falou Heitor respirando de novo.

A loira ergueu a sobrancelha falhada.

— Vamos, menino medroso, vou ser sua guia no castelo. Deixe que eu te guio — Ela olhou Heitor de cima para baixo. — Afinal, você nunca vai saber o caminho mesmo. — Ela apontou com o dedo o corredor. — Me segue que eu mostro onde fica seu quarto.

Heitor balançou a cabeça concordando e seguiu a loira, vendo que os raios do sol começaram a atravessar a vidraça azul.

— Sinceramente, não se ofenda com o que eu vou falar. — Isso já deixou Heitor desconfortável. — Mas eu não achei que você fosse ser o escolhido. Qual é, só nos primeiros minutos que você esteve aqui, já fez uma regra da família real ser quebrada. A de nunca contratar os sem-visão.

Heitor ergueu uma sobrancelha para a loira. Não sabia o que era um sem-visão, muito menos se Mariane poderia falar com ele sobre isso, mas apenas ignorou, qualquer coisa que soltasse perto dele sobre aquele assunto o menino iria pegar e guardar em um palácio mental, até entender tudo aquilo de uma vez.

Depois de andar por corredores intermináveis, Mariane parou na frente de uma porta de madeira pintada de preto ao lado de uma armadura de metal com uma lança. Heitor olhou para aquele objeto de metal e sentiu que não gostaria muito de acordar todo dia e ver aquilo.

O menino ficou com vontade de perguntar a Mariane o que era um sem-visão. Mas ignorou esse desejo, afinal, conhecia a menina havia só alguns minutos, não poderia simplesmente pedir a ela para lhe contar algo que até mesmo a Rainha se recusava.

— Aqui estão seus aposentos, Heitor. O quarto de Ágata é ao lado. Tem uma lista em cima da escrivaninha com as tarefas. — Mariane se virou. — Tchau, Heitor. Aproveite sua vida no castelo de Amon.

— Não, espera! Mariane. — Heitor pediu e Mariane se virou rápido. — Além de fazer a família real quebrar uma regra, eu quebrei uma também. Eu entrei escondido no castelo e a minha égua ficou do lado de fora da muralha. Será que... você poderia me levar até lá para pegar ela?

— Pela Lua, Heitor! — Mariane riu. — É sério que eu te conheço há apenas 30 minutos e agora você tá me pedindo para salvar uma égua?

— É. — Heitor admitiu, por algum motivo sentia que podia contar a Mariane seus delitos, a moça não tinha cara de que contaria a alguém ou muito menos julgaria suas atividades ilegais. "Por que provavelmente ela já cometeu coisas piores. Só pelo que ela me disse, sobre criar caos, dá para perceber seu espírito caótico", pensou Heitor. — Me desculpe.

Mariane fez uma cara de deboche indecifrável.

— Só vou ajudar você porque é a primeira vez que alguém tão educado, além de Ágata e Roberto, pisa neste castelo. Então, vamos lá resgatar sua égua.

Heitor seguiu Mariane de perto, perguntando-se quem era Roberto, mas de novo, era muito cedo para fazer perguntas. Pelo menos ele sabia que já tinha uma amiga no castelo, tinha vários piercings, uma sobrancelha com um corte e uma cara de mau. Mas era uma menina gente boa.

Capítulo 4

25 de abril

Já fazia um mês que Heitor estava trabalhando no castelo, seguia uma rotina regrada com Ágata, sem se atrasar um minuto. Tinha pouco contato com Fernandez, Eduardo ou aquela mulher de cabelos pretos que tinha visto na cerimônia. As coisas de sem-visão e com-visão o menino deixou que fossem levadas pelo vento, ainda tinha curiosidade, mas não tinha coragem de procurar por respostas. Passava a maior parte do tempo com Ágata, mas de vez em quando se esbarrava com Cora ou Mariane.

O Sol subiu, pintando o céu com amarelo, rosa claro e ao horizonte um alaranjado queimado. Ao quarto de Heitor subiu o cheiro das flores do jardim, o menino piscou, os olhos castanhos brilhando ainda mais na luz do amanhecer, observou seu quarto, muito maior que o antigo. Na verdade, para Heitor aquilo era o mais puro luxo, sempre viveu em lugares pequenos e aquele quarto poderia facilmente superar sua casa.

O piso de madeira, a cama de casal encostada nas paredes de pedra, com apenas uma única janela por qual passava a luz . Levantou-se e abriu o armário de madeira, que usou para guardar todas as suas coisas e mesmo assim tinha sobrado muito espaço. Ele foi para o lado, em frente a um espelho que fica ao lado da cama, tinha trocado seu pijama azul claro, que a Rainha tinha dado a ele, por uma roupa parecida com a dos trabalhadores do castelo — uma camiseta preta justa, uma calça da mesma cor e os seus velhos sapatos marrons. Claro que a camiseta tinha uma pequena lua bordada do lado direito, mostrando que ele era um funcionário da Rainha.

Se virou para ir acordar Ágata passando por sua escrivaninha ao lado da porta. Observou seus lápis, alguns desenhos amassados que tinha feito e não tinha dado certo. Mais ao centro estava o que deixa Heitor incomodado. Uma carta para sua mãe que não tinha sido terminada ainda.

O jovem balançou a cabeça, tinha tentado durante todo esse mês mandar uma carta para sua mãe, mas nunca encontrava as palavras para dizer o que tinha feito. "Um pagamento já deve ter ido para ela", pensou e então saiu.

Deu duas batidas na porta ao lado da sua, o quarto de Ágata. Ela saiu de lá, os olhos marrons sonolentos, os cabelos crespos em volta de sua cabeça como uma nuvem, usava uma calça marrom e uma camiseta branca com duas botas. Hoje ela estava sem sua pequena coroa.

— Bom dia, Heitor!

— Bom dia, Ágata, dormiu bem? — O menino perguntou seguindo pelo corredor suando. Mesmo sendo de manhã o calor já começava a assolar o reino.

— Você mostra o caminho. — Pediu Heitor ao lado da princesa. — Ainda não sei andar nesse castelo.

— Você já está aqui faz um mês. — Ágata observou. — É melhor começar a aprender.

— Estou tentando!

Os dois andaram na direção norte, seguindo reto em um corredor que para Heitor era igual a todos os outros. "Como ela se localiza aqui?".

A única coisa que desviou a atenção dele das paredes foi o ronco alto da barriga de Ágata.

— Você tem um monstro vivendo dentro da barriga? — Brincou Heitor abrindo a porta.

Ágata riu e sumiu dentro da cozinha, que cheirava a nozes e pão fresco. Quando ele ia fazer o mesmo que a menina, escutou uma voz o chamar — ele olhou assustado e perguntou:

— Cora? — Heitor disse vendo que hoje a mulher usava uma calça branca com uma camiseta de manga comprida marrom com branco nas pontas, Catu estava em seu ombro, mordendo um pouco do cabelo da velha e depois soltando.

— Bom dia, Heitor — Ela sorriu, mas não olhava diretamente para Heitor. — Eu precisava dar uma palavrinha com você.

— Ah... Claro! Claro!

— Mas eu quero escutar o que Cora tem a dizer! — Ágata surgiu atrás de Heitor, fazendo ele dar um pulo.

— Ágata está com você? — Cora riu de si mesma. — É claro que está, você cuida dela.

— Você não... viu ela aqui? Atrás de mim?

Cora ergueu uma sobrancelha e soltou uma risada com Ágata.

— O que foi? — Ele encarou a velha e depois a criança. — O que foi que eu disse?

— Heitor, eu sou cega. — Falou Cora com um tom doce, mas não conseguia segurar a risada..

— Ah! — Heitor se encolheu e sentiu o rosto arder, olhou para Ágata buscando apoio, mas a menina o olhava com uma cara de "Foi realmente essa pessoa que eu escolhi para ser minha babá?" — Eu... eu... não tinha notado...

— Não tem problema, querido, eu só queria lhe dizer uma coisa. — A velha se aproximou de Heitor. — Eu só queria dizer que hoje... sua vida irá mudar.

Heitor sentiu cada pelo de seu corpo se arrepiar, Ágata também tinha ficado surpresa porque abriu a boca.

— Mudar?... Em qual sentido? Bom? Ruim? — O menino perguntou apontando para si mesmo. — Porque se for ruim, eu não quero, não.

— Só você poderá saber se será bom ou ruim. Mas tome cuidado.

— Credo, Cora, falando essas coisas já cedo, assustado as pessoas. — Reclamou Heitor, a velha riu e se virou, mas antes de sair ela falou uma última coisa:

— Fernandez quer vocês dois no pátio. E você sabe como é sua mãe, Ágata, ela quer as coisas para ontem.

Heitor trocou olhares com Ágata e, quando Cora virou à esquerda, eles seguiram reto, correndo para o pátio que ficava no último andar, ou seja, descer um par de escadas. Só de pensar Heitor ficou cansado.

— O que Cora quis dizer com aquilo? Mudar minha vida? O que é isso? Uma profecia? — Heitor perguntou sério para Ágata.

— Não sei, mas se Cora disse é porque você deve dar atenção. — Ágata respondeu na mesma intensidade de seriedade, o que assustou Heitor ainda mais. — Ela geralmente acerta nas coisas que diz. É bem estranho.

Chegando lá, Heitor pingava suor e Ágata parecia muito bem, como se fizesse isso todo dia. "Mas ela faz isso todo dia Heitor", pensou o menino se sentindo bem idiota. Ainda incomodado com o que Cora disse, Heitor se mexia de um lado para o outro, tentando fazer essa ansiedade passar.

O menino começou a morder a pele em volta dos dedos quando Fernandez apareceu de trás de uma carroça, a pele negra brilhando pelo sol, os olhos sérios, usava dessa vez uma calça justa ao corpo e uma blusa de manga comprida e botas marrons. Seus cabelos presos em um rabo de cavalo, estava sem sua coroa de Rainha.

Heitor fez uma reverência ao chegar perto de Fernandez.

— Vieram rápido, que bom. — Fernandez fez um sinal com a cabeça e Heitor se levantou.

Aos poucos e com a ajuda de Ágata, ele estava começando a entender as regras de alguém que vive com a realeza, como fazer reverência toda vez que ver a Rainha e ela te ver de volta, nunca mostrar afeto em público, se comer junto da família real, só poderia tocar na comida depois que a Rainha autorizar tal ato etc.

— Heitor, quando você veio ao castelo trouxe com você uma égua, me diga, ela é veloz?

— Sim, bastante. — Heitor respondeu rápido e então virou a cabeça curioso. — Foi por isso que nos chamou?

— Não, foi só um dos motivos. Você e Ágata vão me acompanhar em uma saída rápida do castelo. — Heitor sentiu um choque passar pelo seu corpo, já fazia um mês que não saía de dentro do Castelo. — E para isso precisamos de cavalos rápidos e fortes para guiar nossa carruagem.

— Manchas nunca levou uma carruagem, senhora, não sei se é uma boa ideia. — Heitor sussurrou essa última parte.

— Não tem problema, ela virá conosco. — Fernandez acenou para dois guardas, que confirmaram com a cabeça, mas antes de sair lançaram a Heitor um olhar de morte.

Heitor semicerrou os olhos, mas desviou o olhar, não arrumaria confusão. "Por que eles me olham assim?", questionou-se mentalmente, indo em direção à carruagem que levaria eles, seja lá para onde.

O menino já tinha notado tal ato, os guardas o encarando ou sussurrando quando passava. Era algo comum entre eles, e parecia ser sempre o mesmo assunto, a mesma causa de olhares irritados ou ameaças. Sabia que era algo relacionado a si mesmo, mas não sabia dizer o que exatamente.

UM GUARDIÃO SEM-VISÃO

Os pensamentos de Heitor foram embora quando viu a carruagem que iria entrar, ela era toda preta com listas douradas na lateral, enormes rodas de madeira. Ao ser aberta, um cheiro doce subiu às narinas de Heitor, um banco vermelho de cada lado, janelas ao lado deles e um carpete da mesma cor que os bancos.

— Uau... — Sussurrou Heitor colocando Ágata para dentro da carruagem. — É realmente bonita... nunca entrei em uma carruagem antes. — Ele disse para Ágata.

— Nunca? — A menina perguntou como se aquilo fosse impossível.

Quando ele foi abrir a boca para responder, relinchos irritados chamaram a atenção de Heitor, se virou, dois guardas tentavam puxar Manchas pelo pátio, ela batia os cascos no chão, tentando dar coices nos soldados.

— Ei! Ei! — Gritou Heitor, deixando Ágata e indo até a égua. — Deixa que eu levo ela.

— Sai para lá, sem-visão, você não tem força pra fazer uma coisa dessas. — Resmungou o guarda.

Heitor sentiu a raiva subir, como um choque rápido, mas bem dolorido, ele passou pelos guardas e pegou o cabresto sem esperar resposta e levou Manchas até a frente da carruagem. E ali deixou ela, passando a mão no seu focinho pintado.

— Colabora, viu, garota? — E com isso ele se moveu até a carruagem, passando de novo pelos soldados que o mandavam olhares de puro ódio.

— Você é realmente bom com animais. — Disse uma voz forte, Heitor virou e viu um homem alto cheio de cicatrizes na cara, os olhos azuis mais brilhantes que ele já tinha visto. Os cabelos ruivos em um corte bagunçado, cheio de sardas que passavam por seu nariz torto, como se tivesse sido quebrado e cicatrizou na posição errada.

— Obrigada... — Sussurrou Heitor, soltando um sorriso por causa do elogio.

— Foi realmente bom — O homem elogiou de novo, olhando para a égua.— Você já mexeu com animais antes?

— Eu cuido de animais desde que me conheço por gente e aquela égua me deu um belo de um trabalho quando era mais nova. — Heitor foi um pouco para o lado, tentando ver quem estava atrás daquele poste ambulante.

Era só Mariane que estava ali, mexendo em um de seus milhares de piercings, ela deu uma piscadela descontraída para Heitor quando o viu.

— Como conseguiu? — Perguntou por fim o homem.

— Ah... é só ir com delicadeza, e ela já me conhece. — Respondeu Heitor, vermelho.

— Todos para dentro, saímos em dois minutos. — Mandou Fernandez e Heitor fez o que ela pediu, seguido de perto pelos outros dois.

Com os cascos dos cavalos ecoando ao baterem contra as pedras das ruas, o portão do castelo foi aberto e os cavalos saíram em disparada para fora da fortaleza.

Heitor estava sentado na janela ao lado de Ágata, que olhava pela outra janela. Mariane e o ruivo se sentaram de frente para eles. Os dois não falavam nada, mas trocavam olhares silenciosos.

— Ah... vocês sabem para onde estamos indo? — Perguntou Heitor, sentindo o estômago embrulhar.

— À ala oeste do reino. — Respondeu Mariane sem olhar para ele.

Heitor estremeceu, aquela ala era proibida, para todas as pessoas, claro que menos para a Rainha. Ele se encostou no banco sentindo algo estranho na barriga, sabia o que era aquela sensação. Um mau pressentimento. E o que Cora tinha lhe dito mais cedo começou a ecoar em sua mente e de novo, Heitor começou a roer as unhas.

A carruagem parou de surpresa, coisa que Heitor não estava esperando, estava em outro mundo, então quando ela parou de se mexer a inércia fez seu trabalho e o menino foi jogado para frente e deu com a cara no carpete vermelho claro.

O ruivo rapidamente se levantou e o ajudou a se reerguer, Mariane escondeu um sorriso atrás de sua mão gordinha, e por alguns segundos Heitor notou que algo brilhou em seu dedo anelar, era um anel de prata.

— Você está bem, Heitor? — Perguntou o ruivo.

— Sim, obrigada — Agradeceu a Heitor cuspindo alguns pedaços de pelo da boca. — Como sabe meu nome?

— Mariane me contou, a propósito, sou Roberto. — O homem deu uma piscada para o jovem.

— Ah, então você é o Roberto, Mariane me falou sobre você. Que era educado. — O ruivo ficou vermelho igual seu cabelo perante à fala de Heitor.

— Mas é um bobão — Debochou Mariane, seu tom não era para zombar de Heitor, mas sim de brincadeira.

Fernandez abriu a porta de supetão, olhando Heitor ao chão sendo segurado por Roberto, ela ergueu uma sobrancelha, mas não disse nada em relação a isso.

— Fiquem dentro da carruagem, eu vou pegar o que precisamos e volto rápido. Toda atenção é pouca — Ela olhou para Mariane e Roberto. — Estejam alertas, vocês foram treinados para isso. E você — ela apontou para Heitor —, cuide bem da Ágata.

— Sim, senhora. — Os três responderam em um coro.

O menino semicerrou os olhos enquanto puxava a cortina, queria ver o que tinha lá fora, a ala oeste era proibida para todos os moradores do reino, selada por dois muros de puro metal. Ela era uma área de casas abandonadas e sem cor, todas cinzas. Até as plantas que nasciam ali eram estranhas, como se desde seu nascimento lutassem contra a morte.

— Se quer saber o que viemos fazer aqui, nós também não sabemos. — Falou Mariane tão repentina que até Ágata se assustou.

— Mas eu não... — Heitor começou.

— Sua cara já diz tudo, H. — Falou a loira com um sorriso.

— H? — O menino perguntou.

— Mariane tem costume de dar apelidos a todos. Nem ligue. — Continuou Roberto.

O menino se encolheu um pouco, mantendo o corpo contra a parede, mas manteve um sorriso de volta, vendo que não era tão difícil puxar assunto.

— Eu nunca vim à ala oeste, ela é igualzinha como eu pensava, sem cor, sem vida. — Falou Ágata, mesmo as palavras sendo forte, seu tom era doce. — Por que estamos aqui? Ninguém mora aqui!

Roberto olhava lá fora intrigado, Mariane nem dava bola e aos poucos o silêncio tomou conta daquele lugar – só se podia ouvir a respiração rápida de Roberto e as bufadas de tédio de Ágata.

Heitor estava quase dormindo quando algo brilhou sobre o muro de pedra, ele abriu os olhos, um negócio brilhante se movia de um lado para o outro, parecia um vagalume perdido, mas esses insetinhos não brilhavam de dia. "O que é aquilo?". O menino se levantou rápido, apenas por impulso.

— Vocês estão vendo aquilo? — Heitor perguntou colocando seus dedos sobre a janela e deixando marcas.

Roberto e Mariane se aproximaram da janela e Ágata também.

— Não vejo nada. — Contou Ágata, tentando ficar nas pontas dos pés.

— Como não? E vocês?!

Roberto e Mariane trocaram um olhar sério.

— Falaram que ele é um sem-visão, mas está com os olhos melhores do que um com-visão! — Sussurrou Mariane para Roberto, baixo o bastante para Ágata não escutar, mas o suficiente para Heitor ouvir.

— Me falaram a mesma coisa que você! — Contou Roberto indo atrás dela. — Fiquem dentro da carruagem e, Mariane, sem matar.

— Tá bom! Eu não sou criança, Roberto, eu sei o que posso e não posso fazer. — A loira bufou.

— O que acabou de acontecer aqui? — Ágata perguntou quando os dois já tinham saído da carruagem, mas Heitor não respondeu, estava ocupado demais observando o objeto brilhante.

O negócio se movia de um lado para outro de modo rápido, como se um gosto ruim subisse pela boca Heitor, notou que não era uma "coisa", mas sim uma criatura viva e que se mexia pronta para um ataque.

O jovem se engasgou ao perceber isso.

— O que é isso, tá com mais pelo do tapete da carruagem na língua? — Perguntou Ágata coçando a cabeça.

— O quê? Não!... Ágata... não consegue mesmo ver nada?

A menina observou de novo, e com o olhar mais inocente disparou:

— Sim, não consigo. Você vê algo?

— Ah... não. Não vejo nada. — Heitor mentiu, sentindo um peso no peito ao fazer isso, mas se ele já estava perturbado quem dirá uma criança.

A criatura era toda branca com pintas pequenas e médias em seu peito, era toda emplumada, era mais ou menos do tamanho de um cavalo, quatro asas retráteis saíram de suas costas. As "coisas" brilhantes na verdade eram quatro olhos amarelos em fendas, ela tinha os pés como de um felino, mas suas garras eram afiadas como as de uma águia. Um longo bico preto, do qual saiu um grito agudo e doído.

UM GUARDIÃO SEM-VISÃO

Heitor colocou rapidamente as duas mãos nas orelhas, seus olhos castanhos lacrimejavam de tanta dor que sentiu em seus tímpanos.

— O que foi? — Perguntou Ágata, agarrando o braço do menino.

— Você não está escutando?

— Não! — Admitiu Ágata, sua feição exalava preocupação.

O gritou parou e o menino respirou de novo, com um suspiro olhou para fora, agora não eram mais uma criatura, mas três. Uma na frente de Roberto e duas atrás de Mariane, no ponto cego, ambas eram idênticas, apenas mudavam de tamanho e cor.

"Preciso ajudá-los!", Heitor pensou, indo em direção à porta e a abriu com puxão de mão. Um grito surgiu no meio de campo de batalha, mas dessa vez era do jovem:

— Atrás de vocês!

Os dois se viraram e deram de cara com os monstros.

— Caramba! — Gritou Roberto vendo as duas outras criaturas.

— Mas que... — Mariane gritou um palavrão e Ágata cobriu os ouvidos. — Heitor, se esconda nessa carruagem! Não se atreva a pôr um pé para fora! Se essas criaturas não te matarem, eu te mato! Entendeu?

Heitor deu um passo para trás e fechou a porta de novo, a ameaça da loira o tinha perturbado um pouco. Ele foi para a janela com Ágata ao seu pé.

E o que aconteceu em seguida arregalou os olhos de Heitor e arrepiou seus cabelos. Das mãos de Mariane e Roberto nasceu uma luz, estranha e fascinante. Não era arma ou qualquer outra coisa, era algo natural que surgia. "O que é isso?... É magia? Eles são magos? Bruxos?".

As luzes explodiram em um amontoado de cores, Mariane produzia um fogo ou luz, ele não sabia o que era aquilo, só sabia que era lindo, de cor azul escuro. E Roberto produzia um amarelo claro. Parecia que fogos de artifício tinham explodido diante dos olhos de Heitor. O menino começou a sentir o coração acelerado.

— O que foi, Heitor? Parece que acabou de ver um fantasma.

— Ah, nada Ágata, só vamos ficar quietinhos aqui tá bom? Ótimo! — Heitor tentou disfarçar quando se sentou na poltrona, o corpo todo tremendo.

— Você não parece bem — Disse Ágata, os olhos marrons focados em Heitor.

— "Bem" é uma palavra muito forte... Talvez... "vivo" seja uma melhor. — Falou Heitor tentando ser mais calmo, mas isso só piorou a situação de Ágata que arregalou ainda mais os olhos marrons diante da resposta.

Mas então a carruagem foi para frente. Os cavalos relinchavam, enquanto um grito sedento corria por cima do automóvel. Ela foi jogada de lado, Heitor e Ágata bateram contra o vidro, que estourou atrás de suas costas. Ágata soltou um grito junto de Heitor.

— O que está acontecendo?! — Gritou Ágata desesperada, olhando para cima, ela não via o monstro azul acima da carruagem tentando quebrar o resto das janelas.

Uma ideia passou pela cabeça dele.

— Ágata, suba nas minhas costas! — Ele mandou e a menina agarrou nos ombros de Heitor como um filhote agarra a mãe.

Heitor deu vários chutes na porta, mas ela não abria de jeito nenhum.

— Abre logo isso! — Pediu Ágata inconformada com a lerdeza de Heitor.

— Estou tentando!

Mais um chute e a porta foi arrombada, indo para o lado, dando na cara da criatura coruja, que cambaleou para trás enquanto do bico escuro saía riscos de sangue. Ele gritou e Heitor pulou para o chão.

Agora não era momento para lembrar da ameaça de Mariane.

A criatura seguiu Heitor, o menino correu até os cavalos, que estavam amarrados à carruagem, e puxou seu cabresto tentando soltar Manchas. "O único jeito de sairmos vivos daqui é fugindo". Mas a corda não queria desprender da carruagem, agora virada para o lado.

— Que droga! Por que isso não arrebenta?! — Reclamou Heitor, puxando as cordas.

O animal abriu as asas, ficando bem maior do que realmente era. Não importava quanto ele tentasse, não adiantaria. A única solução era correr, os quatro olhos focados em Heitor, as garras faiscando contra o chão de pedra, o animal se aproximava.

"Ele não está nem aí para os cavalos, o que ele quer somos nós!". Isso assustou ainda mais Heitor. O jovem ajeitou Ágata em suas costas e começou a correr, deixando Manchas para trás. Sabia que a criatura não mataria a égua.

— Não íamos pegar um cavalo?! — Gritou Ágata.

— Não! Mudança de planos!

— De acordo com meus cálculos, eu não sei do que estamos fugindo, mas nós temos mais chance de sobreviver se estivéssemos com algum cavalo!

— Sua porcentagem não conta quanto tempo íamos demorar arrebentando aquelas cordas! — Heitor venceu aquela discussão e virou rápido uma esquina.

— Do que estamos fugindo?! — Perguntou Ágata.

— Se eu te falar que eu também não sei!

Heitor olhou para trás, o bicho não perdia a velocidade, apenas ganhava. Sentia as costas doerem de puro medo, o menino aumentou a velocidade.

O animal abriu suas quatro asas e passou por cima de Heitor, fazendo uma sombra sobre ele e a menina. A criatura pousou na frente deles, barrando a passagem e chicoteou sua cauda ao chão.

— Por que parou? Não tem alguma coisa atrás de nós? — Perguntou Ágata, sua voz transparecendo medo.

Heitor não sabia o porquê, mas Ágata não conseguia ver o monstro. Mas isso não fazia o menino se sentir louco por ver a criatura, isso fazia ele se sentir especial, mas não do jeito bom.

O animal arrepiou as penas e seguiu em frente, Heitor olhou para as velhas construções em volta. Nenhuma delas poderia fornecer abrigo e ele não aguentava mais correr, não era acostumado com isso e muito menos com um peso de uma criança nas costas.

A criatura estava a um metro de distância, Heitor colocou Ágata no chão.

— Corra... — O menino mandou sussurrando.

— O que? Heitor, por quê?

— Só corra, se esconda e espere por Mariane ou Roberto. Eu vou distrair a criatura — Mas a menina não saiu do lado de Heitor. — Vá, Ágata!

— Mas...

— Corra!

A menina arregalou os olhos e saiu em disparada para uma velha construção. Ele se voltou ao animal, a criatura foi para o lado, mirando a menina, e Heitor entrou na frente não deixando que ela passasse.

— Se vai pegar ela, vai passar por mim primeiro. — Heitor avisou, focando em dois dos quatro olhos do monstro.

Ele soltou um assobio alto e estranho, Heitor achava que era porque o animal estava com raiva. A coruja foi para trás, mostrou as garras, preparando-se para um pulo.

Heitor tentou ficar em pose de combate e colocou as duas mãos na frente do corpo, tremendo e sentindo o coração bater na orelha. "Agora é minha hora, estranho, sempre pensei que morreria de velhice, não porque um bicho maluco me quer como almoço", Heitor pensou isso brincando, porque não tinha coisa que ele não achasse mais assustador do que a própria morte.

Quando a criatura pulou, o mundo todo ficou em câmera lenta. Fechou os olhos pronto para sentir o peso enorme do monstro, jogando-o contra o chão. Mas, então abriu os olhos de novo, a batida não tinha chegado e nem a morte ou a dor.

Ele abriu a boca, impressionado. Sobre a criatura inicial, estava outra, duas vezes maiores, suas duas asas do lado direito do corpo estavam fechadas, Heitor suspeitou que era porque elas eram cobertas de cicatrizes de outras batalhas e tinham perdido seus movimentos, assim como seus olhos direitos fechados por um conjunto de cicatrizes.

"Minha Lua, onde eu me enfiei?", Heitor se perguntou, começando a andar para trás. Se aquela criatura estava salvando ele ou só não queria que outra de sua espécie devorasse o almoço por completo, essa era outra história que ele não queria saber o final.

— Ágata! — Ele chamou perto de um entulho de pedras. — Cadê você?

— Aqui! — Ágata disse saindo de baixo de uma caixa. — Você está bem? O que aconteceu?

— Te explico depois! Vamos, temos que voltar para a carruagem, você lembra o caminho?

— Tenho memória fotográfica. — Contou Ágata batendo o punho na cabeça.

— Ótimo... — Heitor disse, empurrando-a para fora dali enquanto tremia. Não sabia o que tinha acontecido, mas não gostou da experiência.

Aproximando-se de novo da carruagem, as dúvidas fazendo Heitor ter até dor de cabeça, Mariane e Roberto se aproximaram correndo, com os pulmões clamando por ar.

— Vocês estão bem? Só vimos a carruagem virada de lado. — Falou Roberto, a preocupação estampada em seu rosto cheio de sardas e cicatrizes, ele segurou a camiseta, parecia a ponto de ter um ataque. — Se acontecesse alguma coisa com Ágata, a Rainha iria querer nossas cabeças.

— É não só a de vocês, a minha também. — Resmungou Heitor, puxando a camiseta igual Roberto tentando fazer o corpo respirar.

— Você pensou rápido, H, isso é importante na batalha. — Mariane trocou olhares de novo com Roberto. — E obrigado por nós avisar.

— Que coisas eram aquelas? Eu e Ágata fomos seguidos por aquele treco até — Mas a boca dele foi fechada pela mão áspera e gorda de Mariane.

Ela lhe lançou um olhar sério, que dizia explicitamente "fique quieto ou te mato". Heitor obedeceu e não terminou a frase. Seja lá o que são aquelas criaturas corujas era algo perigoso e parecia um segredo mal guardado.

Ágata tinha as orelhas sempre abertas e Heitor sabia como a menina era curiosa, mais tarde teria diversas perguntas.

Focou nas mãos de Mariane e Roberto, as luzes de antes, o que eram? Eles não tinham queimaduras nas palmas da mão. Muito menos algum machucado, era coisa da cabeça de Heitor? "Não, eu vi aquelas... luzes, eu tenho certeza".

Então, uma movimentação, que assustou Heitor pensando que tinha outra criatura nas sombras, saiu do meio da vegetação. Era a Rainha acompanhada por dois guardas, seguravam vários sacos nas mãos, mas não conseguia ver o que tinha dentro deles. A Rainha arregalou os olhos castanhos e correu na direção deles, os guardas logo atrás.

— O que aconteceu?! Ágata, você está bem?!

— Estamos ótimos, Rainha, mas temos coisas para lhe contar. Principalmente sobre... Heitor. — Falou Roberto, e Heitor sentiu um arrepio subir pelas costas.

Voltando para casa, já deveria ser meio-dia, chegando aos portões do castelo, a carruagem estava toda destroçada, as janelas quebradas, faltava uma porta. Uma roda estava dando várias chacoalhadas, fazendo Heitor bater a cabeça várias vezes por conta de sua desatenção, sua cabeça estava em outro lugar. Se lembrou de novo da voz de Cora ecoando em sua cabeça "Sua vida irá mudar". Ele sentiu um choque passar em seu corpo quando desceu da carruagem pensando nisso.

— O que aconteceu?! — Gritou Eduardo, surgindo do meio dos guardas. A notícia do ataque já tinha se espalhado.

— Longa história, irmão. — Suspirou Fernandez, observando Heitor tirar Ágata da carruagem, logo atrás vinham Mariane e Roberto, as cabeças abaixadas.

Mas Heitor notou algo quando Roberto olhou para Eduardo, seus olhos azuis deram uma leve brilhada; se Mariane tinha visto, fez que não percebeu.

— Eu vou te contar tudo isso no grande salão. Por agora, Roberto, — o menino deu um salto ao ser chamado — vá buscar Cora. Mariane e Heitor venham comigo, Ágata, vá para seu quarto.

— O que?! — Gritou a menina incrédula, com toda certeza ela não queria ser desrespeitosa, mas seu tom...

— Não vou repetir, Ágata... — Sibilou a Rainha.

A princesa lançou um olhar de tristeza para Heitor, enquanto seguia para o seu quarto, acompanhada por um guarda, o menino retribuiu seu olhar. Não sabia o que esperar dessa conversa com a Rainha. Mas, tinha certeza de uma coisa, sua mãe estava certa quando disse que a cidade era um lugar perigoso. Corujas de quatro patas? Heitor não via isso nem nos seus piores pesadelos.

Entrando no grande salão, Fernandez e Eduardo estavam sentados em duas cadeiras. Com a terceira vazia, Heitor ficou ao lado de Mariane tentando buscar apoio nos olhos verdes da garota, mas eles estavam focados em algo à frente.

— Nós estamos encrencados? — Perguntou Heitor sussurrando.

Mariane demorou alguns segundos para responder, e quando ela foi abrir a boca, Roberto adentrou com Cora e Catu no salão fazendo o maior alvoroço.

— Cora, não dá pra mandar esse bicho parar de gritar e calar a boca? — Disse Eduardo com raiva.

— Ah, mandar até que dá, mas fazer ele cumprir? É outra história. — Riu debochada a velha.

— Shhh! Os dois! — Falou Fernandez, colocando-se de pé e até Catu parou com a gritaria. — Mariane, Heitor e Roberto. — Só agora que Heitor notou que o ruivo estava ao seu lado. — Vocês dois se mostraram competentes em campo de batalha hoje. Heitor, — a mulher fitou o jovem com seus olhos castanhos — sua inteligência e pensamento rápido impediram que minha filha se machucasse. — Fernandez se virou para os outros dois... — E vocês lutaram com muita coragem mesmo estando sozinhos em batalha.

Eduardo suspirou, claramente irritado. Heitor ficou tão animado que sentiu as pernas se mexendo sozinhas, mesmo depois de tudo de estranho que tinha acontecido hoje, o dia tinha sido legal, assustador, mas legal. Ele começou a trocar de pé tentando não parecer um bobo na frente da Rainha.

— Ah... Rainha. — Sussurrou Heitor, mas o eco fez a voz se elevar. — Agora que aconteceu tudo isso... será que eu poderia saber, por favor, o que é um com-visão e um sem-visão?

As palavras foram mal-recebidas, tanto por Eduardo, quanto por Fernandez.

— Achei que esse assunto estava encerrado. — Sibilou Eduardo, semicerrando os olhos no garoto.

— Eu sei... mas não seria mais fácil eu cuidar de Ágata se soubesse o que está acontecendo? — Perguntou Heitor, e Mariane deu uma cutucada nas costelas do menino.

— Mas hoje você se saiu bem, mesmo não sabendo sobre o assunto. — Argumentou Fernandez, colocando os dois braços para trás.

Heitor fechou a boca, aí ele tinha perdido o argumento.

— Eu sei que minha opinião não é muito, — Roberto disse de repente e todos os olhares foram para ele — mas eu acho que deveríamos mesmo contar a Heitor o que está acontecendo. Ele mesmo viu...

— Ele mesmo viu que estávamos em perigo. — Interrompeu Mariane, seja lá o que Roberto falaria, ela não gostou.

— Quando estávamos sozinhos e aqueles monstros vieram em nossa direção, se não fosse por Heitor teríamos sido atacados por trás. — Roberto disse agora focando em Heitor. O moreno deu um sorriso ao ruivo e ele retribuiu.

Eduardo mordeu a parte interna da boca enquanto olhava Fernandez. A Rainha fitava os jovens, procurando por algum sinal de mentira. Mas essa foi bem elaborada.

Heitor sentiu que não conseguia engolir nada, suas pernas e mãos suavam como cachoeiras. Será que a líder engoliria tal história?

— Ah, vamos! — Cora cortou o silêncio, não saindo da cadeira. — O menino bem que poderia saber...

— Não. Ele é um sem-visão, sabem do código. Querem quebrar ele? — Perguntou Eduardo olhando em volta.

— Já o quebramos uma vez... — Cutucou Cora molhando os lábios.

Fernandez e Eduardo ignoraram o comentário, mas deu para perceber que ficaram meio abalados com a lembrança de antigamente.

— Tudo bem, dessa vez passa. — Falou Eduardo por fim, colocando um final no assunto.

— Ótimo. Heitor, agora saia, por favor, temos que conversar com Mariane e Roberto sobre alguns assuntos. — Mandou Fernandez, focando em Roberto e Mariane.

Heitor se virou e saiu pela mesma porta que entrou. A fome tinha começado a bater e a vontade de ir ao banheiro também, mas a curiosidade foi maior, meio hesitante, ele olhou em volta e nenhum guarda estava no local. Ainda incomodado e se castigando mentalmente, ele colocou a orelha na porta.

— Eu vou falar para vocês dois, pois quero que fiquem encarregados de algo muito sério. — Heitor pensou que não estava escutando bem, mas na verdade a Rainha tinha parado de falar e só os pios de Catu podiam ser ouvidos. — Mas eu suspeito que há um espião ou espiã entre nós.

Heitor abriu a boca ao escutar aquilo, ele se afastou um pouco da porta, tentando assimilar o que tinha acabado de ouvir e de novo colocou a orelha na superfície lisa.

— Ora, Rainha, isso é uma acusação muito grave. Por que pensa isso? — Heitor reconheceu a voz de Roberto, ela falhava, provavelmente estava com medo.

— Porque eu já fui com poucos guardas para a ala oeste para não chamar atenção, mas mesmo assim nos descobriram e eu não comentei com ninguém que iríamos até lá. Ou seja, tem alguém nos espionando. E o ataque foi bem em Ágata e na carruagem. Sabiam que eu estava com ela. — A mulher fez uma pausa. — Se não fosse por Heitor... não sei se ela estaria viva.

Heitor deu um sorriso, orgulhando-se de seus feitos e ao mesmo tempo sentindo as orelhas ficarem quentes pelo fato de a mulher falar bem dele.

— Mas alguma suspeita de quem é o espião ou espiã? — Perguntou Mariane com a voz preocupada.

— A única pessoa nova no castelo é Heitor. — Acusou Eduardo e Heitor sentiu a raiva subir.

"Ah, qual é? Eu literalmente acabei de salvar a vida da sua sobrinha!", ele gritou internamente, rangendo os dentes.

— Eduardo, me desculpe, mas se não fosse por Heitor, os Orfeus matariam Ágata. — Disse Mariane com ousadia e Heitor ficou surpreso ao ouvi-la defender ele mesmo não estando por perto.

"Orfeu... esse é o nome daquela criatura?".

— Eu concordo com Mariane, não é Heitor! — Roberto disse, a convicção na voz do ruivo só provava o ponto de Mariane.

— É, eles têm razão, Heitor não faria isso. — Cora complementou. — Vocês sabem quem ele lembra... não pode ser um traidor.

"Eu lembro quem?".

— Não, Heitor não está nos meus suspeitos. — Fernandez suspirou. — Não tenho suspeitos ainda... — Ela assumiu, a voz exalando tristeza. — Por isso, olhos atentos e ouvidos também.

— Sim, senhora, vamos ficar de olhos abertos. — Mariane e Roberto se viraram, Heitor escutou os passos vindo em sua direção, não dava tempo de sair dali.

A menina abriu a porta, Heitor foi para trás e bateu no chão, talvez alertando o castelo inteiro. Mariane arregalou os olhos verdes quando o viu ali, ela pareceu querer matar Heitor na mesma hora e Roberto apenas fez um sinal para ela ficar quieta com o menino ainda no chão.

— O que foi isso, Mariane? — A voz ríspida de Eduardo ecoou pelo salão.

— Nada, senhor, Eduardo! — Ela gritou meio sem jeito.

Sem mais nada a dizer, ela fechou a porta muito rápido, pegou Heitor pelo ombro e o levou pelos corredores com Roberto logo atrás. Ela disse:

— O que diabos você está fazendo ali? Se te vissem daquele jeito... — Mariane começou, mas Heitor terminou:

— Diriam que sou o espião? — A menina arregalou os olhos. — O quê? Meu espírito de fofoqueiro não para!

— É, eu notei! — Ela suspirou, jogando Heitor para frente. Ele deu alguns tropeços e logo voltou a ficar de pé.

— Mas é bom ele saber disso, Mari — Roberto contrapôs erguendo os dois ombros enquanto colocava as mãos cobertas de sardas dentro dos bolsos da calça.

— Roberto! — Ela chamou a atenção do ruivo.

— Mas é verdade! Se ele souber disso, pode nos ajudar a ver algo. — Roberto tirou uma mão do bolso e colocou a mão no ombro da menina.

O menino confirmou com a cabeça, queria ser incluído nos assuntos da realeza, sabia que esse não era o jeito mais certo e nem o mais honesto. E se sua mãe desconfiasse que estava feliz em bisbilhotar a vida alheia, levaria uma surra daquelas. "Mas não tem outro jeito, ninguém me conta nada, então, que eu descubra por mim mesmo", pensou enquanto observava Mariane e Roberto e viu uma oportunidade.

— Agora que estamos sozinhos... vocês podem me dizer o que eram aquelas criaturas? Por favor?

— Não, Heitor, não podemos. — Respondeu Mariane ríspida, mas Roberto lançou um olhar gentil a Heitor, como se o entendesse.

— Eu sei como é complicado, Heitor, mas de vez em quando não saber das coisas é uma benção. — Disse o ruivo, tentando ter compaixão.

— É... você deve ter razão. — Heitor suspirou e voltou para seu quarto, ainda todo dolorido.

Capítulo 5

30 de abril

Havia passado cinco dias desde o ataque. Ágata tinha feito mil e uma perguntas, mas Heitor conseguiu desviar de todas elas usando o argumento de que também não sabia de nada — o que não era totalmente mentira.

Acordou, dessa vez não com os raios do sol, mas sim com o barulho de um trovão que fez todo o castelo tremer. Levantou assustado e olhou pela janela, as árvores balançavam, levantando folhas e o céu estava tão escuro com as nuvens de chuva que parecia noite ainda.

— Ah, que ótimo, uma tempestade. — Heitor falou irônico. — Odeio tempestades. —Só de pensar nelas um arrepio subia sua espinha.

Ele trocou o pijama por uma calça mais larga e uma camiseta comprida e saiu do quarto. Se o castelo já era escuro antes, agora sim que não se podia ver nada, então Heitor pegou uma vela usada pela metade que ficava na parede.

— Depois eu devolvo. — Prometeu Heitor para si mesmo, antes de bater contra à armadura de ferro que ficava ao lado do seu quarto. — Ai! Porcaria!

Ele foi em direção à porta de Ágata, passando a mão no nariz dolorido.

— Ágata, bom dia, tá na hora de acordar. Eu já acordei ótimo! Dei de cara com essa armadura. Vem cá, por que sua mãe não tira esse negócio daqui? Ele nem serve para nada! Só se contar assustar as pessoas e bater nele. — Heitor disse, mas nenhuma resposta veio em seguida. — Ágata? — Chamou ele de novo, abrindo um pouco a porta. — Posso entrar?

O silêncio permaneceu, então ele abriu a porta por completo e viu que não tinha ninguém no quarto. Outro trovão cortou o céu, Heitor estremeceu, "droga de chuva!".

Iluminou o lugar com a sua mísera vela, as únicas coisas visíveis foram várias pinturas da família real nas paredes e bichos de pelúcia. "Esse quarto deve ser do tamanho da minha casa".

— Ágata? Oi? — Heitor chamou de novo, olhando embaixo da cama gigantesca da menina. — Talvez ela tenha ido tomar café. — Falou Heitor positivo, saindo do quarto e apressando o passo para a cozinha.

— Mas isso é estranho, por que ela sairia sem mim? Ela nunca sai sem mim. — Heitor disse, erguendo a vela no corredor.

Heitor não sabia muito bem onde ficava cada ala e cômodo. Era sempre Ágata que guiava o menino, ele sabia alguns pontos dos corredores. Tentou segui-los em sua mente, tentando lembrar do que Ágata falava, ou por qual caminho fazia e qual curva virava.

Depois de minutos, ele encontrou a cozinha, orgulhoso ele abriu a porta do lugar, com um sorriso de orelha a orelha.

— Adivinha quem encontrou o caminho? E ainda por cima sozinho! — Heitor fez questão de ressaltar essa parte.

Ele adentrou no cômodo esperando ver a princesa, mas tudo que viu foi a longa mesa de madeira com o café da manhã, frutas, mel e pão. Mas nada de Ágata; o menino coçou a cabeça, bagunçando os cabelos pretos.

— Onde você se enfiou, Ágata?

Heitor arregalou os olhos quando a porta foi aberta novamente, uma mulher alta, de cabelos pretos compridos, com olhos azuis, usando um belo vestido preto adentrou a cozinha.

— Bom dia... — Disse Heitor, rápido demais. O fato de não saber onde Ágata estava o deixava em pânico.

— Olá, Heitor, bom dia. Dormiu bem? — Ela perguntou com um sorriso branco no rosto.

— Ah... dormi e você? — O menino se surpreendeu, como ela lembrava ainda do nome dele? Claro, ela estava na cerimônia. Mas nunca tinham trocado uma única palavra. E por que estava puxando assunto? Geralmente o povo do castelo era mal-humorado... pelo menos os guardas eram.

— Ah, também — Continuou a moça, enquanto passava uma espécie de doce no pão. — Parece perturbado... está tudo bem?

— Ah... é, está sim. Por quê? Não parece estar? — Perguntou Heitor suando, as mãos não paravam quietas.

A mulher ergueu os olhos azuis sobre Heitor e manteve um longo contato visual.

— Está com medo?

O menino engoliu em seco, como ela sabia dessas coisas?

— Medo? Eu? Não... — O desconforto estava começando a apertar sua garganta.

— Heitor, não sou igual ao Eduardo. Pode me contar as coisas. — A mulher largou o alimento sobre a mesa. — Pode confiar em mim.

Ele paralisou, sentiu um gelo percorrer seu corpo. A mente dele não parava, deveria confiar nela? Nem o nome dela sabia.

— É que... — A boca de Heitor tinha começado a secar. — Ágata e eu estamos brincando de esconde-esconde, é, esconde-esconde! Mas não a acho em lugar nenhum, você poderia me dar uma dica de onde a procurar?

Heitor se sentiu orgulhoso de sua própria mentira. "Se minha mãe me visse orgulhoso de mentir, com toda certeza eu iria apanhar".

— Bom, Ágata tem medo de tempestades. — A mulher falou de forma séria. — Talvez seja difícil encontrá-la... mas procure na biblioteca ou no quarto de Mariane.

— Tá, eu vou procurar, obrigado... — Heitor não sabia o que dizer, não sabia o nome dela, então deixou a frase sem final.

— Meu nome é Amélia... — Sussurrou ela, abaixando os olhos para o café da manhã.

— Obrigado, Amélia... — Disse Heitor, saindo da cozinha e fechando a porta.

"Tá, isso foi muito estranho...", pensou Heitor, começando a procurar a princesa.

Andou de um lado para o outro sussurrando seu nome. Abriu de leve a porta do quarto de Mariane, que não era muito longe dos aposentos de Heitor e Ágata. O menino não entrou, só deu uma olhada de cima, já deu para perceber que ela não estava ali. E se entrasse no quarto dela sem sua permissão no dia seguinte não haveria mais nem Heitor.

— Ágata, onde foi que você se meteu...

Heitor agora já tinha cedido ao pânico, começou a abrir toda porta que encontrava, analisava cada pequeno espaço. "Pensa, Heitor, pensa... se ela está com medo da tempestade, onde ela pode ter se escondido?". Então Heitor teve um vislumbre, uma hipótese nasceu em sua cabeça.

Pegou o conjunto de escadas que ia ao andar superior, que era em formato de caracol. Heitor parou na frente da entrada do corredor do terceiro andar. A vela já estava quase pegando em seus dedos.

— Onde você pensa que vai? — Perguntou uma voz forte que cortou a escuridão. Heitor tremeu ao escutá-la.

— Oi, guarda, eu vou entrar aqui na ala da majestade.

O homem riu, olhando Heitor com desdém.

— Você tem autorização?

— Não... mas... mas Cora me chamou para cá.

— Ah é? Então me diga, sem-visão — Heitor se encolheu à ofensa, era horrível ser chamado de uma coisa que ele nem sabia o que significava direito. Mas sabia que fosse o que fosse, era como um xingamento. Pelo menos os guardas faziam parecer. — O que a Cora quer com você?

— Eu não sei o que ela quer de mim, por isso mesmo vim aqui. E agora que estou cumprindo a ordem que ela me deu, você não quer me deixar entrar. — O guarda pareceu não se importar muito com as palavras de Heitor. "Eu preciso entrar aqui! E o único lugar que ela pode estar!" — Ou o senhor não me deixa entrar, fazendo eu descumprir uma regra dada diretamente a mim pela conselheira da Rainha, Cora, o que, com toda certeza, não vai agradar ela nem um pouco. E aí, ela vai falar pessoalmente com Fernandez, que vai vir brigar comigo! E eu vou a informar que foi *você* que não me deixou entrar!

— E? — O guarda perguntou como se aquilo não fosse nada.

— E que, ou você se acerta comigo agora. Ou depois você lida com uma Rainha brava. — Heitor encarou o homem, feliz por sentir que estava dando o troco em todos os guardas que o olharam torto desde que pisou no castelo.— E aí? Qual você escolhe? *Senhor.*

O homem refletiu um pouco, os olhos indo de um lado para o outro, quase dava para ver a fumaça saindo de seus ouvidos por pensar demais.

— Então... vai me deixar passar?

— Seja rápido. — O homem cuspiu e saiu do caminho.

— Obrigado. — Disse Heitor, mas o homem não deu muita boa. Deveria estar irritado demais para responder.

Aquela ala do Castelo era destinada a membros reais, como Eduardo, Amélia e a própria Rainha. Era ali onde dormiam e tomavam banho. Por isso era tão difícil o acesso, mas o andar acima era ainda mais restrito. Heitor não sabia o porquê, mas lá ele nunca entraria, mesmo pelas ordens de Cora.

O corredor era gigantesco, mas só havia três portas de madeira ocupando o espaço. Vasos de orquídeas davam cores para o lugar, com tapeçarias e lanças penduradas. Pinturas em família estavam nas grandes paredes de pedra. Uma delas tinha Ágata recém-nascida nos braços da Rainha e um homem ao lado, deveria ser o pai da criança. Ele tinha cabelos encaracolados curtos, pele negra, um bigode estranho, olhos serenos e fortes. Tanto no começo do corredor quanto no final, tinha uma linha pintada de dourado que contrastava com a escuridão do lugar.

Era simplesmente lindo. Bem melhor que os outros andares, mas o que se esperar? Era ali que a Rainha morava.

Heitor precisava achar Ágata, se ela se machucasse, o menino se culparia eternamente, podia só ser a babá de Ágata, mas tinha passado mais tempo com ela do que com qualquer pessoa, além de seus pais. Cuidava dela como se fosse sua própria irmã, e além disso, se não a encontrasse, teria que informar à Rainha, algo que causava arrepios nos cabelos só de pensar.

Heitor abriu a primeira porta do corredor, "Quando uma filha sente medo, corre direto para a mãe. Se eu achar o quarto de Fernandez, acho Ágata". Ela não tinha uma relação tão boa com a mãe, Fernandez escondia várias coisas dela e não permitia a menina ter tanta liberdade. Mas Heitor sentia que Ágata queria ter uma boa relação com a mãe, afinal, quem não quer?

Observou um pouco a porta, todas tinham o símbolo da lua pintado com um azul escuro. Menos a do final, na qual parecia que alguém tinha tentado tirar o desenho, mas sem sucesso. Ao abrir a porta, subiu um cheiro de perfume forte e ameixas, Heitor torceu o nariz e virou a cara para o lado. E se dirigiu a porta do meio, ela era do mesmo jeito que as outras só tinha algumas plantas vermelhas em volta da porta e atrás dessas flores estavam vasos enormes de samambaias que Heitor poderia ter achado bonitas se não estivesse tão preocupado.

71

Mas então, Heitor não sabia se gritava ou se agradecia aos céus. Seus olhos se espantaram com tal visão, segurou na barra da camisa para não gritar de espanto. Andou devagar sentindo suas pernas tremerem.

Se sentou ao lado dela, empurrando as plantas, era Ágata. Estava desmaiada no meio das folhas, Heitor a cutucou, mas ela não se mexeu. Ele abriu suas pálpebras, mas os olhos castanhos dela corriam para o lado.

— Você não me assuste assim — Heitor verificou o pulso da menina, seu coração batia devagar, tão devagar que parecia morta, mas não estava. — Ah, graças, está viva. — Com um suspiro, Heitor a pegou no colo.

Ele escutou um assobio que reconheceu ser de Catu, a arara azul. Com mais um grito, o animal parou em cima de uma armadura enferrujada.

— Heitor, está aqui? — Uma voz fraca disse isso, era com toda certeza Cora.

— Cora! — Heitor gritou desesperado, não sabia se podia contar com Cora, mas ele precisava de ajuda.

— Heitor, o que está fazendo aqui? Na ala das majestades? Tão perto do quarto de Eduardo?

— Peraí... aqui é o quarto de Eduardo? — Heitor bateu na porta que ia abrir antes.

— É sim. — Disse a velha com o olhar desconfiado.

A mente de Heitor rodopiou e ele apoiou as costas na parede, sentindo a pressão descer. Por que a princesa desaparecida estaria tão perto do quarto do tio? Heitor mordeu a língua enquanto pensava. A desconfiança subindo em suas costas.

— Cora, olhe... eu preciso da sua ajuda, eu conto tudo o que está acontecendo para você! Eu juro, mas antes precisamos de um lugar seguro e ver se ela está bem! — Heitor disse com os olhos arregalados.

— Você está me assustando, Heitor, quem não está bem?

— Ágata, Cora! Ela está viva, mas...

— Não termine essa frase, venha comigo. — A mulher virou para trás.

Cora o levou por outro caminho, onde não havia guardas, e empurrou uma tapeçaria vermelha rubra para o lado. Um túnel escuro e pequeno ficou aparente, o menino arregalou os olhos, ele tinha deixado a vela para trás e não conseguia enxergar nada. Ele foi para trás batendo a cabeça no teto de pedra, mas Catu e Cora não tinham problema nenhum de andar naquele lugar.

A velhinha parou de supetão, abrindo uma porta, a luz foi a melhor coisa que Heitor poderia ter visto. A passagem deu em uma sala cheia de prateleiras de madeira e vários livros, o cheiro de madeira subiu no ar e o de livros antigos também. Ele sabia que no castelo tinha uma biblioteca, mas não sabia onde.

— Onde estamos, Cora? Na biblioteca?

— No meu quarto, que também é a biblioteca. — Ela informou. — Venha.

Entrando na sala, uma brisa fresca passou pelos cabelos pretos de Heitor, ele olhou em volta. Era uma ala grande, de dois andares, o andar de baixo era uma ala cheia de livros em prateleiras, com mesas redondas colocadas com vários poleiros e árvores de pequeno porte espalhados, onde Catu podia pousar.

Cora se sentou em uma poltrona, parecia feita de couro. Heitor ficou de pé a observando, enquanto Catu destruía um galho de uma árvore.

— Agora, o que precisa me dizer de tão urgente?

Heitor sentiu o rosto ficar vermelho e o estômago revirar. Chegou a hora de dizer a ela o que estava segurando e o que estava acontecendo. Com o medo lhe cutucando a garganta, ele contou toda a história.

— Heitor... — Cora suspirou.

— Juro que não estou mentindo!

— Eu não ia dizer que estava, coloque ela no chão e eu cuido do resto.

— Obrigado, Cora. — Heitor agradeceu.

Quando Heitor deixou Ágata no chão, o corpo dela estava mole como gelatina. Por que ela tinha desmaiado? E por que ela tinha ficado desse jeito? Quase morta.

— Ela vai ficar bem... né?

— Claro, querido. — Afirmou Cora, pegando alguma coisa na prateleira. — Isso vai ajudá-la.

A velha se sentou ao lado de Ágata e Heitor identificou um pote gigantesco na mão de Cora, a metade do objeto estava ocupada por um líquido estranho e marrom. Ela pegou um pouco do líquido e logo subiu pelo ar o aroma doce; que o menino identificou o odor como sendo de mel.

— Heitor... acredita em magia? — Perguntou a mulher, puxando Ágata para seu colo e colocando um pouco do mel em sua boca.

— Olha... depois de tudo que já vi aqui e passei. — Uma memória antiga passou pela mente de Heitor, mas ele a ignorou com todas as suas forças. — Acredito sim. — Admitiu por fim.

— Que bom, talvez assim seja mais fácil de assimilar.

Cora esperou ali parada enquanto Ágata começava a se mexer aos poucos. Sem nenhum brilho ou luz brilhante, apenas abriu os olhos marrons claros para o mundo e soluçou.

— Oi, querida... — Disse Cora.

— Oi, Cora. — Respondeu Ágata, com a fala rouca.

Heitor sentiu a felicidade subir e por algum motivo estava com vontade de chorar. Talvez tivesse se apegado demais à Ágata, com outro suspiro de alívio relaxou e agora sentia em sua pele como estava tenso.

— Oi, Heitor... — Ela disse também.

— Oi, Ágata, como se sente? Tá tudo bem? Tá com dor?

— Ruim. Muito ruim. — Ela disse olhando em volta.

— É, eu esperava que se sentisse assim. — Falou o menino, sentando-se com as pernas cruzadas.

Catu deu um longo assobio lá em cima, Ágata ergueu os olhos para ele e começou a se levantar.

— Vai com calma, Ágata. — Advertiu Cora, ajudando a menina a se levantar com a mão.

— Eu posso brincar um pouco com o Catu? — Pediu Ágata, ainda meio tonta.

— Você está se sentindo melhor? — Perguntou Heitor, erguendo uma sobrancelha.

— Vou ficar depois que brincar com o Catu. — Repetiu Ágata. — Posso, Cora?

— Claro, Ágata... — Respondeu a velha, Heitor observou a menina se levantar. — Ela sempre quis ter um animal, mas a mãe dela nunca deixou e nem vai deixar. Só se o céu cair ou a cobra fumar para Fernandez deixar a filha dela ter um animal. — A velha riu, um riso forçado, dava para ver que queria quebrar aquele clima horrível que tinha ficado. Mas para Heitor, aquilo só piorava as coisas. Ele se encolheu e esperou ela terminar sua risada.

Heitor não deu muita bola para o comentário de Cora, observava Ágata brincando com Catu e dando sementes ao pássaro, então a velha o puxou pelo braço até um canto mais afastado.

— Heitor, onde achou Ágata?

— Perto do quarto de... — Heitor parou, só agora se dando conta de como aquilo era estranho. — Eduardo. O que é que ela tinha?

— Nada muito grave, apenas jogaram nela um pó de Orfeu. — Cora mordeu o lábio inferior pensativa.

— Olha, eu nem vou perguntar o que é pó de Orfeu — Heitor já tinha perdido a esperança de entender algo. O menino molhou os lábios. — Mas, seja o que for esse pó. — Ele diminuiu o tom de voz, observando se Ágata não notaria. — Ágata estava desmaiada. Perto do quarto de Eduardo.

Heitor, soltou a bomba e deixou que ela explodisse. Cora não respondeu, apenas fechou o pote de mel, pensativa. Como ela não se manifestou, Heitor prosseguiu:

— Eu não gosto de Eduardo, aquele cara é um mala, mas será que ele faria isso? E por que motivo?

— Não sei, mas a única prova que temos está contra ele — Rebateu Cora, passando a mão pelo queixo. — Mas eu ainda tô com uma pulga atrás da orelha.

— Será que eu pergunto a ela? — Heitor olhou para Cora.

— Perguntar o quê?

— Perguntar a ela o que se lembra... ou se ela sabe ao menos que desmaiou... eu acho que ela pensa que só estava doente.

— Vai mesmo perguntar a ela? — Cora disse segurando o pulso de Heitor. — Ela não se lembra, Heitor, senão estaria assustada. Ela parece assustada?

Heitor olhou para Ágata dando sementes para a ave.

— Não, não parece.

— Então vamos deixar isso quieto. Se ela não se lembra é até melhor. É um trauma a menos para ela.... mas em questão de Eduardo.

Heitor se encolheu, "era só o que faltava. Na verdade, se ele fosse o espião, nunca seria descoberto. Irmão da Rainha, respeitado pelo povo e pelos guardas. Ninguém nunca bateria de frente com ele. Ótimo disfarce e ainda por cima, Eduardo sabe tudo do Castelo. Um ataque de dentro".

— Heitor. — Falou Cora séria. — Não tire os olhos de Ágata e não comente com ninguém isso do Eduardo. — Ela disse com pesar nos olhos. — Se ele for mesmo o espião... e eu não quero nem saber como você descobriu sobre ter uma suspeita de espião no castelo! — Heitor sabia que Cora não podia ver, mas sentia que ela estava quase o matando com o olhar. — Mas, se Eduardo for o espião, vai ser difícil provar tal coisa. Precisaríamos de muitas provas. Cuide de Ágata, a proteja e mantenha seus olhos abertos. — Cora colocou sua mão ossuda no ombro do menino. — Heitor, sua vida a partir de agora nunca mais será a mesma.

— Pode deixar, Cora. Ninguém vai tocar em um fio de cabelo dela. — Afirmou ele. — Minha vida virou de ponta cabeça já quando eu pisei neste castelo.

Cora largou Heitor e com um sorriso virou as costas para ele, Catu fazia barulhos estranhos enquanto bicava uma semente de girassol Ágata ria da ave, nem parecia que há pouco tempo estava caída ao chão.

O menino sentiu um alívio tão grande em seu peito vendo Ágata bem e sorrindo de volta. Sentia que tinha que a proteger, sentia que a menina era a irmã que nunca tivera e sentia mais no fundo um medo terrível de a perder, pois sabia que ela corria perigo. "Ela está na reta do inimigo, e eu sou a única barreira capaz de impedir esse contato, tenho que proteger Ágata, custe o que custar...".

— É, você é igualzinho a ele mesmo... — Sussurrou Cora, alto o bastante para ele ouvir, mas baixo o suficiente para Ágata não escutar.

— Espera! Igual a quem?

A dúvida apertou Heitor, "Igual a quem?". Mas Cora já estava afastada e ele não queria perguntar perto de Ágata. Cada dia que passava, quanto mais Heitor sabia, mais ele se sentia deslocado.

Capítulo 6

19 de maio

Heitor olhava pensativo para a mesa de madeira a sua frente, mordiscando um lápis. "O que posso fazer?", mas o barulho das trombetas dispersou seus pensamentos.

— Com toda certeza esse é o terceiro dia mais movimentado do ano.

— É o mais barulhento também. — Reclamou uma voz feminina.

O menino se virou e Mariane estava parada na porta com os braços cruzados, usava um vestido verde escuro que combinava com seus olhos. A peça de roupa tinha mangas curtas e era aberto na frente e bem cintado. Seu cabelo estava jogado para o lado, e usava sapatilhas marrons brilhantes nos pés.

— Você está linda. — Elogiou Heitor, olhando para suas próprias roupas. — Acho que eu tenho que me arrumar melhor.

Mariane ergueu uma sobrancelha para ele. O menino trajava uma calça branca com uma camiseta marrom claro e sapatos pretos.

— Não, está ótimo — Falou Mariane, adentrando no quarto e parando atrás de Heitor.

— Eu não sei o que dar a ela. — Heitor contou, olhando para o papel.

— Ela é uma princesa, Heitor, ela tem tudo, nada é inovador. — Mariane disse, agora se escorando na parede, sua voz soava arrastada.

— Eu queria fazer um desenho... mas não tô com inspiração. — O menino se levantou, sentindo-se derrotado, ainda com o lápis e o caderno na mão.

— Vamos então, H. — Mariane o puxou para baixo de seu braço. — Não fique triste, a sua companhia já é ótima para ela, nunca vi Ágata gostar tanto de alguém quanto gosta de você... você ainda não avisou sua mãe que está aqui?

Mariane apontou para uma carta escrita pela metade. Heitor encolheu ao ver a folha.

— Não... não consigo contar a ela que a abandonei — O tom de voz soou patético para Heitor. — Eu não sei o que escrever a ela.

— Heitor — Mariane segurou mais firme nos ombros do menino. — Eu sei que é complicado contar a alguém que você vai embora... Principalmente aos pais... acredite. Eu já fiz isso — Os olhos dela pareciam distantes quando disse isso. — É uma dor forte, mas necessária. E quanto antes você mandar a carta, mais rápido ela vai parar de se preocupar com você.

— Obrigado — Agradeceu Heitor, com um sorriso, e mais um estouro de bombas cortou o ar.

— Mas que coisa! Precisam ficar estourando esses negócios?! — Mariane rosnou, soltando Heitor. — Eu detesto esse barulho, além de fazer mal para mim, faz mal para os animais do estábulo.

— Animais! — Heitor gritou animado e abriu o caderno. — Boa, Mariane.

— O quê?

— Espere um pouco. Já vamos ao aniversário da princesa. Primeiro, vou terminar o presente. — Pediu Heitor rabiscando o papel.

Chegando lá, o salão estava com fitas coloridas e brilhantes logo acima de suas cabeças, flores de todas as cores enfeitavam os quatro pilares do salão. Uma enorme mesa de madeira, que deveria ser para os presentes, estava ao lado da porta e outra mais afastada estava cheia de doces, os mesmos do dia que Heitor foi eleito babá. A boca do menino se encheu de água só de pensar naquelas guloseimas.

Catu gritou quando Heitor adentrou na sala junto de Mariane.

— Vamos para a mesa de doces antes que Cora chegue, ela sempre pega tudo para ela! — Avisou a loira, correndo na frente com seu vestido verde. — Ah... aí está você.

Mariane parou de supetão e sua felicidade esvaziou de seus olhos quando viu Cora surgindo de trás da mesa com alguns doces na mão. Hoje ela estava com o cabelo branco solto, alguns cachos flutuavam por cima dos olhos da velha, usava um vestido azul que arrastava ao chão. Cora mudava o cabelo igual uma criança mudada de brinquedos, por isso Heitor suspeitava que ela usava peruca. "Como em um dia ela pode estar careca e no outro com tranças ou com um cabelo maior que o meu?".

— Falando de mim, Mariane? — Perguntou a velhinha, enquanto colocava outro doce na boca.

— Sim, eu estava! E você está fazendo a mesma coisa que eu disse. O que só prova meu ponto. — Mariane bufou, jogando o cabelo para trás.

— Ora, não reclame e pegue um doce antes que os convidados cheguem. — Falou Cora delicadamente. — Heitor?

O menino tremeu, sua última conversa com Cora tinha sido... perturbadora.

— Oi, Cora. — Avisou o menino, colocando a mão no ombro da velha. — Cadê Roberto e Eduardo? — Perguntou Heitor, sentindo o gosto amargo ao dizer o nome do homem.

— Em patrulha. — Mariane informou se aproximando dele, Heitor não soube se era para pegar o doce que estava atrás dele ou se era para ver o caderno em sua mão. — O que você desenhou aí?

— Você verá, cadê a aniversariante? — Heitor procurou em volta fechando o caderno.

— Ela vai chegar logo, estou escutando os passos dela. — Cora falou, esticando os ouvidos em direção à porta.

— Você pode deduzir quando alguém está chegando só pelos passos? — Heitor questionou, duvidando de Cora.

— Então, observem... três... dois... um... — Quando ela disse o último número, a porta foi escancarada.

Heitor se virou para as portas do grande salão, Ágata estava na frente de dois guardas. Estava com o cabelo cacheado amarrado em uma longa trança, com uma coroa de puro ouro e pedras azuis em sua cabeça. Seu vestido era lilás e as pontas eram roxo escuro. Ele tinha longos babados e era de alça, uma ametista estava bem no meio da peça, e pedaços dela se espalhavam pela cauda do vestido.

Mariane soltou um "uau", Cora deu um sorriso e Heitor então pensou que para uma menina que podia arranjar uma ametista a hora que quisesse, talvez seu presente não fosse assim tão bom.

Heitor foi até ela com Mariane ao seu pé.

— Ágata, parabéns! — Desejou Mariane e Heitor ao mesmo tempo.

— Obrigada... — A menina disse, meio sem jeito. — Não precisava de festa, eu preferia que fosse um dia comum.

— Que é isso, olha toda essa comida! — Heitor tentou animar a menina.

— E você até que tem razão, é bom ter um dia que se pode comer doces à vontade. O que é esse caderninho na sua mão? — Perguntou Ágata, enquanto os guardas iam para a mesa, quase matando Heitor com seus olhares.

— Ah, não é nada... — Começou ele, mas Mariane interrompeu:

— Ele fez isso para você. Anda, Heitor, mostra pra ela!

Ágata pegou a folha e a abriu devagar, os olhos cintilando de curiosidade. Mariane se curvou um pouco, os cabelos loiros caindo para o lado.

— Caramba, você desenhou isso naquele tempinho? Você realmente tem o dom! — Falou Mariane dando uma piscadela a Heitor.

— Não é dom, é só prática. E obrigado. — Heitor disse tentando fazer a mesma voz brincalhona que ela fez.

No papel, o desenho de um cavalo de vários ângulos, com suas crinas ao vento – Heitor tinha usado as medidas de Manchas para fazer os esboços do desenho.

— É... é... tudo que eu queria... — Ágata colocou o papel contra o peito. — Obrigada, Heitor...

— De nada, fiz pensando em como você gosta de animais... mas não pode ter nenhum. — O menino disse de forma gentil, soltou um sorriso, se Ágata tinha gostado estava ótimo. Era só isso que importava.

— Realmente, um belo desenho, você desenha bem, rapaz. — Heitor congelou ao ouvir aquela voz, automaticamente seus joelhos se dobraram e ele foi ao chão com uma reverência e Mariane fez o mesmo. — Não precisam disso, podem se levantar.

A Rainha estava com sua roupa normal, sem nenhuma festividade, se era o aniversário da princesa, não parecia.

— Você veio?! — Gritou Ágata animada, o que deixou Heitor desconfortável, como uma mãe não vai no aniversário da própria filha?

"Pare, Heitor! Você não sabe o que ela passa, talvez não dê para ficar com Ágata", Heitor repreendeu a si mesmo.

— Sim, mas por causa de Heitor, — Fernandez virou a cara para o menino. — Posso falar com você por um momento?

— Ah... claro... — Até Mariane, que estava com um sorriso por causa dos doces, transformou a boca em um rosnado e pegou no ombro de Ágata, enquanto os olhos marrons da pobre menina desciam para baixo, tristes.

Com um pesar no peito, Heitor acompanhou a Rainha até uma sala mais afastada, onde Amélia já estava. Heitor trancou a garganta na hora, será que Amélia falou para a Rainha do fato dele ter perdido Ágata? "Não, não, eu estou louco. Ela nem sabe que eu perdi a menina... bom, eu acho, pelo menos", ele pensou, sentindo cada parte do corpo tremer; suando, ele se agarrou à parede e segurou para não entrar em pânico.

— Heitor, que bom ver você. — O tom da morena era doce e seus olhos pareciam tristes, ela se aproximou, chegando perto de Fernandez. Mas alguma coisa naqueles olhos claros davam uma sensação estranha a Heitor.

— Pode nos dizer o que é isso? — Perguntou a Rainha, abrindo uma folha de papel na frente de Heitor.

Ele gaguejou ao ver aquilo, se não estava tremendo antes, agora parecia uma vara verde. Suas mãos não suavam mais, agora eram cachoeiras, seus olhos arregalaram e de sua boca não saiu uma palavra.

O que estava em sua frente era, nada mais nada menos, que uma folha de papel suja, provavelmente resgatada do chão, com um desenho de Heitor, que ressaltava demais seu nariz, e embaixo a frase: "Procura-se Heitor Costas, 17 anos". "Mãe...", o menino pensou, o gosto de bile subindo a boca.

— Achei que estava fazendo isso por sua mãe! E você fugiu de casa! — Fernandez cuspiu as palavras como veneno na cara de Heitor.

— Eu... eu... eu sinto muito, Majestade, mas eu precisei fazer isso! — Heitor aumentou o tom de voz de repente, como se todo o sofrimento, fome e desespero que passou tivessem se juntado tentando acabar com aquilo. — Eu e minha mãe passávamos fome, meu pai está de cama, nosso sítio não se sustenta sozinho! Se eu não tivesse vindo para cá ganhar dinheiro e mandar todas as junas para ela... — As palavras arderam em sua língua. — Já estaríamos mortos...

— Mas, Heitor, ela está preocupada... — Amélia começou, mas a mão lisa e negra de Fernandez impediu que ela continuasse.

Heitor ergueu os olhos e fez um longo contato visual com a Rainha — seus olhos brilhavam como se tivesse visto algo que nunca viu, a boca curvada... O menino arregalou os olhos, ela estava tentando parar o choro.

— Querido... seus ideais são bondosos, entendo por que minha filha escolheu você como babá. Eu iria pedir para você retornar a sua casa. — Heitor gelou ao ouvir aquilo. — Calma, eu não vou te mandar de volta para casa. Na realidade, vou pedir que fale com sua mãe e que explique a situação... que tal uma carta?

— Senhora, eu já comecei a escrever a carta. Só não enviei.

— Não acha melhor pessoalmente? — Perguntou Amélia, segurando nos ombros da Rainha a boca dela estava levemente aberta.

— Não. Precisamos dele no castelo, ele tem o pensamento rápido, mesmo não sabendo sobre o que estamos lutando, sabe se virar. É esse tipo de pessoa que preciso cuidando da minha filha. — Explicou Fernandez e então olhou para Heitor, cujo olhar fervilhava de felicidade diante das palavras da Rainha. — Não alimente seu ego com isso, termine a carta e a mande o quanto antes, e fique no castelo — Antes de sair, Fernandez lançou um olhar para Amélia e sussurrou, mas o Heitor escutou. — Ele lembra tanto ele...

— Até demais... — Amélia disse girando os olhos.

Heitor se virou, mas a Rainha já tinha sumido pela porta, como ele queria saber o que ou quem ele lembrava. Mas o toque de Amélia o tirou de seus pensamentos.

— Boa, garoto, conseguiu fugir de uma bela encrenca. Vamos beber alguma coisa, ande! — Ela disse puxando Heitor pelo salão, onde Mariane o esperava com orelha em pé, doida para saber o que tinha acontecido.

— O que aconteceu? — Perguntou a loira séria. — E por que está junto com Amélia?

— Eu já te conto, vem pegar bebida com a gente. Por favor, não quero ficar sozinho com ela. — Pediu Heitor sussurrando, os olhos pedindo ajuda.

— Pela Lua! Seu antissocial, não sabe nem trocar palavras como gente! — Reclamou Mariane indo atrás dos dois.

O menino colocou entre as mãos a xícara quente, um líquido verde com um vapor fumegante subiu pelas suas narinas. Molhou os lábios e sentiu um enorme enjoou subir na hora, ele bebeu só um gole da bebida ardente. Os olhos lacrimejaram e ele colocou na mesa o resto do chá.

— Heitor, essa bebida não é alcoólica. — Disse Amélia rindo. — Por que está lacrimejando?

— Porque ela tem um gosto horrível! — O menino cuspiu as palavras, mas logo se arrependeu. — Ah, quer dizer, sem querer ofender.

— É tão delicado como um coice de cavalo. — Mariane soltou, só para provocar o menino.

Amélia riu, mas Heitor ficou vermelho e pensou na possibilidade de dar uma cotovelada nela, mas Mariane era bem mais forte e o golpe viria em dobro nele.

Alguma coisa tocou Heitor, ele deu um pulo. A xícara de bebida fervilhante foi jogada sobre seu tórax em um espasmo de susto. Até Mariane foi para trás com tal ato, olhou para trás tentando identificar a autora do susto e viu Ágata, os olhos também assustados.

— Ágata! Está louca? — Gritou Amélia, extremamente brava. E Heitor se retraiu, não por causa da dor, mas porque nunca tinha visto a mulher fazer isso, ela era sempre doce ou calma. Pelo menos nas vezes que ele tinha visto ela, sempre agiu assim.

— Des... desculpe Amélia. — Sussurrou Ágata, os olhinhos cheios de lágrimas.

— Desculpe? — Repetiu a mulher, aumentando o tom de voz.

— Não foi nada. — Interveio Heitor, sério. — Tá, machucou um pouco? Sim... mas não adianta chorar pelo chá derramado, né?

Amélia instantaneamente mudou sua posição — de uma mulher brava, para uma moça totalmente calma. Heitor arregalou os olhos perante a situação, como ela podia mudar tão rápido de personalidade?

— É, realmente não foi nada. — Ela disse se virando para outro canto do salão. — Deveriam ir até o quarto de Cora. Lá tem um remédio... para suas queimaduras. É melhor dar um jeito nisso antes que os convidados cheguem.

Quando a mulher sumiu, Mariane olhou para Heitor, ainda bebericando no seu copo.

— O que acabou de rolar aqui? — Perguntou Heitor tentando secar a camiseta.

— Também não sei, nunca vi ela agir assim. — Cuspiu Mariane, olhando para ele. — Cora tá na festa e conhecendo ela, aquela velha não vai sair daqui para te curar. Então venha, eu mesma vou cuidar de você.

Heitor agradeceu com os olhos e então olhou para Ágata.

— Isso não é culpa sua. — Ele falou bem alto, queria que Amélia escutasse isso, mas ela já estava muito longe. — Está bem?

— Obrigado, Heitor — Ágata fungou com o nariz. — Desculpe, de verdade, era apenas para ser uma brincadeira.

— É só uma queimadura, nada demais para quem já foi atacado por um Or... — Mas o menino parou colocando a mão na boca, Ágata o encarou séria.

— É isso, Ágata — Mariane interviu. — Vou levar o desastrado aqui, voltamos antes da festa acabar.

Mariane puxou Heitor pela parte molhada do tecido até a porta, pela força que ela estava colocando para fazer isso o menino teve certeza que ela estava irritada.

— Como você me solta uma coisa dessas perto da princesa?!

— Foi sem querer, Mariane! — Heitor se defendeu erguendo as mãos.

Heitor mantinha as sobrancelhas abaixadas, pensando no que tinha acabado de acontecer. "O que foi aquilo?", se perguntou mentalmente, "que mudança repentina de humor foi aquela?". Um frio subiu a espinha do menino. Ele pensava que conhecia Amélia, uma pessoa doce e amigável, mas pelo jeito estava enganado.

— H? — Chamou Mariane, uma sobrancelha loira erguida. — Não consegue acompanhar?

O menino arregalou os olhos, ele não percebeu que tinha diminuído o passo. Na verdade, ele estava cansado, como se estivesse levando pedras em suas costas.

— Eu não sei, tô me sentindo um pouco cansado. — Ele tentou apressar o passo, mas sem resultado. — Mariane, por que ela ficou daquele jeito?

UM GUARDIÃO SEM-VISÃO

A curiosidade o fez perguntar, afinal, Amélia não era assim, pelo menos Heitor nunca a tinha visto assim. Será que ele tinha uma visão errada da mulher?

— Ah, H, se você não sabe, quem dirá eu. Nunca a vi brava. — Mariane piscou devagar e continuou andando.

De repente, tudo rodopiou, Heitor sentiu a pressão descer e uma dor de cabeça começar. O mundo ficou em dois e ele caiu para o lado, com um baque no chão.

— H! — Gritou Mariane votando para trás. — O que aconteceu? Heitor!

— Eu tô bem — Ele disse, sua cabeça ainda rodando. — Eu tô bem... eu tô legal

— Bem? Você não está falando lé com cré! — Mariane falou para o menino. — Você fica aqui e eu vou atrás de Cora. Ela vai saber o que fazer. Não saia daqui. — E assim, a loira sumiu no final do corredor.

Heitor colocou a cabeça no chão de pedra, sentindo algo quente na garganta. Seus olhos doíam, então era melhor mantê-los fechados. Suava frio, mas seu corpo estava pegando fogo. "Será que estou morrendo?!", ele se desesperou, mas o cansaço o tomou.

O som de passos trouxe o menino de volta à realidade. Deveria ser Cora, levantou os olhos, agora a visão estava meio embaçada. Uma figura baixa foi aparecendo ao fim do corredor, mas a cada passo que a sombra fazia, ela foi ficando comprida, alta e robusta.

E então a ficha tinha caído para Heitor – não era Cora. Heitor estremeceu, era um guarda? Quem era? "Ótima hora pra ficar cego!", ele gritou internamente. A pessoa se aproximou, o menino se sentiu uma presa, igual tinha ocorrido no ataque dos Orfeus. "Não estou gostando nada de me sentir uma presa com tanta frequência".

— Quem... quem está aí? — Ele perguntou, mas nenhuma resposta, apenas o eco das suas palavras.

A pessoa continuou andando e Heitor teve um vislumbre. Era uma figura careca de pele negra... Parecia Eduardo. Heitor estremeceu, a garganta dele fechou. Colocando todas suas forças nas mãos tentando se levantar, cada músculo do corpo dele gritava. "Só saia do lugar! Anda!".

Quando a figura estava a um metro de distância dele, uma luz estranha saiu de sua mão, diferente da de Mariane, que era azul, ou de Roberto, que era amarela, essa era cinza.

Ele não sabia o que era aquilo, mas sabia que significa problema sério. Em um tique-taque de coração, Heitor recobrou o movimento das pernas, se levantou rápido. Com os olhos ainda embaçados, saiu correndo, suas pernas querendo ceder e ele as impedindo de fazer tal coisa.

"Vamos lá, perninhas, aguentem, aguentem!", pediu, só que o pedido não foi muito bem aceito. Elas ficaram duras e imóveis e ele voltou ao chão, soltando um grito de dor.

Se esse fosse o único grito de dor que ele ia soltar... Heitor caiu, mas sentiu o chão sumir sobre suas costas. Começou a sentir uma sequência de dores em todos os lugares: costas, pernas, tórax. Tudo, absolutamente todas as células de seu corpo estavam doendo. E então, se deu conta que estava caindo de uma escada. Ele soltou um gemido de dor, tudo ficou bem mais escuro do que antes. "Se eu não morri até agora, é um milagre".

Os braços funcionavam, ele olhou em volta e identificou uma porta. Era sua única chance, com dor, foi se arrastando para a superfície de madeira e a empurrou com dificuldade. Entrou no lugar, parecia um quarto, o menino procurou por um ponto seguro. Heitor sentiu todo seu corpo tremer, uma dor interna, aguda. Com um gemido, passou a mão pelo chão — madeira.

Ele achou um objeto, deveria ser a cama. Heitor se arrastou para baixo dela, sem se preocupar com aranhas ou outras coisas. Heitor começou a se contorcer embaixo da cama, tentando ficar o mais fundo possível.

Na escuridão e parado, sentiu seu coração nos ouvidos, batendo acelerado.

— O que aconteceu comigo? Eu pareço uma minhoca! E bem na hora que o maluco do... — Heitor queria dizer Eduardo, mas sua língua se conteve. Odiava o homem, mas seria mesmo ele o culpado por tudo isso?

Por incrível que pareça, o quarto tinha um cheiro confortável, doce. Sabia que conhecia esse odor, mas de onde? Seu conforto durou pouco, a porta explodiu em faíscas cinzas. Heitor tremeu e se encolheu debaixo da cama. "Como que ninguém está escutando essas explosões?".

A pessoa entrou no quarto, andando em passos leves, mesmo depois de ter explodido a porta. O menino não enxergava bem, mas conseguiu ver a cabeça careca se movendo de um lado para o outro procurando por ele.

"Um plano, você precisa de um plano", não deu tempo de pensar em nada. Uma mão calejada e forte o puxou de baixo do móvel e o ergueu no ar. A mão queimava o peito de Heitor, que soltou um grito sufocado. Ele chutava para todos os lados, mas a sombra não o soltava. Heitor sabia que estava acertando o adversário, mas ele nem se mexia.

A pessoa ergueu a mão no ar, Heitor viu a mão brilhar em chamas cinzas. O punho fechado pronto para um soco, o menino fechou os olhos preparado para o impacto, que o acertou em cheio. Sentiu a cara arder, o nariz doer mais do que qualquer coisa, ele cuspiu algo com gosto de metal. Sangue.

Foi jogado ao chão, de suas costas ele escutou um estalo. "Ótimo, uma costela quebrada!". A raiva o tomou e o medo também, a ciência já diz isso: quando um animal se sente ameaçado, ele luta ou foge. E como fugir foi uma má opção, decidiu lutar. Mas se era realmente Eduardo que estava o atacando, qualquer movimento que fizesse não serviria de nada.

A respiração fraca, subindo e descendo, parecia um pesadelo, aquilo deveria ser um pesadelo. Aquela dor, aquele sentimento de levar um soco, o sangue descendo da boca e do nariz. Heitor nunca teve que lidar com isso antes. E agora? Lutava.... quer dizer, apanhava de alguém e não sabia o que fazer. Deveria lutar? "Mas como se luta?", perguntou-se Heitor. "Não é simplesmente distribuir socos, você deve saber lutar... e eu não sei... mas ele sabe!".

Ele observou, com os olhos embaçados, a pessoa preparada para outro golpe. O jovem percebeu rapidamente o que poderia ser feito. "É agora ou nunca, não sei lutar, mas não vou morrer!". Ele enrolou as suas pernas na perna direita do agressor e o jogou para o lado, batendo contra uma mesa de centro.

Um ar abafado saiu da garganta da pessoa, ele se levantou rápido. Mas tropeçou, caindo para frente. "Droga!" — gritou internamente.

Heitor sentiu algo em cima dele, pressionando-o contra o chão de madeira. As costas queimando, alguém puxou sua cabeça para trás, encostando algo quente em sua garganta, que ardia. Era fogo, com toda certeza, gritou de dor, os olhos enchendo de lágrimas. Não tinha como fugir.

— Diga adeus... Heitor Costas... — A voz saiu disforme, estranha.

Heitor fechou a boca, que estava seca, sentiu o ar faltar nos pulmões e algo quente se enroscar em seu pescoço, começando a enforcá-lo, não dava mais para gritar. Os olhos cheios de lágrimas, ele pediu em silêncio. "Socorro, qualquer um! Socorro!".

A visão começando a escurecer e a dor não parando, era como se facas quentes rasgassem sua carne aos poucos. Ele deixou as lágrimas caírem, mas não desistiria tão fácil da vida, lutaria por ela, porque para Heitor, não existia nada pior que a morte.

Mas então, um grito agudo surgiu e fez a cabeça de Heitor girar, acordando-o e tirando-o da beira da morte, a dor diminuiu, mas ainda estava lá.

A pessoa saiu de cima dele.

Alguma criatura surgiu à porta, com os olhos embaçados, Heitor não identificou o que era, "Parece... parece uma onça? Não, Heitor! Que coisa burra! Da onde teria uma onça no castelo?... Não, é um Orfeu! É um Orfeu!", pensou ele novo. O Orfeu soltou um grito ao adentrar no quarto e pular para cima do agressor.

A pessoa tentou lutar com o monstro, explosões de faíscas saíram de trás do menino. Ele tentou sair do lugar, mas não conseguiu. A dor o prendia ao chão, como correntes que não podia quebrar.

Mais alguém surgiu à porta, nesse momento Heitor viu seu agressor sem forma jogar o Orfeu de lado e fugir pela porta. Jogando um punhado de faíscas cinzas na porta para abrir caminho.

— Ágata?... — Sussurrou o menino.

— Volte, traidor! — Gritou uma voz – era Mariane!

— Mariane! — Heitor tentou gritar, mas a dor na garganta o impediu. Implorando por ajuda, lágrimas surgiram de novo de seus olhos, mas dessa vez de alegria.

— Heitor! O que aconteceu com você?

O menino não conseguia responder, apenas colocou a cabeça no chão pensando em como era bom ter alguém ali.

— Eu vou te ajudar, eu prometo. Pode descansar agora. — Heitor sentiu o leve toque da mão de Cora em sua testa e ele agradeceu com um aceno e fechou os olhos, feliz por se sentir seguro e realmente estar seguro.

Capítulo 7

20 de maio

Heitor abriu os olhos, nuvens brancas o cercavam. À sua frente, uma pessoa apareceu, era alta, os olhos azuis brilhavam como dois diamantes. Era do mesmo tom de pele que Heitor, os cabelos curtos pretos como a noite davam um enorme contraste.

O menino o encarou, o homem deu uma volta em torno de Heitor e então mudou de direção, indo em frente. Fazendo um sinal de mão para que ele o seguisse,

Heitor obedeceu, andando por entre as nuvens. "Quem é você?", o menino se perguntava, andando tão perto do jovem misterioso que podia tocá-lo.

De repente, o homem parou, e ele também, ergueu os olhos e ficou chocado. Ali parado por entre as nuvens, com um terno marrom estiloso, a pele negra brilhando sobre a luz do sol, seus olhos estavam semicerrados. Era, Eduardo... mas não era ele em si. Parecia uma memória dele ou uma estátua.

Ainda surpreso, observou, enquanto o homem de cabelos pretos deu um círculo em volta de Eduardo, e fez um sinal de negação parando ao lado dele.

— O que... o que você quer dizer? Que ele não é o inimigo?

Ele não respondeu, por algum motivo o jovem se sentia tão bem olhando para aquele homem misterioso, como se só a presença dele trouxesse conforto à Heitor, e lhe dava uma vontade repentina de ir até aquele homem e o abraçar. "Por que estou me sentindo tão bem com você?".

Então a estátua de Eduardo ergue a cabeça, assustando Heitor, e as nuvens em volta dele se tornaram vermelhas como sangue, como um mar vermelho, e as nuvens vieram para cima de Heitor. Ele se encolheu, queria gritar, mas nada saía de sua garganta fechada.

— Por que é tão medroso? — A voz do homem soou alta e clara. Confiante.

— Não sei, talvez porque nuvens vermelho-rubro estão vindo para cima de mim! — Retrucou Heitor bravo, cuspindo ao chão. — A todo momento minha vida está correndo perigo! Não venha você me dizer que sou medroso!

As vozes ecoaram pelas nuvens e se tornaram altas. O homem mantinha a cara séria, mas parecia muito impressionado pela súbita resposta.

— Quem é você? — Perguntou Heitor, tentando voltar ao seu o tom normal.

— Você sabe quem eu sou melhor do que ninguém. — O homem encarou Heitor e ele sentiu algo fervilhar no peito. — Você só precisa se lembrar e saberá meu nome.

Ergueu uma sobrancelha para a resposta. Tinha certeza de que nunca tinha visto aquele homem, aí ele vinha e falava que Heitor o conhecia melhor que ninguém. Ele quis gritar com aquele homem misterioso, para que ele parasse de falar em enigmas indecifráveis. "Por que ninguém vai direto ao ponto nesse castelo?".

— Eduardo é ou não o espião? — Heitor foi curto e grosso já irritado com a situação atual.

— O que seu coração diz? Você é intuitivo, não é?

— Meu coração... diz... que não. Mas meu cérebro diz que estou errado. — Heitor respondeu seco.

O homem encarou o menino triste e balançou a cabeça. Heitor sentiu uma pontada no peito, sentia que queria ver aquele homem feliz. Mas por quê?

Quando Heitor abriu a boca para falar algo, uma risada escandalosa saiu de trás dele. Parecia feminina, mas quando se virou para ver, todo o sonho se desfez e acordou sentindo algo queimar em sua garganta.

Capítulo 8

23 de maio

Heitor acordou, os olhos lacrimejando e cuspindo tudo que estava acumulado em sua garganta, uma substância quente, mas ao mesmo tempo doce e que trazia o gosto da morte enquanto fechava suas vias aéreas.

— Falei que a colher estava cheia, Cora! — Reclamou Mariane ao lado de Heitor.

— Ora, eu sou cega, Mariane! Como espera que eu soubesse?

— Shhh! Ele tá acordando, vão assustar o menino nos primeiros minutos que ele abrir os olhos! — Gritou Roberto, os cabelos ruivos balançando.

Heitor abriu os olhos, feliz por poder enxergar de volta, tossiu de novo batendo no pulmão que clamava por ar. Mariane o alcançou um copo de água, que tomou rapidamente, torcendo para que aquele gosto horrível passasse.

— Como se sente? — Perguntou Roberto aos pés do menino.

— Horrível... pela Lua, o que aconteceu ontem? — Heitor reclamou, semicerrando os olhos, a única coisa que ajudava na dor era seu travesseiro macio.

— Ontem? Meu filho, você tá apagado faz quatro dias. — Cora disse erguendo uma sobrancelha. — Se eu fosse você, iria ao banheiro... rápido.

— Não temos tempo para banheiro, H, conte tudo que aconteceu no aniversário da princesa. — Mariane mandou.

— Ágata. — A cabeça de Heitor deu um estalo. — Ela está bem?!

— Sim, H, ela está bem, ela é uma princesa! Pela Lua, nos conte logo o que aconteceu! — Pediu Mariane impaciente, batendo as mãos nas coxas.

— Calma, Mari, ele acabou de acordar. — Roberto interveio e olhou com gentileza para Heitor.

— O que você colocou na minha boca? — Perguntou o menino estremecendo. — Tem um gosto horrível. Foi aquele líquido estranho?

— Morda sua língua quando falar do mel, se não fosse por ele você não estaria aqui agora. — Falou Cora, as sobrancelhas franzidas para baixo. — Esse mel cura tudo!

— Eu não sei, então por que estou todo dolorido? — Heitor reclamou, flexionando a cabeça para trás.

Mariane e Roberto se olharam e Cora estava com os ouvidos apurados, os três pareciam ter uma conexão mental que para eles durou horas, mas para Heitor só apenas alguns segundos.

O primeiro a abrir a boca foi Roberto:

— Ah, vamos contar a ele, querendo ou não, ele tem o direito de saber. — Roberto disse se encolhendo, como se de repente todo mundo fosse odiar a ideia.

— Eu concordo com o ruivo, Fernandez que se lasque. — Mariane rosnou.

— Olhe o jeito que você fala da Rainha, Mariane — Cora a repreendeu e virou-se

para Heitor. — Seus ferimentos estão demorando mais para curar, porque foram causados por um filho ou uma filha do Sol.

Heitor ergueu uma sobrancelha, achando aquele nome tão idiota. Mas estava escutando com atenção, seja lá o que eles estavam tentando explicar era algo importante, era algo sigiloso, um segredo escondido a sete palmos embaixo da terra.

— Seus machucados foram causados por faíscas — Mariane cortou Cora. — Elas são as coisas que você viu na minha mão e na de Roberto. — Com um estalar de dedos, faíscas azuis saíram da palma da mão de Mariane, os olhos de Heitor brilharam de interesse e o menino foi para frente como se quisesse pegá-las. — Ou! Nem pensar, não viu o estrago que isso faz? Olhe para sua garganta.

Heitor passou a mão, onde antes tinha uma pele lisa e macia, agora era uma pele enrugada com uma textura áspera. Seguiu com os dedos pela cobertura da ferida, ela se estendia por toda a garganta, parecendo uma teia de aranha. "Droga!", o menino resmungou para si mesmo. "Eu estou com... cicatrizes?".

— O que são essas faíscas? — Perguntou Heitor ainda passando a mão na pele.

— Que bom que perguntou! Todos os humanos têm alma, mas só nós podemos transformar a nossa alma em uma arma. — Roberto disse abrindo a mão e faíscas amarelas saindo dela. — As cores representam o que há dentro de si, dependendo da cor podemos saber se a pessoa é ambiciosa, alegre ou mais reservada. Você também tem alma, Heitor, e ela também tem uma cor única, só que você não pode transformar ela em arma.

Heitor colocou a mão na barriga. Alma? Ele sempre achou que tinha uma alma, mas não que ela tinha uma cor. Muito menos que algumas pessoas podiam fazer ela virar uma arma.

— Tá, mas esses filhos do Sol, — Disse Heitor ainda achando aquele nome ridículo. — por que eles me atacaram?

— Porque... — Cora falou antes de todo mundo. — Eu acho que deve ser por causa da princesa, sabiam que você cuidava dela. Queriam ela.

— O espião, ele deve ter passado essa informação para os filhos do Sol... mas parecia que a intenção daquele filho do... Sol era apenas me matar. Eu não sei explicar, ele não disse nada de princesa, muito menos de Fernandez. Ele só falou "Adeus, Heitor". — O menino soltou a informação. — Preciso ir ao banheiro. — Ele avisou, vendo que não conseguiria se levantar sozinho. — Ajuda?

Rapidamente, Roberto pegou no braço de Heitor e sussurrou em seu ouvido:

— Só não surte quando vir, ele não vai te machucar.

— O quê? — Heitor se virou e seu corpo inteiro gelou. — Acho que vou desmaiar... de novo...

Olhou no que estava deitado, era um monstro... para ser mais exato, um Orfeu. Gigantesco, todo peludo, tinha quatro patas, um rabo comprido com penas no final. Tinha as mesmas cicatrizes de antes, ele virou sua cabeça emplumada para Heitor e piscou os dois olhos que lhe sobraram.

— Eu conheço ele! — Heitor tentou gritar, mas a voz saiu desafinada, sem tom.

— Você parece um rato — brincou Mariane.

— Peraí! Calma! Heitor, você o conhece? Conhece Félix? — Roberto perguntou, seus olhos azuis brilhando.

— Sim, foi ele que me salvou no dia que os outros Orfeu correram atrás de mim e da Ágata! Se não fosse por ele eu estaria morto. — Heitor se aproximou um pouco. — Já é a segunda vez que ele me salvou.

Passou a mão pelas penas brancas que eram lisas e brilhantes. Ele abriu devagar os dois olhos amarelos escuros que lhe sobraram para o menino, já que os outros dois estavam cobertos por cicatrizes. Lembrando de suas experiências com os bichos da fazenda, ele se abaixou e ofereceu a mão ao Orfeu, automaticamente o animal jogou a cabeça de coruja sobre a mão a empurrando para baixo.

— Ele gostou de você... que estranho. Catu e Félix nunca são muito fãs de pessoas novas. — Mariane deu um tapa nas costas de Heitor. — Você tem jeito com os animais.

— Fui criado em uma fazenda, como não teria?

Mariane riu enquanto Roberto se sentava ao lado de Heitor, passando as mãos nas penas do bicho. De vez em quando ele soltava alguns murmúrios de felicidade com o carinho. O jovem olhou o corpo da criatura, era cheio de cicatrizes, que agora de perto davam mais medo, elas eram compridas e não crescia penas nelas. Seu corpo era marcado por uma vida complicada. Heitor se aproximou e passou a mão por cima de uma cicatriz que tinha em formado de Z.

— Félix? — Heitor passou a mão de novo sobre ele e deu um leve sorriso. Ele já tinha se acostumado com isso, coisas loucas acontecendo a todo momento. A magia existia, as almas existiam.

Um novo mundo estava pronto para ser descoberto e Heitor tremia só de pensar nas novas aventuras.

A voz de homem misterioso ecoou em sua cabeça — "Por que é tão medroso?" — e automaticamente, como se isso acendesse um fogo em Heitor, ele decidiu que não teria mais medo, ou tentaria não ter mais. Exploraria esse novo mundo com seus novos aliados.

Lembrou de Eduardo e sobre tudo que tinha acontecido, esperou até Roberto e Mariane saírem.

Félix brincava com Catu, com suas patas almofadadas ele puxava a arara, que dava picadas nas orelhas de coruja do bicho.

Heitor contou tudo a Cora de suas desconfianças sobre Eduardo, o sonho e o ataque. E como seu agressor parecia com Eduardo.

Ela escutou tudo prestando muita atenção e por final disse:

— Heitor, fique de olho em Eduardo e me conte tudo que descobrir. — Na cara da mulher uma expressão triste ao dizer isso. — Eu espero de todo meu coração que não seja ele... não é coisa dele fazer isso... mas se for, vamos fazer ele pagar por seus crimes. Isso eu garanto.

Heitor ficou de boca fechada, não sabia o que dizer, sentia-se mal por Cora, mas tudo levava a Eduardo.

O menino molhou os lábios, um nome veio à cabeça dele. "Rafael... o nome do homem misterioso é Rafael!".

Capítulo 9

12 de julho

Heitor acordou, o calor o fazendo suar, as cobertas se juntaram em torno de seu corpo parecendo uma camisa de força. Ele bocejou se levantando.

Pulou para o chão e então um silvo de raiva cortou o ar, Heitor levantou o pé rapidamente.

— Desculpa Félix, não vi você. — Mas o animal contraiu os olhos bons e se virou para o outro lado. — Não fique bravo, ah, qual é, você não vai ficar bravo, né, amigão?

Mas o animal nem se mexeu.

Desde o dia que Heitor tinha sido salvo pela segunda vez pelo Orfeu, ele nunca mais saiu de perto do menino. A não ser quando desaparecia e só reaparecia de madrugada deitando-se na barriga do jovem para se esquentar. Félix era gigante, mas por algum motivo Heitor não se importava do animal deitar em cima dele. Era pesado como uma mula, mas era melhor deixar o Orfeu deitar em você do que depois ter que lidar com um bicho mal-humorado.

Heitor gostava de ter um animal perto dele, "Eu não fico sozinho pelo menos".

— Bom, eu vou ver como Ágata está... — Heitor olhou de relance para o bicho antes de sair pela porta de madeira. — Tchau, amigão.

Heitor bateu na porta de Ágata algumas vezes e logo ela saiu com uma calça, uma camiseta branca e com botas que iam até a canela. Os cabelos pretos presos em um rabo de cavalo.

— Oi, Heitor! — Ela cumprimentou animada e o menino notou que dois brincos minúsculos brilhavam nas orelhas negras da menina.

— Você está bem arrumada, aonde vai? — Comentou Heitor surpreso, sempre que mudava alguma coisa na rotina de Ágata ele era o primeiro a saber. — Não me diga que esqueci que tínhamos algum compromisso!

— Calma, Heitor, eu também não sabia... minha mãe quer sair comigo. Acho que vamos ver cavalos. — A menina deu um pulo. — Eu estou tão animada!

— Que bom, Ágata, aproveite bastante. — Heitor disse com um sorriso, sabia como era difícil para ela ter um pouco de tempo com a mãe, e com um aceno de cabeça ele se despediu, indo até a sala do café da manhã.

Ágata tinha perguntado por que Heitor tinha sumido por quatro dias, ele contou que estava doente e que não podia cuidar dela durante aquele período. "O que não é total mentira". Sobre as cicatrizes, Heitor apenas se desviava do assunto.

Ainda não tinha falado para Roberto ou Mariane sobre suas suspeitas sobre Eduardo.

O sonho com Rafael ecoava em sua mente, tinha comentado sobre ele com Cora, mas o que mais incomodava Heitor era saber o nome daquele homem, porque não conhecia Rafael e muito menos se lembrava dele. "Como se pode saber o nome de alguém que você nunca viu?".

Por outro lado, Cora apenas estremeceu quando escutou o nome de Rafael. Mas ela disse que podia ser um sinal ou uma previsão. "Tem caroço nesse angu", era só isso que pensava.

Ele entrou na cozinha, que mudava de cheiros toda vez que ele abria a porta — desta vez era um cheiro forte de nozes e canela.

Puxando uma garrafa de café fervente e se sentando na mesa, colocou um pouco da bebida em uma xícara com um pedaço de pão. Era estranho comer sozinho, pelo menos sempre tinha Ágata, para quem ele sempre tinha que fazer um sanduíche de doce de uva com manteiga. Era tudo tão quieto, de vez em quando até Cora se juntava nas refeições, com Catu gritando em cima de sua cabeça.

"Não gosto de comer sozinho, eu posso escutar meus próprios pensamentos". Sempre que ninguém estava à vista, seus pensamentos iam a mil por hora. Ele questionava tudo, se tinha feito a coisa certa vindo para o castelo, o que aquele sonho com Rafael significava? Se Eduardo era mesmo o espião? Onde ele estava com a cabeça para vir ao castelo? E o que mais atormentava Heitor, os filhos do Sol...

Ele bebericou um pouco do café e olhou pela janela, o sol estava pintando o céu de alaranjado, o jardim estava bem bonito hoje. "Talvez eu possa ir ver Manchas".

A porta da cozinha se abriu, tirando Heitor dos pensamentos, animado ele esperava ver Cora, Mariane ou até Roberto. Mas automaticamente o menino se decepcionou, preferiria até Amélia ou Fernandez.

Mas era Eduardo, que também não parecia feliz em ver o menino.

— Bom dia. — Heitor tentou forçar uma voz animada, mas simplesmente soou estranha.

— Você é o único aqui? Cadê Mariane, Ágata ou Amélia?

— Ágata saiu com a Rainha, não sei onde Mariane ou Amélia estão. — Heitor respondeu, agora deixando de lado o fato de ser alguém gente boa.

Eduardo mordeu a parte interna da boca, abaixou as sobrancelhas e com suspiro disse:

— Preciso de ajuda. — Ele olhou de cima para baixo em Heitor. — Como não tem mais ninguém, que venha você.

Heitor quase se engasgou, "Ajuda no quê?!". Gelou, estava sozinho com Eduardo. Alguém que, se Heitor estava certo, era o espião. Alguém capaz de sequestrar e atacar a própria sobrinha.

— Vai ficar aí parado ou vai vir, idiota? — Eduardo perguntou, erguendo uma sobrancelha.

— Estou indo — Heitor disse mais baixo do que queria.

Ele se levantou rápido deixando seu café da manhã sobre a mesa. Eduardo o esperava na porta. Passando ao lado do balcão, sentiu algo pegar em seu pé, algo macio como penas, mas não tinha nada ali.

Mais um passo e Heitor estava com a cara no piso, o chão de pedra da cozinha batendo contra sua bochecha pálida. Ele piscou, "Como eu caí?", e olhando para trás, vislumbrou uma massa de penas... "Félix?", mas só viu ele por dois pequenos segundos e então ele sumiu.

— Pelo amor da Lua, você não consegue andar como gente?

Heitor ignorou Eduardo, era Félix, ele tinha certeza. O animal sumia e aparecia, o Orfeu conseguia fazer isso? Como uma onça no meio da mata ou um camaleão?

Heitor seguiu Eduardo até o térreo, nenhuma palavra foi trocada, apenas o eco dos passos enchia os ouvidos dos dois. Diversas vezes Heitor parou e ficou olhando para trás, procurando Félix, mesmo que não pudesse ver sabia que ele estava ali.

Eduardo abriu a porta da frente, quando Heitor pisou no chão de terra batida, um ar quente subiu, entrando em contraste com o ar gelado do castelo, Heitor se sentiu tão bem que estava sorrindo à toa, como um bobão.

— Opa, você também veio?! — Falou uma voz animada, Heitor virou e viu Roberto.

Os olhos azuis deles brilhavam mais do que nunca, e em suas mãos trazia uma caixa com enfeites coloridos.

— Oi! — Falou Heitor e se aproximou de Roberto. — Você vem junto? Por favor, diga que sim.

— Vou. Heitor, pode ficar tranquilo. — Disse Roberto com uma piscadela.

Heitor deu um suspiro de alívio ao ver que não ficaria sozinho com Eduardo. Mas ninguém no castelo sabia sobre as desconfianças que o menino tinha, a não ser Cora. E ele nem sabia se um dia contaria isso para outra pessoa, na realidade tudo que estava vivendo parecia uma coisa sem fim, como se não houvesse amanhã, ou nunca haveria.

— Eduardo, fiz isso pra você. — O ruivo anunciou tirando Heitor de seus pensamentos. O ruivo entregou uma caixa ao homem, os olhos castanhos escuros de Eduardo brilharam por um breve momento.

O homem abriu devagar a caixa, ele tirou a fita. Heitor ficou a uma distância segura de Eduardo, mas manteve os olhos castanhos claros focados no objeto que estava dentro da caixa. E, finalmente, Eduardo subiu uma gravata borboleta preta, lindíssima.

Ele analisou o objeto e com um sorriso disse:

— Obrigado, Roberto.

— É linda. — Comentou Heitor, tentando dar engajamento.

— Realmente, é linda. Usarei ela no dia da comemoração, tenho que inaugurar ela em algum evento especial. — Eduardo a recolocou na caixa, com um sorriso no rosto.

Heitor se surpreendeu, foi a primeira vez que viu o homem sorrir. E então olhou para Roberto. Ele estava vermelho como um pimentão

Como se um estalo tivesse dado na cabeça de Heitor, tinha caído a ficha. Roberto era apaixonado por Eduardo! "Como eu nunca percebi?!".

— Bom, agradeço o presente. Mas, agora, temos trabalho a fazer. Me sigam. — Eduardo disse passando entre Roberto e Heitor e tocando de leve o ombro do ruivo.

Heitor sentiu a estática. "As provas, minha Lua! As provas!".

Com isso, os três seguiram até o muro, a melhor defesa do castelo, o que Heitor achava uma idiotice, afinal ele conseguia pular aquele negócio.

— Temos que ficar de vigia nos muros. Eu precisava de pelo menos três pessoas em cada divisão do térreo. — Eduardo falou três com um grande desdém, certeza que não gostava do fato de Heitor estar ali. — Vamos ficar aqui com a ala sul. — Heitor olhou para a direita, ali ao lado era o lugar do castelo que ele nunca poderia ir, que era fechado a sete chaves: a ala oeste. Havia a ala oeste da cidade e de dentro do reino. Ambos restritos. — Eu chamei Heitor e você porque estamos com problemas na segurança e, como a Rainha saiu com Ágata, precisei mandar mais guardas com ela, afinal, já fomos atacados da última vez que saímos.

Alguns segundos se passaram, todos com os olhos focados no grande muro de pedras pretas, quando passos apressados chamaram a atenção deles.

— Senhor Eduardo! Senhor Eduardo! — Gritou um guarda suando, enquanto corria até eles. — Amélia... Amélia quer falar com você...

— Ah mas que... — Eduardo soltou um barulho estranho com a boca. — Vocês podem ficar um pouco sozinhos? Por que ela não disse isso antes de sairmos?

Heitor ergueu uma sobrancelha para Roberto.

— Eu já volto. Não deve ser nada. — Com essas palavras, o homem seguiu o soldado de novo para dentro do Castelo.

Heitor estava até aquele momento empolgado por saber que Roberto tinha um *crush* em Eduardo, mas e se ele for realmente o espião? E se o ruivo estivesse apaixonado por um traidor. O coração de Heitor até errou as batidas, não queria ver Roberto triste, ele conhecia o ruivo há pouco tempo, assim como Mariane e Cora ou até Ágata. E considerava todos amigos. Não podia contar a verdade.

Com um suspiro, admitiu a derrota e olhou para Roberto, o ruivo observava Eduardo caminhar e seu olhos azuis brilhavam, aquilo era realmente amor.

— E aí? Tá apaixonado? — Heitor perguntou, ele não tinha tanta intimidade com Roberto, mas não custava perguntar.

— O quê? É tão fácil de perceber? — Roberto riu quando Heitor confirmou com a cabeça. O ruivo olhou para frente, observando o muro. — Já me basta Mariane me zoar. Agora vou ter mais um para me atormentar.

— Não vou te atormentar... bom não tanto como Mariane.— Heitor riu e Roberto coçou um lado da boca, estava vermelho, provavelmente estava morrendo de vergonha por dentro.

O ruivo mudou de feição de repente e fez um beiço olhando em volta.

— Felix está aqui? — Perguntou sério.

— Eu acho que sim, por quê?

— Estou sentindo ele.

— Como assim "sentindo"?

— Nós, filhos da Lua, experientes como eu e que focaram sua vida em criaturas da Lua, podemos sentir quando estão por perto... por exemplo, sei que Félix está aqui.

— É, isso eu também sei, eu tropecei nele mais cedo. — Roberto erguendo uma sobrancelha para Heitor. — Olha, não me julgue! Você nunca disse que ele podia ficar invisível.

— Desculpe, mas você nunca perguntou, se tivesse, eu teria dito. — Respondeu Roberto na mesma intensidade.

— Roberto, sei que não temos tanta intimidade... será que você podia me dar algumas aulas sobre as criaturas? Tipo, eu sei que tenho Ágata, pode ser à noite. E só que eu tô cansado de sempre me sentir deslocado. — Heitor cuspiu as palavras vendo como elas traziam um gosto ruim a boca.

— Heitor, é claro que posso te dar aulas! — Gritou Roberto animado. — Eu adoro falar sobre as criaturas, o mais rápido possível eu te dou uma, ok?... Mas agora, mudando de assunto... — A feição do ruivo ficou séria. — Não é só Félix que estou sentindo. Tem mais alguma coisa. Só não sei o quê.

Heitor sentiu os pelos arrepiarem.

— Ah, então que bela hora para Eduardo sair, não acha? Está sentindo o quê? Outro Orfeu?

— Não, é algo mais poderoso que um Orfeu... é algo estranho... não sei explicar.

— Não fique me assustando!

Mas quando Roberto foi abrir a boca para dar a resposta, houve uma explosão bem no meio de Heitor e Roberto. O menino sentiu alguns pedaços de pedra baterem em sua face durante a exploração e os cabelos embaraçar com o vento.

— Mas que... — Heitor olhou para cima, uma pessoa de pele negra, careca e usando uma máscara amarela, com um sol ao centro, que cobria só da testa para baixo. Com fendas para os olhos, que eram tampadas por um tecido preto, calça pretas justas e uma camiseta de manga comprida com escamas de algum animal que Heitor não conseguiu identificar. — Um filho do Sol... o mesmo que me atacou!

— O quê? Sério?! — Roberto se levantou rápido do chão, de suas mãos saíram faíscas amarelas que se chocaram com o cinza das outras faíscas jogadas pelo adversário de cima do muro. — Desça aqui e lute!

— O quê?! Chama ele pra cá, não! — Heitor pediu, indo para trás de Roberto, as cicatrizes em sua garganta começando a doer só de ver o filho do Sol.

Em um salto triunfal, o guerreiro mascarado pulou para baixo, caindo poucos centímetros na frente de Roberto. Foi muito rápido, nem deu para acompanhar, mas o filho do Sol pegou o ruivo e com um soco o jogou para longe. Ele bateu contra o chão e se levantou rapidamente.

Félix surgiu como em um passe de mágica e correu na direção do soldado dos filhos do Sol, jogando-o para o lado, um chiado saiu de seu bico de coruja, abriu duas de suas asas, as que ainda conseguia mexer, provavelmente tentando intimidar o agressor, mas claro que não funcionou. O soldado se levantou, fez menção de ir até Heitor, mas Félix entrou na frente fazendo uma barreira.

— Mas... — O inimigo começou, sua voz, como no outro dia estava bem distorcida. -- Saia da frente! Orfeu imprestável!

Agora com Félix atrasando o homem mascarado só passava duas coisas na cabeça de Heitor: ajude Roberto e agora.

Como enxergava melhor, ele notou como realmente aquela pessoa parecia com Eduardo. A careca, o corpo robusto e alto. Não tinha como ser outra pessoa, além de lutar como se tivesse nascido para isso, nunca tinha visto Eduardo lutar, mas pelo que Mariane dizia a Heitor, Eduardo lutava com uma ferocidade. O menino tremeu só de pensar.

— Heitor, sai daqui! — Roberto gritou chamando a atenção de Heitor. O ruivo fez uma bola de faíscas amarelas e jogou na direção do inimigo, que desviou rápida e graciosamente. — Droga!

— Eu não vou deixar você sozinho! — Heitor rebateu enquanto Félix acertava o guerreiro mascarado com uma de suas asas boas.

Félix atacou, tentando de novo pegar o agressor, mas dessa vez ele estava preparado, rapidamente desviava, como se a cada movimento o soldado pudesse pensar cinco vezes antes de fazer.

— Ele é muito habilidoso, o que nós vamos fazer?! — Perguntou Heitor, correndo até Roberto e o ajudando a se levantar.

Roberto mordeu os lábios, olhando de um lado para o outro, tremendo, ele deu alguns passos para trás.

Heitor notou que o homem estava com medo, automaticamente ele também tremeu. "Se Roberto que possuiu as faíscas e treinado está com medo de lutar, o que eu vou fazer?" Não tem escapatória.

— Se sairmos daqui, ele entra no castelo, se ficarmos para lutar, perdemos. — Contou Roberto.

— E cadê Mariane, Cora? E cadê Eduardo?! — Gritou Heitor tentando dar o sinal de que Eduardo era o espião, Eduardo estava na frente deles naquele exato momento.

— Eu não sei! — Gritou Roberto em resposta.

O Orfeu gritou de dor quando suas costelas foram chutadas na direção de Roberto e Félix bateu contra o ruivo, fazendo eles rolarem no chão. O homem se levantou rápido da queda, mas o animal continuou rente ao chão, com um assobio baixo e dolorido.

— Félix! — Heitor correu até o bicho, ao tocar suas penas ele notou que não tinha feridas abertas, apenas internas. — Tá tudo bem, amigão, eu tô aqui.

Enquanto isso, Roberto correu até o inimigo e uma batalha se iniciou, o ruivo preparou um soco cheio de faíscas amarelas e tentou acertar o corpo do adversário, mas ele apenas desviou tirando o corpo da reta, copiando os movimentos de Roberto, o soldado fez menção de dar um soco no ruivo. Ele bloqueou o golpe apenas e já revidou dando um chute nas costelas do filho do Sol, fazendo ele cambalear para trás, os olhos azuis de Roberto cintilavam, e com as duas mãos, agora cobertas com as faíscas amarelas, avançou para o inimigo. Roberto parecia ter controle da situação, então Heitor se voltou a Félix.

— Está tudo bem, Félix — Analisou as pernas do animal e as asas, pareciam bem.— Descanse, você já fez demais por mim.

Até que um grito de dor cortou o ar, como uma faca quente corta o gelo. Heitor se virou, uma explosão tinha acertado Roberto bem em seu tórax, sangue jorrava de suas feridas.

Heitor arregalou os olhos enquanto via o ruivo batendo contra o chão, com os olhos azuis fechados. O filho do Sol pisou com força em cima da carcaça de Roberto, fazendo ele soltar um último gemido de dor.

— Agora que já foi seu amigo ruivo. — O filho do Sol falou passando por cima de Roberto. — Eu vou acabar com você, humano, ordens pessoais do meu chefe!

Faíscas cinzas surgiram da mão do agressor, o medo cutucava Heitor, assim como a raiva, seus dentes estavam cerrados com seus punhos juntos. Fazendo uma barreira entre o soldado e Félix, como o animal tinha feito antes, queria proteger o Orfeu, estava tremendo, mas na mente de Heitor só surgia a voz de Rafael falando: "Por que tão medroso?" Heitor respirou, uma vez na vida tentaria ser corajoso.

— Quer me matar? Venha! T... tente a sorte! — Gritou Heitor, gaguejando e dando um passo à frente.

— Não sei dizer se isso é estupidez ou burrice. — Cuspiu a pessoa por trás da máscara.

O filho do Sol correu na direção de Heitor sem aviso. Ele via o agressor correndo em sua direção, mas era mais um borrão do que realmente alguém. Mas um chute lateral fez Heitor voar para o lado, o ar saiu de seus pulmões e lágrimas saíram de seus olhos castanhos.

O menino se pôs de pé, respirando com dificuldade, correu na direção oposta, desviando dos tiros de faíscas.

— Ficar correndo não vai te ajudar. — Avisou o filho do Sol.

— É melhor do que morrer! — Gritou Heitor, olhando em volta, "O que posso usar para me defender?!".

O mascarado veio correndo, as faíscas prontas em sua mão.

Heitor sentia a camiseta grudando nas costas por conta de tanto suor, o cansaço já tinha o tomado, quando ele diminuiu a marcha, faíscas cinzas acertaram de raspão em sua canela. Caiu ao chão sentindo a dor de sua queda tanto nas costas como na canela ferida.

— O que foi, humano? Está cansadinho? — falou o filho do Sol, como se fosse uma ofensa. — Admita, você não consegue me derrotar.

Heitor observou enquanto o filho da Luz caminhava até ele, a respiração ofegante, por algum motivo não estava com medo. Talvez estivesse com tanta dor que não dava para pensar em medo agora, sua canela latejava.

Ele olhou para cima. Uma ideia surgiu em sua cabeça.

— Você viu que bela cicatriz eu fiz na sua garganta? — Disse se vangloriando e Heitor se arrastou um pouco para trás.

— É, eu vi, quer que eu faça uma em sua cara? G... garanto que f... faço um trabalho melhor... — Heitor debochou, ofegante, e em resposta, o filho do Sol apenas soltou um rosnado.

— É hoje que eu te mato.

— Conto com isso... — Sussurrou Heitor. "Chegue mais perto, só mais um pouco... agora!". Quando o filho do Sol estava só a alguns metros do menino, ele puxou um cipó do alto do muro, o jardim era próximo dali, com toda certeza tinha sido levado pelo vento. Heitor aproveitou o ensinamento que seu pai tinha lhe passado sobre como fazer o nó e laçar o gado e fez isso com seu adversário.

Ele deu alguns giros com a planta, agora ficando de pé.

— O que vai fazer garoto? Um truque de circo antes de morrer? Ou vai pular corda?— O filho do sol riu.

Com mais alguns giros Heitor esperou, "Chegue mais perto, vamos, só mais um pouco". E o agressor fez isso, se aproximou, o menino não conseguia ver a cara da pessoa por trás daquela máscara amarela, mas tinha certeza que o soldado ria, achando Heitor o mais bobo de todos.

Quando estava a uma distância que Heitor tinha certeza que conseguia laçar, ele fez isso, jogou o objeto e acertou na mosca o filho do Sol, assim prendendo-o em um forte abraço de cipó. Surpreendendo tanto ele como Heitor, que sentiu um alivio enorme por ter acertado de primeira. "Valeu pai".

— O que pensa que está fazendo? — Rosnou agora o adversário, Heitor aproveitou a deixa e puxou a corda fazendo o soldado cair ao chão da maneira mais dolorosa que ele pode.

— Rá! Quem é o humano idiota agora? — Heitor riu e no mesmo instante, com um movimento de braço, o filho do Sol arrebentou a planta, o mesmo cipó que aguentou Heitor e todo seu peso na hora de sua invasão foi arrebentando por um simples movimento. — Vixi... agora a vaca foi pro brejo.

— Humano — Começou o guerreiro, se levantando e tirando pó de seus ombros, caminhando agora mais rápido. — Você é um é simplesmente um imbecil, está vivo até agora por pura sorte! Sabe qual é diferença entre mim e você?! — O homem ficou a poucos metros de Heitor. Quis correr, mas sua canela não permitiu. — Sua missão é continuar vivo, correr e não morrer. E eu? Eu mato meus inimigos! Como vou fazer agora!

Com o cipó esticado, ele se jogou em cima de Heitor, a planta que antes foi tão rapidamente rompida, agora estava bem forte. O garoto sentiu o ar faltando dos pulmões, a mesma sensação de perder as forças, atacando pela segunda vez sua garganta, o mesmo movimento.

— Você tem algum problema com garganta alheias? — Perguntou Heitor, o ar faltando nos pulmões, sentia o gosto da morte na boca. E como das outras vezes, não foi nada agradável.

— Cale a boca! Morra logo!

Sua visão ficou turva, estava ficando roxo. Mas uma voz soou em sua cabeça, ele reconhecia aquela voz.

Era Rafael! "Diga meu nome", ele pediu. "Por quê?". "Só diga, Heitor!".

— Ra... R... Rafael! — Ele falou por fim, e automaticamente a pessoa afrouxou a corda em seu pescoço.

— O quê?... — Ela arregalou os olhos. — O que você disse?

— Eu disse... Rafael!

Um vento forte rodopiou em cima de Heitor, fazendo as folhas e a terra do térreo se levantarem, as janelas abertas do castelo todo foram fechadas com um enorme baque graças ao vento que se iniciou.

— Você?! — Gritou o filho do Sol. — Como...você está morto!

Heitor virou a cabeça com muita dificuldade, seus olhos se arregalaram de surpresa.

UM GUARDIÃO SEM-VISÃO

Estava aos pés de ninguém mais, ninguém menos, Rafael, do mesmo jeito que apareceu no sonho de Heitor, os olhos azuis, cabelos desgrenhados, como se ele fosse uma simples sombra, gigantesca e poderosa.

— Suma daqui, Susana. — Rafael cuspiu, sua voz rígida e forte, igual do sonho.

— Su... Susana? Você é mulher?

— Cale a boca! Heitor! — A mulher falou irritada, ela se levantou observando Rafael com o medo estampado em seus olhos. — Eu vou voltar, Heitor Costas! — Ela ameaçou correndo para o outro lado.

A mente de Heitor parou por alguns segundos. Seja lá quem era Rafael em outra vida, ele deveria ter sido um grande lutador. Ele era temido ou respeitado?

— Obrigada, Rafael... realmente... obrigada. — O fantasma olhou para Heitor com uma piscadela, ele parecia estar indo embora.

Mas antes de sair, uma voz cortou o campo de batalha.

— Rafael!

Heitor olhou para Eduardo, que adentrava no campo, seus olhos castanhos escuro brilhando.

— Tchau, Heitor e Eduardo. — Disse Rafael, olhando para o homem careca, e como uma brisa... sumiu.

Aquilo foi tão rápido que Heitor pensou se realmente foi real.

— Heitor — Eduardo puxou Heitor para cima. — O que aconteceu aqui?

— Fomos atacados por um filho do Sol. Roberto está gravemente ferido e Félix também! Temos que ajudá-los.

— Como você sabe sobre filhos do Sol? — Perguntou Eduardo um pouco desconfiado.

— Ah, pela Lua! Quer discutir isso agora? Sério?!

Mais tarde, Heitor estava sentado, a cabeça escondida no meio das pernas, apenas os cabelos pretos ficavam a mostra. Os olhos castanhos úmidos, encostado na porta de madeira do Quarto de Cora. Lá dentro estava Félix e Roberto com Eduardo e Cora tentando dar um jeito no estrago feito por Susana. No final das contas, o inimigo, que era tão parecido com Eduardo, não era ele.

A canela de Heitor ainda doía demais, eles passaram o mel no machucado e o enfaixaram. Os ferimentos de Heitor demorava mais tempo do que outros integrantes do castelo, talvez fosse porque ele era um sem-visão.

— Heitor. — Chamou Mariane correndo pelo corredor. — Está tudo bem? Como Roberto está?

— Onde você estava? — Heitor quase rosnou, automaticamente a feição da mulher endureceu.

— Nem se atreva a me culpar.

— Ah, eu não ia te culpar — Heitor falou sarcasticamente, indo mais para trás. — Mas se você estivesse por perto... afinal onde estava?

A loira mantinha a boca curvada para cima, Heitor tinha certeza de que ela queria dar um soco nele, mas não quebrou o contato visual entre eles.

— Quer saber onde eu estava? — Mariane cuspiu.

— Se não for muito incômodo para a senhora me contar. — Heitor respondeu na mesma intensidade, farpas estavam sendo trocadas.

Mesmo Heitor não gostando de brigar, a raiva, o medo, tudo que tinha acontecido, o que tinha passado. Todas as emoções, ele queria descontar em alguém. Mas o jovem nem percebia que estava fazendo isso com a pobre loira.

— Eu estava no cemitério. — Mariane disse, desviando o olhar. Seus traços de raiva se suavizaram e seus olhos começaram a brilhar. — Eu estava... estava... estava no túmulo de um ente querido, Heitor. — Algumas lágrimas desceram sozinhas no rosto pálido da moça e ela se sentou na frente de Heitor, como se só falar aquilo já tivesse esgotado suas energias. — Feliz?

"Não, nem um pouco feliz. O que estou fazendo?". Heitor se encolheu envergonhado, não queria ter feito Mariane chorar, muito menos fazer ela contar algo tão pessoal.

— Não, não. Desculpa, Mariane, desculpa. Eu não queria falar isso. Eu só... só fiquei com medo na hora e agora estou descontando em você. Desculpa. — Pediu Heitor com os olhos focados nos pés. — Você foi tão legal, Mariane... sempre foi desde que cheguei aqui... quer dizer tirando a primeira vez que nós vimos. E eu vou e te trato assim?... Não está certo.

— Tudo bem, Heitor — Mariane disse, quase como um sussurro. — É verdade que você apanhou igual a uma mala velha?

— É... talvez, talvez sim. — Heitor riu e a porta do quarto foi aberta.

— Pode entrar, Mariane. — Avisou Eduardo, passando seu olhar dela para Heitor.

A loira não disse nada, apenas entrou deixando Heitor e Eduardo sozinhos.

O menino não ergueu os olhos para o homem, apenas ficou ali mexendo os pés.

— Não quero nem saber como você tem um Orfeu, como sabe sobre os filhos do Sol. Mas só me responda uma coisa, como Rafael apareceu para você? — Eduardo perguntou.

— Eu... eu não sei, ele só aparece pra mim. — Heitor suspirou.

Eduardo coçou a barbicha que tinha no queixo e então fixou o olhar em Heitor.

— Interessante... como é seu sobrenome mesmo?— Eduardo pediu erguendo uma sobrancelha.

— Você... não sabe meu nome? — Heitor falou incrédulo.

— Não acha que se eu soubesse, eu não estaria aqui perguntando? — Eduardo rebateu no mesmo tom.

— Costas, tá? Meu nome é Heitor Costas e eu te disse isso no dia da escolha. — Heitor encarou Eduardo. — Você fez a mesma cara no dia! A mesma que está fazendo agora, e não se lembra?

— Eu só guardo coisas importantes Heitor. — O homem semicerrou os olhos. — E você não é importante.

Heitor bufou e se levantou, era bem menor que o homem, mas poderia dar um chute em sua virilha e sair correndo. A consciência de Heitor gritava para não fazer isso, mas seu coração e sua alma desejavam isso.

— Mas, enfim. — Eduardo cortou, dando um passo à frente, como se tentasse mostrar a Heitor que era maior e que se atrevesse a fazer algo, levaria uma pancada três vezes pior. — Eu queria falar com você para lhe informar que vou dar aulas de luta.

— E o que isso tem a ver comigo?

— Tem a ver que você vai ser meu primeiro aluno. — Heitor arregalou os olhos, a primeira coisa que quis fazer foi gritar um belo "não" na cara de Eduardo, mas ele foi mais rápido. — E você nem se atreva a disser "não", isso é uma ordem do líder do exército real.

— Por quê? — Perguntou Heitor, a voz cansada e assustada ao mesmo tempo.

— Você deve ter lutado feito um idiota completo para deixar Roberto chegar a esse estado! Ele está quase morto! E se ele morrer… — Eduardo cobriu a boca, parecia pensar no que diria em seguida.— Nada… você já está avisado, terá aulas, sem choro nem vela.

O homem se virou decidido de sua decisão. Heitor queria chorar e gritar ou acertar Eduardo, com a garantia de que ele não revidasse. Estava cansado, exausto, mas ainda assim disse:

— Eduardo… não pude ajudar ninguém. Se não fosse por Rafael, estaria morto… você… tem alguma ideia do porquê ele apareceu para mim?

Eduardo se aproximou do menino e disse:

— Você me lembra um pouco, mas só um pouco… Rafael. Sei lá porque ele apareceu para você. Mas teve uma coisa que eu esqueci de mencionar, eu vou te ensinar a lutar para proteger Ágata, eu não gosto de você. Muito menos de sua companhia. — O homem pensou um pouco. — Talvez também pela memória do meu amigo Rafael. Já que ele parece gostar tanto de você.

"Amigo? Achei que você não tinha amigos", Heitor pensou, levantando-se para ver como Roberto e Félix estavam.

Naquela noite, Heitor se sentou na frente da mesa, a barriga doendo, assim como algumas de suas cicatrizes. Ele puxou um papel e um lápis. Aquele era o dia, o calor da batalha ainda ardia em seu coração. No momento certo, aproveitando a coragem que teve ao lutar contra Susana, ele começou a escrever.

"Mãe, oi. Eu sei que você quer me matar; e eu te entendo. Mas, tudo que eu estou fazendo e por você. Juro que vou levar dinheiro para casa e vou sustentar você. Estou trabalhando na cidade, eu sei que você não gosta, mas acho que meus motivos justificam e desculpa a demora. Eu fiz novos amigos e garanto para você que estou seguro.

P.s,: te amo.

Att: Heitor Costas".

Capítulo 10

21 DE JULHO

Félix já estava pronto para outra batalha há dois dias, mas Roberto estava se recuperando aos poucos. Pelo jeito as feridas em seu tórax eram mais graves do que pareciam.

Heitor agora queria o Orfeu ao seu lado o tempo todo. Desde o ataque de Susana, o menino odiava ficar sozinho, escutava barulhos que não tinham acontecido e sentia que estava sendo observado a todo momento.

Ágata tinha percebido que Heitor mancava um pouco, mas ele inventou a desculpa de que tinha virado o pé.

Mariane e ele não citaram mais o assunto do ataque, deixando assim que a hostilidade morresse aos poucos e eles voltassem a se tratar normalmente... pelo menos era o que Heitor pensava.

O menino caminhou até a ala de Cora, Ágata já estava dormindo em um sono pesado.

A noite era linda, mas só quando vista de fora do castelo, porque de dentro não se via nada, Heitor caminhava com uma vela a poucos centímetros de seu rosto, tentando identificar o caminho que deveria seguir com Félix assobiando ao seu lado.

— Esse castelo já é escuro, eles não pensaram em quem não tem faíscas? Como um humano vai enxergar nesse breu? — Heitor resmungou incomodado, ele tremia só de pensar que estava no completo escuro. Mas era só nesse momento que podia pensar nisso, afinal, o dia todo dele era dedicado à princesa.

Finalmente enxergou uma luz, vinda do quarto de Cora, e ele nem bateu, apenas a abriu, sabia que a velha dormia cedo junto com Catu. O quarto dela tinha dois andares, enquanto ela repousava no andar de cima, Roberto ficava no de baixo com várias velas em volta. O ruivo estava deitado ao chão, faixas brancas cobriam-lhe o tórax, uma manta fina cobria seus pés até seu quadril e por causa disso Heitor viu como Roberto estava respirando com dificuldade, mas ainda se mantinha ativo com os dedos todos manchados de tinta, deveria estar pintando.

— Oi, Roberto. — Disse Heitor, e Félix correu ao encontro do ruivo.

— Ah, olá, Félix. — Roberto passou a mão de tinta já seca pela cabeça do animal. — Veio me ver de novo, Heitor? Desse jeito vou pensar que você realmente se importa comigo. — O ruivo riu e o menino se sentou ao lado dele.

— Pare de graça, como se sente?

— Bem melhor. — Roberto puxou uma tela de pintura. — Ainda não posso me levantar, então pinto. Ajuda a me distrair.

— Que lindo... — Heitor observou enquanto Roberto mostrava a pintura bem-feita, ele tinha feito uma árvore comprida e florida, cada folha da árvore que ele tinha pintado era feita com o mínimo detalhe. — Mas não vim aqui só pra isso, — Heitor puxou de sua bolsa um enorme desenho de um Orfeu, mas diferente de Felix, Heitor fez questão de desenhar o animal vermelho. — Eu trouxe isso pra você, fiquei sabendo que é seu aniversário.

— Heitor! É... é lindo. Muito obrigado! — Roberto puxou o desenho enquanto Félix se deitava ao seu lado. — Como sabia que vermelho é minha cor favorita?

— Além do seu cabelo? Cora me contou.

— Essa mulher, sempre contando meus segredos. — Roberto riu, assim como Heitor.

Mas a conversa foi cortada quando a porta foi aberta de novo. Eduardo entrou na sala. Usava uma roupa justa e mastigava algo, Heitor sentiu o cheiro de menta subir ao ar e ele trazia em suas mãos potes de tinta.

— Oi, Roberto!... é... Heitor... não vi você. — Ele disse passando pelo menino.

— É, acontece... — Heitor sussurrou incomodado.

— Trouxe isso para você — Eduardo entregou os potes de tintas ao ruivo. — Notei que você gostava de pintar, então... quem te deu esse desenho?

— Obrigado, Eduardo. — Roberto ficou da mesma cor que seu cabelo. — Eu agradeço... quem me deu o desenho foi Heitor.

— Pelo menos ele é bom em algo. — Disse Eduardo, aquilo não era um elogio, mas sim um insulto, como se Eduardo não soubesse que Heitor podia ser bom em pelo menos alguma coisa. — Você está livre agora?

— E... eu? Sim. — Heitor gaguejou.

— Ótimo, vamos deixar Roberto descascar e vamos a um treinamento.

— M... mas, mas, não é muito tarde? Tipo, já são umas duas da manhã!

— Eu te disse que iria te treinar. Mas não disse horário e lugar. Se alguém te atacar agora, você vai virar para a pessoa e responder: "Desculpe, são duas da manhã, então não vou lutar. Estou muito cansado"? Estou te oferecendo um treinamento, é pegar ou largar. E aí?

Heitor suspirou e cerrou os dentes, ele sentiu cada parte de seu corpo gritar pedindo para que não aceitasse, mas Eduardo já tinha sido bem claro. Não aceitaria um "não" como resposta e o que o menino poderia fazer? Aquele homem era chefe do exército, se ele mandasse, Heitor Tinha que obedecer. Não tinha outra escolha.

—Tá, eu aceito. — "Como se eu tivesse escolha!", gritou internamente. — Félix, você vem? — O Orfeu apenas deu uma volta e aconchegou a cabeça de coruja no peito de Roberto. — Ah, que belo companheiro você é!

— Boa sorte, Heitor! Pode deixar eu cuido desse grandão. — Roberto deu tchau com a mão enfaixada, ainda vermelho por causa do presente de Eduardo.

— Onde nós vamos? — Perguntou Heitor voltando de novo à escuridão dos corredores, sentindo o coração batendo nas costas.

— Às masmorras.

— Esse castelo tem masmorras?! — Heitor perguntou quase gritando.

— Só... — Eduardo respirou. — Cale a boca e me siga. Praga.

Heitor bufou diante da ameaça.

As masmorras eram frias, um vento que Heitor não fazia ideia de onde vinha cortava as pontas das orelhas e faziam os cabelos do jovem se despentear. Lá era, como o resto do castelo, muito escuro, não dava para ver seus próprios pés sobre as superfícies de pedras. Heitor pegou uma tocha das escadas e saiu andando atrás de Eduardo, que usava suas faíscas, de cor marrom clara, para iluminar o lugar.

— Eduardo... — Heitor falou e, como o homem não o repreendeu, ele continuou. — Por que os com-visão têm cores de faíscas diferentes?

— Porque — Eduardo começou, sua voz ecoando pelas paredes — as almas nos refletem por dentro, Heitor, suas cores falam muito. Cora fez uma pesquisa com nosso amigo Rafael há muito tempo — Heitor se arrepiou ao ouvir o nome do menino. — E foi assim, quem tem as marrons, como eu e Fernandez, eram pessoas mais sérias e focadas. Amarelas, como Roberto, eram mais animadas, otimistas e alegres, quem tem as azuis são mais harmoniosas e tranquilas.

— Eu não diria que "tranquila" é uma coisa que define Mariane. — Heitor comentou enquanto dava mais um passo na escada.

— É porque ela só mostra uma parte de sua personalidade, se a conhecesse de verdade, veria como é. — Eduardo parou de supetão ao final da escada. — Já notou que ela nunca entra em pânico? Agora me siga.

As masmorras não eram apenas prisões para as pessoas, aquilo era um labirinto com toda certeza, com vários corredores e alguns sem saída. Não demorou muito para o jovem se sentir como um rato encurralado.

Uma luz fraca iluminou uma fresta em outra parede. Heitor se aproximou e viu do outro lado uma sala toda iluminada.

Adentrou na sala, o chão era macio como uma almofada e as paredes pareciam ser feitas de madeira. Muitas velas distribuídas em vários lugares iluminavam tudo como uma bola de fogo. Uma mesa de madeira pequena estava em um canto com vários papéis em cima.

— O que é isso? — Heitor foi até os papéis, afinal, todo desenhista fica entusiasmado quando vê um papel. — Eduardo, se eu posso mexer nessas coisas não diga nada... — Sussurrou Heitor.

O homem não falou nada enquanto pegava um longo bastão, provavelmente para o início do treinamento.

— Então, posso mexer. — Sibilou o menino e se aproximou dos papéis de cor de ovo.

UM GUARDIÃO SEM-VISÃO

Heitor começou a observar as folhas, não eram desenhos nem escritas. Eram mapas, diversos. Todos em preto e branco, mostrava cada corredor, cada salão, onde os guardas ficavam e até onde a Rainha e Ágata ficavam.

— Nossa... — Sussurrou Heitor maravilhado enquanto observava as linhas.

Então aquilo não era apenas uma masmorra, era um lugar onde eles escondiam os mapas e as plantas do castelo. Não era à toa, então, que aquela estrutura subterrânea tinha o formato de um labirinto, era para enganar algum ladrão astuto que tentasse pegar os mapas do castelo para um futuro ataque.

Heitor teve que semicerrar os olhos, pois a luz do lugar estava diminuindo, aos poucos, as velas foram sendo apagadas, uma a uma. Mas o vento não estava tão forte. Heitor tirou os olhos dos mapas e vasculhou à sala, não tinha ninguém apagando as velas.

— Ah, que ótimo... além de filhos do Sol, vamos ter que lidar com o sobrenatural agora. — Falou Heitor, irritado e dando alguns passos à frente, tentando puxar assunto com Eduardo. Mas não teve resposta também. — Ô, Eduardo, você está vendo isso? — Heitor olhou para onde supostamente Eduardo estava... ele não estava lá.

Logo só tinha uma vela acesa e Heitor se dirigiu a ela, ficando o mais próximo possível da pequena chama. O resto estava escuro, não se podia ver nada. Exceto uma leve movimentação.

Heitor sentiu o peito começar a doer e se contrair, não tinha como se esconder.

— Eduardo, tá... chega dessa brincadeira.

Se antes ele se sentia como um rato, agora o sentimento só estava mais forte. Sentiu que era como uma presa pronta para o abate, enquanto o carnívoro o cercava.

Só tinha um jeito de acabar com isso: atacando primeiro o agressor, que nesse caso Heitor pensava ser Eduardo. "Parabéns, Heitor, você veio aqui com Eduardo, longe de todos e para piorar: de noite! Se ele me matar ninguém vai saber". Ficar ali parado, esperando a morte ou a dor não era uma boa opção. Heitor se encolheu pronto para dar um pulo, mas então, na hora que ele foi executar seu plano, o medo o segurou. Como uma cobra segura um pintinho.

Ele hesitou e Eduardo notou. Um último sopro e a última vela se apagou, deixando na total escuridão Heitor e a coisa misteriosa.

Em um tique-taque de coração, o homem se jogou e Heitor sentiu o peso o empurrando para baixo, ele bateu contra o chão. Com um grito ele flexionou as pernas e jogou Eduardo para longe, Heitor se deu conta de que não sentiu nenhum ferimento mortal.

Eduardo só estava o testando e ele relaxou.

Para o próximo ataque, ficou com os ouvidos bem atentos a qualquer coisa, mas como o chão era macio, não dava para escutar os passos, por mais pesados que fossem.

Com um súbito movimento, o homem voou de novo em Heitor, mas dessa vez pelas costas, jogando-o de novo ao chão, seu peito começou a arder, a boca secou.

Debatendo-se, tentando sair, mas nada adiantava. Com falta de ar, ele se entregou. Desistir era a única opção.

Algo brilhou no meio da escuridão, era uma faísca marrom claro.

E então todas as luzes se acenderam, os olhos castanhos de Heitor diminuíram por causa da claridade, ainda sentia o peso sobre si. Ele ergueu o olhar e viu Eduardo.

— Você desistiu muito fácil, foi bem na primeira. Mas a segunda... foi, deixe-me ver. Patético. É, essa é a palavra. — Falou Eduardo, saindo de cima das costas do jovem.

A raiva tomou conta de Heitor, por que diabos fazer aquilo? Seria um dos treinamentos? Se fosse, ele não deveria ter avisado? Afinal de contas, o jovem quase tinha sofrido um infarto. A emoção fez a língua dele arder, queria protestar. Mas tinha que admitir, Eduardo era um homem que colocava medo no coração, por ser alto e manter sempre a cara séria.

— Não vai dizer nada para se defender? — Perguntou o homem, os olhos pretos brilhando para ter mais um motivo de fazer Heitor se sentir pior.

— Não...

O homem suspirou.

— Você realmente não é igual a ele...

Heitor sentiu a curiosidade bater em seu peito, sabendo que Eduardo se referia a Rafael. Seus olhos fitaram os de Eduardo: quem era ele? O que Rafael tinha que todos falam dele? Todos os comparavam e por que o homem aparecia em seus sonhos, mandando mensagem?

"Isso me incomoda um pouco, não gosto de ser comparado. Mas quem gosta, né?".

— Vamos começar o treinamento. — Chamou Eduardo se afastando um pouco.

— Ué, isso já não foi? — Apontou Heitor.

— Aquilo nem foi um treinamento, foi um aquecimento, agora levante-se! — Ele rosnou e o menino se apressou.

— Eu nunca treinei alguém que não fosse... sabe, um de nós. Eu sempre uso o nosso estilo de luta, mas com você isso nunca daria certo. — Ele desdenhou e então começou a rodear Heitor.

O menino sentiu aquelas palavras o afetarem como uma faca quente. Ergueu a cabeça, talvez aquele momento fosse ótimo para coletar informações.

— Não sou um de vocês? Como um sem-visão? — Falou Heitor, mas Eduardo não disse nada. Por isso ele continuou. — Está querendo dizer que não vou conseguir derrubar uma pessoa como você ou Mariane? Por causa dos seus brilhos?

— Não é brilho, seu mente fechada! — Gritou Eduardo, parando repetidamente. — Aquilo se chama faíscas e são mortais para um humano nojento como você.

Heitor assimilou aquela informação, sentindo o sabor maravilhoso de uma leve dica do que estava acontecendo.

— Então... — Heitor arriscou. — Um sem-visão, que sou eu, nunca poderia machucar um com-visão, igual a você?

— Não necessariamente... tem algumas armas que podem... mas isso não interessa! Continue falando desse jeito e fazendo perguntas que logo, logo vão pensar que você é... nada. — Eduardo parou bruscamente, Heitor teve certeza de que era em relação ao espião. Mas ficou quieto. — Agora, preste atenção e me ataque.

Heitor caiu pela quinta vez, faltando ar aos seus pulmões, e bateu a cabeça contra o chão — que bom que era macio, senão tinha aberto um belo de um corte em sua testa.

— Você é melhor que isso. — Sibilou Eduardo, erguendo uma sobrancelha.

— Eu não sei, não, eu acho que esse é o máximo que eu vou. — disse Heitor revidando o tom arrogante do homem.

Eduardo se assustou, seus olhos se arregalaram com o tom astuto do rapaz. E um leve sorriso cínico apareceu em seu rosto.

Nem Heitor acreditou que tinha respondido Eduardo.

— Vá, já deve estar amanhecendo. — Eduardo disse. — Mês que vem, mesmo dia, mesma hora. Te espero.

— Tudo bem... tchau, então. — Heitor saiu andando, todas as partes de seu corpo clamavam por ajuda. — Eu sei que não fez isso por mim, Eduardo, mas... obrigado.

O homem não respondeu, Heitor apenas saiu da sala, subindo as escadas. Os olhos caídos e os ombros também, cada passo que dava seus joelhos faziam um barulho de *crack, crack*.

No topo das escadas Heitor notou a movimentação de alguém que parecia ser Mariane. Ele se aproximou da menina, sem ela perceber, poderia estar cansado, mas um bom susto podia ser dado toda hora, talvez com uma brincadeira, Mariane amava brincadeiras.

— BU! — Heitor gritou agarrando as costas dela, mas no mesmo instante se arrependeu. Não era Mariane. — Vixi... desculpa, desculpa. Eu... eu achei que fosse outra pessoa. Ai, que vergonha.

Amélia se virou, os olhos azuis pareciam não se importar com a brincadeira. Mas Heitor ficou vermelho feito um pimentão querendo sumir daquele lugar.

— Tudo bem! — Ela riu. — Eu gosto de brincadeiras já de manhã, isso mostra que você está animado! Amo gente animada. — Ela puxou uma bolsa ao lado do quadril. — Deixe-me fazer a minha brincadeira agora.

Ela puxou um pó marrom da bolsa que se destacava na mão branca e delicada da mulher.

— Ah... eu não sei se é uma boa ideia, foi só uma brincadeira boba, eu já disse que não era pra ser em você o susto? — Mas antes dele terminar a frase, Amélia soprou aquele negócio na cara de Heitor, fazendo ele lembrar da mesma sensação quando Susana o atacou. — Ah o que é isso? Me faz lembrar da vez que eu quase morri! Me traz aquela sensação horrível de volta, me aperta o peito!

Amélia mordeu o lábio debaixo, parecia analisar a situação, como se fosse um experimento.

— Pera... por que eu te contei isso?

— Porque eu te joguei o pó da verdade. Eu não quero me gabar, mas — disse ela apontando para si — eu mesma fiz ele.

— E isso é bem incrível e impressionante — Heitor parou, sua boca se curvou em um rosnado. — Mas isso não é muito pesado?! Eu te dei um susto e você me obriga a falar a verdade toda hora?

Heitor tampou a boca, a última coisa que precisava era de que outro membro real não gostasse dele, igual Eduardo.

— Para mim, — Amélia disse com um sorriso largo e branco no rosto — não é nem um pouco pesado. Eu só joguei um pouco do pó da verdade. Então ele vai durar umas, duas horas ou o dia todo. Sabe, ainda tô aprendendo a usar ele.

E com isso ela se virou e saiu. Heitor se virou também, ele tomaria café da manhã antes de todo mundo assim, talvez, não precisasse falar com ninguém e talvez não falaria nenhuma verdade na cara de alguém no dia de hoje.

Mas quando ele abriu a porta da cozinha suas esperanças foram por água baixo: Cora e Mariane estavam sentadas uma do lado da outra.

Cora estava com os cabelos trançados e Mariane estava com algumas tranças pequenas espalhadas pelo cabelo, que provavelmente a velha tinha feito na moça.

Heitor deu um sorriso. Não queria falar nada, apenas pegou um pedaço de pão e se sentou ao lado de Mariane.

— O gato comeu sua língua? — Perguntou Mariane, tentando brincar. — O que foi? Tá com dor de garganta?

Heitor fez que não, apontou para a garganta e fez o sinal de não. Mas Mariane apenas levantou a cabeça levemente, com a expressão se "o que isso significa?". Já irritado, Heitor soltou:

— Eu sei lá o que aquela louca da Amélia jogou em mim! Ela disse "pó da verdade"— Heitor fez aspas com as mãos ao falar isso. — O que me obriga a dizer a verdade! Então pensei em não falar, mas também não dá pra ficar sem se comunicar, não é?!

— Oh, calma, calma. — Cora disse tirando a xícara de café da boca. — Tá tudo bem, vai passar logo. E você pode falar, contanto que ninguém pergunte algo muito pessoal — Cora abaixou as sobrancelhas. — Isso foi pra você, Mariane.

O sorriso diabólico da menina começou a aparecer.

— Nunca posso me divertir. — Ela suspirou e olhou para Heitor. — Mas e o treinamento com Eduardo? Foi legal? Sempre quis que ele me treinasse.

Heitor sentiu a garganta coçar, ele sabia o que ia responder e por isso manteve a boca fechada tentando não fazer contato visual.

Mas aquele negócio era muito forte, parecia que as palavras abriam a boca do jovem à força, lutando para serem ditas. "Não!", pediu para si mesmo, como se tivesse controle do que iria dizer e, então, sem conseguir se segurar, ele disse:

— Ah, até que foi legal, estou com bastante dor. E não quero me sentir um inútil em batalha de novo, afinal, Roberto está na enfermaria porque eu não sei lutar e Félix também pagou por isso. Estou ficando com medo de que eu não consiga proteger Ágata e que Fernandez me demita. Estou sentindo a pressão pelos meus ombros, eu não lembro mais qual foi a última noite que eu dormi bem! — Heitor falava aquilo, era tudo que estava pensando, todas as suas ressalvas, jogadas em cima da mesa, o baralho tinha sido mostrado. Mas agora vinha a pior parte. — E ainda não sei quem é o espião! Tinha certeza de que é Eduardo, mas se fosse ele, já não teria me matado?!

— Mariane, querida... eu lhe disse para não fazer isso. — Falou Cora colocando devagar a xícara na mesa, Catu tirou a cabeça do meio das penas azuis e começou a observar a briga que estava se iniciando.

Mas a loira não respondeu, com a boca aberta, seu olhar verde caiu sobre Heitor e não saiu, eles estavam semicerrados e o copo de café em sua mão esquerda parecia que quebraria em dois.

— O que você disse no final? — Mariane perguntou, a boca curvada.

Heitor tentou tomar um gole de café, talvez fazer as palavra descerem junto com o líquido, mas não funcionou, as palavras eram simplesmente cuspidas, jogadas e ele não conseguia segurá-las.

— Eu acho que Eduardo pode ser o espião... mas, mas é só uma suspeita. E que as pistas levam a ele... algumas pistas!

Heitor tentou se explicar, mas não adiantou nada, Mariane se levantou. Claramente com raiva, ela bufou e se virou para ir embora.

— Espera! O que... o que foi que eu disse? — Perguntou Heitor, a voz carregada de tristeza.

Mas a menina não disse nada, manteve seu curso indo para a porta.

— Mariane... — Cora tentou chamá-la, mas sem resposta.

E saiu a passos bruscos para fora da sala batendo a porta ao sair, Heitor se encolheu. Decepcionado", sentindo-se um lixo.

— Oh, meu bem... — Cora tinha o tom doce, como uma mãe confortando o filho depois de quebrar um brinquedo.

— Por que ela reagiu daquele jeito? — Heitor perguntou e notou como seu tom de voz era triste. Ele realmente gostava de Mariane, mesmo sendo resmungona.

— Ora, porque Mariane admira demais Eduardo. Ela não fala, mas é a verdade. — Cora virou a cara para ele. — Foi por isso que eu mandei você só falar quando tivesse provas. No máximo uma testemunha.

— Mas eu não queria falar! — Heitor disse segurando a mesa com força. — Foi esse pó! Afinal, o que é isso?

— Isso deve ser uma variação de pó de Orfeu, meu querido. — Cora colocou a mão na cabeça do menino, tentando confortá-lo.

Heitor se encolheu, sentiu-se mal, como se tivesse feito tudo errado. "E quando você faz algo certo?", ecoou uma voz na cabeça de Heitor.

De surpresa, algo quente tocou a mão de Heitor, ele olhou para baixo e soltou um sorriso, Félix estava com a cabeça em cima de seus dedos. "Será que você tem um radar para emoções ruins, Félix?".

— Cora... posso lhe contar algo? — Perguntou o menino, sem olhar para a mulher.

— Claro, meu querido... não que você tenha muita escolha sabe... por causa do pó. — Ela tocou no ombro dele.

— Pode ser só efeito desse pó da verdade como você disse... ou sei lá. — Heitor observou Catu enquanto ele pegava um pedaço de pão escondido de Cora. — Mas eu não aguento mais. Essa história do espião, minha vida correndo risco toda hora e o fato de eu nunca saber o que está acontecendo. Quando eu lia isso nos livros, eu achava incrível! Viver uma aventura! Mas quando é minha vida na reta da morte eu só sinto medo! — Heitor parou por um instante, absorvendo as palavras. — Não tem isso de adrenalina... eu sou só... só sou um medroso que não consegue defender uma criança ou achar um traidor.

— Ei, Ei! Calma, criança. — Cora colocou a mão negra e áspera por cima das mãos de Heitor, elas podiam cutucar por conta dos calombos que tinham, mas eram tão reconfortantes ao toque. — Você não é medroso, você saiu do seu sítio onde nunca tinha visto ninguém e veio parar aqui no castelo. Você pulou o muro e enfrentou os filhos do Sol, tudo por conta de um motivo nobre: dar uma vida melhor à sua mãe. Heitor Costas, você não é medroso, você é só um jovem nobre que quer pegar todos os problemas do mundo para si, mas você é só um humano.

Heitor encarou Cora, as suas palavras eram como um remédio milagroso para as feridas abertas. Nesse caso, as mais internas, ele sorriu se sentindo melhor. O coração um pouco acelerado, os dias que tinham passado foram os piores de sua vida. No sítio, tudo era sempre calmo, e ali no castelo, era uma bagunça descomunal.

— Obrigada, Cora... muito... obrigada. — Heitor limpou as lágrimas que corriam em sua face. — Acho que isso não é muito másculo.

— Chorar é humano. Esse negócio de masculinidade é pura bobagem, chorar não vai fazer você ficar menos homem. — Cora passou a mão na cabeça de Catu. — Olhe Mariane, nunca a vi usar maquiagem ou pintar as unhas e ela é uma mulher. Isso não a torna menos feminina.

— Cora... você é cega.

— Você me entendeu, pirralho! — Ela passou as mãos no cabelo de Heitor. — Já me arrependi de ter levantado sua autoestima. Você não pode mesmo dar asas a esses jovens.

Capítulo 11

21 de agosto

Como o combinado, Heitor foi se encontrar com Eduardo nas masmorras, Mariane não falava com ele fazia um mês, quando tentava puxar assunto ela sempre se esquivava da conversa, fosse com um aceno de cabelo ou uma mão erguida. Cora era seu porto seguro agora, falava com ela sempre que o possível e Roberto já estava recuperado.

Dessa vez Heitor não tinha ido sozinho ver Eduardo, Félix o acompanhava de perto fazendo agora mais barulho ao descer as escadas.

Quando chegou ao ponto de encontro, a única coisa que estava lá era um papel, escrito à mão, a letra era belíssima. Heitor arregalou os olhos quando viu que pertencia a Eduardo.

"Olá, Heitor, eu sinto muito, mas hoje não haverá treinamento. Peço que me desculpe por não ter falado antes, mas não tive tempo que ver você, muito menos de conversar.

Obrigado pela atenção. Volte para a cama".

— Eu não acredito nisso! Não teve tempo? Você é que não quis. — Heitor amassou o papel e jogou ao chão. — Cretino! Não acredito que Mariane brigou comigo por sua causa!

Ele passou a mão na cabeça de Félix, a coruja deu um piado diante da situação. Com raiva, o menino voltou a subir as escadas, mas quando estava quase no final, viu ninguém mais ninguém menos que Eduardo.

Sem aviso, o homem virou a cabeça, o coração de Heitor disparou, o que faria agora? Não dava para se esconder nem correr para algum lugar. Parecia que o mundo tinha ficado em câmera lenta e mesmo assim Heitor não tinha tempo.

Mas Félix o puxou para trás com tudo e se colocou à frente do jovem, pressionando-o contra a parede. O Orfeu mexeu as penas, desaparecendo, e junto dele Heitor também sumiu.

Eduardo estava com um terno marrom claro e elegante. Olhou em volta, os olhos semicerrados, procurando por algo ou alguém. Com toda certeza ele tinha percebido Heitor.

O garoto segurou a respiração, o medo o abraçando. Eduardo ergueu a cabeça, olhando devagar cada canto do lugar.

Com o coração acelerado, Heitor segurou a camiseta suando frio. Uma ideia de repente surgiu em sua cabeça e ele deu dois tapinhas nas costas de Félix.

Talvez agora fosse o momento de o espionar, de ver o que Eduardo fazia e talvez achar provas de que ele era realmente o inimigo.

— Bom, eu tinha esquecido que você faz isso. — Sussurrou Heitor, mais calmo. — Agora vamos atrás dele. — O animal demorou para entender, mas depois o seguiu.

Quando Eduardo virou na curva, Heitor e Félix saíram correndo atrás do homem de terno claro. Heitor escutava os batimentos cardíacos nas orelhas. A ansiedade batendo contra o estômago.

A dupla seguiu o homem até o térreo, onde Eduardo entrou em um prédio grande que Heitor reconheceu como "campo das espadas" pelo menos era assim que os guardas chamavam aquele local. Só soldados treinados e guardas podiam entrar lá. Engolindo em seco, pensando na encrenca que entraria se atrevesse a pisar ali... "Eu vou me arrepender disso, mas de tudo que eu já fiz, isso vai ser o mais leve. Eu acho que tenho problemas com regras".

Esperou até que Eduardo abrisse a porta para passar junto a ele, puxou Félix até a porta, passando ao lado dele, o bicho deu um leve guincho e Heitor fez com o dedo o sinal de silêncio.

Heitor quase soltou um "uau", observando o local com as mãos tremendo.

Todos usavam a roupa padrão dos soldados — camiseta azul com uma lua branca e uma calça preta justa. Vendo uma multidão de mulheres e homens, ele procurou por Eduardo entre eles.

Avistou o homem em cima de uma espécie de pedestal que ficava no segundo andar, parecia que eram três andares abertos no meio. Ali tinha comida, água, descanso e uma ala de treinamento. Não era à toa que ninguém via um guarda em seus aposentos dentro do Castelo, era ali que eles dormiam. Heitor sempre se perguntou onde eles descansavam.

Não tinham velas ou tochas, não precisava disso, a lua ou o sol, dependia da hora, iluminava o lugar, o teto era feito de vidro.

— Escutem todos, como líder do exército. — Ele gritou e Heitor tremeu de novo — Todos sabem do ataque ao nosso querido Heitor. — A voz saiu sarcástica. — Aquele chorão já foi atacado várias vezes por forças inimigas. Esse espião fica entrando e ninguém nunca vê ele! — "Se o espião é você, como eles vão ver?" — Então redobrem a segurança. Todos os aprendizes, eu os quero até mês que vem como guerreiros. Nenhum guarda fica parado, todos alerta! — Ele gritou e todos os homens gritaram de volta, concordando.

Heitor semicerrou os olhos e fechou a mão sobre sua manga. Sentiu a raiva subir pelas suas pernas, "Esse homem é um idiota". Agora Heitor entendia por que os guardas eram tão hostis com ele. Com um ranger de dentes, Heitor desviou o olhar de Eduardo.

Quando o menino ergueu os olhos novamente, um guarda alto levando várias caixas estava indo na direção dele, colidiria com Heitor.

O menino parou, suas pernas travaram, "NÃO! NÃO!".

O guarda deu um tropeço, caindo em cima de Félix, ambos soltaram um grito e as penas do animal se tornaram visíveis de novo. Heitor tentou ir para trás, mas foi imobilizado pela barriga do soldado.

Todos do salão se viraram para ver Heitor e Félix. "E o arrependimento já veio", ele pensou, encolhendo-se, sabia que tinha feito algo muito errado, que estava encrencado. Um longo minuto no silêncio absoluto enquanto o homem saía de cima de Heitor e Félix.

E quando finalmente o menino pode ver a luz de novo, os murmúrios começaram.

— Quem é esse idiota?

— É o chorão que Eduardo disse! — Gritou uma voz grossa ao fundo.

— Heitor é o nome dele, não é?

— Ele deve ser o espião! Qual outro motivo para ele estar aqui? — Elevou-se a voz de uma mulher entre a multidão.

Heitor sentiu algo puxando seu cabelo, um guarda de dois metros o levava pelo pescoço para o meio da multidão, enquanto os outros homens e mulheres vaiavam ele com gritos e gestos de mãos.

O guarda o jogou no chão, ele sentiu a poeira lhe prender a garganta. O corpo todo tremia como se sentisse frio, mas estava quente, muito quente. Ele não tentou ficar em pé, pois sabia que voltaria ao chão.

— Ele deve ser o espião! Vamos matar ele agora! — Mandou uma voz rouca de uma mulher, ela puxou a espada da bainha e a ergueu.

— Não! Espere! — Gritou Eduardo, tentando intervir, mas a mulher foi mais rápida.

Puxou a espada uma faca comprida e afiada foi na direção de Heitor, ele pulou para o lado. A arma atingiu o chão ao seu lado direito, tirando alguns fios de cabelo, Félix gritou ao fundo e Heitor sentiu o mundo parar por um leve segundo.

— Eu disse "não"! Está surda?! — Repreendeu Eduardo, retirando a espada da mão da mulher.

Ela o encarou, os olhos semicerrados e Eduardo revidou o olhar, sem hesitar e sem ao menos fraquejar. "Como ela aguenta olhar pra ele por tanto tempo... sem... sentir medo?".

— Levante-se. — Mandou o careca e o jovem obedeceu, chamando Félix com a mão.

"Ah, ótimo, agora sim eu morro", castigando-se mentalmente pela decisão, o menino sentiu uma pontada ao lado direito. Ele olhou, o sangue escorrendo de seu braço, a espada tinha aberto um pequeno corte em seu músculo. Mas como?

Ele seguiu Eduardo para fora da sala dos guardas, a vergonha caiu sobre ele como um pedregulho gigante. Com um suspiro, o menino tentava não pensar na punição que tomaria.

No corredor, com os olhos com uma leve chama de raiva, Eduardo olhou no fundo dos globos oculares de Heitor. A boca em uma linha levemente curvada, estava com raiva, mas tentava esconder e ele não sabia fazer isso.

— Só vou te fazer uma pergunta: por quê? — Ele sibilou.

Heitor sentiu as mãos começando a suar, ele segurou a barra da camiseta, agarrando como um ponto seguro.

— E... eu... — Nada vinha à mente, não tinha como escapar daquilo, não havia uma resposta certa. — E... eu... eu.

— Fale logo! — Ele gritou, agora a raiva passando para sua voz.

Quando Heitor foi abrir a boca, uma explosão fez o chão tremer. Heitor foi para frente e Eduardo o pegou, impedindo que batesse contra o chão.

— O que é isso?! — Perguntou Heitor, a fala abafada pelos gritos.

Eduardo não respondeu, apenas olhou em volta, calmo. Ou pelo menos parecia calmo.

— Eduardo! — Chamou uma voz que Heitor reconheceu, ele se virou e viu Roberto, os olhos azuis claros espantados. — Estamos tendo outro ataque!

— E cadê Amélia? — Perguntou o homem e Heitor ergueu uma sobrancelha. — Ela é a segunda no comando.

— Eu não sei onde ela está! Ah, oi, Heitor... — O homem ruivo balançou a mão para o menino com um sorriso.

— Oi, Roberto. — Heitor disse vendo como a voz soava fraca. — É um ataque dos filhos da Luz?

Eduardo soltou Heitor, com o coração querendo sair do peito. O menino mantinha a boca aberta tentando pegar mais ar, a mente estava parada, ele não pensava em nada, o pânico não deixava.

— Heitor, sei que não está em forma. — Falou Eduardo e Heitor se surpreendeu com sua voz calma. — Mas ache Ágata e a proteja, como sempre fez.

Heitor escutou aquelas palavras, alguma coisa boa começou a aparecer em sua barriga, pareciam cócegas, mas não chegava a dar risada. O menino nunca quis a aprovação de Eduardo, mas escutando isso, que ele tinha feito um bom trabalho, Heitor teve que conter um sorriso.

— S... sim, senhor! — Falou cheio de convicção.

— Roberto, vá junto com ele e proteja minha irmã. — Ele mandou e o ruivo balançou a cabeça em concordância.

— E Cora e Mariane? — Perguntou o menino preocupado com elas.

— Elas sabem se cuidar. São filhas da Lua, como nós, são duras na queda. — E dizendo isso, o homem se virou e correu na direção dos barulhos.

Com mais uma explosão, Heitor se encolheu.

— Não precisa ter medo, eles nunca vão passar das paredes de escamas de Natus. Aquilo é indestrutível. — Quando ele terminou a frase, começou outro tremor e Heitor se agarrou em Félix. — Mas eu já errei antes, né.

— Vamos atrás de Ágata e Fernandez. — Aconselhou Heitor indo na direção oposta das explosões.

— Vou também, provavelmente Mariane e Cora estão junto com elas, as protegendo. — Disse Roberto seguindo Heitor.

A cabeça de Heitor rodopiava. Eduardo tinha o protegido ou simplesmente não deixaria que o matassem na frente de um grupo de guardas... mas eles mesmos queriam matar ele e não gostavam de Heitor, por culpa de Eduardo. Além do fato de ter encontrado Ágata desmaiada na sala dele e do sonho com Rafael.

"Tudo leva a ele, não tem como ser outra pessoa", ele pensou, a cabeça começando a doer. "Por favor, por favor alguém me dê uma luz. Uma única luz". Ele sentiu algo apertar contra o peito, os olhos encheram de lágrimas. Ele fechou os lábios, a pressão doendo os ombros.

— Heitor... está tudo bem? — Perguntou Roberto delicadamente. — Está com medo?

— Ah... não... não. Eu só... só estou cansado, sabe? — Explicou Heitor, sentindo que algumas lágrimas tinham saído. — É que foi tanta pressão esses dias.

— Ah, é verdade, com tudo isso rolando... é complicado... é muito complicado. — Roberto fez uma longa pausa enquanto as únicas coisas que podiam ser escutadas eram os passos deles pelos corredores e algumas explosões ao longe. — Talvez isso melhore um pouco as coisas... mas Eduardo fala bem de você. Que é inteligente e que tem chão ainda para andar, mas vai virar um guerreiro.

Heitor recebeu aquelas palavras como o mel que cura as feridas. Ele engoliu e deu um sorriso para Roberto.

— Ele realmente falou isso?

— Ah, falou. Eu queria que ele falasse de mim como fala de você. — Roberto deu um sorriso.

— Mas... se ele disse tudo isso de mim, desculpe o que vou falar Roberto, eu sei que você gosta de Eduardo, mas por que ele me trata tão mal? Eu sinto que ele me odeia!

— Heitor... Eduardo é complicado, eu sei que parece que ele te odeia. — Roberto fez uma curva. — É que Eduardo tem um leve problema para mostrar seus verdadeiros sentimentos... quando você pegar intimidade com ele, verá como ele é protetor e amoroso.

— Acho que nunca vou ver esse lado. — Heitor disse já desistindo, outra explosão fez o chão tremer.

Roberto parou e encarou Félix.

— Não adianta, se continuarmos indo a pé, nunca vamos achar ninguém nesse castelo gigante!— O ruivo avisou balançando as mãos freneticamente.

— Vamos fazer o que então? Se não formos a pé, vamos como? Eu acho que trazer uma carruagem para dentro do castelo vai demorar mais tempo, viu.— Heitor quis brincar, mas só faltou Roberto lhe dar um tapa na nuca.

— Vamos. Não temos tempo a perder. Monte no Orfeu. — Mandou Roberto.

Roberto parou Heitor e Félix e empurrou e o empurrou para cima do Orfeu, sem o consentimento dele, mas Félix não reclamou sobre a pressão nas costas. Roberto se sentou atrás do menino.

— Eu nunca fiz isso... — Avisou Heitor, tremendo ao agarrar nas penas de Félix.

— E eu deveria ir guiando, mas vamos tentar. Vai ser um bom treino.

— Tinha que treinar bem na hora que nossas vidas correm perigo?! — Perguntou Heitor incrédulo.

— Só guie, vai se sair bem. Você anda a cavalo, não é muito diferente.

Felix voava pelos corredores, suas patas nem chegavam a tocar o chão de pedra, sua velocidade era incrível. Heitor nem conseguia enxergar para onde estava indo, ele confiou totalmente no Orfeu para levá-lo. E o animal fazia aquilo com tal habilidade que Heitor se perguntou se alguém já tinha montado nele.

— Tá, — gritou Roberto atrás dele. — já foi o primeiro andar! Vamos para o segundo procurar por elas.

— Certo! Vamos lá, amigão! — Incentivou Heitor batendo nas costas do Orfeu.

E no mesmo instante o monstro fez uma curva brusca e saiu correndo para as escadas. "Se correndo ele está nessa velocidade, imagine quando podia voar!", pensou Heitor quando outro baque fez o castelo estremecer.

— As paredes estão cedendo? — Perguntou o menino aos gritos.

— Olha, eu não quero causar pânico... mas eu acho que sim.

Heitor continuou olhando para frente, focado em seu objetivo — encontrar Ágata e a proteger, esse era o seu dever. De repente, alguma coisa pesou em seu peito e espremeu seu coração.

"O que é isso?", perguntou-se o menino, amassando a camiseta. Ele pensava em Cora, Mariane e Ágata. Elas podiam se defender mesmo assim, só incomodava não saber como elas estavam... isso era... preocupação? Medo?... "Eu me preocupo com elas... Eu... eu gosto delas. Elas são minhas amigas". O menino se chocou com tal pensamento. Ele realmente as considerava e esperava que elas considerassem ele também.

Mas algo o tirou de seus pensamentos como um balde de água fria — era um grito, alto e dolorido, pronunciando um palavrão que só alguém como Mariane poderia dizer.

— Mariane! — Gritou Heitor. Ele olhou em volta, estavam no corredor principal do segundo andar.

Ele virou Félix na direção dos sons, acelerando o passo.

— Não quer que eu vá atrás de Mariane e você atrás de Ágata? — Falou Roberto, claramente alarmado.

— Não. Vamos fazer isso juntos.

Com um pulo de Orfeu, eles entraram em uma sala gigantesca, maior até que o quarto de Ágata, pintada de azul escuro, todas as coisas de luxo, joias e ouro, do lugar estavam jogadas ao chão, quebradas. O local estava cheio de baús e moedas de prata e cobre. Era ali que ficavam os impostos que cobravam da população.

Mariane estava encurralada em uma parede, o corpo todo sangrando, os olhos verdes brilhando de medo e seu cabelo loiro curto estava emaranhado. Ao seu entorno, três pessoas com armaduras brancas brilhantes que só mostravam parte da cabeça, com um sol pintado em suas costas.

— Filhos do Sol... — Sibilou Roberto, e Félix fez um chiado ao ouvir o nome.

— Mariane! Larguem ela! — Gritou Heitor, sentindo a raiva tomar conta de cada pedaço de seu corpo.

A menina ergueu o olhar de esmeralda para ele, cansada e arfando. "Como ela ainda estava viva?", pensou Heitor. "Ela lutou com três pessoas ao mesmo tempo? Cara, ela é muito dura na queda!".

Os filhos da Luz se viraram para ver as novas pessoas que chegaram no lugar.

A menina não perdeu tempo – estalou os dedos e faíscas azuis surgiram na sua mão. Talvez pela raiva, as chamas estavam maiores, porque Heitor arregalou os olhos quando as viu brilhando sobre a sala.

Ela jogou as faíscas no chão, a sala toda tremeu e um dos filhos do Sol foi para trás com o impacto.

No mesmo momento, Félix gritou e pulou sobre uma mulher, que se encolheu quando as garras do bicho grudaram em suas costas.

A pessoa do meio do trio ergueu as mãos e faíscas verdes surgiram de sua mão, prontas para atacar Félix.

Heitor tremeu, ele não consiga sair do lugar, eram filhos do Sol, tinha medo de batalhas, mesmo que já tivesse participado delas. O peito começou a apertar de novo e a voz de Rafael surgiu em sua mente: "Porque é tão medroso?", Heitor engoliu aquele sentimento de medo como um veneno.

Olhou para homem que atacaria o Orfeu e em um tique-taque de coração, a emoção de raiva tomou conta de seu corpo, já não importa se eles podiam matar.

— Nem pense nisso! — Ele gritou e se jogou contra o homem.

A adrenalina tomou conta de seu corpo, toda a raiva e frustração de tudo que tinha passado, os sentimentos que tinham em relação a Eduardo e as desconfianças. O menino colocou todos aqueles sentimentos em um misto enquanto agarrava o filho do Sol. Disposto a deixarem todos eles saírem, ele pegou as costas do filho e o puxou para trás, jogando-o contra o chão.

O filho da Luz soltou um gemido de dor. Heitor pegou a mão dele e a prendeu contra o chão, colocando toda sua força em um soco bem dado no meio do capacete do soldado, fazendo a superfície branca rachar e um filete de sangue descer.

Roberto, enquanto isso, jogou-se contra o terceiro homem, faíscas amarelas e rosa explodiram atrás dele.

— Ora, ora, me avisaram sobre você, Heitor... — A pessoa sibilou e Heitor notou que a voz era de um homem. — Mas eu não pensava que você era tão... sem graça.

Heitor sentiu as costas arrepiar com as palavras soltas como facas. Ele arregalou os olhos diante da fala e sentiu quando seu corpo endureceu.

Perdido em devaneios não viu quando o homem ergueu as pernas no ar, dando um chute em sua barriga, empurrando-o para trás.

O jovem sentiu as costas baterem contra o chão. Em um minuto, a razão voltou à sua cabeça no mesmo momento que o filho do Sol se levantou, rápido como um raio, e foi se jogar contra Heitor.

O menino parou, não conseguindo saber o que fazer a não ser se encolher. Ele esperou o baque do ataque do filho da Luz, mas não sentiu nada.

Mariane apareceu no meio da briga, mesmo sangrando ela erguia a mão. As faíscas azuis brilhavam em sua mão pintada de vermelho rubro.

— Não encoste nenhum desses seus dedos imundos nele! — Ela gritou tão alto e repentino que Roberto e o outro filho pararam sua briga por alguns instantes.

Heitor soltou um sorriso tímido, pelo jeito a amiga não estava mais tão brava com ele. Levantando-se do chão, outro tremor começou a acontecer, mas esse não vinha de baixo, mas sim do lado. O menino demorou para raciocinar, mas então se deu conta do que ia acontecer. — O filho do Sol pegou Mariane e a empurrou para a frente, no mesmo momento em que a parede explodiu atrás deles.

— Pela Lua! — Gritou Heitor ao chão quando a parede já não estava no mesmo lugar.

Uma explosão vinda de fora destroçou a parede, abrindo um enorme buraco, por onde os filhos do Sol pularam fugindo, menos um que ficou rente ao chão com as garras de Félix sobre ele, sem dúvida estava morto.

— Heitor... — Chamou o homem de faíscas verdes com a voz engasgada. — Olho por olho... vida por vida.

O menino balançou a cabeça para o lado, não entendendo o que o filho da Luz queria dizer. Então, de súbito, o corpo do menino gelou. — Mariane tinha sido atingida por um dos destroços, estava desacordada perto do filho do Sol.

Ele puxou a mulher de cabelos loiros curtos e a jogou pelo buraco.

— Não! — Gritaram Heitor e Roberto ao mesmo tempo, mas já era tarde demais.

Mariane estava inconsciente, ela não conseguiria fazer nada a respeito. Heitor sentiu cada gota de suor se acumular em sua testa, tremendo, ele paralisou.

Olhou para Roberto esperando ajuda, mas o ruivo não disse nada.

O homem sumiu pulando para o abismo ao mesmo tempo que fez um gesto obsceno.

Heitor engoliu as ofensas que jogaria naquele filho da Luz, mas Roberto não.

— Seu desgraçado! Torça para que eu nunca te ache! Se não eu vou fazer você engolir seus olhos, aí quando eu abrir sua barriga você poderá ver eu dilacerar seus órgãos!

Heitor correu até a beirada tremendo e pensando que o pior tinha acontecido.

— Eu acho melhor você não ver... — Roberto aconselhou colocando a mão no ombro de Heitor, filetes de lágrimas desciam de seus olhos azuis.

— Não! Olhe ali! — Heitor apontou lá embaixo.

— Eu não acredito... — Soltou Roberto.

Heitor abafou uma risada de felicidade, Mariane estava ali inconsciente. Estava pendurada, sendo segurada pelo ombro direito, que estava fincado na haste, onde ficava a bandeira do reino, que antes era azul escuro e agora estava pintado de vermelho brilhante.

— Ela pode estar viva! — Heitor disse olhando para Roberto.

— Pode não, ela está! — Ele falou, um sorriso pequeno no rosto com os olhos azuis úmidos. — Mas... — Ele voltou à razão. — Temos que agir rápido, afinal, o corpo não vai aguentar todo o peso no ombro.

— Tá, mas como vamos fazer isso? — Heitor olhou em volta, não tinha um caminho fácil por ali. — Talvez o único jeito seja descer até lá pelas paredes.

— Está maluco? — Perguntou Roberto sério, olhando para o menino.

— Não, não estou. — Disse Heitor. — Quem vai?

— Eu é que não vou... se eu estivesse sozinho, iria, mas como você está aqui... — Roberto corou e desviou o olhar. — Foi você que deu a ideia. — Argumentou o homem ruivo.

— Tá! — Bufou Heitor se abaixando, "Minha ideia... e minha próxima ideia será empurrar você daí de cima".

Ele respirou fundo, descendo pela parede de pedras azuis, o corpo todo tremendo, balançou a cabeça, a voz de Rafael quis de novo soar em sua mente. Ele apenas bloqueou e gritou internamente. "Já entendi que sou medroso, estou me esforçando para mudar! Pare de me infernizar, Rafael".

E então o corpo parou de tremer, ele era medroso, mas não deixaria isso o impedir. Cerrou a mandíbula e o único pensamento que veio em sua mente era Mariane, que necessitava de ajuda.

Heitor foi até o final da parede igual a uma aranha trêmula. Chegando perto da haste, olhou em volta, o castelo estava completamente destruído, alguns lugares pegavam fogo e em outros se escutavam gritos e sons de luta.

"Que Ágata, Fernandez e Cora estejam bem", ele pediu olhando para Mariane.

Até chegar à haste, era um pulo de dois metros, Heitor começou a repensar e percebeu que seu plano não era tão bom quanto pensava. Xingando-se mentalmente ele se preparou para tentar fazer o salto, engoliu em seco.

— Vai com tudo, Heitor! — Gritou Roberto lá de cima, os cabelos ruivos embaraçados pelo vento.

— Eu não sei, tem como voltar atrás? — O menino brincou, tentando disfarçar o medo. — Você consegue! Estou na torcida! Vai, Heitor!

Heitor pegou impulso e pulou, jogando todo o peso para o lado, o frio na barriga era simplesmente a pior coisa que ele poderia sentir. Por alguns momentos, ele pensou que desceria e bateria contra o térreo do castelo, mas aí sentiu contra suas costas o telhado da pequena torre onde estava a haste. Algumas telhas caíram ao chão e o menino segurou um grito.

— Boa, menino! — Elogiou Roberto com Félix ao seu lado.

O jovem ficou abaixado, vendo que se ficasse em pé provavelmente cairia. Arrastou-se até a menina, observou que a barra de metal tinha atravessado o ombro dela, Heitor se encolheu ao ver o quanto aquilo deveria doer. Sorte que Mariane estava inconsciente.

Heitor olhou, tentando ver a melhor maneira de tirar ela daqui. Pegou Mariane pelas costas e a empurrou para cima, mas parou no mesmo instante com medo de abrir um machucado maior.

— Eu não aguento ela. — Gritou Heitor recolocando a menina ao telhado.

— Claro, com esses braços flácidos você nunca conseguiria erguer ela. — Disse Roberto, não com deboche, mas sim como uma observação esperta. — O que lhe falta é feijão e arroz. Félix pode te ajudar.

O bicho fez que sim com a cabeça e começou a descer igual Heitor tinha feito.

— Por que você não vem aqui e ajuda? — Questionou Heitor erguendo uma sobrancelha.

— Ah... an... bom. Eu... eu... — O ruivo suspirou. — Eu tenho medo de altura.

— Ah... — Heitor sentiu o rosto esquentar. — Então vá procurar Ágata, Fernandez e Cora! Cuido das coisas aqui, se eu precisar de ajuda, eu grito.

— Bem pensado, Heitor! — o ruivo sumiu do buraco.

— Vem, amigão — Resmungou Heitor enquanto o Orfeu vinha em sua direção. — Tá, você e eu empurramos Mariane e quando ela estiver fora da haste, jogo o corpo dela pro seu lado. Ok?

Heitor nem precisou terminar de falar e Félix flexionou as garras para fora das patas e com um movimento rápido, a haste foi cortada ao meio.

— Ou dá pra fazer isso. — Heitor admitiu enquanto Felix dava uma risada de coruja. — Tá, mas não fique se achando.

O corpo inerte da menina foi jogado por cima de Félix.

— Agora suba, Félix, estou logo atrás de você.

Aos corredores, Heitor passava observando se identificava alguém precisando de ajuda ou se via Fernandez, Cora e Ágata. Sabia exatamente o que deveria fazer com Mariane e seu machucado, deveria levar até a sala de Cora e pegar o mel.

Chegando no quarto, a porta estava trancada por dentro, Heitor bateu contra a porta. Nenhuma resposta.

— Ei! Tem alguém aí? — Gritou o menino. — Eu preciso de ajuda, Mariane está gravemente ferida.

— Heitor... é você? — Perguntou uma voz doce do outro lado da superfície de madeira.

— Sim, Ágata, sou eu! Abra a porta!

— Espere... — Uma voz forte e alta interrompeu, era Fernandez. — Como vamos ter certeza de que é o Heitor mesmo?

— Ninguém iria se disfarçar de Heitor, ele é um saco de ossos! — Disse Cora já abrindo a porta.

— Sabem que escuto tudo que vocês falam aí dentro, né? — Perguntou o Heitor incomodado.

— Ah, eu sei. — Cora riu, mas então seu sorriso desapareceu. — Que cheiro de sangue é esse?

— É Mariane, ela está ferida. — Heitor saiu da frente e Félix colocou a mulher em um tapete. — Ela... ela...

— Não precisa nos dizer os detalhes, Heitor. Você fez um bom trabalho trazendo Mariane aqui, vamos cuidar dela... — Fernandez colocou a mão na fenda aberta no braço de Heitor. — E de você. — Com um sorriso, Heitor agradeceu e se sentou ao lado de Mariane, e Ágata também fez o mesmo.

— O que está acontecendo? Por que nos escondemos aqui? — Ela perguntou, os olhos castanhos ansiavam por uma resposta.

O menino procurou o olhar de Fernandez para dar uma resposta, mas ela estava focada em Mariane ajudando Cora.

— Estamos sendo atacados. Mas nada que deva se preocupar, tá tudo... tudo bem. — Disse Heitor passando a mão na cabeça da menina, não sabia se estava confortando a si mesmo ou ela. — Vai ficar tudo bem... falando nisso, cadê Roberto e Amélia?

— Roberto nem apareceu por aqui e Amélia deve estar na linha de frente. — Avisou Fernandez abrindo o pote de mel e pegando um pouco.

Heitor ergueu uma sobrancelha, não, ela não está na linha de frente. Eduardo mesmo disse que a mulher não estava lá. Um calafrio subiu a espinha dele quando pensou que talvez a moça pudesse estar... morta.

— De onde veio esse ataque? — Perguntou Heitor, olhando para o recipiente nas mãos de Fernandez.

— Eu também não sei. — Aquilo era claramente mentira, ela sabia que eram os filhos do Sol. E Heitor sabia disso. — Mas quem quer que esteja nos atacando, sabia bem onde era o ponto fraco. — Fernandez rosnou batendo a mão no chão. — Se eu pudesse lutar...

— Ensinaria uma lição a eles e blá, blá, blá. — Disse Cora, imitando a mulher com a mão. — Você sabe muito bem por que não luta, querida. Ágata é muito nova. Quem assumirá o trono se você morrer? Hem?!

— A minha mãe não vai morrer! — Gritou de repente a menina com lágrimas nos olhos.

Fernandez ergueu os olhos e encontrou os da filha.

— Não, meu bem, eu não vou. Venha, — Ela pegou na mão da filha que soluçava. — Não precisa chorar, minha princesa.

Heitor sentiu as costas pesarem, ele lembrou de sua mãe e como ela o confortava. De como era bom ter uma mãe, de ter alguém para desabafar, alguém para chorar ao colo. O aperto no peito fez os olhos ficarem úmidos.

Então, olhando para o mel, lembrou de seu pai, de como precisava dele também, assim como sua mãe também precisava de seu amado de volta. Sentiu algo aflorar no peito. Seria... coragem?

— Cora... s... será que você poderia me dar um pouco do mel? — Perguntou o menino encolhido.

— Claro, querido, já vou passar em seus ferimentos.

— Não, Cora... é que eu precisava do mel... para outra pessoa. Alguém mais... importante.

— Que tipo de pessoa mais importante? — Questionou Cora com um sorriso no rosto.

— Meu pai, ele... ele tem um tipo de doença. Eu não sei o que é, se esse mel pode curar qualquer machucado e qualquer doença também. — Heitor esperou, mas Cora parecia interessada em saber. — Pode curar ele também.

— Claro, Heitor... — Ela disse, os olhos cegos pareciam cheios de amor. — Quando tudo isso passar — Ela tateou, procurando a mão de Heitor, e quando finalmente a achou, disse:

— Eu prometo, você vai levar esse mel.

— Obrigada, Cora... muito obrigada. — Heitor sentiu como se o mundo parasse e só aquela conversa importasse.

Mas algo chamou sua atenção, sentiu as narinas queimando, um cheiro forte começou a subir pelo ar. Ele respirou fundo e então tossiu.

— Está sentindo isso? — Ele perguntou olhando para Cora.

Ela respirou fundo e então sua cara mudou para uma careta.

— É fumaça... — Ela falou calmamente e então se assustou. — Fogo! Tem fogo no castelo!

Automaticamente Fernandez ergueu a cabeça, seus olhos tinham um leve toque de incerteza e medo... Heitor arrepiou ao ver perceber aquilo, "Tá aí, Fernandez com medo. Uma frase que eu nunca achei que pensaria".

— Vamos ter que abandonar o castelo. — Fernandez avisou calmamente, enquanto Heitor quase surtou quando escutou isso. — Heitor e Ágata, andem com Cora e não se desgrudem. Félix levará Mariane. E eu vou na frente para preparar uma carruagem. — Ela deu um beijo na testa da filha, o que deixou Heitor ainda mais impressionado, afinal a realeza não podia demonstrar amor na frente de outras pessoas. — E lembre-se, Ágata... eu te amo, minha filha.

Ela abraçou com força a menina e Heitor arregalou os olhos, nunca tinha escutado Fernandez chamar Ágata de filha, ou não se lembrava desse fato, ela chamava Ágata de filha sempre para justificar algo: "Ágata é minha filha, por isso eu decido o que é melhor para ela". Tirando isso, Heitor não escutava Fernandez chamar a menina de filha ou muito menos a viu dar um beijo ou um abraço na menina... "Será que ela pensa que vai morrer? Para, Heitor! Credo, ela só está demonstrando amor".

— Cora e Heitor, entenderam o plano? — Perguntou a mulher repentinamente.

— Sim... — Respondeu Cora um sorriso no rosto. — Mesmo não estando em batalha há mais de 15 anos, você continua sendo uma guerreira.

Fernandez deu um sorriso sincero e mandou Ágata para Heitor.

O menino abriu os braços e a menina se entrelaçou entre eles.

— Você tem em uma coruja gigante? — Perguntou Ágata olhando para Heitor, os olhos castanhos ainda estavam úmidos por causa do choro.

Heitor buscou as palavras, o que deveria dizer?

— Bom... é ele... ele é uma coruja gigante!

— Então tá... — Ágata disse, não parecia convencida.

Fernandez saiu primeiro, como dissera, e depois foram Félix com Mariane, cujos ferimentos já pareciam um pouco melhores, o sangue tinha parado de escorrer. Se Heitor não se enganava, Cora tinha dito uma vez que as faíscas causavam danos mais sérios e por isso demoravam um tempo a mais para sarar. Mas, mesmo assim, o fator de cura ainda era rápido, se não tratado com o mel, um ferimento feito por faíscas demoraria meses para cicatrizar, agora, com o antídoto demora apenas alguns dias ou semanas.

— Vamos. — Chamou Cora, agarrando o braço de Heitor.

"De um lado, Ágata, e do outro, Cora, o que pode dar errado, não é mesmo?", ele pensou ironicamente, passando pela porta.

Heitor começou a olhar cada canto e escutar cada passo, estava tremendo e parecia que Ágata notava isso. Toda vez que ele tremia, ela apertava ainda mais seu pulso.

Quando eles foram virar na próxima curva, Cora sibilou:

— Espere — Colocando a mão na frente do peito do menino. — Tem alguém vindo. Rápido, se escondam!

Heitor empurrou Cora e Ágata para trás de uma velha armadura.

— Você não cabe aqui! — Avisou a princesa tremendo.

— Eu sei. Vou tentar me esconder em outro lugar. — Mas não deu tempo os passos fizeram curva, Heitor se virou, tudo que ele menos queria era outro combate, ele nem tinha se recuperado do último. — Ah! É você! Podem sair.

Roberto surgiu da curva, a testa suando. Sua boca estava aberta e seus olhos estavam arregalados, seu peito subia e descia.

Ele encarou Heitor nos olhos e o menino viu algo neles que nunca tinha visto. Dor, sofrimento, uma angústia inexplicável.

— Es... está tudo bem? — Perguntou Heitor colocando a mão no ombro do ruivo. Ele tremeu diante a ação, não disse nada, apenas confirmou com a cabeça. — Não, você não está bem, mas depois falamos disso, vamos continuar com o plano. Venha, Roberto, vamos dar um fora daqui!

Chegando à Carruagem, Heitor colocou Ágata, depois Roberto e por fim Cora. Aquela carruagem era um pouco diferente das outras que Heitor já tinha andado, ela era menor, menos aconchegante, provavelmente foi feita às pressas.

O menino se sentou entre Roberto e a princesa, com Cora à frente.

Roberto colocou a cabeça no banco e dormiu, Ágata estava bem acordada, olhando para o chão.

Fernandez estava na frente da carruagem, parecia estar esperando alguém, um guarda veio e começou a falar com ela. Heitor tentou escutar a conversa, mas sem sucesso.

"Onde está Mariane e Félix? Por que não chegaram ainda?". Heitor se levantou de supetão e já ia sair do veículo quando Ágata o chamou:

— Aonde vai?

— Procurar Mariane, cadê ela? E cadê o Félix?

— Fica aqui. Por favor. — Os olhos da menina demonstravam medo e pavor.

Heitor piscou devagar para ela e voltou à sua posição original. Batucou os dedos nas pernas. Estava exausto, mas não conseguia dormir, muito menos fechar os olhos por um período muito grande. Queria estar alerta, mas seu corpo queria era dormir por um ano.

Heitor estava cansado e a única coisa que queria era dormir. Mas a agitação do corpo não permitia, toda vez que quase dormia o corpo dava um espasmo e acordava bravo consigo mesmo.

Depois de muito tempo, Fernandez abriu a porta e falou baixinho, vendo que todos estavam dormindo, menos Heitor e Cora:

— Vamos sair do castelo. Ele não é mais seguro, vamos nos mudar temporariamente para um chalé na floresta. Ninguém sabe a localização, Eduardo e Amélia ficarão aqui para organizar as coisas. — Ela fitou Roberto. — E eles querem que ele fique. Acorde ele.

Heitor morreu de dó, Roberto estava claramente perturbado, traumatizado para dizer pouco, seus olhos eram de alguém que clamava por ajuda. Não sabia o que tinha causado isso no amigo, e nem sabia se queria saber, mas Heitor sentiu que precisava ajudar de alguma forma.

— Rainha... me desculpe. Mas Roberto está muito cansado e parecia perturbado lá dentro. Não acha melhor ele se acalmar um pouco? Depois o mandamos para cá de novo. — Heitor sugeriu, olhando para o ruivo depois para a mulher.

Ela acenou com a cabeça e deu um sorriso.

— Eu vou seguir seu conselho, Heitor. Já me provou que é de confiança. — Ela olhou nos olhos castanhos do menino. — Mas quando chegarmos ao chalé, precisarei conversar com você... a respeito de muitas coisas.

— Certo... Rainha, e a minha égua? Ela está nos estábulos, Manchas. O que vai acontecer com ela?

— Ela vai conosco. Ela guiará a carruagem.
— Obrigada, Majestade... — Heitor sussurrou.

O menino sentiu o coração bater contra o peito, uma onda de felicidade o irradiou e ele não parava de sorrir. Realmente Fernandez confiava nele! Confiava nele! Ele saboreou cada palavra da Rainha e se não conseguia dormir antes, agora sim que ele não pregaria os olhos.

Capítulo 12

2 de setembro

O sol estava nascendo quando a carruagem parou, fazendo Heitor ir para a frente e bater a cara no chão. O barulho fez Roberto acordar e levantar em um pulo, já com faíscas amarelas em sua mão cheia de sardas.

— Ah, que susto, Heitor! Pela Lua! — Ele estalou os dedos e as chamas sumiram.

— Ah, desculpe... — Falou o menino se levantando. — Mas não foi você que deu de cara no chão... de novo.

Bufando, Heitor olhou em volta tentando identificar onde estava. Olhou pela janela, o lugar era cercado por árvores compridas não davam espaço para a luz do sol chegar até o centro da floresta, a grama era coberta por folhas verdes caídas e alguns restos de galhos que tinham caído.

— Vocês já estão fazendo barulho? Não sabem ficar quietos, não? — Perguntou Cora brava como uma cobra.

— Onde estamos? — Disse Heitor ainda olhando pela janela.

— Desça e descubra, querido. — Aconselhou Cora ríspida.

— Vou fazer isso mesmo, seus dois mal-humorados. — Heitor foi até à porta da carruagem. — Acordaram com o pé enfiado na lua, foi?

Heitor abriu a porta a puxando para o lado e automaticamente sentiu o cheiro da floresta. Era um cheiro de pinheiro que lembrava sua casa.

Pulou para o chão e olhou para trás. Com toda certeza Ágata sabia onde eles estavam, a princesa era praticamente um dicionário ambulante, mas ela estava dormindo em posição fetal no banco. Então Heitor a deixou quieta... ela tinha passado por muita coisa.

"Onde será que estão Mariane e Félix?".

— Heitor, aonde vai? Não vai embora, né? — Ele se virou, Ágata tinha acordado. Os olhos castanhos pareciam assustados.

— Não, não vou embora, Tá tudo bem, vem. — Heitor a puxou para fora da carruagem. — Você sabe onde estamos?

— Aqui é a floresta do Sol poente. — Ágata disse em um tom triste. — Foi aqui que meu pai morreu.

— Aqui foi a guerra do Eclipse? Que aconteceu a três anos atrás?

— Sim... foi...

Heitor olhou para o chão, aquele lugar tão bonito tinha comportado uma guerra. E mesmo depois de tanto sangue, mortes e devastação tudo cresceu de maneira tão linda. Com os olhos abaixados, abraçou a menina. Sabia que de vez em quando não queria que ninguém dissesse nada, apenas lhe desse conforto.

— Meu pai também está mal, Ágata... — A menina apertou o braço de Heitor, os dois compartilhavam a dor de perder o pai ou o medo de perder alguém.

— ... Sabia que você é a única pessoa que me conta as coisas, Heitor? Todos escondem as coisas de mim. Eu sei que sou nova, mas eu queria pelo menos saber o que está acontecendo na minha vida. — Heitor semicerrou os olhos sabendo que era mentira, ele guardava segredos dela do mesmo jeito que todos no castelo guardavam. — Por exemplo, fugi ontem do castelo e nem sei o porquê!

Heitor saiu do abraço, ele não disse nada. Mesmo a garganta coçando para falar sobre tudo, sobre os filhos do Sol e da Lua. Ágata era uma filha da Lua, por que esconder isso dela?

Engoliu em seco tentando a todo custo parecer que não sabia de nada. Mas ele soltou um sorriso ao ver que a princesa o considerava tanto.

— Ágata, tem algumas coisas que realmente uma criança de 10 anos não deve saber. — Heitor percebeu quando ela mordeu o lábio, provavelmente com raiva. — Mas eu vou falar com a Rainha, ver se posso te contar mais coisas.

A menina deu um pulo e os olhos castanhos brilharam de energia

— Heitor! — Fernandez chamou brotando do chão. — Venha, preciso conversar com você.

Ele olhou para o Ágata e com um aceno de cabeça deu tchau para a menina.

Ao longe, havia um enorme chalé preto e branco todo feito de madeira. Com varanda, cadeiras de balanço, janelas e portas excepcionais, e soldados montando a guarda.

— Mãe... que lugar é esse? — Perguntou Ágata apontando para o chalé enquanto olhava para a mulher.

— Isso, princesa, é uma antiga cabana, ela é bem escondida para ser um refúgio à família real. Você pode ir brincar lá dentro ou perto dos guardas, eu e Heitor necessitamos urgentemente conversar.

Heitor piscou lentamente para a Rainha, Ágata pareceu internamente incomodada com o fato de não ser chamada na conversa. Mas ficou quieta e entrou na carruagem de novo.

— Me siga, Heitor. — Pediu Fernandez se virando.

O jovem tremeu, mas seguiu a mulher de perto.

Eles começaram a andar pelo meio das árvores, era difícil se locomover por ali, tocos cortados se escondiam entre as folhas, o menino tropeçou em um e quase parou no chão. Algumas trepadeiras se enrolavam nos pés, além de espinhos soltos pelas árvores na época de reprodução.

Juntos andaram até uma clareira de grama alta, onde alguns pássaros estavam descansando. A cada passo que ele dava, os cheiros da floresta o faziam lembrar de casa, pesou em sua mãe e nos dias que passava com ela na fazenda, fazendo pães, até mesmo só conversando ou correndo atrás de algum animal que tinha fugido de seu cercado.

As memórias eram tão reais que quase podiam ser tocadas.

Fernandez parou de supetão na frente de Heitor, os olhos castanhos escuros olhando para algo além da clareira.

— Algum problema, Rainha? — Perguntou Heitor delicadamente.

— Não, Heitor... — Ela disse balançando a cabeça de um lado para o outro. — Jovem, — ela sorriu. — você se provou muito competente. Mesmo estando aqui apenas há alguns meses.

O menino arregalou os olhos. Fazia já sete meses que estava morando no castelo? Tudo isso? E "Aconteceu tanta coisa, acho que nesses sete meses nunca tive um dia de sossego".

— Heitor, eu quero que você assuma um posto mais alto no castelo. — Ela comentou feliz e o menino teve que se segurar para não dar um pulo de alegria pura. — Ultimamente, Heitor... não sei se você notou, mas estamos tendo ataques frequentes.

— Ah... — O menino abaixou uma sobrancelha. — Sim, eu notei Rainha, eu estava na maioria dos ataques. Como... vítima.

— É verdade. — Ela fez um bico. — Heitor... eu pessoalmente acho que há um espião no castelo, porque eles sabem exatamente como nos atacar e onde nos machucar. Eles penetraram na nossa fortaleza! Aquilo não podia ser quebrado nem com o dente mais forte de um Natus! — Heitor abriu a boca para perguntar, o que era um Natus, mas voltou a fechá-la quando a mulher continuou. — Então, eu coloquei Mariane como a encarregada disso. Mas ela não obteve nenhuma pista. — O menino semicerrou os olhos, então ela não falou nada de Eduardo para a Rainha?

— Então você quer que eu a ajude?

— Sim. E pode trazer mais alguém para seu auxílio se precisar. — Ela comentou balançando a cabeça devagar.

— Nossa... é uma grande responsabilidade, Rainha. — Heitor fez uma leve reverência, não aguentando de tanta emoção. — Eu... eu realmente estou muito agradecido.

Fernandez deu um sorriso, ela colocou alguns cachos atrás da orelha, a pele negra refletia os raios do sol e de novo seus olhos se afundaram na clareira, como se pensasse em algo há muito tempo esquecido.

— Rainha... — Disse Heitor de supetão, tirando a mulher de seus pensamentos. — Eu... eu... eu tenho uma suspeita de quem possa ser o espião.

As palavras saíram de Heitor como espinhos, cortando-lhe a garganta. A mulher arregalou os olhos.

— Ora! Então fale! — Ela disse perplexa.

— Rainha... — Ele sentiu a garganta fechar, foi abrir a boca para falar de Eduardo, mas foi interrompido por uma forte dor de cabeça. — Ah!

Ele colocou as duas mãos nos cabelos pretos tentando fazer parar, mas não adiantou.

— Heitor! — Fernandez gritou correndo até ele. — Heitor! O que foi?

Uma voz grossa falava em sua mente, "Não, não, não", ele balançou a cabeça e tentou calar a voz, mas não conseguia. "Fique quieta!", ele gritou internamente, mas ela continuava martelando sua mente.

Heitor olhou para Fernandez, ela estava embaçada em sua visão.

Tentou abrir a boca, tentou sibilar "Eduardo". Mas sua mente deu uma rodopiada, sentiu o cansaço o espremer e o jovem foi de encontro ao chão, desacordado.

Heitor abriu os olhos, estava em um lugar cheio de nuvens, "Aqui de novo?", o menino se encolheu com o vento frio do lugar.

Ergueu os olhos castanhos e encontrou outros olhos, mas dessa vez azuis os de Rafael.

O homem tinha as duas sobrancelhas juntas, a boca estava erguida e seus braços para trás. Seus olhos castanhos faiscavam ódio e Heitor se encolheu de novo, não de frio, mas sim de desconforto.

— O que você pensa que está fazendo?! — Rosnou Rafael e Heitor desviou o olhar.

— Con... contando a verdade à Fernandez! — Respondeu ele, a voz falhando.

Desde que o jovem tinha conhecido Rafael sentia nele algo familiar, alguma coisa reconfortante nele.

Nunca esperava dele essa hostilidade, já estava frio, mas depois que o menino pensou sobre isso, ficou congelante.

— Contando a verdade?! Você não está nem perto da verdade, Heitor!... — O menino parou e olhou de relance para as nuvens no chão. — Você está indo no caminho errado, Heitor, o seu inimigo está escondido, mas observa você até onde você vai!

— Por que não me fala quem é de uma vez?

Rafael balançou a cabeça.

— Eu não posso lhe dizer direto quem é. — Ele focou os olhos deprimidos em Heitor. — Não posso interferir nas coisas dos vivos, vocês têm a liberdade de escolher, mesmo que isso leve vocês a morte.

— Então me dê uma dica melhor! Não sou adivinho, não tenho bola de cristal. — Heitor disse, a voz falhando. — Eu estou cansado... eu não quero mais esse peso sobre as costas.

Um uivo saiu da boca de Rafael e ele bateu o pé e algumas nuvens se dissiparam.

— Então vai desistir! E isso no final das contas? — O olhar do jovem se perdeu e ele despencou os braços, sem ânimo. — Heitor, observe o que eu te mostro. Não veja apenas as imagens, tente interpretar além... e não tenha vergonha de pedir ajuda. Fez amigos leais, e você sabe quem são.

Heitor olhou para os lados, não sabia o que responder, a cabeça rodava. "Se não é Eduardo, é quem? Alguém está armando para ele?". O menino colocou as duas mãos na cabeça, tentando pensar melhor e sentiu o ambiente rodar. E não no sentido figurado. Realmente o ambiente rodou.

Quando reabriu os olhos, a mesma figura da outra vez estava em sua frente. Eduardo, o terno marrom e em volta dele, uma nuvem de sangue brilhante.

— Rafael? — Chamou Heitor, mas ali só tinha o silêncio. — O que você quis dizer com não veja apenas imagens?

Heitor se levantou e com o olhar desanimado observou Eduardo, a cara brava focada em um ponto mais à frente. O jovem se colocou ao seu lado tentando ver onde ele fixava o olhar, mas não adiantou.

— Se você não é o inimigo, quem é? O inimigo que se esconde ... o que isso significa? — O menino voltou a se sentar nas nuvens.

Os olhos baixos, cada músculo doía, mesmo cansado ele sentia que precisava se mexer, que tinha a urgência de resolver aquele problema. Se levantou de novo e foi em direção ao homem.

— Tem alguma coisa que estou deixando passar. — Ele procurou nos bolsos do paletó. — O que é, eu não estou entendendo!

O menino observou as nuvens de sangue atrás do homem se movendo de um lado para o outro, mas sempre atrás dele.

— De onde vem esse sangue que mancha as nuvens? — Ele observou um rastro pequenino de vermelho rubro ao lado de Eduardo.

Heitor arregalou os olhos, a boca abriu, mas não saiu nenhum ruído. O jovem se sentiu horrível, tinha realmente julgado realmente mal Eduardo.

O sangue que manchava as nuvens de vermelho rubro não era de outras pessoas. Era de um machucado aberto nas costas de Eduardo. Um ferimento pelas costas... "Significa traição", pensou Heitor colocando a mão na boca.

— Não são as outras pessoas que estão em perigo por sua causa, é você que está em perigo!

E uma risada horrível torceu sua mente, Heitor escutou com atenção de onde vinha. Da direita. Saiu correndo, vendo que o sonho estava se desfazendo. Procurando incessantemente, sabendo que acordaria, mas nada... tudo sumiu. O sonho se desfez.

Capítulo 13

3 de setembro

Heitor acordou, estava deitado em uma cama confortável, o vento batendo contra o teto. Piscou devagar, estava em um quarto grande de cor branca, sua cama era de casal e estava encostada na parede, tinha outra cama a um metro da dele. Ele estreitou os olhos e viu os cabelos loiros de Mariane saindo de baixo da coberta.

Ele se levantou rápido, tentando falar com ela, mas seus olhos verdes estavam fechados. Se ela estava ali, Félix também estava.

Com um estrondo, a porta do quarto se abriu, fazendo Heitor e Mariane pularem nos lençóis. Quem tinha aberto a porta com tanta força foi Cora.

— Bom dia, flores do dia! Mais um dia que ambos estão vivos!

— Sua velha gagá, além de cega ficou surda? Pra que acordar os outros assim? — Mariane reclamou e um trovão irrompeu o céu.

— Surda está você, além de mal-humorada, como consegue dormir com esses trovões? — Cora disse se virando para ir embora. — Eu fiz o almoço. Venham comer.

— Estamos indo, Cora. — Heitor respondeu com uma feição calma.

A velha sumiu no corredor e a chuva começou a açoitar o telhado. Heitor se encolheu, detestava chuvas, olhou para Mariane. Ela nem se atrevia a olhar de relance para ele.

— Que chuva forte. — Heitor tentou puxar assunto, sem sucesso, mas estava cansado de tudo aquilo. — Mariane, precisamos conversar!

Agora, ela ergueu os olhos verdes. Com um suspiro disse:

— Tá, só seja rápido.

— Mariane, sei que está brava comigo por causa de Eduardo. Mas me desculpa, me desculpa mesmo. — Heitor quase suplicava. — Eu só pensei que ele era o inimigo, mas... eu estou errado. — Ele sentiu o gosto amargo daquelas palavras . — Eu estou, só quero que você volte a falar comigo!

O silêncio caiu sobre o lugar, enquanto o vento assobiava ao fundo. Heitor tinha medo de chuva, mas naquele calor do momento até esqueceu de tudo, o foco era ali e agora.

— Heitor... — Ela ergueu a cabeça e finalmente depois de um ano Heitor sentiu seus olhares cruzarem. — Eduardo foi alguém muito importante pra mim. Não sei porque vou contar isso a você, mas vou. Eu tinha um namorado, ele era incrível, um doce de pessoa e eu o amava acima de qualquer coisa. Mas... eu o matei. — Heitor arregalou os olhos. — Não porque eu quis! Aquele dia que sumi e Roberto foi atacado, foi esse ente querido que eu fui visitar, quer dizer visitar só a lápide... — Ela suspirou. — Eu era muito nova, eu não sabia controlar as faíscas e eu fui treinar e... — ela fechou os olhos contraindo a boca. — eu o acertei. O sangue dele... — Lágrimas começaram a descer pelas bochechas gordas da menina. — Saiu muito sangue. Eu não sabia sobre o mel, eu não sabia o que fazer, a quem recorrer...

Heitor se levantou e se sentou ao lado de Mariane, passando o braço pelo ombro da menina, coisa que ela aceitou de bom grado, parecendo um toco de gente ao lado da menina alta.

— Então Eduardo me acolheu, falou que não era culpa minha, meus pais não queriam que eu usasse as faíscas depois disso, eu não pude contar com eles para me ensinar e foi Eduardo que viu potencial em mim e me ensinou tudo que eu sei... e você o acusando... sem provas. Foi a mesma coisa que ver alguém acusando um parente próximo meu de... sei lá! Algo horrível! Eu estou com raiva ainda de você... sei que me salvou...

— Tudo bem... não precisa me perdoar, — Heitor disse segurando com mais força o ombro dela. — Mas saiba que não foi realmente sua culpa a morte do seu namorado, Mariane, foi um erro. Todos cometem. — Heitor suspirou. — Eu também cometo erros, desconfiei de Eduardo e é ele que está em perigo.

— Perigo? Que tipo de perigo? — Mariane perguntou os olho em grandes bolas verdes.

— Eu acho que alguém vai o trair. O apunhalar pelas costas. Algum amigo próximo... eu acredito... mas fui um idiota por suspeitar dele, mesmo todo mundo falando que não era ele.

Mariane tocou o ombro de Heitor, mesmo com um sorriso no rosto dava para ver que estava preocupada.

— Acho que nós dois somos dois idiotas... mas você é mais.

— É, somos... já que estamos desabafando, eu posso te contar uma coisa? — Mariane fez que sim com a cabeça, "Posso confiar em você", pensou Heitor. — Meu pai... talvez ele morra. E a única esperança que tenho é naquele mel que Cora tem.

Mariane olhou para o chão.

— O estado dele é grave?

— Sim. — Heitor disse se encolhendo.

— Por isso veio trabalhar no castelo? — A voz dela soava surpresa. — Ter dinheiro para pagar o médico?

Heitor confirmou com a cabeça, Mariane coçou a bochecha, os cabelos loiros caindo sobre o rosto.

— Você tem realmente um belo coração, como Cora disse. — Mariane passou as mãos no cabelo de Heitor como um pai passa nos cabelos do filho. — Você pode ser pequeno, mas seu coração é grande!

— Não sou pequeno, que coisa! Você que é um poste! — Heitor riu vendo que tinha feito as pazes. — Além disso, o pequeno aqui salvou sua vida!

— É, eu também salvei a sua, estamos quites, não fique se achando. — Mariane riu e se levantou. — Vamos, antes que Cora venha aqui e puxe nossos cabelos para irmos comer.

Capítulo 14

16 de setembro

O dia estava quente, o grupo tinha acabado de almoçar, Cora dormia em uma cadeira de balanço com Catu apoiado, balançando também. Heitor não sabia como, mas a ave azul tinha achado eles naquele fim de mundo. Roberto ainda andava estranho, sempre tentava puxar assunto, mas o ruivo sempre desviava, Fernandez sempre mandava cartas para Eduardo e Amélia, que ficaram encarregados da proteção do castelo enquanto a Rainha estava fora.

— Félix, ela é sua amiga! — Gritou a princesa quando o Orfeu soltou um grito para Manchas.

— Você tem certeza de que quer esses dois juntos? — Perguntou Mariane quando Manchas ameaçou dar um coice. — Tipo, eu sei que você ama animais e tal... mas é loucura fazer uma amizade entre um Orfeu e um cavalo!

— Primeiro, ela é uma égua, não um cavalo, segundo, não custa nada tentar.

— Mas estamos tentando faz quatro dias! — Mariane gritou irritada.

A porta da frente se abriu, todos os olhares se viraram a Roberto, os cabelos ruivos estavam despenteados, as olheiras roxas e fundas davam destaque àqueles olhos azuis que antes tinham alguma cor, agora eram sem vida. Mesmo estando calor, ele usava calças e uma camiseta branca de mangas compridas.

— Aí está nosso especialista em criaturas da noite! — Mariane disse animada. — Vem aqui e nos ajude.

— Não estou a fim... desculpe. — Ele suspirou e se sentou na escada observando os demais.

— O que ele tem? — Perguntou Heitor preocupado, onde estava o antigo Roberto? O menino animado que pula com qualquer coisa?

— Eu não sei, mas estou preocupada com ele também... Roberto nunca ficou desse jeito antes. — Mariane encarou Heitor, os olhos verdes brilhando de preocupação.

— Lá no castelo, no dia que fugimos, não sei se te contei, mas ele estava apavorado. Tremendo, parecia ter visto um fantasma ou coisa pior.

— Ah, gente... ah, Manchas fugiu. — Ágata disse enquanto a égua malhada corria pelas árvores.

— Manchas! — Heitor gritou correndo atrás do pet. — Fique aqui. — Ele disse para Félix, não porque estava bravo com ele, mas sim porque achava que ele podia piorar a situação.

As meninas vieram atrás de Heitor pelas árvores, enquanto ele chamava por Manchas. Não podia perder ela, afinal, a égua estava com ele desde pequeno, ela já fazia parte dele. "Vamos lá, Manchas, venha aqui".

— Cadê esse bicho? — Mariane bufou olhando em volta, então um relincho alto chamou a atenção deles.

— Para lá! — Gritou Ágata apontou para a direita.

Heitor seguiu o dedo da jovem, mas a princesa foi na frente e sumiu pelas árvores, empolgada em ver a égua. Ágata ama animais assim como Heitor, desde que conhecera Félix ela tinha se apegado bastante ao Orfeu.

Então sem aviso nenhum o grito de Ágata cortou o ar, um arrepio frio subiu em Heitor e pareceu que Mariane sentiu o mesmo, pois os dois apertaram os passos chegando até uma clareira com várias árvores em volta.

Heitor abriu a boca incrédulo, dois filhos do Sol, um segurava Manchas pelo cabresto e um agarrava Ágata pelos ombros, colocando-a no ar.

— Como nos acharam aqui?! Não temos um minuto de paz, não?! — Gritou Heitor, os punhos já prontos.

O segundo filho da Luz apontou para Heitor e fez a mão aberta e depois fechada e apontou para Mariane e fez um dedo passando pelo pescoço.

"Me pegar e matar Mariane". Heitor pensou cerrando os dentes.

— Vocês têm duas opções, filhos da Luz: vão embora e deixem Ágata e o cavalo, quer dizer, égua, ou vocês dois vão morrer bem aqui. Meu amigo e eu lutamos muito bem. — Mariane disse, Heitor deu um sorriso ao "ouvir meu amigo"... mas o sorriso desapareceu no "Luta muito bem", porque ele sabia que era mentira.

O homem apenas ergueu uma mão no ar, tirou um negócio preto de uma bolsa que estava na sua cintura, segurando na palma da mão.

O outro filho do Sol não perdeu tempo e jogou faíscas verdes em Mariane, que fugiu para trás, o primeiro homem puxou Ágata para trás e jogou aquele treco no chão e automaticamente uma fumaça estranha subiu no ar.

— Heitor, sai daí! Isso é fumaça Bezalel!

— Fumaça do quê? É sério, criem uns nomes mais fáceis! — Disse Heitor tentando enxergar na fumaça.

— Não fique falando, idiota! E tente não inspirar esse negócio. — Mariane tentava achar o jovem. — Venha pra fora!

— E onde é fora? — Gritou Heitor procurando pela loira. — Mari...

Sentiu algo bater em suas costas, uma dor passou como um raio por ele, rápido, mas muito dolorido. Ainda enxergava, mas estava muito atordoado, então, tudo ficou preto e sentiu que tinha saído do chão. Não estava inconsciente, mas também não podia dizer que estava consciente.

De repente Heitor recobrou a consciência, a boca estava seca. Seja lá o que cobria seus olhos, estavam totalmente molhados por conta do suor, não sentia mais o seu braço direito. Com um suspiro, ele tentou se levantar, mas suas mãos estavam atadas, porém seus pés não.

"Pela Lua, o que aconteceu comigo?".

— Oi? — Heitor chamou. — Tem alguém aí?

O menino sentiu que o lugar era abafado, um ar quente subia, os shorts que usava agora eram um problema, pois sentia suas pernas coçando.

Heitor escutou algo abrindo, como um cadeado, uma porta de metal bateu contra a parede.

Sentiu um puxão o impulsionando para frente e ergueu sua venda.

— Oh, vai com calma! — Heitor pediu. — Ah, é você...

Susana ergueu uma sobrancelha para ele.

Heitor via agora como realmente ela era, estava sem a máscara dos filhos do Sol. Na verdade, sem nenhuma armadura, apenas com uma calça justa, tênis e uma camiseta preta de alça.

Ela era mais alta que Heitor, era muito musculosa, dava para ver as veias pulsando em seu antebraço e ombros, tinha a pele negra, os olhos verdes eram brilhantes, era cheia de cicatrizes e tinha os cabelos raspados como os de Eduardo. "Ah, se eu tivesse visto esses olhos verdes antes, nunca diria que era Eduardo o traidor".

— Vai me soltar ou...

— Cale a boca e venha comigo, nossa líder quer te ver. — A menina cuspiu e começou a puxar Heitor.

— Espera! Espera! — Heitor pediu. — Cadê a princesa?

— Ágata está bem, pelo menos bem melhor do que você. — Ela puxou ainda mais rápido. — Agora anda, pivete.

— Pivete?— Heitor encarou Susana.— Você deve ter a minha idade!

— Quantos anos você tem, *Heitor*?— Ela disse o nome do menino com um deboche tão grande que ele podia jurar por um momento que veneno escorreria dos lábios da menina.

— 17 anos. — Respondeu Heitor, ríspido. — E você?

— 16 anos.

— Você é mais nova que eu! Como pode me chamar de pivete?

— Quem quase te matou? Isso mesmo. Eu. Ou seja, eu te chamo do que eu quiser. Agora anda, — ela empurrou o menino — *pivete*.

— E a minha égua?

A menina suspirou e encarou o Heitor incrédula.

— Garoto, você está prestes a conhecer a minha líder, a pessoa que provavelmente vai te matar! E o que está te preocupando é sua égua?! — Ela perguntou irritada.

— Eu prezo mais pela vida dos outros do que pela minha. — Heitor tentou fazer uma piada, mas a única coisa que recebeu foi um tapa na nuca. — Ai!

Susana o guiou pelos corredores, várias portas de madeira percorriam o lugar. Acima havia um teto feito de vidro que dava iluminação. Diferente do castelo, que as pedras eram negras, as do esconderijo dos filhos do Sol eram brancas como marfim com filetes dourados que tinham o formato de um sol pequeno, mas com enormes raios que se entrelaçavam.

Heitor tentava ver por onde conseguiria escapar, mas sem sucesso. Será que tinha como fugir? E se não encontrasse a princesa? E se não achassem ele?!

"Não, Mariane deve estar vindo atrás de mim para me salvar, porque se depender de mim, eu estou ferrado".

Susana parou de supetão, pegou Heitor pelo ombro e o jogou para uma porta.

— Esse lugar é meio sinistro... — Heitor disse se encolhendo.

— Entra logo, palhaço! — A menina mandou, apontando com o dedo para a porta.

— Estou com as mãos presas como você espera que eu abra essa porta?

— Ué, vire de costas. Suas mãos estão presas, não paralisadas. — Ela riu, Susana deveria estar se divertindo horrores com aquilo.

Heitor suspirou, não acreditando que iria fazer aquilo, se virou ficando de costas para a porta, tateou o trinco que estava gelado assim como ele estava naquele momento. "É isso? Finalmente vou ver quem está por trás de tudo isso... quem planejou tudo isso. Está a uma porta de distância, quem quis me matar e ferir Ágata.... não gosto disso". Por um tique-taque coração parecia que o mundo todo tinha ficado em pause.

— Vá logo! — Gritou Susana irritada, despertando Heitor.

— Estou indo! Estou indo! Não respeita o tempo dos outros. — Ele abriu a porta com um click e se virou para frente.

— Você?!... Você?! — Os olhos castanhos do menino se arregalaram e sua garganta secou no mesmo momento. — Mas... mas... não faz sentido, por que você?!

Heitor segurou um grito de pura frustração, sentiu a cabeça rodar, uma ânsia de vômito subiu pela sua garganta, tudo de ruim que poderia dar nele, estava dando, parecia uma resposta do corpo a tal surpresa... seria nojo? Heitor não sabia o que sentia naquela situação. Se agarrou na parede de pedras para não cair de joelhos ao chão.

— É bom ver que meu disfarce está tão bom assim, que nem um xereta como você conseguiu descobrir! — Do meio das sombras, os olhos azuis brilhavam de pura malícia, os cabelos pretos compridos refletindo na luz forte.

— Amélia... por que você... — Heitor arregalou os olhos, a mulher simpática e alegre era uma assassina e sequestradora de crianças nas horas vagas?

Ela se sentou na mesinha de centro e observou as unhas pretas de sua mão.

— Ah, Heitor, — Ela abaixou a mão e, com um olhar de deboche a Heitor e começou — humanos são tão burros. — A mulher deu um sorriso cínico. — Vocês sempre desconfiam das pessoas que parecem más. Que mostram sua verdadeira face, sua real personalidade em vez de se preocupar com quem esconde ela.

— Ah, não! Não! Isso é um sonho. Só pode ser... — Heitor tentava se prender ainda nas esperanças, achando alguma coisa que pudesse dizer que aquilo era mentira. — Por quê?

— Eu tenho mil e um motivos para fazer o que estou fazendo, querido. — Ela puxou e o observou com desdém. — Mas você nunca vai saber deles. Afinal, vai estar morto antes mesmo disso.

— Mas como?! O quê?! — Heitor se levantou se desvinculando da mão da mulher e a observou incrédulo. — Me explica isso! Agora!

Amélia brincou com os dedos e batucou na mesa antes de responder.

— Bom... tudo começou quando você foi chamado para ser a babá da Ágata. Eu super apoiei a ideia... afinal, um sem-visão como você não deveria ser nada para mim. Achei que você fosse burro, idiota... mesmo levando o nome Costas com você. — Heitor arregalou os olhos. — Mas você foi uma bela praga! Logo você começou a fazer perguntas e espionar os outros... não se faça de burro, eu vi você com suas mãos nojentas bisbilhotando e escutando a conversa da Rainha. Eu sequestrei Ágata, mas aí você apareceu bem na hora errada! E eu coloquei ela correndo no chão. — Ela soltou um longo sorriso. — Mas aí, teve uma coisa boa. Você começou a suspeitar de Eduardo. Simplesmente porque ele te tratava mal!— A mulher riu e Heitor se encolheu envergonhado. — Ah, aquilo foi maravilhoso! Você começou a suspeitar dele e meu mundo se tornou um mar de rosas.

Heitor sentiu como se alguém tivesse socado sua barriga ou que tivessem colocado um chapéu escrito "burro" em cima de sua cabeça.

— Mas... por quê? Ágata é sua sobrinha! E Fernandez, sua irmã! — Heitor gritou.

— Ah, de novo, querido Heitor, tenho meus motivos para fazer o que eu faço. — Ela se levantou, os cabelos pretos caindo sobre seus ombros. — Mas, agora, eu vou eliminar você, Heitor... você é educado, tímido, um amor de pessoa, em outras circunstâncias eu seria sua amiga sem problema nenhum. Mas você procura demais, tenta saber de tudo, igual ao Rafael. E olha onde ele está. Na vala.

Ela estalou os dedos e faíscas pretas saíram de suas mãos pálidas. Amélia saiu de trás da mesa.

— Não, olha, olha, não precisa matar ninguém! Estamos conversando numa boa! — Heitor disse em completo pânico indo para trás.

— Você já tem cicatrizes no pescoço, agora só falta uma bem no meio do peito. — Amélia semicerrou os olhos azuis aproximando as chamas pretas e quentes do peito de Heitor.

— Para! Antes de matar, posso ver, uma última vez, Ágata? Por favor? — Heitor pediu, encarando os olhos dela, tentando fazer a mulher ter piedade.

— Deixa eu pensar... — Ela juntou os lábios depois os separou. — Ah, não. — Ela sorriu por fim e Heitor arregalou os olhos pronto para sentir a dor cravando em seu tórax, mas em vez disso escutou um *bum*.

O chão tremeu e o menino, em um reflexo, empurrou Amélia para trás, ela bateu contra a mesa de centro, mas logo se recuperou, a porta se abriu com um estrondo, Susana surgiu, os olhos verdes estavam do tamanho de duas bolas de futebol.

— Senhora! Eles nos acharam!

— Como?! — Amélia perguntou perplexa, Heitor também se surpreendeu e olhou para Susana mais interessado.

— Quem nos achou? — Ele perguntou diretamente para a menina.

— Os filhos da Lua! — Respondeu Susana como se aquilo fosse óbvio.

— Mandem todos saírem daqui! Eu não quero nenhum filho do Sol capturado! — Nesse momento Heitor aproveitou e chutou o joelho de Susana com toda a força que pode.

— Idiota! — Ela gritou caindo para o lado.

Heitor se levantou e saiu correndo pelo corredor branco leitoso sentindo Susana na sua cola.

Correndo com o suor escorrendo pelas costas, seus pulsos ainda estavam amarrados, o que dificultava um pouco a fuga, mas Susana parou de o perseguir dois corredores atrás. Ele parou, tentando assimilar o que estava acontecendo.

"Como que Amélia é a traidora?! Ela é a espiã!".

Até que ele viu uma movimentação na frente, não tinha como se esconder naqueles corredores, diferentemente do outro castelo não tinham armaduras ou vasos que davam para ficar atrás.

A pessoa que planejou a estrutura, ou decoração, daquele lugar garantiu que quem quer que fosse o prisioneiro que tentasse fugir teria um grande problema.

O coração batendo nas costas, ele se preparou para um combate, estava amarrado, mas não tinha outra escolha.

Logo Heitor relaxou quando viu que quem estava à frente dele não era um inimigo, mas sim amigos... ou melhor, amigas.

— Nunca fiquei tão feliz em ver vocês! — Heitor correu na direção das duas.

— H! — Mariane gritou correndo até Heitor animada por ver o menino. — Minha Lua! Eu fiquei preocupada com você! Eu avisei você, boca de burro, que não era para respirar aquela fumaça!

— Ah, Mariane. Agora não é hora! Me solta, rápido! — Heitor se virou e com apenas uma rajada de faíscas azuis, o menino estava liberto. — Obrigado.

Cora se aproximou de Heitor e beliscou sua bochecha.

— Oh, meu bem, é bom te sentir de novo... — Ela abaixou as sobrancelhas. — Já que te ver não é possível... — Heitor achou aquilo tão fofo, mas seus sentimentos mudaram de uma hora para outra quando Cora pegou sua bochecha e a puxou para baixo.

— Ai! Cora! O que foi?!

— Como você se deixou ser capturado?! — Cora gritou. — E cadê a princesa?

— Primeiro, a culpa não é minha! É a primeira vez que eu sou capturado! Segundo, eu não sei onde Ágata está, estávamos juntos quando fomos capturados, mas, — Heitor buscou na mente — ela com toda certeza, não estava nas celas perto da minha.

— Roberto e Fernandez estão lá fora? — Perguntou Heitor e automaticamente Mariane endureceu, em meio segundo ele se tocou do que tinha acontecido. — Ah, não! Vocês não fizeram isso!

Mariane e Cora deram um sorriso amarelo para ele.

— Só vieram vocês duas, né?

— Exatamente. — Admitiu Cora.

— E não tem resgate porque não falamos pra ninguém que vínhamos, nem para Roberto. — Mariane disse com um sorriso.

— Eu não queria sair vivo mesmo. — Falou Heitor sarcástico Com uma carranca. — Esse é o pior plano que vocês podiam pôr em prática.

— É, mas é o que tem para hoje, chorão. — Mariane ergueu a sobrancelha falhada na ponta para ele. — É pegar ou largar... e aí?

— Aceito, né! — Heitor fez bico. — É o que tem.

— Então vamos — Cora chamou quando Catu surgiu com suas penas azuis cintilantes no corredor, voando baixo. — Catu achou alguma coisa.

A ave os guiou pelos corredores brancos, era a primeira vez que Heitor não escutava Catu dar algum grito ou assobiar. Talvez até ele soubesse que estavam em perigo e qualquer barulho mostraria nossa localização. Amélia mandou os filhos do Sol saírem do castelo, pensando que não era um ataque de apenas duas pessoas, mas sim de várias tropas de Fernandez. "Que bom que ela se enganou, então".

De repente Catu parou e posou atrás de uma curva para o próximo corredor. Cora já era baixinha, então ela não se abaixou, mas Mariane e Heitor ficaram rente ao chão.

— O que você está vendo, Cora? — Heitor perguntou agarrando os ombros de Mariane.

— Pergunta burra, Heitor! — Mariane deu um tapa na nuca do menino.

— Shh! Os dois! Estou escutando passos! Passos leves e contínuos... como os de Amélia? — Cora disse a última frase como se fosse algo impossível, como ver um ser espírito perambulando pelas ruas.

Isso deu um estalo na cabeça de Heitor.

— Gente... teve algo que eu não contei para vocês... Amélia é a espiã. Na verdade, ela é a líder de tudo isso aqui. — Heitor falou isso e um silêncio caiu sobre os quatro.

— Heitor, eu juro pela Lua, se isso for uma mais uma de suas "suspeitas" igual ao que foi de Eduardo. — Mariane rosnou, erguendo um punho. Prontíssima para dar um soco.

UM GUARDIÃO SEM-VISÃO

— O quê?! Não! Não é suspeita! É verdade, ela mesma me contou! Eu fui levado para... — Heitor buscou palavras, mas todas elas soavam bobas. — o... covil dela, ela admitiu sequestrar Ágata!

Mariane ergueu uma sobrancelha para ele.

— Sequestro de Ágata? — A loira olhou de cima para baixo no menino. — Então não é a primeira vez que perde a princesa?

— Bom... — Heitor sentiu as bochechas corarem. — Isso não importa agora! O importante é que Amélia é a inimiga aqui! Ela é a espiã que Fernandez tanto procura!

— Pare de ser doido, Heitor — A loira se levantou e foi até a ponta da parede. — Duvido que Amélia faria...

Mariane parou no meio da fala e abriu a boca sem dizer nada, seus olhos verdes estavam arregalados e uma expressão de tristeza passou por seu rosto gordo.

— O que foi, Mariane? Por que parou, querida? — Cora perguntou enquanto Catu erguia as asas fazendo um alongamento.

— Heitor estava certo... Amélia é a inimiga.

— Eu disse! — Vangloriou-se Heitor.

— Não comemore ainda... ela está com Ágata. — Mariane olhou séria para Heitor, o menino sentiu o coração começar a acelerar.

Ele se levantou devagar e foi até onde a amiga estava, Ágata estava com os olhos fechados, a cabeça jogada para baixo como um saco de batatas, seus cabelos crespos caídos para baixo.

Amélia a segurava de forma firme, mas desleixada. A mulher observava séria um buraco feito na parede, tinha cinco metros de altura e dois de largura. Uma bela arte de explosão.

Heitor ignorou a raiva que teve ao ver Ágata naquela situação.

— Pelo amor da Lua, vocês fizeram aquela explosão? — Heitor perguntou impressionado. — Tem como fazer uma dessas na fuça de Amélia?

— Somos três contra uma. — Mariane falou confiante. — Vamos acabar com a raça dela.

— Não. — Cora disse intermediando. — Amélia é muito forte, nem eu consigo com ela. Temos que criar uma distração.

— Tá. Heitor, vamos precisar de uma distração. — Mariane apontou para o menino com um sorriso. — Sugiro que seja Heitor.

Ele baixou as sobrancelhas e encarou a loira, mas ela estava com um sorriso amarelo.

— Na próxima missão eu não venho com a Mariane — Heitor ameaçou irritado.

— E quem vai te salvar daí?

— Quietos, os dois! Heitor, escute, você vai...

Mas Heitor não quis saber do plano, a raiva o tinha dominado de tal forma que ele nem sabia o que estava fazendo ou o porquê. Mas seguiu com seus instintos, parecia que uma voz soava em sua cabeça, dizendo para continuar, por alguns segundos pensou que pudesse ser Rafael... talvez fosse ele, Heitor não tinha certeza.

— H! Seu idiota! Volta pra cá! Agora! — Mariane mandou batendo o pé no chão.

Tremendo, ele se tornou visível à Amélia. Quando a mulher o viu, seus olhos brilharam iguais aos de uma coruja quando vê algo reluzente, o que deixou Heitor bem desconfortável.

— Uau — Ela riu se aproximando de Heitor. — Parece que alguém criou coragem... vou tornar as coisas mais fáceis para você.

Ela colocou Ágata no chão e se afastou. "Ela estava indo embora? Sem luta? Sem nenhuma ressalva?", Heitor deixou cair o olhar em Mariane e Cora, as duas estavam estupefatas. Provavelmente a loira tinha contado a Cora o que estava acontecendo.

— É isso? Sem luta nem nada? — Perguntou Heitor se aproximando da menina desacordada.

— Heitor, eu sei que tenho que perder algumas lutas. — Ela focou os olhos nele. — Para vencer a guerra. E eu vi suas amigas ali atrás. — Ela correu os olhos para a dupla da explosão. — O que eu vou dizer aqui vai valer tanto para Heitor quanto para vocês e para seus aliados!

Heitor aproveitou e pegou a menina do chão, erguendo-a no ar e segurando nos braços, um grande peso saiu das costas dele quando sentiu a respiração baixa e abafada da princesa.

— Eu vou fazer o que eu quero, nesse caso, a minha vingança. E vocês — ela apontou para os três com aquela unha preta berrante — não vão me impedir, vou fazer vocês pagarem com a vida se entrarem no meu caminho! — Ela rosnou se virando para ir embora. — Se falarem algo para Fernandez, aqui está uma pequena demonstração do que vai acontecer com vocês!

Amélia estalou os dedos e faíscas surgiram de novo, não deu tempo de piscar e ela as jogou, Heitor correu para o lado agarrando Ágata contra o peito, tentando fazer um escudo humano, mas as faíscas não eram para Ágata e sim para Heitor.

As faíscas pretas passaram pela orelha do menino arrancando um pedaço, queimando as bordas de sua carne.

— Ah! — Heitor gritou passando uma das mãos e vendo quanto sangue saía de uma cartilagem.

Ele olhou para a princesa e deu um suspiro de alívio, sua orelha não estava bem, mas a criança estava.

— Vá embora, Amélia! — Cora mandou, Heitor se arrepiou, nunca tinha visto a velha tão séria antes.

— Nós confiamos em você! — Mariane gritou saindo do esconderijo. — Eu confiei em você! Amélia, como pode trair o povo do castelo desse jeito?

— Eu nunca nem gostei de você, Mariane. Para mim você é, e sempre será, terrivelmente desagradável. — Ela riu de novo, agora com o olhar em Mariane, e então saiu pelo buraco que a dupla da destruição tinham feito.

Mariane abriu a boca, parecia pronta para xingar Amélia. Mas ficou sem reação, suas pupilas iam de um lado para o outro e ela perdeu o olhar no chão branco.

Heitor se encolheu, agora que a mulher estava longe ele via como era mais alta, mais forte. Que podia pisar em seu pescoço, que ninguém poderia a impedir, ela era o pior inimigo que podiam ter, inesperada, rápida, inteligente, astuta e traidora. Engoliu em seco vendo como sua vida realmente corria perigo agora, ele moraria com o inimigo, tomar café, almoçar, jantar e dormir. "Acho que nunca mais vou dormir", ele pensou sério e voltou seus olhos para Mariane e Cora.

— Tá... por essa eu não esperava. — Mariane admitiu colocando a mão na cabeça. — E agora, que vamos fazer? Cora, alguma ideia?

— Vamos enfrentar Amélia. E daremos a vida se for preciso. — Cora disse se aproximando de Heitor com Catu ao ombro. — Ela está bem?

— Sim, mas minha orelha é outra história. — Heitor gemeu sentindo o machucado arder. — Vamos sair daqui, por favor?

— Não precisa pedir duas vezes. — Mariane passou pelo buraco. — Vamos, vamos!

Heitor saiu para fora, o sol estava baixo, estava quase anoitecendo.

"Fernandez deve estar louca", pensou o menino, puxando Ágata para ela não cair.

— Como vamos voltar para o chalé? — Perguntou Mariane olhando para Cora. — Tipo... eu sei o caminho. Mas não tô a fim de andar até lá.

— Além de ser perigoso, né, Mariane. — Cora bufou.

— É, tem isso também.

Heitor se virou e viu um estábulo.

"Manchas!".

— Talvez não precisemos ir a pé. — Heitor apontou para os estábulos. — Manchas deve estar ali.

— Félix também deve estar lá, ele sumiu depois que você foi sequestrado — Mariane afirmou pegando Ágata dos braços de Heitor. — Vá achar seus bichos.

Heitor piscou para a loira e correu em direção ao estábulo, que era como o que tinha no sítio, só que mais comprido, luxuoso e alto.

O menino puxou a porta e entrou no lugar, um corredor escuro com janelas para os cavalos enfiarem a cabeça pode ser observado. Mas o único animal que tinha ali era uma égua pintada.

— Manchas! — Heitor gritou e a égua deu um relincho triunfante ao ver seu dono.

Heitor abriu a porta e passou a mão no focinho pintado da égua. Não tinha nenhum animal lá, a não ser Manchas, os outros filhos do Sol tinham fugido, todos a cavalo.

— Vamos, amiga, vamos sair daqui. — O menino puxou o cabresto, mas o animal parou no meio do corredor e bateu os cascos no chão. — O que foi? Manchas, temos que ir.

A égua deu um relincho e puxou o cabresto para trás, escapando das mãos de Heitor. Ela deu meia volta e correu até o final do corredor e deu outro relincho.

Heitor pode escutar Mariane gritando alguma coisa do tipo "Vamos, Heitor, não temos todo o tempo do mundo!". Ele caminhou devagar até a fêmea. Ela parecia inquieta.

— Tá tudo bem, sou eu... Heitor... lembra? — O menino ergueu a mão.

Mas então os olhos castanhos de Heitor se arregalaram, ela não estava assustada com o menino, mas sim com o que estava dentro da última baía.

— Félix?! — Heitor gritou abrindo a portinha.

Ele estava deitado no chão, em torno de seu pescoço cheio de penas estava uma corrente de ferro. E em seu bico uma mini mordaça.

— Minha Lua, o que fizeram com você?! — Heitor passou a mão na testa do animal. — Você deve ter tentado me salvar e os filhos do Sol conseguiram te pegar e o prenderam aqui.

Heitor se sentiu mal por ter esquecido Félix assim que viu Manchas. Aquilo não era certo, tanto a égua quanto o Orfeu dariam sua vida para proteger Heitor.

— Mas por que não mataram você? — Heitor perguntou puxando a corrente. — Não sai!

— Heitor, não temos... — Mariane parou no meio do sermão. — Heitor... o quê? Félix! Mas que diabos está acontecendo aqui?!

— Você não consegue soltar ele? Os filhos do Sol o prenderam.

— Pega essa adaga que eu tenho na cintura. — Mariane ergueu a blusa com o cotovelo. — Com Ágata no meu colo não dá pra eu cortar essa corrente.

Heitor puxou a lâmina, que brilhou mesmo no escuro, com apenas um golpe ela partiu a corrente de ferro e Félix ficou de pé. Ele mesmo arrancou a mordaça e a jogou longe. Com toda certeza aquilo estava o incomodando há tempos.

— Por que não usou essa faca quando lutamos com os filhos do Sol no castelo? — Perguntou Heitor ainda com a lâmina em mãos.

— Só uso em ocasiões importantes.

— Me salvar é uma ocasião importante? — Heitor ergueu uma sobrancelha e riu.

— Cala a boca e me devolve isso! — Mariane ficou vermelha como um pimentão. — Agora não demore! Essa menina é pesada, não sei como um magrelo como você consegue assegurar.

Heitor observou a loira ir embora quando sentiu algo fofo em sua mão. Félix o observava com seus dois olhos bons.

— Oi, amigão. — Ele puxou a cabeça da coruja. — Desculpa a demora para vir te salvar. — A coruja apontou para a orelha de Heitor. — Ah, não... não está doendo. — Mentiu ele. — Vá na frente, você será o meio de transporte da dupla da destruição.

O Orfeu obedeceu enquanto Heitor montava sem cela na égua, já tinha feito isso milhares de vezes, e então bateu os pés na barriga do animal e ela saiu a galope.

— Vamos! — Heitor chamou Cora e Mariane passando ao lado delas. Agora Ágata estava nos braços de cora, que a segurava como se fosse um neném recém-nascido. — Mariane vai dirigir? Cora, ela é muito barbeira!

— Barbeira é o soco que vou dar em você! — Gritou a loira claramente irritada enquanto Cora ria ao fundo com Catu voando na frente de todos.

A mente do menino parecia que explodiria e ele sabia que sua vida a partir dali nunca mais seria a mesma. Tinha começado uma jornada sem saber se ia voltar vivo ou conseguir mostrar quem realmente era Amélia. Essa era outra história que ele não gostava do final.

PARTE DOIS

Amélia adentrou em beco, a única coisa visível no meio da escuridão eram seus olhos azuis, um capuz negro como a noite escondia seu corpo pálido.

— Susana? Vamos, apareça. Sei que está aqui.

— Senhora. — A menina respondeu saindo das sombras. — Foi difícil vir tão perto do castelo sem ser vista, eles dobraram a segurança. O humano já voltou?

— Aquele moleque voltará logo. Graças àquele ataque estúpido mal elaborado a segurança está mais rígida. Quem ordenou aquilo? — A mulher cerrou os dentes ao dizer isso, mas quando Susana abriu a boca para responder, Amélia interrompeu. — Não importa isso agora. O que importa mesmo é que Heitor tem que morrer! Eu quero ele morto! Principalmente agora que ele sabe que eu sou a espiã.

— Ele já escapou de duas armadilhas feitas por nós. — Susana lembrou a mulher, o que só deixou Amélia mais irritada.

— Sim, eu sei, Susana. Não precisa me lembrar do seu fracasso em matá-lo. — Amélia sibilou andando em círculos, os saltos fazendo barulho ao bater contra o chão. — Mas dizem que três é o número da sorte, ele não vai contar a Fernandez ainda, afinal, não tem nenhuma prova, nem Heitor seria tão burro.

— Eu não sei, aquele menino parece ser bem burro pra mim. — Susana falou erguendo os ombros.

— Ele só parece. — Amélia olhou para o céu. — Heitor é um problema e dos grandes, até mais do que Eduardo.

Susana se arrepiou de repente e se virou para a moça.

— Eduardo desconfia de você?

— Um pouco. — Amélia contou com desdém abaixando a cabeça. — Tentei incriminar Eduardo e deu certo, o idiota do Heitor seguiu as pistas e nunca desconfiou de mim. Mas quando eu fui matar ele... — Amélia mordeu o lábio, não querendo falar que tinha fracassado. — Tenho que voltar agora. Mas em breve aquela peste estará de volta, com suas fiéis escudeiras e aquele ruivo irritante.

— O Orfeu dele também é uma praga. — Susana concordou. — Aquele bicho me deu um trabalho enorme.

— Se prepare, Susana, talvez... não, com toda certeza ele é pior que Rafael.

Amélia se virou, indo embora, a luz da lua iluminando seus cabelos pretos enquanto ela andava para frente, a cabeça sempre erguida, os olhos semicerrados.

— Por que ele seria pior que Rafael? — Perguntou Susana com os olhos verdes arregalados.

— Porque — Amélia não se virou para a jovem. — Heitor tem uma coisa que Rafael não tinha... a vontade, a curiosidade, o querer saber o que está acontecendo, e ele não vai descansar enquanto não souber.

Amélia deixou Susana sozinha no beco, a menina acompanhou com os olhos verdes a mentora entrar no castelo. Quando Amélia finalmente sumiu, a menina pulou para cima do muro, como um gato sem dono, e foi pulando de casa em casa.

Capítulo 1

17 de setembro

Já deveria ter passado da meia noite, pois a lua estava em seu ápice, de vez em quando o menino olhava para trás e via Mariane, Cora e Ágata a alguns metros de distância acompanhando o ritmo.

A cabeça dele estava girando e Heitor teve certeza de que seu mundo estava de cabeça para baixo, "Amélia é a traidora? Eu desconfiaria até de Fernandez! Mas não dela", pensou, um gosto ruim subindo na boca. Amélia sempre era tão doce, tão gentil. Mas já tinha cometido o deslize de revelar sua verdadeira face algumas vezes, tinha sido hostil com Ágata no aniversário da menina. E encaminhado Heitor para o lado errado quando perguntou da princesa sobre seu desaparecimento.

Heitor quis bater em si mesmo de tão burro que era. As provas estavam lá, ele que nunca as viu. "Pela Lua... eu acho que mereço o prêmio de pessoa mais lerda do reino".

Quando deveriam ser duas da manhã, eles chegaram ao chalé, as luzes fracas iluminando o caminho de terra até a entrada da varanda branca de madeira, dois guardas ao lado das escadas correm em direção ao grupo adentrando nas sombras.

— O que aconteceu? — Perguntou um pegando Ágata do colo de Mariane.

— Fomos atacados por filhos da Luz, deixe que eu avise Fernandez sobre isso. — Cora pediu pulando de Félix. — Heitor, vá dar uma olhada nessa orelha, está sangrando demais.

Heitor se lembrou de repente do corte feito pelas faíscas de Amélia, ele passou a mão sobre a orelha, o sangue pingando em sua camiseta. Ao ser lembrado da existência do machucado a dor subiu pela cartilagem e uma lembrança horrível veio à mente — o dia que sua garganta ganhou a cicatriz, era a mesma dor. Idêntica.

— Ah! — Ele gemeu de dor.

— O que aconteceu com o humano frágil? — Perguntou o segundo guarda, com a voz meio de deboche.

Mariane abriu a boca para responder, mas Heitor foi mais rápido:

— O humano frágil aqui acabou de salvar a princesa e enfrentar alguns filhos do Sol! Enquanto vocês, que se dizem soldados da Rainha, nem conseguiram achar a gente! — Heitor bufou e puxou Manchas para outro lugar afastado do grupo.

Desceu da Égua, as gotas de orvalho molhando seus sapatos, passando a mão da clina do animal se sentou, observando as estrelas lá do alto.

— Foi um dia e tanto hoje, não é, amiga? — Ele perguntou olhando para Manchas, que pastava ao lado. — Ah! — O jovem colocou de volta a mão no ouvido, a dor era insuportável.

— Rá, você respondeu bem aqueles dois idiotas. — Mariane se aproximou se sentando ao lado de Heitor na escuridão, longe do chalé. — Tá ficando casca grossa. — Ela deu um soco no braço de Heitor, o menino se encolheu e lançou um olhar de incômodo para Mariane, mas naquelas sombras da noite ninguém poderia ver os olhos castanhos do menino. — Mas deveria ver essa orelha.

— Você desconfiou dela por algum momento? — Heitor perguntou rápido.

Mariane foi para frente e para trás no escuro, os olhos verdes sempre focados a frente, Félix se aproximou durante esse período e encostou sua cabeça emplumada em Heitor, que aceitou de bom grado a ação.

— Não... eu nunca suspeitei dela.

Mariane confirmou o que o menino pensava, aquela era o pior tipo de traição, a que ninguém esperava.

— Ah! — Heitor gritou, mas dessa vez não foi por causa da orelha. — Isso foi como ter levado uma rasteira no escuro! Como ela pôde se esconder tão bem?

Mariane não falou nada, a boca curvada para baixo. Não dava para perceber qual era seu sentimento ou sua expressão diante daquilo, mas os longos minutos que precederam em completo silêncio foram o bastante para dizer que ela não sabia.

Heitor se encolheu — como nunca desconfiou dela? Tudo isso era horrível, sentia-se horrível. O que queria fazer era gritar, deixar essa raiva, essa frustração sair dele, mas não tinha como. Já desamparado, jogou-se para trás, caindo por cima de Félix, sentindo as penas do animal enquanto seus pensamentos fluíam pelo ar.

A porta do chalé foi escancarada, o barulho atraiu a atenção dos quatro, até de Manchas que comia algumas gramas ali perto. Deu para ver um maço de cabelos vermelhos voando em direção de Heitor e Mariane.

Roberto se aproximou, inspirava e expirava tão rápido que Heitor pensou na probabilidade de um ataque cardíaco, mas logo ele voltou ao normal, porém sua voz ainda saía acelerada:

— O que aconteceu com vocês? Estão bem? Cora me disse que sofreram um ataque! — Roberto se sentou ao lado de Heitor e puxou a orelha. — Minha Lua! Olha isso, precisa de cuidados médicos agora!

Heitor arregalou os olhos diante da agitação dele, por que estava assim? Incomodado, o menino encarou o ruivo. Estava tão desanimado e agora parecia que tinha levado uma descarga elétrica.

— Está tudo bem, Roberto, foi só um machucadinho...

— É, vai com calma, ruivo, nunca vi você tão agitado. — Mariane falava com a voz arrastada, como se estivesse cansada demais para lidar com ele.

Heitor estava no mesmo estado que ela, os olhos caídos e os ombros também. "Só quero dormir, dormir por um mês se for possível", começando a cogitar a ideia de tirar uma soneca ali mesmo, mas então algo o cutucou.

— Roberto, Cora contou quem nos atacou? — Heitor perguntou erguendo uma sobrancelha para o ruivo.

— Não, ela só disse que foram atacados. Quem atacou vocês?

Mariane e Heitor trocaram olhares furtivos, os dois pensaram a mesma coisa — deveriam falar para ele? O baque que a loira tinha sentido quando soube que Amélia era a traidora, será que queria esse mesmo sentimento para outra pessoa? "Poupar a pessoa de um sentimento ruim é uma coisa, mas mentir é outra". Respirando fundo, ele mandou uma última olhada à amiga.

— Quem nos atacou foi — parando por alguns segundos, observando como a cara preocupada de Roberto se tornaria frustração. — Amélia.

As palavras ecoaram pela escuridão, o silêncio veio junto do vento, os três ficaram ali parados sem reação; Mariane bufou um minuto vendo se isso causaria algo, mas nada, logo Heitor começou a pensar se só estava ele e a Mariane ali e Roberto já tinha ido embora e ninguém tinha visto.

Mas sem aviso nenhum, Heitor até se arrepiou com o movimento repentino, Roberto tinha se jogado ao chão, estava ajoelhado. O menino sentiu quando a mão quente de Mariane pousou em seu ombro, virou-se para ela, mas não conseguia ver seu rosto.

— Ele... desmaiou? — Heitor perguntou sussurrando.

O grito que Roberto deu, o menino pulou para trás, sentindo os cabelos da nuca e os pelos dos braços arrepiarem. O ruivo começou a soluçar sem parar, a mão agarrada à camiseta. Heitor nem precisava ver as lágrimas escorrendo, só pelas fungadas do nariz dava para ver que estava em puro desespero.

— Roberto, calma! Calma! — Heitor pediu que se sentasse ao lado dele.

— Eu sabia — Roberto cuspiu a informação e Heitor demorou alguns segundos para assimilar.

— Peraí, você sabia?! — Mariane gritou assustando Félix e Manchas.

Heitor queria sentir raiva, queria esganar Roberto até seus olhos azuis saírem. Mas não o fez. Mesmo se sentindo irritado, Heitor estava com pena do ruivo, só pelo jeito que chorava dava para ver que estava em um profundo sofrimento.

— Como você sabia? — Perguntou Heitor, tentando não deixar passar emoção na voz.

— No dia que o castelo foi atacado, — Roberto soluçou — enquanto você mandou eu procurar Ágata e Fernandez, eu a vi. Vi Amélia conversando com os filhos do Sol em um corredor.

— Ela viu você? — Questionou Mariane com a voz doce, era impressionante como ela tentava não mostrar nada além de compaixão pelo amigo.

— Não, ela não me viu. Eu saí correndo e dei de encontro com Heitor — Encolhendo-se, ele parou de falar, como se esperando a última sentença.

— Por que não nos contou? Teríamos acreditado em você. — Falou Heitor tentando se aproximar do ruivo.

— Porque nem eu sabia se acreditaria em mim. Eu cresci com Amélia, ver ela traindo o império bem embaixo do nariz de Fernandez! Sua própria irmã! — O choro agora tinha ficado mais intenso.

O menino arrepiou ao ouvir aquilo.

— Elas cresceram juntas. Tiveram a mesma mãe, como Amélia... pode fazer uma coisa dessas? — Heitor encarou Mariane.

— Elas não tiveram a mesma mãe, Heitor, e nem pai.

Heitor ergueu uma sobrancelha para Mariane.

— Ué, então Amélia não é irmã de Fernandez?

— Ela é, mas adotada. — Respondeu Mariane enquanto as lágrimas de Roberto caíam na terra. — Na verdade ninguém sabe bem de onde Amélia surgiu. Um dia ela apenas apareceu no castelo e por ali ficou.

Heitor sentiu uma curiosidade cutucar ele, mas teve que ignorar o sentimento, o ruivo tinha voltado a falar:

— Eu queria ter contado, eu juro! M... mas eu não conseguia, toda vez que eu abria a boca as palavras fugiam de mim. — Heitor queria dizer algo para acalmar Roberto, mas o que poderia dizer? — Vocês sabem... não sabem? Que eu nunca faria algo para machucar vocês e eu nem trairia o reino, ou Fernandez escondendo uma coisa dessas e só que... eu sabia, mas... mas...

Roberto parou de falar, só os soluços que nunca paravam, as fungadas de nariz e os barulhos dos tufos de cabelos sendo arrancados podia ser escutado. Heitor não via Mariane, mas tinha a certeza de que ela estava ao outro lado do amigo.

— Roberto... — Heitor disse quebrando o silêncio, como um soco quebra uma janela. — Não precisa se explicar, nós não... bom, pelo menos eu não desconfio de você. Roberto, você só não conseguia falar e tá tudo bem... era por causa disso que você está tão estranho! Que susto que você me deu.

— Obrigado... Heitor, obrigado. — Agradeceu ele, entre uma fungada e outra.

— Também não desconfio de você, meu amigo. — Mariane falou de novo, a voz calma como uma mãe acalmando um bebê.

Então ouviram um pio baixo e nesse momento ele se tocou que Félix estava ali perto, provavelmente ao lado do ruivo, com a cabeça de coruja no ombro do homem, tentando acalmá-lo.

— Vem, meu amigo. — Chamou Heitor, tateando tentando achar o ruivo. — Vamos para dentro.

Capítulo 2

18 de setembro

Naquele resto de noite Heitor não dormiu, toda a casa estava em completo silêncio enquanto ele observava a janela. A noite estava fria e raios rompiam o céu, iluminado por um prevê período a floresta do sol poente.

Logo quando entraram no chalé começou a cair uma tempestade. O clima do reino de Amon era assim, ou era um sol de rachar a cuca ou uma tempestade que destruía casas e derrubava árvores.

Suspirando, o menino voltou à sua cadeira, a cabeça tomada por pensamentos, as costas doendo, os olhos cansados. Mas mesmo com tudo isso, não conseguia dormir, mesmo não parando em pé, não conseguia pregar os olhos, mas quando estava finalmente se deixando tomar pelo sono, o barulho do piso o fez despertar.

Assustado, levantou-se com rapidez, preparando-se já para um ataque ou um inimigo em potencial. Mas relaxou quando viu apenas Fernandez com os olhos castanhos também exaustos.

— Rainha, me desculpa, eu não... — Começou o menino, já se abaixando para uma referência.

— Não, Heitor, — Fernandez interrompeu. — não precisa disso, se levante... sei como está cansado.

"Ai, graças, minhas costas estão me matando, algo que nem Amélia conseguiu fazer", o jovem pensou se erguendo com um alívio.

— Também não consegue dormir? — A majestade perguntou enquanto olhava para a tempestade que caía.

— Não, não consigo. — Admitiu, olhando agora como Fernandez fica com os cabelos e a pele mais escuras sob a luz dos relâmpagos. — Foi tanta coisa hoje, o que vamos fazer... agora?

— Voltar ao castelo, já falei com Eduardo. — Ela puxou uma cadeira perto de Heitor. — O espião sabia que viríamos para cá, não é mais seguro ficar aqui. Além de vocês terem sido atacados por um grupo de filhos do Sol. — A mulher mordeu o lábio e abaixou as sobrancelhas. — Mas que coisa! Não importa o que fazemos, onde vamos, esse inseto nojento vem atrás! Ele sabe nossos problemas, nossas fraquezas. Pela Lua! O que leva uma pessoa a ser assim!?

Ela o encarou e Heitor pensou mesmo sobre aquilo. "O que será que levou Amélia a ser tão má? Por que ela quer tanto essa vingança? E por que de uma forma tão brutal? Seja o que tenha acontecido com Amélia, foi algo horrível". Ele se encolheu ao pensar nisso, algum dia Amélia já foi uma criança feliz que brincava e não fazia mal a uma borboleta, agora era uma adulta disposta a matar uma criança

— Falando em espião, você me disse que tinha uma suspeita de quem era. — Fernandez encarou o menino e ele gelou. — Pode me dizer agora.

— Não, Rainha... — Heitor buscou na mente o que poderia dizer? — Eu sinto muito. Eu não lembro, depois de tudo isso, minha memória está confusa. Se eu lembrar, te conto na mesma hora.

A mulher bufou, o menino não sabia se estava irritada ou frustrada. Talvez os dois, um combo de emoções que Heitor tinha despertado e não gostava de ser o autor disso.

— Mas tem um lado bom, né, Rainha, pelo menos descobrimos onde fica o esconderijo dos filhos do Sol. — Heitor disse, tentando animar a mulher.

— Um deles, né, Heitor.... — Ela ergueu uma sobrancelha. — Como você sabe o que é um filho do Sol?

Heitor ficou vermelho, o que diria a ela? Falaria que o trio de amigos tinha ido contra as ordens dela e lhe contaria tudo? "Então, Rainha, Mariane, Roberto e Cora foram contra você e me contaram sobre os filhos do Sol".

— Eu escutei os guardas se referindo assim aos nossos inimigos. O que é esse nome? É tipo um nome de guerra? — Heitor respondeu rápido.

— Ah! — Fernandez riu, ela tinha caído no papo de Heitor? — Isso explica você saber o que é um filho do Sol, mas por que você tem um Orfeu?

Heitor sentiu o coração errar as batidas, achou que a Rainha nem tinha percebido isso. Mas não, na realidade ela parecia com os olhos bem abertos para tudo. Afinal, ela era Rainha, tinha que estar ligada. "Ficar de olho em Amélia você não fica, agora em mim...".

— Ele me salvou e desde então Félix anda comigo. — Heitor explicou.

Ela pareceu engolir aquilo, porque logo mudou de assunto:

— Mas você tem certeza que não tem nenhum progresso? Em relação ao espião? — A Rainha perguntou a Heitor.

Amélia estava na ponta da língua de Heitor, estava pronto para jogar aquela informação como uma cobra joga veneno. Ele queria ver a mulher pagar pelo que tinha feito com Ágata, com ele, com Roberto e com Mariane. Mas se conteve, "Não posso acusá-la sem provas".

— Ah... eu sinto muito, Rainha. Mas não, não tenho nenhuma.

— Que pena, meu bem, queria pegar logo esse espião e... — Fernandez observou o menino enquanto balançava os dedos. — Desculpe, de vez em quando esqueço que você é uma criança ainda e não posso falar certas... palavras a você.

Ela coçou a testa e Heitor se sentiu levemente ofendido pelas palavras, mas ignorou o sentimento. Assim como fez com a vontade de contar sobre Amélia.

— Calma, Rainha, tudo... tudo sempre se ajeita. — Disse Heitor se encostando no balcão de madeira da cozinha, "Será mesmo que eu acredito nisso? Vai dar tudo certo?".

— É, talvez dê. — Fernandez riu de si mesma, parecia com os pensamentos longe. — Sabe, eu amo tempestades.

— Eu não gosto muito, não. — O menino tentou rir também, mas, ao contrário, só saiu uma voz engasgada. — Eu tenho medo delas. Na verdade, é mais um medo que minha mãe colocou em mim quando eu era criança. — Heitor foi mais fundo na cadeira. — Mas, mesmo agora, já quase crescido, ainda tenho medo delas; são fortes e ninguém pode impedi-las. Mesmo que seja a pessoa mais importante do mundo.

— É por isso que gosto delas. — Fernandez respondeu, os olhos negros brilhando enquanto as gotas do tamanho de limões batiam contra a janela. — Sabia que você acabou de falar como...

— Rafael? — Tentou chutar, torcendo para que ela pudesse dar alguma informação do homem para ele.

— Não, você falou igual ao meu marido... mas você está sabendo demais viu. Aposto que Roberto te contou sobre Rafael. — Ela encarou Heitor, o menino deve vontade de cortar sua língua fora, estava falando demais.

Outro relâmpago cortou o céu, mas Heitor pensou ter atingido ele, alguma coisa subiu em suas costas. Arregalando os olhos, tentou não mostrar emoção diante da informação. Ser comparado a um rei já falecido era algo importante, ou pelo menos ele pensava ser.

— Eu e ele sempre discordamos de tudo, até do nome de Ágata, ele queria Valéria e eu, bom, já deu para ver quem venceu. Eu odiava dias de calor e ele amava, eu amava chocolates e ele não gostava. Desculpe a metáfora, mas éramos como o sol e a lua. — A Rainha disse enquanto mexia os dedos, o sorriso que ia de orelha a orelha, parecia feliz em compartilhar tal coisa. — Mas, meu marido, o rei, morreu aqui, Heitor. Sobre esta terra, onde estamos pisamos agora.

Por puro instinto, o menino puxou os pés.

— Ágata me disse. Eu sinto muito. — Heitor contou piscando os olhos devagar para a mulher, como se aquilo fosse amenizar a dor, lembrando-se do dia que o Rei tinha morrido. Aquela notícia se espalhou como fogo, foi um ano terrível para todos, pois o reino tinha entrado em grande crise, logo depois do falecimento de seu líder. — Me desculpe a indelicadeza, mas minha mãe me contou que nos jornais saiu que ele morreu de uma doença.

— Escondemos de todos do reino sobre seu falecimento, não queríamos que o povo entrasse em desespero. — Informou Fernandez mexendo em um segundo anel de ouro no dedo. A aliança do marido morto, sempre junto ao dedo na tentativa de fazer a sua memória ainda continuar viva.

"Mas o povo entrou em desespero mesmo assim", pensou Heitor enquanto mordia a parte interna da boca, tinha algo que coçava em sua garganta para ele perguntar.

— Majestade, me desculpe a pergunta, mas se ele não morreu de uma doença, — "Pensa bem no que você vai falar!"— Qual foi o motivo da morte?

— Há alguns anos, nós lutamos contra os filhos da Luz, a guerra do Eclipse, exatamente nesta floresta. Vencemos, mas... o custo disso foi meu amor. — Ela observou o anel por mais alguns segundos antes de fechar a mão e a repousar nas coxas. — Foi uma batalha árdua, Roberto, Cora e Amélia. — Heitor sentiu os cabelos arrepiarem ao ouvir esse nome — meu Rei e eu lutamos também. Foi horrível, ficamos sabendo por meio de um informante que os filhos do Sol iriam entrar na cidade à força, então viemos fazer a barreira de defesa.

Ela foi para trás na cadeira, colocando a mão sobre os olhos, como se estivesse já cansada de tudo aquilo, exausta daquela conversa. Exausta de ser a Rainha. Heitor esquecia que, assim como ele, Fernandez era uma humana também, com dores e sentimentos.

— Outra pergunta, Rainha, por que os filhos do Sol atacam os filhos da Lua? Por que essa rivalidade? — Perguntou enquanto o vento ficava mais forte e batia contra a janela, como se quisesse ouvir a conversa também.

Fernandez se levantou e cambaleou até uma garrafa de café, puxou uma xícara feita de metal e colocou o líquido fervente, e com um sorriso disse:

— Nós dois não vamos dormir mesmo, acho que café pode ajudar, não é? — Ele confirmou com a cabeça e ela tornou a se sentar. — Vou abrir o jogo com você, Heitor, aposto que você já percebeu que nós temos coisas que brilham na mão. Não sabe? É claro que sabe.

— Sim, Rainha. Eu percebi isso, sim, e eu sei também o que é. — Heitor foi rápido ao dar a resposta. — Mas ninguém me contou! Eu descobri sozinho que as faíscas são a alma de vocês transformada em arma e cada uma tem uma cor diferente representando algo.

— Aprendeu tudo isso sozinho? — A Rainha riu. — Acho difícil, mas eu vou aceitar. Não sei como pensei que poderia contratar um sem-visão e esperar que ele não descobrisse sobre nós. Mas tudo bem. — Ela bebericou um pouco de café. — Bom, isso é de muito antes que eu ou você, mais ou menos 500 anos. Nós, filhos da Lua, Heitor, não somos mágicos ou bruxos. Não, não. Somos apenas humanos primordiais, desde sempre nós existimos, e no início eram só nós, os humanos e as criaturas da Lua, como o Félix. — Disse Fernandez passando a mão no copo.

— Tá... mas cadê os filhos do Sol nessa história?

— Espere, estou chegando lá. Nós nos dividimos em dois grupos, tudo isso por causa das criaturas, os filhos do Sol queriam usar os animais, eles aumentavam nosso poder de conjurar nossa alma, você tinha que usar algo da criatura para isso acontecer, só que nós, filhos da Lua, falamos que aquilo era errado, matar a criatura apenas para aumentar a força de nosso poder? Achamos aquilo uma enorme crueldade! — Fernandez levou a xícara à boca e tomou outro gole de café. — Então, essa guerra começou. Os filhos do Sol, que tinham suas ideias diferentes, que se intitulavam o "Novo começo" e adotaram o nome de sol por dizer que trariam o amanhã, assim como o sol da manhã e uma nova era, com mais poder. E eles ainda acreditam que são um ser superior. Para eles serem chamados de humanos é uma ofensa. E nós, filhos da Lua, nome dado a nós pelos filhos do Sol, seríamos uma geração que viveria nas trevas e na fraqueza.

Heitor assimilou tudo aquilo devagar, batendo o dedo na madeira e mordendo a língua. Abaixando as sobrancelhas, a boca coçando para falar, e então, devagar, tentando não ofender, ele disse:

— Essa briga, toda essa luta que tem nos dias de hoje, foi por causa de vocês não conseguirem entrar em um consenso? — Indignado, tentando entender tudo aquilo, por um breve momento ele até esqueceu que não falava com Mariane ou Cora, mas sim com a Rainha.

— Você não pode falar nada, os humanos fazem a mesma coisa! Vocês matam sem motivo, brigam sem motivo, vocês fazem guerras apenas por discordarem um do outro. Reinos inteiros, nossos vizinhos brigam até hoje por mal-entendidos! — A majestade cuspiu, a raiva passando pela sua garganta. — Mas não foi por causa desse "mal-entendido" que temos problemas até hoje. É porque tanto os filhos do Sol como da Lua buscam vingança. Desde sempre mataram uns aos outros, nós temos uma herança de sangue derramado por onde andamos. Não é um tipo de guerra ou briga que se resolve com um aperto de mão ou um acordo.

O silêncio se instalou ali, Heitor se encolheu, nem conseguia olhar para ela. Aquilo tinha gosto de bile, "Toda essa briga, toda essa matança... Pelo que estou lutando afinal de contas?", pensou balançando a cabeça, tentando tirar aquilo da mente. Uma coisa tinha ficado clara: os filhos das Sombras e da Luz são inimigos mortais, são inimigos há tanto tempo que não vai ter conversa ou luta que resolva isso. Eles só vão parar quando todos estiverem mortos.

— Olha... eu sempre achei que tinha diferença entre os filhos da Lua e do Sol. Mas vocês são... a mesma coisa... — Heitor riu, tentando quebrar o clima. Mas Fernandez não pareceu corresponder.

— Sabe, Heitor, eu gosto de contar as coisas para quem tem curiosidade, você é um dessas pessoas, sempre perguntando, sempre querendo aprender. Queria que Ágata fosse assim.

O menino semicerrou os olhos, saiba que Ágata queria aprender. "Isso está errado". Suspirando, ele molhou os lábios e observou a janela na noite fria.

— Majestade, Ágata quer aprender. Ela quer saber quem ou o que ela é, e não tem ninguém melhor do que você para falar sobre isso. — Heitor sentiu um arrepio quando Fernandez focou seus olhos castanhos nele. — N... não quero te mostrar como criar seus filhos, pelo amor da Lua, não é isso que quero dizer! Só estou tentando falar que... ela adoraria saber que é uma filha da Lua, e eu não gosto de ficar mentindo pra Ágata ou inventando desculpas; se a princesa corre esse perigo, ela deve saber... ela tem esse direito, majestade.

As palavras foram morrendo devagar no chalé escuro, enquanto a chuva chicoteava o telhado. A única coisa que brilhava naquela casa eram os olhos da Rainha pousados sobre Heitor, e ele nem precisava olhar para ela para saber, apenas sentia os olhos castanhos em sua barriga o perfurando como adagas.

— Eu... eu acho que você tem razão. — Fernandez admitiu, os lábios quase não se mexendo quando disse. — Amanhã voltaremos ao castelo e eu vou contar a ela, tudo. Já está na hora dela saber... mas Ágata vai ficar furiosa. Ela detesta que escondam segredos dela.

Heitor sentiu um estalo na sua mente quando lembrou das palavras que a princesa havia dito, "Você é a única pessoa que conta as coisas para mim, Heitor", e ele provaria que ela estava enganada sobre o menino. Abaixando os olhos, ele ficou ao lado de Fernandez e ambos olharam para a chuva enquanto a noite corria.

Capítulo 3

19 de setembro

A chuva caía mais mansa durante a manhã, enquanto a carruagem ia de um lado para o outro, com Mariane e Roberto dormindo encostados um no outro, Cora batucava os dedos negros na janela enquanto Catu mordia sua orelha.

Heitor, a cabeça perdida em pensamentos, com Ágata ao lado, lendo um livro de capa dura, e que também parecia perdida, mas entre as páginas.

Fernandez estava à frente em outra carruagem, com outro calafrio o menino escutou os cascos batendo contra o chão de barro, sabendo que Manchas os guiava.

Virando os olhos, observando enquanto ela lia, o jovem sentiu o estômago revirar, "Ah, ela vai me odiar tanto quando souber que eu menti todo esse tempo! Ou talvez não... você não sabe como ela vai reagir, você está se precipitando. Se acalme".

— Tá tudo bem, Heitor? — Perguntou Ágata com a cabeça virada de lado.

— Ah! Tá... tá... tá, sim, por quê? Não parece?

— Não. — Ela riu da cara assustada do menino. — Só achei que sua orelha tava doendo. Você está com uma cara de enjoo.

Heitor passou a mão sobre a orelha, que agora tinha parado de sangrar graças a Cora, que tinha em uma pequena bolsa um pouco do mel, mas mesmo assim ainda faltava um pedaço da cartilagem.

— Eu acho que as "pessoas" que nos atacam tão brincando de bingo com o meu corpo. — Heitor riu passando a mão na garganta cheia de cicatrizes. — Quem deixar mais marcas ou cicatrizes leva o prêmio.

Ágata escutou com atenção, o menino pensou que ela riria, mas na verdade, ficou séria.

— Primeiro, isso não é coisa para se brincar. Segundo, por que você diz pessoas? Não fala quem realmente são?

— Porque... porque... logo, logo você vai saber quem são. Eu conversei com a Rainha, ela vai te contar tudo. — Heitor disse e na hora a menina arregalou os olhos e fechou o livro até perdendo a página onde estava.

— Sério? Sério?! Ah, obrigada, Heitor! Obrigada! — A princesa puxou o menino para um abraço, Heitor não retribuiu o aperto, apenas olhou para Cora, ela não olhava para ele, mas o jovem sabia que a velha tinha escutado a conversa e sua cara não era lá das melhores.

Sentiu o estômago arder, por medo ou ansiedade, ele não sabia dizer.

Chegando ao castelo, a chuva tinha piorado, agora havia fortes rajadas de vento. Heitor acordou Mariane e Roberto, o ruivo abriu os olhos azuis que logo se arregalaram com o barulho do trovão.

— Que é isso? Me acordou para o fim do mundo? — Roberto se levantou e foi até a janela.

— Que ótimo, bem na hora que vamos sair a chuva piora, que vida sortuda nós levamos. — Mariane resmungou, mas foi a primeira a descer da carruagem, seguida por Roberto, que puxou a camiseta tentando fazer uma espécie de guarda-chuva.

Depois foi Ágata, e quando Heitor ia descer atrás da menina, Cora puxou o pulso dele, fazendo-o voltar para trás e quase bater contra a parede de veludo.

— Falou para Fernandez contar a verdade à Ágata?

— Falei... por quê? Você não acha uma boa ideia? — Perguntou Heitor, a preocupação tanto em sua voz como em seu rosto.

Cora coçou o queixo e molhando os lábios, ela disse:

— Não sei, Heitor, por um lado é bom, pois ela vai saber dos perigos que corre, mas por outro...

— Outro o quê?

— Bom... ela é muito nova, e não sabe ainda fazer as faíscas, talvez isso não a ajude, só a assuste, querido.

Heitor se encolheu e, com um longo suspiro, sentou-se de novo em seu lugar, as mãos na cara, as pernas estendidas para frente.

— Juro que só queria fazer o que eu acho certo. — Ele respondeu, com os olhos baixos para os pés. — Ágata sempre me pergunta sobre essas coisas... eu... eu...

— Heitor, — Cora disse, interrompendo-o — quando você soube sobre as faíscas, você não teve um colapso porque já acreditava nisso, em magia. Mas e ela? Vai ser introduzida em um novo mundo, em uma nova história.

— Então vamos ajudar ela nesse novo começo. — Heitor respondeu sério, agora com o olhar em Cora. — Não fiz a escolha errada, pelo menos não dessa vez.

Heitor não esperou pela resposta e desceu da carruagem, a chuva ainda violenta fazendo seus cabelos pretos se despentearem e seus sapatos afundaram na lama.

É claro que ele não estava certo da decisão. "Mantenha-se firme e os outros também vão se manter", ele lembrou das palavras que seu pai lhe disse há muito tempo, guardadas com carinho no coração.

O menino viu, entre as gotas da chuva, o castelo, que faltava um pedaço da torre principal, o lugar onde Mariane tinha caído já estava fechado. Uma pilha de pedras estava ao lado das portas principais, provavelmente tudo estava a todo o vapor para poder ajeitar o castelo, mas com a chuva foi parada a reconstrução.

Ele acelerou o passo entre os trovões, "Sabe-se lá onde Félix está", pensou, passando correndo ao lado da pilha de pedras, ele não precisou abrir as portas do castelo, Mariane e Roberto o aguardavam segurando a superfície de madeira.

— A Rainha está chamando você no grande salão. — Roberto sussurrou quando Heitor passou por ele. — Você não fez nada de errado, não é?

Catu passou por cima deles com as penas azuis encharcadas, molhando quem estivesse embaixo.

— Ah! Olhe por onde voa, bicho! — Mariane resmungou passando a mão pelo ombro. — Mas Roberto está certo, Heitor, é bom você não ter feito nada de errado.

— Eu também espero não ter feito nada de errado. — Heitor puxou Mariane e Roberto um em cada pulso. — Eu quero que vocês estejam juntos. Se der algo errado, pelo menos estou com vocês.

Heitor não viu, mas Mariane e Roberto trocaram um olhar significativo atrás dele, os olhos azuis e os olhos verdes pareciam assustados e ambos compartilhavam o mesmo pensamento: "O que vai acontecer?".

Na porta do grande salão, dois guardas olharam torto para Heitor. Ele ignorou como sempre fazia e abriu a porta com a mão, Mariane e Roberto atrás.

O grande salão estava mais escuro do que de costume por conta da chuva, mas dava para ver Cora, que parecia muito desconfortável, Fernandez e Eduardo.

Heitor arregalou os olhos quando a viu, Mariane soltou um gemido que parecia um rosnado e Roberto apenas deu dois passos para trás.

Os olhos em pequenas fendas, os dentes brancos e os cabelos pretos presos em um coque, o longo vestido azul, agora de mangas compridas, ali estava ela, a culpada de tudo, Amélia.

Heitor fez uma reverência ao entrar, assim como seus amigos. Ágata estava sentada a alguns metros de Amélia, as perninhas para frente e para trás. O jovem segurou uma vontade de gritar para a menina se afastar da tia, ele tentava não deixar aparecer no rosto sua raiva. Mas Mariane não conseguia nem fazer isso.

— Mariane, desamarra essa cara. — Roberto mandou sussurrando para a loira.

— Se ela tivesse chamado você de "terrivelmente desagradável", faria a mesma cara que eu, Roberto. — Respondeu secamente Mariane.

— Quietos os dois! Por favor, Amélia pode escutar. — Heitor pediu à dupla.

— Ágata, — começou Fernandez interrompendo a conversa do trio — temos uma coisa para lhe contar, algo que está em seu sangue, assim como o de Cora, Eduardo, Amélia, Roberto e Mariane. — A majestade disse com o olhar fixo na filha, a menina pareceu confusa ao não ser citado Heitor. — E sob a influência de seu guardião, tomei minha decisão, devo contar a você sua origem e o que você guarda dentro de si, e contar contra quem estamos lutando.

— Que bom que está sentada, querida, vai ser uma longa história. — Amélia falou, o sorriso no rosto, Heitor sentiu um arrepio ao ouvir ela, parecia uma cobra chiando em seu ouvido.

Fernandez começou a contar a história que contou a Heitor a alguns dias atrás, o jovem de vez em quando olhava para Amélia, observando se ela defenderia os filhos do Sol, mas sua boca não se mexeu em nenhum momento.

— Querida? Está tudo bem? — Cora disse de repente quando o silêncio se instaurou.

— Então... eu posso fazer minha alma virar uma arma? — A princesa disse olhando para as pequenas mãos negras e fofas.

— Sim... minha filha. — Fernandez confirmou e Heitor arregalou os olhos, era muito difícil a Rainha falar "filha" para sua própria filha. — Mas só com muita prática você poderá fazer isso.

— Se quiser posso lhe dar aulas. — Eduardo se ofereceu com um sorriso no rosto, parecia estar orgulhoso.

"Quem diria que ele podia fazer outra cara a não ser de bravo", Heitor riu consigo mesmo quando a Rainha fez um gesto de mão indicando para saírem de lá, mas quando viraram as costas, Amélia soltou:

— Que bom que sabe a verdade, Ágata, agora você não vai correr tanto perigo.

Heitor sentiu a raiva de Mariane passando pelo ar, só por preocupação ele ficou atrás dela, se saíssem correndo e tentasse dar um soco em Amélia, poderia tentar impedir.

"Ah, se ela quiser ir até Amélia, não vai ser uma saco de ossos igual a mim que vai conseguir impedir".

Quando a porta se fechou atrás deles, Heitor olhou para a princesa, a animação passando por seu corpo.

— E agora? Você sabe a verdade!... Tipo, eu sei que no começo é meio estranho, mas você se acostuma.

Ágata fechou as mãos, mas sua cara não era de feliz, Heitor até achou estranho, ela estava com uma cara séria, dura como uma rocha. Virando os olhos castanhos para ele, a menina disse:

— Você sabia disso?

Heitor analisou devagar aquela frase e o tom que a menina tinha usado, "É, a minha conclusão é que ela está com raiva". Conhecia Ágata como conhecia a si mesmo, e tinha certeza de que a princesa estava prestes a explodir.

— Você sabia que eu era uma filha da Lua? — Perguntou ela, Mariane e Roberto trocaram de novo olhares, dessa vez mais alarmados.

— Ah... sim, sim eu sabia... por... por quê?

— Por que não me contou?! Achei que não tinha segredos entre nós! — Ágata quase gritou, fitando Heitor, o menino deu um passo para trás.

— Princesa, Heitor só queria ajudar... — Roberto começou tentando apartar a situação, mas a menina o ignorou.

— Você era a única pessoa que eu achei que não esconderia isso de mim! Eu confiei em você, Heitor!

O menino arregalou os olhos castanhos, teria doído menos se Ágata tivesse lhe apunhalado com a faca mais afiada do reino.

— Mas... mas Ágata, a Rainha não me deixou contar, eu... eu que disse pra ela te falar a verdade! — Heitor tentou se defender, meio tremendo, mas ela não parecia nem escutar.

— Ágata, você deveria perdoar Heitor, ele pode não ter contado a verdade, mas foi por causa de Fernandez que ele não abriu o bico. E, poxa, olha o tanto de vezes que ele te salvou! — Começou Mariane, apontando para o menino.— Qual é, não tem como ficar brava com ele. — Heitor agora encarou a loira confuso, ela já tinha ficado furiosa com Heitor e não falado com ele por um mês inteirinho.

— Ah, me poupe, Mariane! — Ela voltou a Heitor, a cara parecendo que iria pular em cima dele e o matar.— Você quebrou minha confiança! Eu não quero mais te ver! Nunca mais! — Ela gritou por fim e passou por Roberto e Mariane, bufando e sumindo ao fim do corredor.

Heitor a observou sair dali, os cabelos encaracolados indo para um lado e para o outro, os pés batendo contra o chão.

O menino piscou, não estava acreditando, Ágata e ele estavam brigados? Parecia que o mundo tinha parado e por um tique-taque de coração Heitor pensou que era tudo um sonho. Mas então Mariane falou e ele viu que, infelizmente, tudo aquilo foi real, era real.

— E lá vai ela, cinquenta centímetros de pura raiva. — A loira disse mexendo em um de seus piercings da orelha.

— O que foi que eu fiz? — Perguntou Heitor olhando para o ruivo, buscando apoio.

— Heitor, se tem uma coisa que a princesa odeia é ser sempre deixada por último, é isso que aconteceu... mas ela vai te perdoar. Ela te adora. — Roberto falou acalmando o menino com suas palavras, o homem de cabelos vermelhos colocou a mão cheia de cicatrizes no ombro dele. — Só explique as coisas para ela, quando estiver mais calma.

— É, se até eu te perdoei, ela também vai. — Mariane falou de novo, agora encostando na parede do corredor.

— É, eu nunca vi Mariane perdoar ninguém. Uma vez uma velhinha não deu uma informação para ela e até hoje ela tem ranço dessa velha. — Contou Roberto.

— Eu salvei sua vida, Mariane, você tinha a obrigação de me perdoar. — Heitor reclamou erguendo uma sobrancelha.

— Primeiro, se eu não lembro de você ter me salvado, não aconteceu. Segundo, você também salvou ela. Umas duas, três vezes?

Heitor estava pronto para responder com a intensidade de sua raiva, mas a porta atrás dele se abriu e Amélia apareceu, a boca em uma linha fina e os olhos calmos. Os três congelaram perante a mulher, ela olhou para o pequeno grupo e com um sorriso de orelha a orelha disse:

— Oww, pobre Heitor, problemas com a protegida?

— Cale a sua boca, sua cobra! — Gritou Mariane, assustando Amélia e Heitor ao mesmo tempo.

"Todo o castelo deve ter ouvido isso, ótimo!", pensou Heitor sarcasticamente, o que ele menos precisava agora era de mais uma briga interna.

— Dobre a língua para falar comigo, você não é nada além de uma mulher sem controle. — Amélia rosnou para a loira.

— Eu sou sem controle? Da última vez que vi, quem quase matou todo mundo foi você! — Cuspiu Mariane, aproximando-se demais de Amélia.

Heitor fitou as duas, Mariane não pode atacar Amélia, ela seria culpada de machucar alguém da alta corte e, além do mais, poderia ser julgada por isso, "Ah, que beleza, apartar a briga de duas com-visão".

— O que está acontecendo aqui? — A voz poderosa de Fernandez cortou o clima de tensão como uma tesoura corta uma linha.

Heitor olhou para a majestade, determinado que ela tinha visto alguma coisa, mas pela cara de tranquilidade ela só tinha ouvido o "cobra" mesmo. Ele deixou os ombros caírem já decepcionado.

— Nada, Fernandez. — Falou Amélia dando as costas. — Apenas uma conversa entre... amigos.

E com essas últimas palavras, ela sumiu no corredor, indo na direção oposta de Ágata. "Ela é como uma redoma de vidro, ela pode ver tudo em volta de si, fazer mal a quem quiser e ninguém pode tocar nela". Com esse pensamento, Heitor deu as costas a Fernandez e andou até seu quarto, estava cansado demais para dar explicações.

Capítulo 4

23 de setembro

    Os sonhos do menino andavam meio conturbados nos últimos dias, em todos havia uma névoa escura com Amélia e Ágata escondidas nas sombras e ele sempre tentava achar a princesa, mas encontrava a meia tia e, com um grito abafado pelo travesseiro, acordava suando.

    Mas naquele dia não foi acordado pelo sonho, mas sim por um grito com várias vozes, mas todas diziam a mesma coisa:

— PARABÉNS!!!

    O menino abriu os olhos, assustado com a gritaria, piscou algumas vezes, mas tudo continua preto, ele passou a mão sobre a superfície macia.

    — Ah, de novo não! Félix! Sai da minha cara! — Heitor gritou empurrando o Orfeu para trás enquanto ouvia a risada de Mariane ao fundo. — Eca, tem penas na minha boca. Seu nojento.

    Félix se espreguiçou como um gato mostrando todas as suas cicatrizes de batalha e voltou a se deitar em formato de bola com o rabo balançando para lá e para cá. Heitor coçou a cabeça e arregalou os olhos quando viu todos ali em pé, Cora, Mariane e Roberto.

    — O que vocês estão fazendo aqui? — Perguntou se levantando percebendo como seu cabelo estava despenteado.

    — Ora, estamos aqui porque é seu aniversário! Dezoito anos, já pode ser preso. — Falou Mariane com um sorriso amarelo.

    — Como se eu tivesse feito algo de errado para ser preso, né. — Heitor resmungou. — Mas como vocês sabiam que é meu aniversário?

— Por causa disso! — Roberto puxou um papel branco, parecia aberto recentemente. — Desculpa, nós olhamos a carta sem sua permissão... mas a ideia foi de Mariane e de Cora!

Mariane lançou um olhar de morte para o ruivo e depois focou em Heitor, quando segurou em suas mãos o papel, elas começaram a tremer de tanta emoção, nem se importava se a carta tinha sido aberta ou não.

— E... essa... essa letra é da minha mãe. — Heitor sussurrou puxando o papel para si, vendo a letra de sua mãe, era tão pequena como se não quisesse ser lida.

"Oi, filho, recebi sua carta, ela foi escrita há muito tempo. Não sei porque demorou tanto. Ah, meu bebê, sinto tanto sua falta, mas recebi o dinheiro, está ajudando bastante! Finalmente consegui ter um café da manhã decente! Comprei uma ração melhor para os bichos e finalmente, finalmente comprei uma porta! Admito, no começo bati várias vezes a cabeça nela ainda pensando que o pano ainda estava lá.

Muito obrigada, meu filho, eu te amo. Não sei no que está trabalhando, muito menos onde você está e durmo toda noite pensando em você. Sinto saudades e queria você aqui.

Vejo agora como você cresceu, como já se tornou um adulto, mesmo me desobedecendo, o que não gostei nem um pouco e teremos uma longa conversa. Mas você fez o que era melhor para a família. Estou orgulhosa de você.

P.S.: Feliz aniversário e de novo: eu te amo!!".

Algumas lágrimas solitárias descem no rosto de Heitor, colocando a carta contra o peito, enquanto ele lia cada palavra, escutava a voz de sua mãe ecoando em sua cabeça, e sentiu o sentimento de missão cumprida, tudo que ele tinha passado não tinha sido em vão, sua mãe recebeu o dinheiro e era isso que importava. Por um breve momento sentiu que estava mais perto da doce mulher e então se viu de novo na realidade.

— Você quer um lenço? — Perguntou Roberto sem tom de deboche, mas sério mesmo.

— Não, obrigada... mas sabia que é crime abrir a correspondência de outra pessoa, né?

— Rá! Já cometi tantos crimes, acha mesmo que só ler a sua carta vai me levar para a cadeia? — Mariane riu, mas Roberto estava vermelho diante da informação.

— Eu estou velha demais para ir presa. — Disse Cora passando a mão na cabeça azul de Catu, que Heitor só se deu conta que estava ali agora.

— Ágata não quis vir com vocês? — Heitor perguntou, os ombros caídos.

— Não... até vimos ela no corredor, mas ela falou que ia com Fernandez a outro lugar. — Contou Cora, parecia triste também.

— Fernandez está sendo muito paciente comigo, Ágata nem quer olhar na minha cara! E olha que meu quarto é do lado do dela!

— Heitor, ela tem que ser paciente com você, olha o tanto que você já fez por esse castelo. — Falou a loira enquanto mexia em uma farpa solta no armário de Heitor.

— É, a Rainha está sendo paciente. Coisa que nunca vi ela fazer, mas querido, você tem que resolver as coisas com a princesa . Para ontem. — Cora pediu, séria, sua feição dura como se não fosse um pedido, mas sim uma ordem.

— Ei, chega disso, hoje é o aniversário dele, vamos deixar ele respirar. — Roberto disse puxando Heitor da cama. — Você vai resolver isso outro dia. Porque hoje vou te levar à zona Oeste, como presente de aniversário.

Heitor sentiu seu corpo acordar como se tivesse levado um choque e a animação nasceu nele como uma flor que nasce no inverno, frágil e fácil de ser morta.

Ele se aproximou do ruivo, que, parando para pensar usava roupas como se fosse mesmo mexer com algo perigoso. Com botas até os joelhos, uma calça preta, uma camiseta branca justa de manga comprida e com luvas grossas. A única parte do corpo que estava à mostra eram suas sardas e seus olhos azuis com algumas cicatrizes pequenas em suas bochechas.

— Sério?!... Sério? Você vai me levar para ver as criaturas? — perguntou dando um pulo de pura felicidade. — Isso é demais! Pela Lua!

— Coloque uma roupa grossa e venha comigo. — Roberto pediu enquanto saía da sala. — E não leve Félix, ele não se dá bem com o resto dos Orfeus.

UM GUARDIÃO SEM-VISÃO

— Nossa, você deu uma passagem para o parque das criaturas para Heitor e eu... bom, eu não dei nada para Heitor. — Mariane falou brincando, mas parecia incomodada com o fato.

— Eu tenho a sua amizade. — Heitor sorriu para ela enquanto a loira saía da sala e ele percebeu quando ela deu um leve sorriso.

— Também não tenho nada, Heitor, sinto muito. — Cora pediu batendo o pé no chão.

— Se puder deixar Catu longe das minhas folhas para desenho... ele rói tudo! Isso é um rato com asas.

— Não peça para uma mortal fazer milagres. — E com essa última fala, Cora segurou no antebraço de Mariane e sumiram pelo corredor. Provavelmente iam passar os dias juntas, fazendo alguma coisa que, com toda certeza, seria ilegal.

Heitor trocou de roupa o mais rápido que pôde, colocou uma calça cinza justa e um tênis preto e pegou uma camiseta de mangas compridas, não tinha luvas, então foi sem elas.

Acompanhado Roberto, ele desceu até o térreo e andou até a ala Oeste, que era cercada por três muros de pura rocha.

Heitor trocava de pé a cada minuto, sentia-se como se pudesse correr uma maratona, suas mãos suavam e tremiam mesmo tentando deixar as mãos paradas.

— Pronto?

— Eu acho que sempre estive!

Roberto estalou os dedos e faíscas amarelas surgiram, ele pressionou a mão contra a superfície de metal e automaticamente a parede se moveu para mostrar uma entrada.

O ruivo entrou e o menino foi logo atrás, o coração batendo contra as costas, olhando a grama verde que chegava até os calcanhares, um vento frio cortou as bochechas de Heitor, ele arregalou os olhos, parecia que tinha entrado em um novo mundo.

Como se tivesse saído da cabeça de uma criança, as quatro paredes da zona Oeste escondiam em seu interior uma floresta de araucárias com uma vegetação rasteira de arbustos.

— Uau... — Heitor soltou quando algo passou voando por cima de sua cabeça.

O jovem arregalou os olhos quando viu um Orfeu igual ao Félix, mas do tamanho de um gato, as quatro asas abertas, o bico aberto olhando para cima com seus quatro olhos azuis.

— É um filhote de Orfeu, Heitor. — Roberto disse vendo como o menino tinha ficado encantado em ver a pequena criatura. — Uma aula rápida sobre eles, suas asas soltam um pó que pode cegar a vítima. — Heitor abriu a boca, mas o ruivo foi mais rápido. — Sim, Heitor, a pessoa que te atacou usou isso. Eles podem ficar invisíveis por um tempo e claro, o pó do sono.

Heitor observou enquanto outro Orfeu pousava ao lado do pequenino, provavelmente o pai ou a mãe, o jovem se abaixou e fitou os olhos das criaturas e estendeu a mão. Sabia que eles não eram mansos como Félix, mas não custava tentar.

— Ei! Não olhe nos olhos deles, seu louco! — Roberto colocou a mão com algumas sardas vermelhinhas na frente dele. — Eles têm a habilidade de cegar aqueles que olham em seus olhos em fendas. Félix não faz isso porque é domesticado e conhece você... mas eles? Fariam sem hesitar.

— Eita! — Heitor soltou enquanto se levantava de novo. — Sabe Roberto... observando eles agora, eu... eu acho que entendo o porquê vocês lutam tanto contra os filhos do Sol. Eu também ligaria para manter esses carinhas vivos.

O ruivo deu um sorriso sincero, os olhos até diminuindo quando fez isso.

— Sim, nossa luta não é em vão, amigo.

Heitor olhou Roberto — ele é alguém tão doce, mas tão duro na queda, que mesmo depois de tantas lutas, tantas mortes, sempre sorria e sempre era otimista. "Como você consegue?".

— Vem, vou te mostrar as outras criaturas, tem milhares. — Roberto puxou o pulso do moreno pelo campo, enquanto os olhos castanho-claro de Heitor continuavam nos dois Orfeus.

A segunda criatura fez Heitor tremer, era tipo uma cobra, as escamas pretas, os olhos vermelhos, dentes brancos gigantescos saiam de sua boca. O bicho olhava fixo para frente, onde uma leve corrente de água cristalina corria.

— Que bicho é esse? Parece que tudo aqui saiu da cabeça de uma criança... menos aquilo. — Heitor apontou a criatura que deveria ter uns 5 metros de comprimento.

— Isso é um Natus, na troca de escamas, pegamos as que caem para usarmos como armadura, isso não quebra por nada. — Roberto afirmou e Heitor se lembrou das explosões que teve no dia que o castelo foi atacado e ergueu uma sobrancelha para o homem. — Eu sei o que você tá pensando, mas aquele dia eles não quebraram as escamas dessa criatura, os filhos da Luz apenas acharam um ponto fraco na muralha.

— Olha o tamanho disso!

— É, olha que ele é um "adolescente" é pequeno comparado aos seus parentes. — Roberto mexeu na luva. — Diria até que é um anão.

— Oi?! — Disse Heitor incrédulo.

Mas quando Roberto ia responder, um grito alto, gelado, era literalmente um anúncio de dor, parecia um cachorro chorando. Heitor não sabia explicar, só sabia que estava paralisado pelo barulho.

— Ah, que droga, que bom que veio de calça, acho que vamos ter que separar uma briga de Bezalel.

— É sério... por que vocês colocam esses nomes nos bichos? Eu não consigo nem pronunciar isso!

Mas Roberto nem ligou para a reclamação do menino, saiu correndo entre as árvores, indo atrás do choro, Heitor foi atrás dele, mesmo com o medo o puxando para trás.

Parecia que pelo fato de uma criatura estar em perigo, Roberto aumentava a velocidade a cada passo que dava, quando Heitor pensava que estava mais perto do Ruivo, ele sumia à frente de novo. "Graças que ele tem cabelo vermelho, assim fica mais fácil ver ele no meio dessa vegetação verde".

Mas de repente Roberto parou, Heitor não conseguiu frear e bateu de frente contra as costas rígidas do homem.

— O que foi? — Heitor perguntou, mas semicerrou os olhos quando viu por que o ruivo tinha parado.

— Ah, olá! Meninos... — A voz de Susana ecoou pela clareira, parecia que desde que Heitor tinha descoberto sua identidade, a moça não sentia mais o dever de se esconder.

Ela estava apenas com uma capa cinza com um sol amarelo pintado em suas costas, que cobria seu corpo, mas suas botas pretas estavam em cima da cabeça de algo, Heitor tremeu só de ver, um animal, parecia um cachorro, mas tinham pelos roxos com azul claro, como se a galáxia estivesse refletida em sua pele, parecia que tinham vários buracos em seu pelo, mas na realidade eram — o jovem quase vomitou quando percebeu: eram olhos.

— Heitor? Está bem? Parece que viu um fantasma. — Susana disse, com os olhos verdes em fendas, observou o jovem.

— Como ela sabe quem você é?

— Porque foi essa menina que te bateu na muralha! E que deixou essas cicatrizes em meu pescoço! Por ordem de Amélia! — Foi nesse momento que o menino teve dois segundos de pura lucidez, se a lacaia de Amélia estava ali... ela também estava. — Roberto... se ela tá aqui, Amélia também tá.

O ruivo gelou, imóvel enquanto Susana se aproximava a passos lentos. Heitor esperou que a criatura sairia correndo naquele instante, aproveitando que estava livre, mas ficou parada onde estava, a respiração devagar, mas continua. "Pelo menos não está morto".

O jovem segurou nos ombros de Roberto e começou a olhar em volta, sempre se sentia uma presa quando se tratava de Amélia, talvez por não se sentir seguro com o ruivo, afinal se nem Cora conseguia bater de frente com ela, como eles conseguiriam? Ambos já tinham apanhado de Susana, que era só a menina que trabalhava para Amélia! Quem dirá a chefe.

— Heitor pelo menos não é burro. — A voz de Amélia ecoou pela clareira até os ouvidos dos meninos, que tremeram no mesmo instante.

A mulher apareceu do lado esquerdo, surgindo do meio das árvores, usava uma capa igual a de sua discípula, a única diferença era que não tinha o sol atrás. No meio das mãos brancas e pálidas dela, Heitor semicerrou os olhos tentando ver o que tinha ali, era vermelho, mas vermelho cor de sangue? Ou era sangue mesmo?

Com os cabelos pretos longos presos em um coque, as maçãs do rosto ficavam mais evidentes, ela molhou os lábios rosa claro, enquanto observava os jovens.

— O que vai fazer com esse olho? — Perguntou Roberto tentando ir para trás, mas o corpo de Heitor não deixou. — Você está se escondendo atrás de mim?

— Quer que eu faça o quê? — Sussurrou Heitor irritado.

— Ah, é só um olho, não vai fazer diferença aqui, não é, Roberto?

— O olho talvez não, mas e a criatura que você matou? — Gritou o ruivo sua cara ficando da mesma cor que seu cabelo.

— Pois é. — Ela disse isso como se não fosse nada, como se tirar uma vida fosse tão sem significado, como se tivesse apenas errado um traço no desenho. — A fumaça desses bichos também é horrível! Não é à toa que *nosso querido Heitor* não conseguiu sair dela. — O menino ficou vermelho, quis responder mas não teve coragem. — Mas, ruivinho, me diga, não tem, por um acaso, um Itzal aqui? Não é?

Roberto arregalou os olhos ao ouvir aquele nome, Heitor nem deu bola, afinal, nem sabia o que aquilo significava. O menino só observava Susana, ela estava louca para começar um ataque.

— Vamos lá, Roberto, fale logo, — Amélia deu alguns passos para frente. — Se eu não tiver essa informação a pedindo, eu vou a tirar de você — Ela estalou os dedos e faíscas pretas saíram de sua mão — na dor.

Pareciam que isso tinha sido o sinal, pois Susana saiu correndo na direção de Heitor, via ela vindo, mas o garoto não conseguia sair do lugar. Os olhos arregalaram quando a menina se ergueu no ar e, com um chute lateral, jogou-o para longe.

As costas dele bateram contra uma árvore e com um gemido de dor começou a se levantar, batia tanto as costas que até parecia que não sentia nada ali, como se o corpo tivesse criado uma armadura específica para aquela região.

— Parece que sempre acabamos lutando um contra o outro. — Susana riu se aproximando.

Heitor desviou o olhar dela para Roberto, o homem era pequeno comparado a Amélia, pelo menos uns 20 centímetros, eles estavam apenas conversando, mas o ruivo estava alarmado, com os cabelos em pé.

— Eu não gosto de lutar com você. — Susana disse e o menino até ergueu uma sobrancelha diante o comentário. — Eu sempre ganho, qual a graça nisso?

— Não sei, a última luta eu diria que foi um empate, afinal, quando viu Rafael você saiu correndo como uma rata. — Heitor cuspiu aquilo como veneno, vendo o rosto magro da menina passando para um vermelho meio rosado de vergonha.

Ela correu de novo na direção de Heitor, ele saltou para o lado, o pé da jovem batendo contra a árvore e deixando uma marca na planta, no exato momento que uma batalha de faíscas se iniciou entre Amélia e Roberto.

— Você poderia me dizer mais sobre Rafael, não é? — Heitor pediu enquanto procurava algo para se defender.

— Por que eu deveria? — Perguntou Susana, estranhamente parada em seu lugar.

— Gostaria de saber quem é o homem que me salvou de um ataque. Mas sabe como é, o povo do castelo não fala muito.

Heitor notou que quando ela fez um movimento pronta para outro ataque, ele também se preparou. Sabia o que a jovem faria.

Como planejado, ela voou na direção de Heitor, uma perna estendida, ele foi para o lado quando ela pousou no chão, Heitor lhe atingiu um soco no meio das costas.

Ela foi pra frente, as pernas falhando, mas logo se recuperou, retribuindo o golpe no tórax de Heitor, que foi para trás, estava a menos de um metro da menina.

— Você não está lutando tão mal, está treinando?

— Ah... eu tô?... Claro que eu tô! Isso é prática! — Heitor soltou um sorriso para a jovem quando outra explosão entoou pelo ar, ele virou a cara, uma araucária estava caindo na direção deles. — Cuidado!

Heitor gritou, jogando Susana para longe, quando a árvore bateu contra a grama, estremecendo o chão Heitor sentiu por um tique-taque de coração ele mesmo tremer, demorou um tempo para seus olhos se estabilizarem.

— Por que você fez isso?! — Perguntou Susana, ela já estava em pé, olhando-o com cara de nojo.

— Fiz o quê?

— Salvou minha vida, seu mané!

Heitor abaixou a sobrancelha e olhou para a mulher, seus olhos verdes estavam arregalados e sua pele tinha alguns arranhões, mas nada muito sério. A árvore estava ali no chão, uma de suas bases pegando fogo por conta das faíscas que a atingiram. O menino nem se atreveu a olhar de relance para Susana e soltou:

— Eu salvei sua... vida... — Heitor repetiu, não gostava do som dessas palavras, parecia que tinha dito algo errado. Ele encarou a menina, sem saber o que dizer em seguida.

— SIM! — Susana repetiu, ela não acreditava tanto quanto ele.

— Está reclamando porque salvei sua vida? E não eu não sei por que eu fiz isso! Nem gosto de você! — Heitor cuspiu ficando em pé, quando a voz de Amélia cortou o campo de batalha.

— Vamos, Susana, já pegamos o que queríamos. Deixe esse humano inútil para trás.

Susana lançou um olhar contínuo para Heitor, o menino retribuiu. Não sabia o que se passava na cabeça da menina, mas fosse o que fosse, estava fazendo ela pensar. Até ignorava Amélia gritando seu nome. A menina molhou os lábios, parecia que ia dizer algo a Heitor, mas apenas balançou a cabeça e saiu correndo atrás da mentora. As capas voando enquanto corriam para fora das muralhas. Por alguns segundos o menino só ficou ali parado assimilando o que tinha feito, "Porque salvei ela? Seu burro!". Ele se levantou se lembrando do ruivo.

— Roberto?!

— Aqui! — O ruivo apareceu por entre as árvores, tinha a cara de decepcionado, os olhos azuis estavam sem vida.

— Cara, pior aniversário que eu já tive. E olha que teve um que a galinha comeu meu bolo. — Heitor riu, mas o ruivo não.

— Elas mataram dois Bezalel, pegaram um dos olhos dessas criaturas. — Roberto disse os ombros caídos e a voz arrastada.

— Eu sinto muito, Roberto... mas por que elas queriam isso? E o que ela falou, Amélia disse Itziu?

— Amélia disse Itzal, e elas queriam um olho de Bezalel, a Cora tem um, ele pode prever o futuro, mas só pode prever um acontecimento do futuro. — Roberto se aproximou de Heitor e colocou o braço em volta do ombro do amigo.

Heitor tremeu só de pensar, o que Amélia faria com aquele olho?

— O que é um Itzal? — Perguntou Heitor, erguendo os olhos.

— É a única criatura que pode matar um com-visão, eu sei lá por que Amélia quer um desses. — Automaticamente Heitor se lembrou de seu primeiro treinamento com Eduardo, o chefe do exército tinha mesmo dito isso uma vez. Que tinha algumas coisas que podiam matar um com-visão.

O jovem viu a cara triste de Roberto, a boca curvada em uma linha para baixo, até as sardas de seu rosto pareciam que iam murchar e cair de seu rosto.

— Ei... não fique triste, vem, vamos enterrar eles. Dar um funeral digno de um rei e rainha — Então o menino se lembrou de que o Rei do reino de Amon era falecido. — É, você entendeu.

Heitor cavou as covas enquanto Roberto levou os dois animais com pelo de galáxia até os buracos, agora mais de perto eles eram realmente cachorros só que gigantescos, o focinho, as patas, o rabo, tudo lembrava um canino. Heitor estremeceu só de ver, se tinha algo que ele tinha mesmo medo era de cachorros. "Por que tão parecido? Por quê?", pensou ele com um suspiro.

Heitor começou a cobrir o buraco com as mãos e o Roberto pegou algumas flores para jogar no lugar, as plantas tinham várias cores, mas predominavam as flores roxas, parecia que tudo naquele reino era roxo.

— Eu vi como você olhou para eles. — Roberto disse quebrando o silêncio do lugar, pareciam que todas as criaturas estavam de luto. — Estava com medo deles.

Heitor se sentiu culpado por ter medo dessas criaturinhas, mas desde pequeno tinha esse medo irracional, por uma memória ruim de quando era apenas uma criança, quando a vida era melhor e seu pai não era um homem doente de cama.

— Sabe que pode me contar, seja o que for, não é, Heitor? Desde que me ajudou com... com o fato de saber que Amélia era a espiã. — Roberto começou a coçar as mãos.

— Sabe por que eu acredito em magia? — Heitor disse, as palavras saindo como espinhos. — Porque quando eu era criança, eu deveria ter uns 6 ou 7 anos, não lembro de muita coisa. Só de minha mãe gritando "cuidado", um cachorro do vizinho tinha fugido e entrou no nosso terreno e eu pequenininho, não vi ele vindo em minha direção — Heitor parou, observando os túmulos. — Ele... ele, ele me atacou, eu só lembro da dor. — Ele começou a tremer mesmo sem notar, seus olhos fechados, queria apagar aquela memória, mas não conseguia. — Foi tanta dor, eu lembro do sangue. E aí uma pessoa apareceu, não lembro quem era nem como falava. Mas me deu algo e a dor parou imediatamente, e quando eu cresci, minha mãe disse que era um mago ou um bruxo. E desde então eu acredito em magia. A magia salvou minha vida.

Heitor finalmente olhou para Roberto, os olhos azuis faiscavam, sua boca estava meia aberta como se tivesse esquecido de falar, mas de repente ele balançou a cabeça recobrando a consciência.

UM GUARDIÃO SEM-VISÃO

— Que foi? — Heitor encarou o amigo. — Pare com essa cara, está me assustando!

— Heitor, você sabe o que você acabou de descrever? É o mel! — O ruivo quase gritou, colocando a mão no cabelo. — Pela Lua, Heitor! Não é à toa que você consegue ver uma criatura da Lua mesmo sendo um sem-visão. Porque você já teve uma experiência com esses animais antes, lembra do dia da carruagem, quando você viu aqueles bichos da Lua? Foi por isso que você viu!

Heitor sentiu a respiração aumentar, não sabia o que pensar, nem o que dizer.

— Heitor, muito antes de você chegar no castelo, você já teve contato com os filhos da Lua.

Por um tique-taque de coração o jovem pensou que desmaiaria, ele se levantou cambaleando até Roberto e segurou no antebraço do amigo.

— Minha Lua, será que podemos ir embora agora? Isso está me deixando mais confuso do que a história de Eduardo.

Roberto ergueu uma sobrancelha vermelha para o jovem e então cuspiu a pergunta como veneno:

— Que história de Eduardo?

Então Heitor se deu conta de que nunca tinha contado para ele sobre suas suspeitas sobre o homem. O menino se encolheu um pouco, não queria contar para Roberto naquele exato momento sobre suas antigas suspeitas.

— Vamos para o castelo. — Heitor suspirou. — Eu te conto no caminho.

Os passos de Roberto e Heitor ecoavam pelos corredores enquanto iam até a cozinha, achando que o almoço já podia estar pronto.

— Você suspeitava do meu Eduardo? — Roberto disse alguns passos à frente da porta.

— Você notou que acabou de falar "meu", né? — Mas antes que ele pudesse continuar a conversa, Ágata abriu a porta, saindo com os olhos baixos e os erguendo até encontrar os de Heitor. — Ah... oi!

— Oi, Heitor. — Ela falou aquilo como se tivesse acabado de pisar em algo nojento. — Parabéns, feliz aniversário.

— Ah... obrigado. — Suspirou triste, sabendo que a menina nem queria papo com ele, já foi seguindo Roberto para dentro da cozinha.

— Espera! Tenho um negócio para você. — Ágata quase gritou e então puxou algo do bolso, dois colares que brilhavam ao sol do meio-dia. — Eu que fiz, eu ia te dar eles faz um tempo, mas aí... nós brigamos e eu fiquei com eles. Já que é seu aniversário, decidi te dar.

Heitor se aproximou e pegou as joias com cuidado, era uma estrela e uma lua que juntas se encaixavam.

— Era para a gente dividir? — Perguntou Heitor uma pontada de felicidade na voz.

— Ah, tipo um colar de melhores amigos! — Roberto disse puxando a lua e a vendo mais de perto. — E feito de escamas de Natus.

— Sim, minha mãe me ensinou como cortar e derreter as escamas deles usando as faíscas... com as dela, né, já que eu não tenho... — Ela se encolheu um pouco, Heitor sabia que os filhos da Lua só despertavam as faíscas depois de uma certa ideia. Mas qual? Isso ele não sabia. — Você não acha estranho esse negócio de luz na mão?

— Bastante! — Heitor riu, puxando o colar da mão de Roberto. — Ainda quer dividir comigo?

Ágata fez um bico de pato e olhou para o alto enquanto batia um dedo na bochecha, Heitor sabia que ela só estava fazendo graça e que logo diria um "sim". Conhecia aquela garota melhor que a sua própria mão, afinal passava todos os dias com ela.

— Quero, mas com uma condição: não haverá mais segredos entre nós.

— Eu prometo, não vai mais ter. — Heitor colocou o colar no pescoço.

— Tá, mas vocês vão compartilhar informações só depois do almoço. — O ruivo abriu a porta. — Estou morto de fome.

Era noite e Heitor estava extremamente cansado, mesmo tendo passado o resto do dia tranquilo na biblioteca desenhando. Já tinha tomado banho e colocado um pijama, quando foi entrar em seu quarto, Ágata apareceu na porta ao lado.

Heitor ergueu uma sobrancelha para ela, a princesa ergueu os olhos e encontrou os do menino.

— Eu juro que tenho meus motivos para ter ficado tão brava.

Heitor arregalou os olhos, surpreendeu-se com a repentina fala.

— Não estou questionando seus motivos Ágata, você tem todo o direito de estar brava... mas não fui eu que escolhi esconder as coisas de você, foi a Rainha... fiquei chateado por causa disso. — Heitor soltou olhando agora para o chão, sentindo uma tristeza no peito.

— Eu sei, Heitor. — Ágata disse, por fim, escorando-se na parede. — Mas eu simplesmente odeio segredos, e acima de tudo isso... eu odiava o fato de você ter mentido para mim... por algum motivo, eu não esperava isso de você.

Heitor sentiu isso o atingir melhor do que um soco na cara.

— Para uma criança de 10 anos, você se expressa bem, Ágata. — Heitor contou ainda olhando para o chão. — Mas, por que você odeia tanto segredos?

Ágata se encolheu onde estava, seus olhos marrons ficaram úmidos e ela soltou um longo e doloroso suspiro.

— Porque, foi um segredo para mim que meu pai tinha morrido em um campo de batalha... Durante um longo tempo.

Heitor agora encarava Ágata, a porta aberta, "O que eu falo? Eu devo falar alguma coisa?".

— Ágata... eu... — ele se colocou ao lado da menina.

— Não precisa dizer nada Heitor, eu só queria que você entendesse isso, porque fiquei tão brava. Já me expliquei... então... boa noite.

O menino olhou para ela, precisava se redimir de alguma forma. Eles já tinham voltado a ser amigos, isso era fato. Mas ainda se sentia muito mal, apertou o colar de lua que recém tinha ganhado em seu pescoço.

— Ei! — Ele chamou a menina e ela voltou os olhos de amêndoas para o menino. — Você e eu nos conhecemos muito bem para saber que *não estamos bem*. Você ainda está chateada, tem mais coisas que eu não te contei. — Heitor engoliu em seco, sentindo sua consciência gritando para não fazer o que estava prestes a fazer. — Há um espião no castelo.

A menina arregalou os olhos, os cabelos encaracolados pareciam querer ficar em pé.

— Como?!

— É verdade, Ágata. Eu descobri sozinho, eu, Mariane, Roberto e Cora sabemos quem é esse espião. — Heitor colocou a mão na boca. — Melhor.. espiã.

— Quem é?! — Ela gritou para Heitor. — Quem é?! — Mas ele não conseguiu responder, os olhos de Ágata ansiavam por uma resposta. — Heitor, pelo amor da Lua! Quem é?

Heitor encarou Ágata e se sentou no chão ficando da mesma altura que a menina.

— Só estou te contando isso porque te prometi não guardar mais segredos. — Molhou os lábios, não sabendo ao certo o que falaria em seguida, mas mesmo assim, continuou... — Tem uma espiã no castelo, acreditamos que ela queira matar sua mãe, Ágata, e você, ela quer provavelmente usurpar o trono de Amon. — Ágata abriu a boca mas não saiu nada, ela estava claramente em choque. — A espiã, a traidora, é sua tia, Ágata. Amélia está por trás de tudo isso, o ataque dos filhos do Sol. O seu sequestro. Se quer culpar alguém, culpe Amélia.

A menina contorceu a boca, e dos pequenos olhos saíram lágrimas silenciosas. Ela se jogou no ombro de Heitor e o menino deixou que ela ficasse ali, tudo que Ágata precisava era de um ombro amigo e Heitor poderia ser isso, não se importava, só queria que a princesa ficasse segura.

— É duro dizer isso para você, Ágata. — O menino passou a mão nas costas da menina enquanto ela soluçava, cada fungada do choro dela era uma facada no coração de Heitor. Faria de tudo para não ver a protegida nesse estado, mas não tinha outra escolha. — Eu sinto muito, Ágata, de verdade, mas precisei te contar isso, caso Amélia tente algo você, esteja ciente de que ela não é confiável. — Heitor pegou nos ombros da menina e a colocou mais à frente de si, para que pudesse ver seus olhos. — Está me ouvindo? Não pode confiar na Amélia. Ela quase te matou.

— Não vou confiar nela. — A menina soluçou e Heitor limpou uma lágrima que descia de sua face. — Eu prometo.

— Pronto. — Heitor sentiu algo dentro de si mesmo morrer, como um mal pressentimento horrível. — Agora já passou, Ágata, está tudo bem. — Mentiu ele puxando a menina para outro abraço. — Está tudo bem.

Capítulo 5

30 DE OUTUBRO

Heitor tinha contado tudo para a princesa no resto de noite que se seguiu, sobre como ele descobriu as faíscas, como o povo do castelo não queria que ele soubesse a verdade, como fora atacado pelos filhos do Sol, falou de Susana e até sobre as desconfianças de Eduardo ser o espião e também contou sobre Rafael e como a menina sempre soube de Félix, não tinha motivos para escondê-lo. Apenas explicou que ele era uma criatura da Lua.

Foi uma noite longa e quieta, a única coisa que quebrava esse silêncio era Heitor contando suas histórias e alguns piados de Félix.

Mas dia 30 não era um dia para se preocupar com filhos do Sol e nem faíscas, ah não, aquele dia era de pura comemoração e animação.

Uma vez em todo o ano, a Lua cobria o Sol, e o Reino de Amon entrava em festa por causa disso. Heitor não entendia quando era pequeno porque aquilo era motivo de festa, mas agora crescido e sabendo da rivalidade entre os filhos do Sol e da Lua, ver a grande massa branca cobrir a bola de fogo deve ser como uma marca de triunfo para eles.

Heitor acordou cedo naquele dia, vestiu uma calça preta, uma camiseta branca com mangas compridas e um sapatênis preto, sua melhor roupa, que estava com algumas penas de Félix, e a adrenalina passava por seu corpo. Ele bateu na porta de Ágata, ela já deveria estar acordada naquele momento.

A menina abriu, os olhos marrons estavam ainda meio baixos pelo sono, ela coçou eles enquanto Heitor quase dava pulos de alegria.

— Não está muito cedo para isso? — Perguntou Ágata em um bocejo.

— Claro que não! Hoje é o dia que a lua cobre o sol, o dia que vira noite! É o melhor dia do ano!

— Eu também amo esse dia, mas amo mais dormir. — Ágata riu voltando para dentro do quarto. — Vou me trocar.

Heitor bateu os pés contra o chão enquanto esperava, da janela do corredor um pouco de luz do sol penetrava lá dentro, geralmente o eclipse começava meio-dia em ponto, o menino brincou com os dedos na luz.

— Bom dia, Heitor. — Disse Cora surgindo do nada, fazendo Heitor dar um pulo de susto.

— Que é isso, mulher! — Ele deixou os pelos da nuca baixarem. — Pela Lua, por que você aparece de surdina?

A velha riu enquanto Catu pousou no ombro de Heitor e começou a mordiscar sua orelha, o jovem estava achando estranho o comportamento de Cora.

No último mês, ela estava andando mais com o quarteto. Sempre os acompanhando, "Praticamente, Cora é a primeira pessoa que vejo no dia e a última também", pensou Heitor ainda encarando a mulher, que usava um vestido azul escuro mais justo e uma sandália da mesma cor. Seus cabelos brancos estavam mais volumosos do que de costume, usava brincos de argola.

— Bom, para uma assombração você está muito arrumada. — Heitor brincou vendo que Ágata já tinha saído do quarto.

A menina usava um vestido roxo escuro, que ia até suas panturrilhas, e uma sapatilha preta, geralmente ela prendia os cabelos pretos em duas maria-chiquinha, mas dessa vez ele estava solto e todo volumoso.

— Vamos encontrar Roberto e Mariane e sair logo para a cidade. Não quero ficar mais um minuto nesse castelo, hoje é dia de festejar. — Heitor saiu correndo na frente com Ágata logo atrás e Cora no final, Catu e Félix seguiram mais à frente.

— Calma, Heitor e Ágata! — Cora pediu tentando acompanhar a corrida da dupla. — Uma velha como eu não consegue acompanhar vocês!

— Desculpa! — O menino parou usando os pés como freio. — É que eu estou muito animado!

— Por que você gosta tanto desse dia? — Perguntou a menina com um sorriso olhando Heitor a alguns metros à frente dele. Ágata era estranhamente rápida para uma criança.

— Bom... quando eu trabalhava na fazenda, podem me chamar de preguiçoso, mas, quando era dia do dia virar noite, eu não precisava trabalhar no sítio. Porque eu ia para a cidade e comemorava com minha mãe e meu pai... quando ele podia. Sabe, andar e não estava tão doente.
— Uma memória que tinha começado tão feliz e deixava Heitor animado, de uma hora para outra se tornou triste e incomodativa.

Um silêncio caiu sobre o trio, Ágata foi até Heitor, agora que ele estava parado, e pegou em seu pulso. E Heitor notou que era a mesma coisa que ele fazia quando via alguém triste.

— Atos valem mais do que palavras? — Ele perguntou olhando a mão dela em seu pulso.

— Sim! — Ela riu saindo correndo na frente. — Eu que vou ganhar! Bocó!

Heitor se assustou com a repentina mudança de humor e sorriu ainda meio triste vendo a menina sumir pelo corredor, mas quando foi seguir, Cora pegou em seu ombro.

— Oh, meu querido, não fique triste pelo seu pai. — Cora disse puxando um frasco do bolso do vestido. — Logo, logo ele estará bem de novo.

Heitor pegou o frasco, tinha mais do que a metade e era gelado. Analisando o líquido, ele era amarelo, meio marrom e brilhava mesmo sem luz e emanava uma aura quente — o menino arregalou os olhos ao perceber o que era.

— Cora... eu, eu...

— Não precisa dizer nada, você me pediu isso faz tempo. Mas só agora eu consegui pegar e te trazer sem ninguém perceber. Isso é pouco, mas é o suficiente para ele melhorar. — Cora sorriu e passou ao lado de Heitor, indo de encontro à Ágata, que já deveria estar no térreo.

Mas em vez de seguir, Heitor saiu correndo de volta ao seu quarto, sem ninguém no castelo, apenas com seus passos ecoando pela escuridão dos corredores. Entrou no quarto e puxou uma folha de papel, escrevendo uma carta a sua mãe, dizendo que ali estava o remédio para seu pai. Enrolou a carta em torno do pote e saiu em disparada para o último andar, com sorte pegava o mensageiro em seu último turno.

Quando o homem pegou o frasco de sua mão, Heitor se lembrou, de repente, de sua última correspondência que não tinha sido entregue.

— Olha, não importa quem diga para isso não sair daqui. — Heitor apontou para o papel. — Isso tem que chegar até minha mãe.

— Certo. — Disse o homem como se aquilo não fosse nada demais.

O menino o encarou severo.

— Está certo, Heitor! Não entreguei a outra, não porque não quis, foi porque Amélia ordenou. — O homem cuspiu quando viu a cara de desgosto de Heitor e saiu sem falar mais nada a ele.

Heitor arregalou os olhos castanhos, tudo se encaixou como um quebra-cabeça.

— Ei, H! — Uma voz feminina gritou, Heitor se virou tirando sua mente desse pensamento. — Vamos, eles vão abrir o portão para irmos à cidade!

Mariane usava uma blusa decotada, com pulseiras de couro, uma calça preta rasgada, uma bota que ficava a alguns centímetros abaixo do joelho, dois anéis de ouro que refletiam a luz, um em cada dedo, um batom preto e sombras do mesmo tom no rosto. Seus olhos verdes estavam mais destacados pela maquiagem e as mechas loiras estavam todas para o lado.

Heitor se aproximou dela, os ombros caídos, uma dor de cabeça estava começando, ele flexionou a testa com a mão tentando fazer a dor passar.

— Ué, o que foi? — Ela perguntou se aproximando do menino.

— Lembra que minha correspondência demorou para chegar à minha mãe?

— Sim, por quê?

— Eu descobri o porquê ela demorou para sair do castelo. Amélia mandou que ela não fosse entregue. — Esbravejou Heitor quase cuspindo veneno de pura raiva. — Ágata está com você?

Mariane deu um pulo como se tivesse cutucado a mão com um espinho e se assustado com a dor.

— Como é?! Aquela rata!

Heitor bufou indo até o portão.

— Cadê Ágata?

— Aquela nojenta! — Mariane rosnou fazendo seus lábios, antes rosa agora pretos, erguerem um pouco. — Mas por que ela fez isso?

— Lembra no aniversário de Ágata? Quando Fernandez e Amélia me pediram para conversar. Bom, eu lembro que enquanto Fernandez falava para eu ficar no castelo, Amélia implorava para eu ver minha mãe pessoalmente. Ela queria que eu saísse do castelo, então ela empacou minha carta aqui. — Heitor analisou o portão ainda fechado do castelo, com Mariane ao seu lado. — Acho que o plano dela era que com isso, eu saísse do castelo. Cadê a Ágata?

— Mas você, teimoso como uma mula, não foi. — Mariane estava com muitos anéis de ouro, mas um único era prata, no qual ela mexia, Heitor observou como o objeto de prata era bonito e no meio havia um coração. — Cadê a criança?

— Eu tô te perguntando isso faz três diálogos! — Gritou Heitor irritado quando viu Ágata e Cora saltitando até eles.

As duas se aproximaram a passos largos, com Catu logo atrás, Heitor não fazia ideia de onde a ave tinha surgido, mas estava ali.

Heitor olhou em volta, poucos guardas iam ficar no castelo e a maioria já estava de prontidão para sair e festejar pela cidade. O dia era feriado em todo o reino, o que significava que eles podiam sair de seus postos e fazer o que bem entendessem.

Mas Heitor começou a procurar e não viu no meio daquela multidão uma coisa, nenhum jovem de cabelo vermelho.

— Oxe, cadê Roberto? — Ele perguntou enquanto a princesa fazia contagem regressiva para o portão abrir.

— Ah, você não soube? — Mariane deu um sorriso e Cora também.

— Soube do quê?

— Eduardo convidou nosso ruivo para irem juntos à comemoração. — Cora disse com um grande sorriso no rosto.

Heitor deixou um sorriso amarelo passar por seu rosto, sentia-se feliz pelo amigo, que poderia curtir um dia com o homem que tinha uma queda, enquanto Heitor tinha que tentar não surtar com Amélia.

Mas seus pensamentos foram por água abaixo quando o portão começou a subir, dando frestas para a luz do sol. Heitor sentiu um choque passar por seu corpo e notou que a mesma coisa aconteceu com Ágata, que pulava de um pé para outro.

— É exatamente a mesma sensação de quando eu era criança. — Heitor soltou, mas ninguém ligou, estavam todos ocupados com sua contagem para escutá-lo.

A cada centímetro que o portão subia, mais guardas e pessoas que trabalhavam no castelo saíam pelas pequenas fendas e dava para ver a cidade cada vez mais. Finalmente, quando ele subiu tudo que tinha para subir, Heitor saiu correndo igual uma criança, sentindo o ar puro de fora do castelo. Ágata e Mariane o chamaram, mas ele apenas ignorou enquanto acelerava os passos. Olhando tudo em volta, as flores azuis, brancas e pretas que corriam pelas casas e lojas, todas as pessoas bem-vestidas como se fossem da alta realeza.

Lembrou-se de quando ia lá com sua mãe, de como era o único dia do ano em que ele se sentia livre de suas obrigações da fazenda, o único dia que podia esquecer os problemas. E ele faria isso naquele dia também, "Seja lá o que Amélia faça hoje, não vai me afetar", pensou decidido enquanto observava a multidão, sabendo que sua mãe não estava lá.

— Heitor! — Mariane gritou atrás dele e, transpirando, chegou até ele. — Pela Lua, como você corre tão rápido?

— Muitos dias correndo de filhos do Sol. — Ele respondeu calmamente.

— Tá, chega de filhos do Sol, hoje é meu *único* dia de folga. — Mariane falou abaixando as sobrancelhas enquanto andava até eles. — Então, nada de filhos do Sol ou Ame...

Mas Cora a impediu tapando sua boca com a mão esquerda, até ela estava com uma sobrancelha erguida do tamanho descuido da loira. Heitor a encarou, enquanto Cora jogava um olhar para a loira de: "É sério que tu ia falar isso?".

— Eu já contei a ela sobre Amélia. — Heitor avisou, e Mariane lhe lançou um olhar de espanto, enquanto Cora apenas abriu a boca, sem saber o que responder.

— Heitor! Como que você me conta uma coisa dessas a uma... — Mariane encarou Ágata e a menina lançou um olhar de morte à loira. Ágata podia ser só a princesa, mas se ela mandasse, qualquer pessoa poderia ser decapitada. — A princesa... que é — ela sussurrou essa parte. — uma *criança,* Heitor!

— Eu sei que ela é apenas uma criança, Mariane. Mas eu fiz uma promessa a ela, a de nunca mais haver mentiras. — O menino encarou Ágata e ela sorriu, sem alguns dentes da frente. — Estou cumprindo minha promessa. — Heitor segurou o colar de lua no pescoço. — É melhor para ela, por favor. — Ele pediu à loira. — Confie em mim.

— Tá bom. — Ela bufou. — Confio em você, Heitor. E você, Cora?

— Se Heitor falou, tá falado. — A velha riu e então se virou para a multidão. — Mas esqueçam isso, vocês não acham que a vida é muito curta para se preocuparem com coisas desse tipo? Estão perdendo um dia incrível por uma mera preocupação, se Ágata não se importa de saber disso, porque eu vou me importar?

— Obrigada, Cora.— Ágata disse animada.

— Tá bom, eu queria apenas uma opinião, não um sermão. Vamos nos divertir, cambada! — Mariane gritou, agarrando Ágata e a colocando em seus ombros, a menina gritou de surpresa e de felicidade e se aconchegou nos ombros da menina, enquanto andavam pela multidão.

Heitor ficou aliviado de Mariane de levar Ágata em seu cangote, assim Heitor não tinha que se preocupar em ver onde ela estava e nem tinha o risco de perder a menina.

Três horas depois, todos começaram a gritar um "uau" e Heitor soube que estava na hora do eclipse. Virou-se para a multidão — uma coisa boa do espetáculo ser lá no céu é que nenhuma cabeça poderia ficar em sua frente.

A lua apareceu no céu azul claro, todos esqueceram automaticamente do que falavam e se voltaram para as esferas lá em cima. A lua branca começou a entrar na frente do sol, a temperatura caiu alguns graus durante isso, uma luz laranja iluminou o reino durante a transição. As estrelas e os astros se tornaram visíveis em poucos segundos.

Heitor arregalou os olhos, não importava quantas vezes ele visse aquilo, todo ano parecia que ficava mais bonito e teatral. A única coisa que fez ele desviar os olhos do espetáculo foi quando Cora, sem aviso, enganchou seu braço com o dele.

— É bonito? — Ela perguntou mirando o céu.

— Muito... Cora, você sempre foi cega ou ficou? — Perguntou Heitor com toda a delicadeza, com medo de ofender.

— Já nasci, Heitor. — Ela respondeu também de forma calma. — Quando eu nasci, minha mãe não demorou muito para ver que eu era cega, afinal, minhas pupilas já mostram isso... bom, pelo menos é o que me dizem. — Ela ficou séria de novo. — Como eu era cega, minha mãe achava que eu não podia trabalhar no campo, que me machucaria, então me entregou.

Heitor notou que Ágata e Mariane não escutavam o que a mulher estava falando, estavam ocupadas demais com o espetáculo. Mas aquelas palavras fizeram Heitor morder a língua para não falar nada sobre a mãe de Cora — quem daria uma criança a outra pessoa só porque ela não pode trabalhar?

— Ela te deu para quem? — Perguntou Heitor, agora nem se tocando que tinha perguntado isso.

— Ela me entregou a avó de Fernandez, que era uma mulher rica na época. — Cora riu como se lembrasse de sua infância, quando ela era apenas uma garota sem problemas.

— Espera, você se criou com a mãe da Rainha, então? — Heitor arregalou os olhos para a mulher.

— Heitor, — Cora riu — eu criei todo mundo desse castelo. Fernandez, Eduardo, Roberto, Ágata e um pouco da adolescência de Mariane, não muito, mas com toda certeza ela é a mais apegada a mim.

— Nossa, você cuidou de todo mundo. — Ele disse surpreso. — Mas você também me criou Cora. — Heitor comentou cutucando-a para o lado.

— É, quando eu morrer eu vou deixar saudades, não vou?

Heitor ergueu uma sobrancelha para a estranha pergunta, mas Cora sempre fazia esse tipo de coisa, brincar com a morte. Para ela, Heitor pensou que a morte não deveria ser nada. "Só de pensar em morte eu até tremo".

Quando Heitor foi responder, ele viu a movimentação de algo no escuro, uma mulher usava uma capa. A cabeça negra era careca, os olhos verdes pareciam duas esmeraldas na escuridão, como um gato sem dono vagando na noite buscando comida. "Ah não, hoje não".

Susana apareceu, ela estava procurando Heitor, porque, quando o viu, deixou seus olhos sobre ele por um longo tempo. O menino segurou a mão de Cora e puxou ela até Mariane.

— Mariane. — Heitor chamou.

— Agora não, xarope, eu quero terminar de ver o eclipse.

— Ah, desculpe atrapalhar você, Mariane, mas Susana está aqui!

— O quê?! — A loira quase gritou, semicerrando os olhos, procurando pela mulher dentre os outros e quando os arregalou, Heitor soube que a achou. — Eu não acredito, não vamos atrás dela, né?

— Como assim não vamos atrás dela? É claro que vamos! — Heitor respondeu irritado. — Cora, você fica com... Ué, cadê a Cora?

O menino começou a procurar pela velha, ela tinha simplesmente sumido. Heitor não soube o porquê, mas um aperto muito forte começou a esmagar seu coração, as mãos começaram a tremer, ele trincou os dentes. "Cora sabe se cuidar, não entre em pânico".

— Ah, ótimo, Susana aparece e Cora some. — Mariane começou, mas Heitor a interrompeu:

— Não se atreva a dizer "o que pode piorar", isso nunca ajuda!

— Por que estão tão alarmados? — Ágata perguntou, os olhos arregalados, as mãos juntas.

— Porque Susana trabalha para Amélia, ela quase me matou e se a lacaia dos filhos do Sol está aqui, sua tia está planejando algo muito ruim. — Heitor disse olhando para Ágata, a menina arregalou os olhos e perdeu seu olhar ao chão.

— Heitor, eu vou atrás de Susana. — Mariane se ofereceu estralando os dedos. — Você e Ágata vão atrás de Roberto e Eduardo.

Ela nem esperou a confirmação de Heitor, nem nada, apenas saiu correndo na direção da menina. Susana, ao ver Mariane, deu uma última olhada para Heitor e o menino não acreditou no que viu, mas os olhos verdes dela estavam tristes.

Ele não conseguia desviar os olhos deles, os olhos marrons e os verdes juntos em um longo contato. Pareciam que estavam tendo uma conversa silenciosa, em que Heitor perguntava por que ela estava triste; e Susana saiu correndo com Mariane atrás dela.

— Heitor. — Ágata chamou, tirando o menino de seus pensamentos. — Estou pronta a hora que você estiver. — Avisou tentando parecer confiante, mas ele sabia que a princesa estava muito abalada com tudo que estava descobrindo, mas tentou mostrar que não sabia de nada.

— Ótimo! Onde acha que seu tio está?

— Bom... meu tio ama pamonha, pode ser que esteja na barraca com Roberto. — A menina contou já seguindo o caminho.

— Ei! Ei! Espera! — Gritou o menino correndo atrás dela, e com um último pensamento, pediu: "fique bem, Mariane".

Chegando no meio da cidade, que estava iluminada por velas graças ao eclipse, Heitor sentia o coração batendo nas costas e as pernas doendo. Ele sempre tinha que correr, pular e lutar, mas nunca tinha se acostumado com a sensação que sempre queimava cada parte de seu corpo quando fazia isso.

— Pela Lua, Ágata, você corre demais para uma pessoa com pernas tão curtas. — Falou o menino buscando mais ar.

A princesa fez uma cara de triunfo diante do que Heitor disse, como se fosse um troféu de ouro. Ele olhou em volta, procurando por Cora, mas a velha tinha simplesmente evaporado. "Qual é, Cora, apareça, essa brincadeira já deu".

— Veja, lá está meu tio! — Ágata gritou animada apontando para uma pequena barraca.

Dentro de uma barraca azul escuro, com uma cobertura branca, com várias mesas brancas, cadeiras e bancos.

Devia ter umas quatro famílias ali e mais a dupla de pombinhos, Eduardo e Roberto estavam em pé com copos na mão. Heitor quase abriu a boca quando viu a elegância do ruivo e do careca.

Roberto estava usando um terno branco com luvas pretas abertas nos dedos, os cabelos ruivos penteado para o lado. Ao seu lado, por incrível que pareça, Eduardo sorria olhando para o homem.

A careca refletindo a luz da lua, a barba estava feita, usava um terno preto com a gravata que Roberto havia lhe dado no mesmo dia que Rafael tinha aparecido.

— E lá vamos nós, atrapalhar o casal. — Disse Heitor à Ágata indo na direção dos dois homens.

Heitor se enfiou no meio de duas famílias e foi em direção a Roberto, com Ágata saltitando atrás. Quando o ruivo avistou o moreno, só faltou quebrar o copo que segurava em sua mão esquerda.

— Oi, meu amigo Roberto, que eu já salvei a vida. — Heitor acenou para o homem, chegando mais perto, tentando a todo custo lembrar que eram amigos para que o ruivo não o matasse. — E... Eduardo.

— Oi... Heitor. — O homem rosnou, dizendo o nome do menino como se fosse um palavrão. — E oi, meu amor!

Eduardo disse aquilo em um tom tão doce para a sobrinha que ela soltou no mesmo instante um sorriso branco ao tio.

— O que você está fazendo aqui? Tá arruinando o meu rolê! — Disse Roberto quase sussurrando para Heitor.

— Ah, desculpe arruinar o seu encontro com o babaca do Eduardo, mas Cora sumiu, Susana apareceu e Mariane está lutando contra ela sozinha neste exato momento! — Heitor quase cuspiu. — Então mexa essa bunda ruiva para o campo de batalha!

Roberto arregalou os olhos, o menino também percebeu o que tinha dito e colocou a mão na boca.

— O que está acontecendo? — Eduardo falou olhando exclusivamente para Heitor. — Não há motivos para cochichos. Estamos entre amigos aqui.

— É que esse "amigos" não se aplica a mim. — Heitor disse e então de imediato notou o que que tinha dito, a cara de Eduardo se tornou uma careta de pura raiva. — Ah! Desculpa! Não era isso... Bem, era, mas não era pra você escutar! Não, calma, ah, esquece, só vou calar a boca.

— É, no momento eu acho o melhor. — Roberto concordou.

— Oi? Tudo bom? Se os adultos já pararam de dar um piti, temos que ajudar Mariane! E encontrar a minha vó! — Ágata falou chamando a atenção de todos.

— Sua... avó? — Eduardo ergueu uma sobrancelha.

— É assim que ela chama, a Cora. — Respondeu Heitor olhando para o homem, que se assustou com o fato dele saber disso. — O quê? Eu cuido dela faz meses.

— É, mas eu sou o tio dela há dez anos. — Eduardo falou olhando para o lado, mas seu tom não era superior, era reflexivo, como se estivesse em dúvida se era um bom tio.

— Tá, crise existencial depois, Edu, bóra ajuda minha amiga e achar Cora. — Roberto saiu correndo na frente, e Heitor prestou atenção no Edu. "Apelido meigo para um cara tão duro, ele gosta mesmo de Roberto para deixar ele dar um apelido desses".

— Ei, Roberto! Espera! Você não sabe pra onde ir! — Ágata gritou correndo atrás do ruivo.

Eduardo fitou Heitor, os olhos semicerrados.

— Quero depois essa história a limpo.

E saiu andando atrás de Ágata e Roberto.

— Por que só eu recebo as ameaças? Você sabe que eu não faço isso sozinho, né? Ameaça, sei lá, Mariane ou Roberto! Por que sempre eu? Que raiva! — Heitor falou, mas Eduardo já estava longe, então a única coisa que recebeu foi olhares estranhos de todos na barraca.

Heitor sentiu as bochechas ficarem vermelhas, ele cobriu a cara com as mãos e correu na direção do resto dos amigos.

Heitor tinha ficado para trás suando feito um porco enquanto a princesa ia na frente quase dando pulos de alegria.

— Ah, finalmente chegamos. — Heitor se apoiou em Roberto. — Graças à Lua. Já estava morrendo.

— Heitor, eu não acho uma boa ideia fazer piada com morte nesse momento... — O ruivo advertiu, seu tom não era de chamar a atenção, mas sim de ser cauteloso.

— Ah, sim. Claro, desculpe.

— Como vamos encontrar Mariane? — Perguntou Ágata ao lado do tio e Heitor ficou incrédulo ao ver que ela não tinha um pingo de suor.

— Os filhos da Lua conseguem se rastrear, querida, mas nós dois temos que usar as faíscas ao mesmo tempo. — Eduardo explicou fazendo faíscas marrons saírem de sua mão. — Faça também, Roberto, pode nos ajudar a rastrear ela.

Heitor e Ágata observaram enquanto os dois homens tentavam rastrear a loira.

— Por que a multidão que está em volta de nós não vê o que eles estão fazendo? — A criança perguntou a Heitor.

— Porque eles são sem-visão, não conseguem ver as faíscas. Eu também era um sem-visão... — "Até o acidente do cachorro". — Mas dá pra virar um com-visão quando tem alguma experiência mágica... mágica não... esses negócios das faíscas.

Heitor falou aquilo balançando a mão, como se ter as faíscas fosse algo estranho, e Ágata fez uma careta perante o movimento, como se também achasse estranho.

— Isso é... — A menina começou e Heitor terminou.

— Estranho? Esquisito? Algo que eu nunca acreditaria se não visse com meus próprios olhos? Sim.

— Achei ela! — Anunciou Roberto animado correndo para a direita, passando pela multidão.

— Gosto quando Roberto vai na frente, é fácil de seguir, ele é literalmente uma tocha vermelha no meio de um monte de ponto marrom. — Heitor disse e saiu em disparada também.

Eles entraram no beco escuro, a única coisa iluminando o lugar eram as faíscas de Roberto e as faíscas azuis de Mariane, a loira estava intacta e imóvel, o que o menino achou estranho, afinal a menina não era lá muito calma quando se tratava de uma batalha.

— Por que ela não ataca? — Perguntou Heitor.

— Susana está com alguma coisa na mão. — Sussurrou Eduardo, os olhos castanhos escuros semicerrados.

— Alguma coisa o quê?

— Parece... um anel.

"Um anel? O anel de prata que Mariane estava usando? Ela não a atacou por causa do anel?".

— Heitor! — Susana gritou tirando ele de seus pensamentos.

O menino gelou e saiu de sua pose de batalha, ficando em pé novamente; ele tentou achar Susana na escuridão, mas não conseguia.

— Venha para a luz, Susana. Não consigo te ver. — Heitor falou esperando ela surgir.

E ela veio à luz como ele pediu, os olhos verdes ainda estavam tristes e acuados. A moça segurava o anel fortemente, como se sua vida dependesse daquilo.

— Não sei, será que só eu acho estranho Heitor estar conversando tão intimamente com a nossa inimiga? — Eduardo disse, claramente uma ofensa a Heitor. Quando ele foi abrir a boca para responder, não foi preciso, pois Roberto interveio:

— Eduardo, pare com isso. Heitor sabe o que faz.

Heitor sentiu uma sensação boa ao ver o amigo o defendendo, e ver a cara de Eduardo murchar foi melhor ainda.

— Heitor, é Cora! Ela está em perigo! — Susana quase gritou, os olhos dela se arregalaram.

Heitor semicerrou os olhos, toda a sensação boa que tinha florescido morreu naquele instante.

— Ela está mentindo, Heitor. — Cuspiu Mariane, a boca torta em um rosnado.

— Também acho. — Concordou Eduardo lá atrás.

— Calma... por que ela mentiria? — Perguntou Roberto e fitou Heitor, uma conversa interna começou entre os dois e a conclusão era a mesma. Ela não estava mentindo.

— Susana, por que Cora está em perigo? — Heitor perguntou calmo, aproximando-se dela.

— Amélia, ela... — Mas uma explosão cortou o céu e fez o chão tremer. — Não tem mais tempo! Heitor, Cora precisa de sua ajuda! Agora!

— Droga! — Gritou Eduardo saindo em direção da explosão com Roberto logo atrás.

Heitor sentiu quando Ágata segurou no braço dele, ele olhou para a menina, ela tremia de tanto medo, o menino colocou a mão em cima da cabeça dela tentando a confortar enquanto não tirava os olhos de Susana.

— Mariane, vamos atrás dos outros?

— Não enquanto ela não me devolver meu anel. — Mariane quase gritou, Heitor não gostava quando ela usava esse tom, por que sabia que era assim que ela falava antes de explodir.

"O que tem nesse anel para ser tão importante para você?", Heitor se questionou olhando para Susana. Ela fitou o menino nos olhos e então disse:

— Eu só devolvo com uma condição: me deixem sair daqui intacta.

— Feito, agora me dê meu anel. — Mariane estendeu a mão gorda para Susana.

A menina jogou o objeto de prata e no mesmo instante, Mariane seguiu correndo atrás da dupla de homens. Heitor deu um passo à frente.

— Por que está nós contando isso?

— Só quero retribuir por você ter me salvado. — Ela desviou o olhar.

Heitor se impressionou com a atitude de Susana.

— Eu... eu tô sem palavras. — Heitor disse a encarando. — Não sabia que você podia ter um lado tão... bom.

— Eu não sou uma pedra, Heitor. — Ela falou como se estivesse ofendida.

No mesmo instante, outro tremor de terra começou e Ágata apertou a camiseta de Heitor para se equilibrar.

— Vá, Cora precisa de você e não faça que meu aviso seja em vão. — Os olhos verdes dela faiscaram.

— Certo. — Heitor segurou o braço de Ágata e saiu correndo puxando a menina, mesmo ela sendo mais rápida que ele, parecia que o corpo dela tinha desligado ao ver Susana.

Heitor continuou correndo na direção oposta da multidão, eles não conseguiam ver as faíscas, mas conseguiam escutar os barulhos das explosões. De vez em quando, ele trombava com alguém que não olhava o caminho.

Chegou a uma ala de comércio, tinham pelo menos dez filhos da Luz ali, todos cobertos de mantos com o sol em suas capas, Mariane, Roberto e Eduardo estavam dando conta dos dez com dificuldade, os guardas do castelo estavam de folga.

Heitor viu pelo meio da escuridão Catu, com suas penas azuis sob a luz branca da lua, fazendo círculos e dando rasantes para baixo em um ponto mais afastado. "Se Cora está em algum lugar, é lá".

— Ágata, você precisa se esconder. — Heitor segurou o pulso da menina de leve. — Vamos lá, Félix, sei que está aqui, apareça!

Do meio do amontoado de filhos da Luz, jogando um para escanteio apareceu Félix. Seus dois, dos quatro, olhos amarelos de coruja foram correndo até Heitor e Ágata.

— Félix, amigão. Proteja Ágata. — Heitor passou a mão na cabeça cheia de penas da ave. — Do mesmo jeito que você me protege.

Félix obedeceu e ficou ao lado da princesa — como uma mãe que protege o filhote, ele começou a empurrar ela para o canto, provavelmente ele sabia de um esconderijo.

— Heitor, eu tô com medo. — Ágata admitiu segurando nas penas negras de Félix.

— Eu também estou, Ágata — Ele puxou o pingente de lua do pescoço. — Mas quando estiver com medo, aperte sua estrela. Talvez te ajude como me ajuda.

Ela deu um sorriso dolorido enquanto Heitor correu para o meio dos filhos do Sol, passando por eles: seu objetivo era Cora.

Mas Eduardo estava cercado por cinco, dois segurando suas costas e três batendo em seu estômago, Mariane estava dando conta de dois e Roberto lidava com dois também, que era bem mais alto que ele. Félix tinha jogado um na parede e ele estava imóvel.

"Não acredito que vou ter que salvar Eduardo. Ele nunca faria isso por mim... tá, ele me ajudou no campo das espadas. Mas, na minha cabeça, isso não conta!", Heitor mordeu os lábios, não queria fazer aquilo, mas seu senso de moral era maior.

Correu até o quinteto, ele tinha melhorado um pouco quando se tratava de luta. Ele passou a rasteira em um, que caiu de costas no chão clamando por ar, e deu um chute no meio de sua barriga e, enquanto ele contorcia de dor ao chão, o jovem puxou a mão de um dos filhos que segurava Eduardo.

— Agora é sua vez, Eduardo! — Falou Heitor puxando a cara do agressor perto da mão do homem.

— Você não é tão burro, menino. — Disse Eduardo acendendo as faíscas e fazendo o homem voar longe.

Heitor se arrepiou quando notou que o tom de Eduardo não era severo ou muito menos de desgosto, mas como de brincadeira, ele até... "Não pode ser", Heitor pensou. Eduardo até sorria.

— Eu dou conta desses três, vá atrás de Cora, Rafael. — Eduardo disse indo para cima das outras pessoas.

— Rafael?... — Heitor sussurrou indo na direção de onde Catu voava, ele não sabia muito sobre Rafael, nem quem foi, mas se Eduardo o chamou assim, ele estava indo no caminho certo.

Heitor chegou ao lugar mais aberto, sem tantas lojas e barracas, era um círculo de pedras no lugar como se fosse uma praça, apenas alguns prédios azuis ficavam ao lado.

De um lado estava Cora, a cabeça baixa, seus olhos brancos estavam abertos e gotas de suor desciam de sua pele negra, suas rugas linhas faciais estavam mais evidentes. Parecia que só agora Heitor tinha percebido como Cora era realmente velha e seu corpo não aguentava uma luta.

E do outro lado, Heitor trincou os dentes só de ver, Amélia, com os cabelos pretos presos em um coque, seus olhos azuis sorriam. Seus lábios estavam em um tom roxo, sua roupa era uma camiseta e uma calça preta,

"Uma roupa mais fácil de lutar, ela estava planejando isso faz tempo", ele pensou.

Heitor observou quando Amélia deu uma avançada sem aviso para cima de Cora, ela se levantou no ar, faíscas negras saindo de suas mãos pálidas.

E por um puro ato de adrenalina, Heitor saiu correndo em direção à Amélia, e com o ombro a empurrou para o lado, jogando-a no chão.

— Fique longe dela!

Quando Amélia bateu contra a superfície sólida, seu coque se desfez e seu cabelos voaram para todos os lados, e dentre as mechas soltas e pretas ela fitou Heitor.

— Menino, — Ela se levantou. — eu só não te mato agora, porque o que estou reservando para você será pior — Ela cuspiu em Heitor e ele deu alguns passos para trás — que a morte!

Ela ergueu a mão mais rápido do que Heitor pôde ver e o jogou para mais ou menos cinco metros para trás.

Por onde seu corpo passou ficou a marca de sangue, Heitor sentiu a dor o consumir, ele cerrou os dentes, mas dessa vez não conseguiu segurar o grito, ele espremeu a barriga como se aquilo fosse fazer parar aquela dor insuportável. Mas não parou, Heitor começou a se contorcer de pura dor enquanto escutava a risada de Amélia ao fundo e a voz de Cora o chamando.

— Deixe ele em paz, sua cobra. — Cora começou a se erguer como se o grito de Heitor fosse o energético que ela precisava. — Você não vê? O tanto de sangue que tem em suas mãos? Você! Está derramando sangue inocente assim como aqueles que você jurou vingança!

— Belo discurso, mas já foi usado muitas vezes. — Amélia sorriu. — Por que não troca o disco?

Heitor começou a se levantar, vendo que o sangue estava pingando no chão, ele se lembrou dos primeiros socorros que seu pai lhe ensinou quando era criança. Ele usava com animais, mas também funcionava com humanos, então ele puxou uma parte da camiseta branca que não estava manchada de sangue e espremeu contra a barriga.

— Mas você não está lutando tão bem como antigamente, Cora, é por que a idade te atingiu? — Amélia disse se aproximando de Cora a passos curtos.

— Amélia, crie vergonha nessas duas caras que você tem, porque mesmo velha eu ainda te boto no chinelo. — Cora riu. — Me diga o quão patética e fraca você é para não me vencer mesmo sendo 70 anos mais nova do que eu!

— Isso mesmo, Cora! Acaba com ela! — Heitor gritou entre uma tosse ou outra, dando apoio moral.

— Obrigada, Heitor. — Cora virou a cabeça para onde o menino estava, provavelmente sabia que estava ali pelo seu colossal grito de dor que deu há poucos minutos.

— Cora. — Amélia chamou. — Já que você é cega, deixe eu lhe informar. Mas seu amiguinho Heitor está sangrando demais, eu fiz o favor de lhe dar um machucado que, se não for tratado rápido, vai levar à sua morte.

Cora arregalou os olhos esbranquiçados, Heitor não entendeu de primeira porque Amélia contou isso à velha. Então caiu a ficha: "Ela estava tentando desestabilizar Cora!".

— É mentira! — Heitor gritou, o machucado doendo mais ao fazer isso, ele se encolheu sentindo a dor. — Eu estou ótimo!

— Ah, não, não, Cora, ele está se contorcendo. A dor o está abalando. Pobre Heitor. — A mulher andou alguns passos para frente, aproximando-se de Cora. — Como você não enxerga, minha cara e velha senhora, eu lhe conto. — Mais alguns passos e ela quase encostaria no ombro da velha. — Eu estou com um sorriso aberto para tal visão.

— Eu vou abrir é um fura nessa sua cara! — Cora gritou, Amélia provavelmente pensava que a idosa não estava escutando enquanto ela andava até ela, como um gato sorrateiro, mas tinha uma coisa que a líder dos filhos do Sol não sabia. Que Cora escutava tudo, até quem iria entrar no salão antes de todo mundo. Ela ergueu a mão cheia de faíscas roxas, cor que Heitor nunca tinha visto, e acertou um soco na cara de Amélia, que literalmente voou para trás e Heitor não conseguiu conter um sorriso. — Só não sei qual das suas duas caras eu vou machucar!

Amélia se levantou, cuspindo sangue de seu nariz e correu até Cora, sem nada, apenas o ódio em seus olhos azuis. Cora pulou para o lado, acertando Amélia nas costelas com faíscas roxas e a jogando para longe. A mulher bateu contra o chão e se reergueu rapidamente, quando Catu avançou contra ela, puxando seus cabelos pretos, tentando os arrancar da cabeça.

UM GUARDIÃO SEM-VISÃO

— ISSO! — Heitor gritou de pura empolgação, era incrível ver Amélia recebendo o que merecia.

— Me diga, Amélia, já que sou cega. — Cora deu um sorriso. — Como está sua cara depois de levar uma surra?

Heitor aplaudiria e assobiaria se não estivesse ocupado morrendo de dor.

Amélia cuspiu no chão de novo e correu até Cora tão rápido que Heitor teve dificuldade Heitor arregalou os olhos perante tal visão e um grito ainda maior do que tinha dado há pouco cortou o ar, um grito cheio de dor e de raiva.de acompanhar os movimentos da mulher. Mas, inicialmente, ela deu um soco que Cora bloqueou sem problemas, o que fez Heitor querer gritar, aí veio o segundo golpe, um soco vindo de baixo, passando pelo bloqueio da velha e encontrando sua pele.

O mundo parou, o menino esqueceu de sua dor por alguns segundos, lágrimas brotaram em seu rosto. E um grito de raiva e dor, o combo de emoções em uma única palavra:

— NÃO!

Cora não tinha desviado do golpe, a mão cheia de faíscas atravessou o corpo dela, sangue começou a pingar no chão, manchando a calçada roxa de vermelho rubro, Cora abriu a boca, mas não saiu nada, apenas um ar sem som.

Amélia tirou a mão do tórax de Cora e o corpo da senhora caiu para trás, batendo contra o chão.

— Cora! — Heitor gritou tentando se levantar e caminhando até o corpo da amiga.

Enquanto ele se arrastava até Cora, Amélia passou por ele por apenas alguns centímetros. — Como você pôde?! — Heitor gritou para Amélia se levantando do chão, sem saber da onde tinha tirado forças.

A mulher o encarou, os olhos azuis interessados nele, suas bochechas estavam raladas e sangue escorria do seu nariz e boca. Heitor preparou a boca e cuspiu no rosto de Amélia, a mulher foi para trás assustada. Passou a mão pálida limpando o cuspe. Heitor nem se importou com a mulher tão perto dele, queria matar ela, queria acabar com a raça dela naquele instante.

— Você! — Ela se aproximou. — É só um pedacinho de *merda*. — Ela chutou as pernas de Heitor, ele caiu para trás batendo as costas. Soltou um gemido de dor, enquanto Amélia fazia sombra sobre seu corpo. — É a merda. Deve ficar no chão.

Heitor respirou fundo enquanto via Amélia ir embora, andando a passos curtos, estava cansada e exausta. Seria ótimo se alguém a atacasse agora, mas esse alguém não seria Heitor. Ele olhou para Cora, parecia que todo o mundo tinha parado para testemunhar a queda dela.

Seus ouvidos tinham parado, ele não escutou quando Mariane gritou de triunfo ao ver os filhos do Sol correndo atrás de Amélia com o rabo entre as pernas, ou quando Eduardo gritou ofensas à Amélia quando soube que ela era a traidora.

Seus olhos só focavam em Cora. Heitor se ajoelhou perto dela com as mãos trêmulas, puxou o rosto dela para seu colo, sua pele negra manchada por sangue. Seus olhos brancos estavam com lágrimas, a respiração dela estava fraca, muito fraca.

— Cora... — Heitor chamou choroso.

Os olhos leitosos mesmo cegos focaram em Heitor. Ela ergueu a mão, também manchada de sangue, e passou os dedos ásperos na bochecha pálida de Heitor.

— Cora, por favor... não vai, fica aqui. — O menino pediu, as lágrimas caindo e seus lábios tremendo ao dizer isso.

— Heitor, — Cora disse, a voz quase inaudível — quando se vive tanto quanto eu, a morte não é o fim. É apenas uma fase. Eu sei, Heitor, que você tem medo da morte, mas não tenha. Quando você morrer, eu estarei te esperando...

— Não, não, não, você não vai morrer! Cora, por favor, não me deixe. — Heitor disse colocando a sua testa na testa de velha, o choro passando pelas suas bochechas e caindo no rosto dela. — Se você se for... eu não sei se vou me recuperar.

Mas antes que a mulher pudesse responder, Mariane e Roberto apareceram juntos de Eduardo com Ágata no colo. Félix veio na frente, como se soubesse que Heitor estava com uma dor profunda.

— Nós acabamos com os filhos do Sol! — Gritou Mariane se vangloriando.

— Eles quase acabaram com você, Mariane. — Roberto disse irritando a menina e logo em seguida desviando de um soco dela. — Heitor...

Todos pararam, os olhos arregalados, as bocas imóveis. Heitor nem olhou para eles, queria ficar com os olhos em Cora até a vida a deixar, agora eram os últimos minutos de vida dela e o menino não queria perder nenhum.

— Cora! — Mariane gritou alto e correu até eles, ela abraçou a mão da mulher e lágrimas doloridas cortaram seu rosto. — Cora, não, não, não, você não. Eu não aceito isso!

— A morte, você não tem escolha de aceitar ou não, Mariane. — Cora disse faltando ar em seus pulmões. — Escutem todos, eu amo vocês... todos vocês, criei como se fossem meus filhos. — As lágrimas, que antes só estavam nos olhos de Cora, desceram até seu queixo, ela molhou os lábios e disse. — Ágata, meu bem. — Ela tirou a mão da bochecha de Heitor e colocou na da menina — Fique com Catu, ele é seu agora. Sempre quis um animal, agora tem e sua mãe nunca vai poder brigar com você por isso.

— Pode deixar, Cora, você sempre será a minha vovó. — Ágata disse agarrando a mão da mulher.

— E, Heitor, eu nunca te falei sobre Rafael, mas agora que a vida está saindo de mim, se você quiser saber a verdade, há segredos enterrados embaixo da escada, você trará glória a este reino. Igual a ele... — Cora virou a cabeça para Mariane, Heitor se arrepiou só de ouvir o que Cora disse. — Mariane, você é minha filha, não precisa ser de sangue, você é minha filha! Minha herdeira... Roberto, meu bem. Seja sempre você mesmo, mesmo que o mundo não te aceite... lembrem-se, eu amo... todos vocês...

Heitor pressionou a testa na de Cora e escutou ela dar seu último suspiro, a respiração dela parou e Heitor sentiu o mundo todo desabar a sua volta. Ele cerrou os dentes para não gritar, a dor que ele sentia em seu peito não era nem um pouco comparada à dor física.

— Ela... ela morreu. — Eduardo anunciou, os olhos castanhos brilhando no eclipse. — Cora está morta. E Amélia irá pagar por isso.

— Adeus, Cora... — Roberto disse, as sobrancelhas ruivas para baixo, as lágrimas manchando as sardas.

— Ela vai pagar. — Mariane disse, Heitor nunca tinha escutado a menina com a voz tão ameaçada e chorosa ao mesmo tempo..

— Eu não acredito... a mulher que fez isso. Não é minha tia... — Ágata disse, o choro saindo dissimulado e ela abraçou Heitor muito forte.

O menino nem sentiu o aperto, seus olhos estavam sem vida focados em Cora, não disse nada, ele nem escutava nada. A dor da morte de Cora tinha causado nele um estado de transe.

— Eu não acredito que ela morreu... se isso é um sonho, por favor. Eu quero acordar.

— Heitor... você está sangrando. — Eduardo disse alertando o menino. — Vamos para o castelo. O dia — ele suspirou — já acabou por hoje.

Capítulo 6

31 de outubro

O dia do "dia vira noite", que antes trazia tantas lembranças boas para Heitor, seria agora um dos piores dias de sua vida. Lembraria para sempre que testemunhou a morte de Cora, que viu seu corpo cair ao chão, que viu a vida dela se esvaindo de seu corpo lentamente, ele sabia que nunca esqueceria dessas imagens. Elas agora estavam acopladas em seu cérebro para sempre.

Eduardo levou o corpo de Cora nos braços, o sangue manchando seu terno, quando apresentou o corpo a Fernandez, a Rainha segurou o choro ao ver a antiga conselheira morta e mandou fazer uma vigília à noite toda, já que o velório seria no dia seguinte.

Heitor chegou quase desmaiando, não conseguia andar, então Roberto e Mariane o carregaram para dentro do castelo, Roberto saiu pelos corredores gritando "Com licença! Com licença! Me deixem passar! Homem ferido!", enquanto Mariane gritava "Saiam da frente! Andem, sumam!". Ágata fez menção de querer ficar junto de Heitor em sua recuperação, mas os guardas do castelo a proibiram.

Após deixar o menino aos cuidados de Roberto, Mariane foi embora.

— Preciso ficar um pouco sozinha. Antes do velório. — Ela avisou e sumiu no castelo escuro.

— Graças à Lua seu pai lhe deu aulas de primeiros socorros. Foi isso que te salvou, se você não tivesse estancado o sangue, teria morrido. — O ruivo disse depois de lavar as feridas do menino, ele deu pontos e cada vez que a agulha perfurava a pele de Heitor, ele soltava um gemido de dor. — Desculpe, Heitor, mas como acabou o mel... temos que ir à moda antiga.

Heitor não respondeu nada, seus pensamentos estavam em Cora: "Ela me deu o resto do mel... eu me pergunto, será que ela sabia que iria morrer?". "Não acredito que Cora morreu! Me recuso a aceitar isso!"

Heitor foi até o grande salão, lugar que seria a vigia, com Roberto o ajudando a andar, já que não conseguia muito bem. Nesse ponto, o menino pensou se não conseguia se locomover, por conta da morte de Cora, que o tinha abalado, ou se era por causa da dor física mesmo. Ele não achou uma resposta para a pergunta.

— Está doendo? — Roberto perguntou quando Heitor se encolheu ao pisar no chão.

— Não. — Heitor mentiu com uma feição séria, os olhos no chão. — Roberto... eu nunca perguntei, mas o que significa a cor roxa nas faíscas?

— Rafael, o seu amigo espírito, quando estava vivo, ele fez uma pesquisa junto com Cora sobre cada cor das faíscas. E roxo era para simbolizar magia e mistério, amarelo, como as minhas, eram otimismo e alegria, as azuis, de Mariane, tranquilidade e harmonia.

— Combina com Cora. — Heitor disse com um sorriso. Mas ele logo se desfez quando lembrou das faíscas negras nas mãos de Amélia. — E faíscas pretas?

— Elas são bem raras, geralmente são para simbolizar, isolamento, medo, solidão e morte. — Roberto tremeu um pouco. — Eu já tinha visto as faíscas de Amélia antes. Em um combate, sabe, antes de tudo isso. — Ele tentou rir, mas não deu certo. — Eu pensei que ela apenas tinha passado por um trauma muito severo. Mas pelo jeito... é algo bem pior.

Heitor abriu a porta com a ajuda de Roberto e viu Cora — ela foi colocada em um caixão branco em cima de uma mesa de vidro, seu rosto e mãos foram limpos, retirando o sangue e a fuligem de sua pele, e seu antigo vestido foi trocado por um vestido azul sem nenhuma mancha. Seus olhos estavam fechados, as mãos cruzadas ao peito e em volta de seu corpo havia flores roxas vibrantes.

"Assim como sua alma", Heitor pensou e lançou um sorriso dolorido a Roberto, que retribuiu e foi ao lado de Eduardo. O careca cumprimentou o ruivo e os dois começaram uma conversa em sussurros, Heitor encarou os dois um pouco, vendo os pombinhos trocarem palavras. Coisa que Eduardo percebeu, mas não enviou nenhum olhar hostil, nem uma ameaça, apenas sorriu e piscou os olhos. Como se cumprimentasse um amigo. Heitor retribuiu com os olhos arregalados.

Mariane estava ao lado do caixão, com sua mão fazia um carinho de leve nas bochechas de Cora. Como se isso pudesse acordá-la. Ela não ergueu os olhos a Heitor ou Roberto quando chegaram, seus olhos verdes eram apenas de Cora, e nada mais.

Ele encarou o caixão. "Vamos Cora, levante daí, eu sei que você não morreu!". Lágrimas saíram de leve do seu rosto, ele as secou, mas elas não paravam de sair.

— Droga! — Sussurrou para si mesmo.

Viu Ágata no canto da sala encolhida, com Catu empoleirado em um galho acima dela, foi uma surpresa ver que os soldados tinham deixado ela descer para o velório. Ou ela tinha fugido, sempre tinha essa opção, Ágata era muito inteligente para uma criança de 10 anos. Heitor tentou engolir o choro e se sentou ao lado dela.

— Oi. — Cumprimentou o menino e ela tirou a cabeça do meio dos braços. — Você fugiu dos guardas?

— Sim. — Ela colocou a cabeça no ombro do menino. — Eu não acredito que ela morreu.

— Nem... eu. — Heitor suspirou sentido o peso das palavras.

Ágata dormiu lá pelas três horas da manhã, mas adormeceu com os olhos úmidos e o nariz entupido de tanto chorar.

Catu ficou em cima do caixão cantando uma música em assobios que Heitor não sabia qual era, mas tinha uma melodia triste.

Eduardo nem olhava para o caixão, mas seu punho estava fechado em torno da boca.

Mariane ficou ao lado do caixão a noite toda, Heitor foi ao lado dela quando Ágata já estava no sétimo sono. Hesitante, passou o braço no dela. A menina aceitou de bom grado e colocou a cabeça no ombro de Heitor, e como ela era bem mais alta que ele, teve que se curvar para poder fazer esse movimento.

Heitor sabia que Mariane tinha dificuldade para se abrir com os outros, "talvez a única pessoa para quem ela tenha se aberto, seja seu namorado falecido ou Cora", pensou, mas agora os dois estavam mortos e Mariane estava sozinha, por isso Heitor queria de algum jeito mostrar que estava junto com a amiga. Ela fungou o nariz e sussurrou:

— Obrigada, Heitor.

— Não tem de quê. — O menino fungou também, não tirando os olhos do corpo sem vida.

Quando deu mais ou menos quatro da manhã, estava tudo tranquilo, todos estavam nas mesmas posições, Heitor ao lado de Mariane, Roberto ao lado de Eduardo e Ágata dormindo em um canto com Catu ao seu lado. As portas foram abertas com força fazendo barulho ao baterem contra a parede, atraindo a atenção de todos e até a princesa, que estava dormindo em um sono tranquilo, despertou com um pulo.

Heitor arregalou os olhos ao ver quem estava adentrando no salão.

— Como você se atreve a pisar aqui?! — Gritou Eduardo, ficando na frente do caixão.

Amélia parecia que tinha tomado um banho quente, a cara estava tranquila e limpa, sem resquício de sangue, mas o soco que tinha levado de Cora ainda tinha deixado um roxo em sua face. O que Heitor se perguntou: "Como ela vai esconder esse machucado da Rainha? Vai dar mais uma de suas desculpas esfarrapadas?". Ela estava tão tranquila, como se matar alguém fosse absolutamente nada, ela usava um vestido preto e a cada passo que dava, o barulho ecoava pelo salão escuro.

— Se acalme, Eduardo, está parecendo um cão maluco. — Ela disse com desdém, focando nos olhos em Heitor. — O que foi, humano? Parece que alguém comeu sua língua.

— Não estou com cabeça para isso agora, Amélia, me deixe em paz.

— Eu só quero te falar que eu fiz como eu disse. Quem ficar no meu caminho, eu vou eliminar! — Amélia riu e Heitor tremeu ao ouvir aquela risada. — Cora foi um aviso, vai saber quem será o próximo. — Ela encarou Ágata. — Talvez seja você, *sobrinha*.

Heitor não ia confrontar Amélia, mas ela ameaçando Ágata na frente dele foi demais. Se mexia com a protegida, mexia com o guardião dela também. Ele trincou os dentes e soltou as palavras:

— Amélia! — Heitor chamou, e ela o encarou com os olhos de diamantes, extremamente interessada. — Não se atreva a ameaçar Ágata, se você encostar de novo um desses seus dedinhos de ratazana de cabelo pretos seborosos nela, eu juro que te mato! Heitor não era violento e nem nunca foi. Mas Amélia despertava algo nele, que queria virar um animal, voar em Amélia e a dilacerar, arrancar fora seus olhos ou aqueles malditos cabelos. Ele se assustou com tal pensamento, mas a raiva encobriu esse sentimento.

— Ah, é? E o que, um guardião sem-visão, como você poderia fazer? Mandar sua égua comer um pedaço do meu sapato? — Amélia riu de maneira horrorosa. Eduardo preparou faíscas marrons em sua mão, louco para matar aquela mulher, mas Roberto interveio. O que Heitor achou uma bela oportunidade perdida.

— Chega! — Mariane gritou batendo os punhos na base do caixão. — Amélia, você assassinou a Cora, o que já me deu motivos suficientes para te matar. Ou você some daqui agora, ou hoje não terá apenas um funeral.

Amélia arregalou os olhos e se virou para sair, a boca curvada em um rosnado. Ou talvez um sorriso, Heitor nunca soube ao certo qual é qual, mas ela tinha comprido com seu propósito. O de causar caos.

— Amélia. — Heitor chamou ela, a mulher se virou erguendo as sobrancelhas pretas. — Não importa o que custe, eu vou te desmascarar, já mostrei quem você é para eles. — Heitor apontou para todos na sala. — Só falta para Fernandez. Aí, sim, você estará na cova.

— Heitor, — ela fez a mesma cara que fazia a alguns meses atrás, quando ainda se passava por boa moça — nunca escutou aquela ditado? Não deixe o mais difícil para o final.

E com essas palavras ela saiu, fazendo questão de bater à porta ao deixar o salão.

— Cobra... — Mariane soltou e se voltou a mulher no caixão, Heitor se desprendeu da cabeça da loira. — Onde você vai? — Perguntou os olhos verdes em duas bolas.

— Vou ver como Ágata está. — Ele encarou a menina, ela tremia um pouco.

— Faça isso. — Mariane confirmou e seu olhar caiu de volta ao caixão.

O menino andou até Ágata, a menina olhou para Heitor, ele forçou um sorriso e se sentou ao lado.

— Tá, agora isso me deixou com medo. — A princesa disse juntando seus pés ao corpo enquanto Catu mordiscava um cacho do cabelo da menina.

— Enquanto eu estiver aqui, — Heitor olhou nos fundo dos olhos marrons da criança — ninguém vai te machucar. — O menino mostrou o colar. — Eu juro.

Ela sorriu, o que Heitor achou bem difícil naquela situação.

— Posso voltar a dormir, então?

— Vá em frente.

Ela se encolheu de novo e jogou a cabeça para o lado, "Cadê sua mãe, quando você precisa dela?", Heitor se perguntou agora se apoiando no pilar ao seu lado. Observando enquanto a princesa caía no sono, com Catu, que agora tinha trocado o cabelo de Ágata pelo cadarço do tênis de Heitor.

Quando a luz do sol começou a passar pelas vidraças do grande salão, homens e mulheres apareceram nas portas, todos usando roupas pretas, apenas os capacetes possuíam um véu preto que indicava que eram realmente guardas do império.

Dirigiram-se até o caixão e o tamparam, assim não se podia mais ver Cora, apenas a lembrança dela ficava ali no ar.

— Não. — Mariane soltou ao fazerem isso, mas mais para si mesma do que para os guardas. Os olhos verdes brilharam e ela encarou Heitor. O menino lançou um olhar triste para a amiga, nem acreditava no que estava acontecendo.

Eles levantaram o objeto de madeira até seus ombros e começaram a guiá-lo para fora do castelo.

Chegando ao jardim do castelo, já tinha uma cova esperando pela mulher, Catu estava ao chão. A arara andava de um lado para o outro, não entendia o que estava acontecendo, mas Ágata foi na direção dele, passando a mão em sua cabeça azul.

Heitor notou que Fernandez também estava ali, usava um vestido todo preto com um coque alto. Ela não olhava para ninguém, apenas para o buraco no chão.

Os guardas se posicionaram, um de cada lado, e foram colocando devagar o caixão na cova, ao mesmo tempo que o sol subia ao céu.

Mariane ficou mais atrás encolhida, como se aquilo fosse diminuir sua dor, Eduardo e Roberto estavam mais perto. E Heitor se impressionou ao ver os dois abraçados juntos, olhando fixos em um só ponto.

— Antes de enterrar Cora, — Fernandez fez uma pausa — quero dar minha homenagem a ela, e vocês também podem. Se quiserem, é claro. — Fernandez fez faíscas marrons saírem de sua mão e a ergueu no ar, para os filhos da Lua aquilo deveria significar muito, tanto que até Heitor sentiu os cabelos arrepiarem. — Cora me criou quando eu era criança, mesmo minha mãe estando perto. E foi graças a ela que eu aprendi a ser forte, independente e a tomar minhas próprias decisões, e quando meu marido morreu, foi ela quem me deu apoio; tudo nessa vida nasce, cresce e morre. E não tem ninguém que pise nessa terra que seja mais digno do que Cora. — Fernandez fitou Ágata por alguns segundos. — E agora ela repousará, ao lado da Lua, para sempre. Junto com o Rei e Rafael. — Ela focou agora em Heitor.

Fernandez jogou uma chama pequena no caixão, não o queimando, apenas deixando uma marca. Como uma flor dada aos mortos.

— Como eu não tenho mãe e nem pai, — Roberto disse saindo do abraço de Eduardo — ela foi como uma para mim. Me ensinou que a morte não é nada demais, ela é apenas mais uma fase. — Roberto disse também acendendo faíscas amarelas. — Seja onde ela estiver, quero que esteja feliz assim como nos fez feliz com sua companhia.

O ruivo fez o mesmo movimento que a Rainha, deixando mais uma marca ao caixão.

— Cora foi minha mentora e me criou quando... — Heitor não precisou de mais palavras para saber que Mariane se referia ao seu namorado morto. — Mas seja onde ela estiver, Cora sempre estará em meu coração. E quando ela morreu, uma parte de mim morreu também, e eu juro diante de todos vocês, — Mariane percorreu o lugar com seus olhos verdes, úmidos por causa das lágrimas — que enquanto eu viver, a memória de Cora viverá também.

E agora existiam três marcas no caixão, quatro com outro disparo, de Eduardo — ele não disse nada, mas seus olhos demonstraram por ele sua tristeza e sua dor.

— Cora, — Heitor disse espantando a todos — eu nunca disse isso a você, mas... eu lhe agradeço por tudo. Sem você eu nunca teria virado babá de Ágata e descoberto sobre tudo isso que vivo agora. Então, obrigado,

Cora, obrigado por ter compartilhado seu mundo comigo. Você foi como uma segunda mãe para mim. — Heitor sentiu as lágrimas escorrendo pelas suas bochechas e caindo na grama já molhada pelo orvalho. — E obrigado por ter me salvado... mas eu não consegui salvar você.

Heitor deixou as lágrimas caírem sem problemas, ele não se importava com quem estava vendo ou quem acharia aquilo bobo. "Esse é o último momento que Cora irá me ver, então que ela veja como estou triste", pensou o garoto, sem limpar as lágrimas.

Ágata encarou Heitor, parecia querer falar, mas não tinha coragem. "Vai", o menino sussurrou e ela o encarou, "Ágata consegue ler lábios? Talvez, o que essa menina não sabe?". Com o apoio de Heitor, ela estufou o peito e disse, a voz mais fina e doce dentre todas as outras:

— Cora me ensinou que algumas decisões se tomam com o coração, não com o cérebro. Coisa que foi muito difícil de eu aprender. — Ela encarou Heitor, provavelmente se lembrando do dia da escolha. — Mas eu aprendi, Cora. E vou seguir seus ensinamentos, será sempre minha avó. E te guardarei no meu coração, como eu sei que estava no seu.

A Rainha encarou os demais, nenhum dos guardas parecia estar interessado em falar, então com um aceno de cabeça, Fernandez mandou começar a enterrar o caixão. Os guardas pegaram grandes punhados de terra e jogaram sobre o objeto de madeira.

Enquanto enterravam ela, Heitor observou devagar o caixão de Cora dizer adeus à superfície. Heitor viu como a morte era dolorosa, como ela era a pior coisa que podia acontecer aos vivos, ficar sem alguém que amam. "Como eu vou acordar todo dia e não ver Cora? Isso... isso só pode ser um sonho. Não pode ser real, não pode!".

Enquanto pensava nisso, as mãos dele começaram a tremer, a boca ficou seca e a visão ficou turva. Por um momento, Heitor pensou que fosse desmaiar, "Não posso ficar aqui!". O menino gritou internamente e saiu correndo na direção do castelo.

— Heitor! — Gritou Roberto e Mariane em uma única voz.

— E lá se vai o chorão. — Uma guarda desdenhou e automaticamente o homem foi repreendido por um olhar severo de Eduardo.

Heitor correu para as portas dos fundos, com o ar frio tomando conta de seus pulmões. Adentrou no castelo, os pontos em sua barriga parecia que iria arrebentar se vissem mais um pingo de força. Corria desesperado pelo corredor escuro, as lágrimas descendo por seu rosto, sentia que ele mesmo morreria.

Correu e correu, escutava seu coração batendo, clamando para que ele parasse. Mas Heitor não conseguia, não adiantava quando corria. Nunca fugiria da situação que se encontrava agora. Perder Cora? A última coisa que queria era aquilo. Aquilo não podia ser real... simplesmente não podia.

Cansou, mas aquela sensação não passava, Heitor se encostou na parede, mas ainda tremia. Sua visão ainda estava turva. Gelado, ele escondeu a cabeça nos joelhos. "Por favor, por favor, faça essa sensação parar. Qualquer um! Cora, Rafael. Socorro".

— Heitor? — Uma voz o chamou.

Por um momento, ele pensou ter escutado Cora, mas quando levantou a cabeça viu Ágata. Ela se aproximou sem ele pedir e se aconchegou ao seu lado, Heitor queria dizer algo, mas não conseguia.

— Heitor, me diga, você consegue sentir o cheiro de três coisas?

— O quê? Não... não, meu nariz está entupido.

— Então consegue sentir três coisas?

Heitor ergueu uma sobrancelha, não conseguia parar de tremer, de sentir que iria morrer e Ágata queria que ele descrevesse sensações?

— Ágata, por que você tá fazendo isso?

— Confie em mim.

Heitor sentiu uma sensação roer a barriga, mas ele tocou o chão de pedra e como ele era frio, sentiu como suas feridas doíam e como a pele de seu pescoço era áspera.

— Sinto. — Heitor engoliu o choro. — Sinto frio nas pedras, dor e as minhas cicatrizes são ásperas.

— Ótimo, agora duas coisas que você pode ver.

Heitor não fez perguntas, apenas respondeu:

— Vejo pedras e você.

— Certo, agora algo que você consiga pegar.

— Ágata, isso é idiota. — Heitor resmungou pegando uma pedra solta. — Pronto, satisfeita?

A menina soltou um sorriso como de alguém que acabou de aprontar.

— Sim, você parou de tremer.

Heitor se espantou e olhou para as próprias mãos, elas estavam firmes, ainda suava um pouco, mas não tanto.

— Ué, não é que funcionou? — Heitor falou arregalando os olhos. — O que eu tive?

— Crise de ansiedade. — Respondeu Ágata como se aquilo não fosse nada. — Eu tive quando meu pai morreu, eu não consegui ver o enterro dele, afinal, fiquei sabendo só depois do acidente. Mas quando me contaram, eu tive, aí aprendi a lidar com elas. Soube na hora que você estava tendo uma só pelo jeito que você tremia.

— Você passou por isso com 7 anos? — Encarou a menina e se pegou imaginando uma Ágata pequena, de 7 aninhos, sabendo que o pai morreu. Foi uma das piores coisas que ele já tinha imaginado.

— Sim. — Respondeu Ágata com os olhos baixos.

Heitor observou mais adiante, os olhos ainda meio úmidos, "Preciso mudar o foco da minha mente, se não vou enlouquecer", pensou ele balançando a cabeça.

— Então, a ficha de que Cora morreu ainda não caiu para mim, então vou lidar com o luto do jeito que eu sei, que é desviando a minha mente. — O menino encarou Ágata e ela ergueu uma sobrancelha para ele, como quem diz "Onde você quer chegar?" — Quer me ajudar a descobrir a verdade sobre Rafael? — Perguntou Heitor tentando forçar um sorriso.

— É claro! Mas para de forçar esse sorriso, me dá medo.

— Tá, já parei. — Heitor disse se levantando. — Cora disse que "O segredo enterrado está embaixo das escadas", que escadas elas estavam falando? Tem milhões no castelo.

— Olha, se é um segredo enterrado, creio que não vai ser tão a vista como as outras escadas. Deve ser alguma mais escondia. — Ágata coçou a testa. — Como as escadas das masmorras!

Ágata deu um pulo, pegou a mão de Heitor e começou a puxar, obrigando o garoto a se levantar do chão gelado do castelo, e começou a guiá-lo pelo corredor.

— É tão bom estar incluída finalmente! — Ela falou com um sorriso.

— É ótimo, assim você pensa e eu não. Acho uma troca justa. — Heitor comentou, mas a menina nem deu bola.

Chegando nas escadas das masmorras, estava frio como sempre esteve.

Heitor teve que comprimir as feridas em sua barriga com as mangas da camisa, os pontos estavam começando a doer pelos movimentos repetidos de abaixar e subir as pernas.

— Se você soubesse fazer faíscas, poderia iluminar o caminho. — Heitor falou entre um gemido de dor.

— É, poderia, mas por enquanto vamos só de tocha. — Ágata rebateu iluminado a frente. — A porta deve ser embaixo da escada.

— Por que presume que é uma porta?

— É sempre uma porta, Heitor. Quer apostar?

Heitor analisou a fala de Ágata, ela tinha convicção na voz.

Eles viraram à direita passando embaixo da escada. Se lá em cima já era escuro, ali era pior. Heitor dava passos curtos com medo de cair, só enxergava a tocha na mão da princesa. Até que, no meio da parede, uma porta de madeira velha apareceu iluminada pelas chamas. Com teias de aranha no topo do objeto e um desenho entalhado nela, dois trigos se cruzavam.

— Credo. — Ágata coçou a cabeça.— Isso parece ter mil anos.

Heitor quase gritou quando viu o símbolo na porta, ele segurou no ombro de Ágata. Seus olhos se mexiam de um lado para o outro.

— O que foi, Heitor? — A princesa perguntou erguendo a cabeça.

— É... é o símbolo da minha família, esse trigo. É da minha família, representa o nosso sítio.

— O quê?! — Ela gritou.

— Eu estou tão surpreso quanto você! — Heitor não esperou sinal de Ágata, apenas abriu a porta, adentrando na sala.

Quando pisou dentro do quarto, automaticamente um sentimento surgiu, o mesmo de quando viu Rafael pela primeira vez, aquela sensação de nostalgia e de conforto. De querer ficar ali para sempre, sentia que pertencia àquele lugar.

Ágata acendeu algumas velas e aos poucos o quarto foi se formando, a cama ao lado da parede, um espelho ao fundo e um armário gigantesco. Várias prateleiras com pequenas pinturas e livros, Heitor começou a olhar elas esperando por respostas.

— Heitor... — Ágata chamou com um sussurro, o menino virou os olhos castanhos para ela. — Olha isso.

Heitor pegou da mão de Ágata uma pintura, do tamanho de uma folha sulfite, arregalando os olhos, a boca aberta. Agora ele não conseguiu conter o grito.

— Pela Lua! Pela Lua! — Heitor andava de um lado para o outro. — São meus pais! Ágata, são meus pais!

A menina se aproximou para iluminar melhor o papel. Heitor semicerrou os olhos, seu pai acordado, sua mãe ao lado com um pano nas mãos.

— Esse bebê sou eu! — Heitor gritou.

— O quê?! — Ágata puxou de novo o papel. — E quem é o homem ao seu lado?

Heitor analisou o jovem ao lado, os olhos azuis, os cabelos pretos... era Rafael!

— Ágata... Rafael... era meu irmão. — Heitor soltou aquilo como uma bomba.

— É o quê? — Ágata disse tirando o papel da mão de Heitor.

— Ágata, tudo se encaixa! — Heitor não aguentava, sua mente girava, de uma hora para outra todos os quebra— cabeças estavam se montando. — Eu nunca te contei isso. — Heitor olhou para a menina, "Eu vou contar meu maior medo a ela?".

— Heitor, você prometeu, sem segredos.

— Tá, olha, — Heitor recontou toda a história do cachorro e como ele foi atacado — é isso, foi Rafael que me salvou! Ele trabalhava no castelo, por isso tinha o mel... por isso o povo falava que eu era parecido! Eu lembrava Rafael! Era isso! Por isso se impressionaram com meu sobrenome. Meu irmão já tinha trabalhado aqui antes!

Então outra coisa se instalou na mente de Heitor, veio tão quente que quase ardia sua cabeça. As palavras de Amélia: "Eu matei Rafael". Heitor travou a mandíbula e de novo começou a tremer, mas não de ansiedade, mas sim de raiva.

— E Amélia o matou. — Heitor se sentou na cama, os olhos baixos. — Ela é uma... uma... não consigo nem achar um xingamento que chegue no patamar de maldade e crueldade que essa mulher tem! — Esbravejou se jogando para trás na cama. — Odeio ela. Odeio! Odeio!

Heitor flexionou as mãos contra os olhos, como fazer essa raiva passar?

— Ela matou seu irmão e Cora. — Ágata comentou por cima, como se pensasse alto demais.

— Ah, não me lembre de Cora, eu vi ela morrer na minha frente. — Heitor olhou para Ágata, a pele negra iluminada pelo fogo. — Como pode uma dor dessas ser pior do que qualquer machucado que já tive? E olha que eu já tive muitos! E o pior! Ela não passa!

— Heitor, — Ágata chamou, sentando-se ao seu lado — essa dor vai passar, com o tempo, só o tempo conserta uma coisa dessas. Mas isso não pode te empurrar para baixo. Use essa dor, vá para cima.

— Você tem certeza de que é mais nova do que eu?

— É, talvez na morte de Cora eu tenha ficado mais sábia. — A menina olhou em volta do quarto. — Quer ficar aqui mais um tempo?

— Quero.

Capítulo 7

2 de novembro

Heitor acordou, seus sonhos foram perturbadores, todos giravam em torno de Cora correndo ou de Amélia rindo. Ele esperava ter algum sonho com Rafael, depois de descobrir que ele era seu irmão, mas não teve nada.

Olhando em volta, o mundo parecia ter perdido a cor, tudo tinha um tom de cinza e o céu parecia estar nublado, mesmo estando um calor infernal.

Levantou-se, nem trocou de roupa, apenas foi até a porta de Ágata e bateu três vezes. Logo ela apareceu em uma fenda.

— Quer fazer alguma coisa hoje? — Heitor perguntou encostado na parede, parecia que seu corpo não queria ficar em pé.

— Eu sei que eu falei que a morte não deveria nos abalar, mas... — Ágata desviou os olhos.

— Vamos dar um tempo para nosso corpo, o que acha? — Heitor disse e ela nem respondeu, apenas concordou com a cabeça e voltou ao seu quarto.

Ele se jogou de volta na cama, "Não acredito que Cora morreu, isso é mentira, é mentira!", Heitor colocou a cara no travesseiro, parecia que ele levantaria e veria a velha viva e sorrindo.

Mas isso era mentira, o cérebro de Heitor criava esse cenário em sua cabeça tentando aliviar a dor da morte. Como uma pomada em uma enorme fenda que sangrava sem parar.

Mas antes que pudesse voltar a dormir, escutou alguém abrindo a porta. Ele ergueu os olhos e se assustou ao ver Eduardo.

— Ah... desculpe, entrar sem bater. — O homem disse chegando mais perto.

— Ah, oi, oi. É, o que você tá fazendo aqui?

— Só queria falar com você. — Eduardo pegou a cadeira de madeira que ficava na mesa de Heitor. — Posso me sentar?

— Claro, pode sim.

Eduardo se sentou e flexionou os dedos, os olhos baixos, parecia não muito à vontade. Heitor se sentou na cama, os dois estavam a menos de um metro de distância.

— Só queria dizer que estou impressionado por você, entre todos, ter descoberto primeiro que Amélia era a espiã. — Eduardo disse aquilo como se estive com vergonha. — Eu tentei falar com Fernandez sobre Amélia ser a espiã, mas ela riu e falou que era uma brincadeira boba. — Ele abaixou o cenho. — Minha irmã é uma cabeça oca!

Heitor recebeu aquilo como um soco na barriga, acreditava que se Eduardo falasse que Amélia era a inimiga, Fernandez acreditaria. Mas pelo jeito estava errado, muito errado.

— Ela não acreditou?! Como vamos fazer ela acreditar? — Heitor disse dando um pulo da cama.

— Calma, Heitor.

Heitor ergueu uma sobrancelha, Eduardo não costumava ser tão delicado. "Por que está me tratando diferente?", o jovem pensou.

— Sabe do que precisamos? Provas, Heitor. — Eduardo afirmou agora fechando sua outra mão.

— Eu acho que tem algo que podemos provar. — Heitor disse, com os olhos baixos. — Como não podemos provar que foi ela que matou Cora, já que ela não acreditou, podemos provar que foi ela que matou Rafael. O que acha? — Heitor não sabia se estava sugerindo isso porque estava querendo justiça ao irmão ou se achava mesmo que Fernandez não acreditaria que Amélia tinha matado Cora.

Mas quando ele se virou para Eduardo, o careca fez uma careta como se tivesse levado um choque. Heitor então se lembrou que todos deveriam achar que Rafael morreu de outra forma, não que Amélia tinha o matado. E pela cara do chefe do exército, ele esperava que Heitor dissesse tudo, menos aquilo.

— Ela... ela... — O homem tinha os olhos castanhos arregalados.

— Sim, ela o matou. — Heitor disse, as palavras doendo ao serem ditas. — Ela mesma me disse... desculpe dar a notícia dessa forma horrível. Eu esqueci que só eu sei disso.

— Meu amigo? Ela matou Rafael na guerra do Eclipse? Mulher nojenta. — Eduardo rosnou chutando o pé da cama. — Ela disse a todos que foi um filho do Sol que tinha o matado. O que não deixa de ser verdade... ah, você me entendeu.

— Ei, cuidado, eu durmo aí. — Heitor avisou indo ao lado de Eduardo. — Ela é realmente nojenta, mas podemos provar isso... Deve ter alguma criatura da Lua que faz isso. Tipo como o olho de uma Bezalel consegue prever o futuro, talvez tenha algum que mostre o passado.

— Você está andando bastante com Roberto, não está? — Eduardo brincou com um sorriso.

— E você também está. Acha que eu não percebi?

Eduardo mudou a cara para alguém que tinha sido pego no flagra, ele bufou envergonhado.

— Ela me jogou um pó da verdade uma vez. Talvez Roberto possa recriar ele. — Heitor disse um pouco mais animado, seria ótimo distrair a cabeça da morte de Cora mostrando a farsa de sua assassina.

— Ora. — Eduardo se levantou ajeitando a gola do terno que usava. — Estamos esperando o que, então?

Os dois saíram do quarto e ficaram no corredor.

— Vou chamar, Ágata. — Heitor avisou batendo na porta.

— O quê? Mas não é perigoso? — Eduardo perguntou, um pouco de sua arrogância passando na voz.

Mas a menina abriu a porta antes.

— Que foi?

— Quer resolver o problema da sua tia igual resolveu o de Rafael antes de ontem? — Heitor perguntou com um sorriso. — Só distrai a cabeça de, você sabe...

— Eu estou indo. — Ágata respondeu sorrindo.

E então, depois de Heitor e Ágata trocarem seus pijamas por roupas mais formais, correram pelo castelo, com Catu atrás deles. Heitor nem tinha notado, mas a ave tinha dormido com Ágata.

Eles chegaram no quarto de Roberto — em todos esses meses ele nunca tinha parado para pensar onde ficava o quarto do ruivo. Ficava no segundo andar, perto do quarto de Cora, uma porta de madeira com um Orfeu entalhado.

— Bom dia! — Ágata disse abrindo a porta e Catu entrou gritando no quarto, dando voltas no teto.

O ruivo surgiu do meio das cobertas, os olhos azuis desnorteados, bocejou, os cabelos vermelhos bagunçados. Quando Roberto se levantou mais um pouco e viu Eduardo parado na porta, rapidamente ficou vermelho e tentou a todo custo ajeitar seus cabelos.

Heitor avaliou o quarto de Roberto: uma cama de casal grande no meio do quarto, um guarda-roupa na frente com um tapete de pelos no chão. Tinham várias pinturas e mini estátuas de criaturas da Lua por todo lado, além de alguns livros e desenhos mais didáticos sobre o assunto.

— Bom dia. Por que toda essa correria já de manhã? — Roberto perguntou se levantando e Heitor notou que não era um carpete que tinha no chão, mas sim Félix.

— Era aí que você estava todo esse tempo?! Sua coruja metida a gato. Segue qualquer pessoa que te dê comida. — Heitor encarou severo Félix, mas o Orfeu nem deu bola, apenas correu até Heitor e passou sua cabeça cheia de penas em sua mão pálida. — Ah, não tem como ficar bravo com você, mesmo eu querendo.

— Roberto, estamos querendo desmascarar Amélia. Você vem? — Eduardo perguntou com um sorriso, já sabendo a resposta.

— Claro! Vamos mandar essa mocreia para a vala. — Ele disse animado tentando por uma bota. — Temos que chamar Mariane, ela vai amar essa ideia.

Heitor trocou pela primeira vez olhares com Eduardo, "Chamar Mariane seria uma boa ideia?". A menina tinha ficado muito abatida com a morte de Cora e ninguém tinha visto ela desde o enterro.

— Vai ser bom para ela tirar a cabeça disso. — Ágata afirmou quebrando o silêncio, Heitor olhou para ela.

— Se Ágata acha que é melhor, é realmente o melhor. — O menino confirmou saindo do quarto.

— Minha palavra não vale nada?! — Reclamou Roberto também saindo, mas ficando mais atrás com Eduardo.

Heitor não foi para o quarto de Mariane, sabia que ela não estaria lá.

— Onde está indo? — Perguntou Eduardo mais atrás.

— Ao túmulo de Cora. É lá que Mariane está. — Afirmou Heitor.

O menino não viu, mas o homem arregalou os olhos para ele. "Como você conhece tão bem as pessoas?", Eduardo pensou ainda focando nas costas do jovem.

Chegando ao jardim, a loira estava sentada ao lado da superfície de terra recém mexida.

O cheiro de flores subiu pelas narinas e as pupilas de todos diminuíram quando entraram em contato com a luz do sol, acostumados com a escuridão.

— Minha Lua, — Mariane ergueu a cabeça e observou o grupo de quatro pessoas, mais Félix e Catu — por que tem tanta gente aqui?

— Vamos desmascarar Amélia. — Heitor disse com um tom vitorioso.

— Achamos que você gostaria de vir junto. — Roberto interrompeu com a voz meio debochada. — Mas se você não quiser, está tudo bem.

— O quê?! É claro que quero matar quem matou Cora! — A loira disse batendo um pé no chão.

— Não dissemos "matar". — Roberto ergueu uma sobrancelha ruiva para ele.

— É a mesma coisa. — A menina deu de ombros indo até eles. — Bom, qual é o plano?

Ela perguntou olhando para Heitor, cujos olhos castanhos mostravam algum brilho de esperança.

— Bom... eu achava que Roberto poderia recriar aquele pó que faz as pessoas falarem a verdade. — Heitor encarou o ruivo, mas ele ergueu uma mão cheia de sardas.

— Não, não consigo. Aquelas criações loucas de Amélia demoram dias, anos para serem feitas.. Além de ir contra meus princípios, mudar o pó natural dos bichos? Obrigada, mas não. Sinto muito. — O ruivo disse decidido.

— Tá, plano B?— Ágata encarou Heitor.

O menino começou a explicar o plano, contou sobre a morte de Rafael e que ele era seu irmão, naquele exato momento todos ficaram quietos e de boca aberta, menos Ágata que já sabia do fato.

— Peraí, Rafael era seu irmão? Tipo, de sangue? — Roberto perguntou, os olhos azuis assustados e Heitor confirmou com a cabeça. — Então não é à toa que Félix gosta tanto de você! Ele era do Rafael.

Heitor olhou para o Orfeu, que brincava com algumas folhas ao chão, ele as pegava e jogava para o alto e com um pulo tornava a pegá-las. "Você é o único vínculo que tenho com meu irmão".

— Eu sabia que... Rafael era seu irmão. — Eduardo avisou, evitando olhar para o menino.

Heitor não se surpreendeu, afinal, quando disse que seu sobrenome era Costas, todos abriram a boca e se surpreenderam. No fundo, ele já suspeitava disso.

— Olha, como Amélia matou Rafael, — Heitor viu como agora aquelas palavras eram pesadas e duras de dizer, como se enroscaram em sua garganta — talvez tenha alguma prova que podemos usar contra ela, tipo o olho de Bezalel, ele vê o futuro. Não tem algo que posso ver o passado?

— Olha... — Roberto começou, mas foi interrompido por Mariane.

— Por que não usamos a morte de Cora como prova?

— Porque Eduardo já tentou falar com Fernandez sobre isso, ela disse que era besteira e que Amélia nunca faria tal coisa. — Heitor contou encarando a loira.

Mariane bateu de novo o pé subindo uma nuvem de poeira que fez Ágata espirrar.

— Quando a pessoa é cega não tem o que fazer. Acreditam nas próprias mentiras! Por que Eduardo mentiria sobre tal coisa?! — Mariane começou a pensar em voz alta. — Ela pensa que quem matou Cora?

Mariane disse isso se virando a Eduardo, o homem tinha a pose calma e os olhos serenos, e apenas disse:

— Ela pensa que foi o espião. Que ela ainda não tem pista nenhuma sobre. — Mariane bufou ao escutar aquilo, mas não saiu da roda.

Heitor olhou para Roberto, para que ele continuasse, o ruivo acenou com a cabeça vermelha e então começou:

— Os olhos de um Bezalel não podem ver só o futuro, Heitor, eles podem ver passado, presente e futuro. — Roberto disse com um sorriso. — Mas o problema é que, como queremos ver o passado de Rafael e de Amélia, precisamos de um pouco de DNA dos dois.

— O que é DNA? — Perguntou Heitor erguendo uma sobrancelha.

— É material genético, tipo um fio de cabelo, babá. — Respondeu Ágata, dando um susto em todos ali, já que estava tão quieta e fez com que todos esquecessem de sua presença.

— Por que precisamos dos dois? — Perguntou Eduardo focando os olhos marrons em Roberto.

— Temos o de Rafael, que é o próprio Heitor, mas se só pegarmos o DNA de Rafael, só vamos ver o seu lado dele da história. Precisamos do DNA de Amélia para ver o lado dela também. — Roberto explicou detalhadamente, dava para ver em sua cara que amava aquilo. — Então... quem vai se voluntariar para pegar a babá ou os cabelos de Amélia?

— Eu. — Respondeu Heitor antes de alguém falar algo, Eduardo arregalou os olhos de novo.

— Eu não vou discutir com você. — Roberto deu uma piscadela a Heitor. — Então eu vou pegar o olho de Bezalel, quem vem comigo?

— Eu vou! — A voz baixa de Ágata cortou o ar, e Heitor nem se impressionou quando ela avançou para o lado do ruivo. — E nem tente me impedir, tio!

— Eu... eu não ia. — Afirmou Eduardo faltando palavras em sua boca. — Mariane vem junto?

— Não, eu vou com Heitor. — Os olhos de Eduardo e dela ficaram por alguns segundos fixos, compartilhando pensamentos. — Tchau...

E o trio se foi, com Catu atrás deles, provavelmente seguindo a menina. "É, Ágata, você perdeu Cora, mas ganhou o amor sincero de Catu", pensou Heitor, vendo Félix ainda brincando com as folhas. Estavam com ele.

Um silêncio caiu sobre eles, a loira tinha a boca fechada em uma curva, Heitor e ela sentiam o peso da morte de Cora. Na verdade, ele não queria fazer nada daquilo, só queria deitar na cama e dormir o dia todo e que todo o resto desaparecesse.

— Você está bem? — A mulher perguntou olhando Heitor.

— Tirando o fato de Cora ter morrido, saber que Rafael é meu irmão e, por fim, agora enfrentar cara a cara Amélia. — Heitor bufou passando a mão na barriga. — Minhas feridas da última luta não sararam ainda e não tem mais mel... então, não. Eu não estou bem e eu sei que você também não está.

Mariane abaixou os olhos verdes enquanto mexia no piercing da orelha.

— Eu ainda não acredito que ela morreu, parece que se eu procurar pelo castelo de modo certo, ela vai estar lá.

— Eu também sinto isso. — Heitor admitiu olhando o túmulo de Cora. — Mas Ágata me disse: "Use essa dor, vá para cima". Vamos usar essa dor não para ficarmos tristes, temos todo o direito de estarmos assim, mas agora é hora de lutar contra a assassina Amélia.

— Falou igual aos livros de distopia que eu leio. — Mariane sorriu.

— Então...

— Então eu concordo com você, bocó, vamos atrás de Amélia.

Andando pelos corredores do castelo, quase empurrando Félix, porque de fato o bicho não estava muito animado em procurar Amélia.

— Que droga! O quarto dela é no mesmo andar que o de Fernandez, nunca vão deixar nós dois entramos lá. — Mariane disse analisando a entrada com dois guardas na porta.

Heitor se lembrou de alguns meses atrás, quando ele achou Ágata ali caída no quarto de Eduardo. Tudo uma armação de Amélia para ele pensar que o homem era o culpado, agora aquilo lhe causava tamanha raiva.

— Eu sei como passar pelos guardas. — Heitor contou com um tom sério.

— Ótimo, vá na frente, então.

Heitor se aproximou dos guardas com Félix logo atrás, a cauda do Orfeu chicoteava de um lado para o outro, como se até ele temesse algo. Mas quando foi falar algo, eles automaticamente saíram do caminho, deixando Heitor passar.

O menino abriu a boca e voltou a fechá-la, não sabia o que dizer.

— Ah... obrigado. — Ele respondeu por final, fazendo um movimento de cabeça para que Mariane viesse junto.

Eles também não impediram a passagem dela.

— Minha santa Lua! — Mariane disse mais animada do que o normal. — Você viu? Eles simplesmente abriram passagem para você.

— É, agora não sei se isso é demais ou se é uma armação de Amélia. — Heitor falou, o corpo rígido de preocupação. — Qual é o quarto dela?

— O último.

O último quarto tinha duas portas e uma pequena passagem de ar. Era a mesma porta que tinha visto antes, ela tinha um símbolo da lua entalhado na madeira antes, agora parecia que alguém tinha tentado tirar com uma colher. Heitor puxou a superfície de metal para o lado e a porta se abriu, Mariane foi na frente sem se preocupar em conferir se Amélia estava lá antes de sair escancarando as portas.

— Você é louca? E se ela estivesse aqui? — Heitor falou puxando o braço de Mariane.

— É, mas não está, cabeção. Vamos, entre logo! — Ela rebateu olhando em volta.

O quarto de Amélia era gigante, afinal, ela era a irmã da Rainha.

Tinha uma cama bem arrumada no meio do quarto, a parede da direita era coberta por vidraças, deixando que a luz do sol entrasse no quarto. Dois armários gigantescos cobriam a parede direita ao lado da cama, um carpete preto cobria o chão.

Uma mesinha de centro com vários papéis, um parapeito com plantas, principalmente samambaias.

— Eu acho que isso é maior que minha casa. — Heitor falou esquecendo que Mariane estava ali.

— É, ela precisa de muito espaço para guardar as duas caras dela. — Mariane resmungou indo até a cama. — Um fio de cabelo já basta.

Heitor caminhou até uma espécie de portinha que ficava entre um vaso de planta e um guarda-roupa.

Estava disposto a ver o que tinha atrás dela, mas então ele começou a escutar algo ecoando pelo corredor, um barulho contínuo e devagar... eram... passos!

— Mariane!

— Eu ouvi! — Ela respondeu. — Vai embaixo da cama.

— Pela Lua! — Heitor reclamou se enfiando embaixo do móvel com Mariane ao seu lado, o bom é que ela era tão grande que cabia facilmente ali.

Os passos pararam na porta do quarto, que foi aberta e Amélia entrou no quarto. Os cabelos pretos balançando ao entrar. Heitor tentou ver melhor o que estava acontecendo, mas não conseguiu. Os passos continuaram até o parapeito, onde ele foi mais para frente para ver.

— Seu burro! Ela vai te ver! — Advertiu Mariane.

Ignorando a loira, arrastou-se mais um pouco.

Então Heitor quase gritou de susto quando alguém pulou na janela, ele arregalou os olhos quando viu quem era — Susana!

Amélia parecia ter se assustado tanto quanto ele.

— Susana! O que pensa que estava fazendo aqui? — Amélia perguntou claramente irritada.

— Senhora... — Mas a menina parou de falar, seu olhar encontrou o de Heitor, o menino se arrepiou e foi mais para trás.

"Droga! Droga!".

— O que foi? — Mariane sussurrou com os olhos semicerrados.

— Ela me viu! Susana me viu! — Heitor respondeu com a voz alterada.

— Eu te avisei! — A loira foi mais para trás encostando as pernas na parede.

Heitor esperou que Susana o delatasse, mas ela apenas continuou.

— Eduardo, Roberto e a princesa estão na área das criaturas.

— O quê? Por quê?

— Não sei. Mas já os espantei de lá. — Susana disse, o tom de vitória passando pela sua voz. — Não conseguiram o que queriam.

Amélia foi um passo para trás, parecia meio inquieta sobre a situação.

— Você derrotou os dois sozinha?

— Ah, bom, Roberto não é realmente um oponente para mim — Ela se gabou. — Mas o problema era Eduardo. Eu só fiz uma explosão e eles saíram correndo. Tudo certo.

— Estranho... — Amélia disse — Veio aqui só me dizer isso?

Heitor foi para frente rápido, ficando ainda embaixo da cama, Mariane puxou seu pé, mas ele ignorou o fato.

Susana olhou para Heitor, o menino a lançou um olhar de "Ganhe tempo para nós por favor!". A mulher de olhos verdes e pele negra entendeu a mensagem e apontou com a cabeça para a porta escondida.

— Não, senhora. — Susana interrompeu, Heitor segurou na mão gordinha de Mariane.

— O que pensa que está fazendo? — A loira perguntou, com os olhos arregalados.

— Nos tirando dessa. — Heitor puxou Mariane para fora da cama até a porta escondida atrás das plantas.

Mariane não fez comentários, apenas abriu a portinha, que não fez barulho nenhum, o que Heitor agradeceu internamente. A portinha dava para um corredor azul de pedras envolta. Um vento frio cortou as pontas das orelhas de Heitor, fazendo-o tremer de frio, segurando com força os dois braços. Os dentes começaram a bater um nos outros. "Como tudo nesse castelo, isso também tem que ser um poço de escuridão", pensou engatinhando até a metade do túnel, pode ficar de pé de novo

Mariane fez faíscas azuis saírem de sua mão, iluminando tudo.

— Onde isso vai dar? — Heitor perguntou semicerrando os olhos para a escuridão.

— Não faço ideia. — Disse Mariane.

— Cadê Félix? — Heitor disse, sua voz engasgada.

— Não faço ideia. — Mariane contou olhando em volta. — Vamos seguir esse caminho, vai ser nossa melhor opção. — A loira aconselhou indo na frente. — Não se preocupe com Félix. Ele sabe se cuidar. Nesse momento, se preocupe conosco.

Heitor concordou seguindo a menina de perto.

Depois de alguns minutos caminhando sem nenhum barulho, apenas seus passos ecoando pelo espaço, ele notou que alguns pontos uma luz surgiu do meio da parede, eram pequenas fendas que davam para ver todos os cômodos do castelo. Heitor não disse nada a Mariane, ele sabia que ela já tinha notado tal fato. Mas mesmo assim Heitor cortou o silêncio:

— Você conheceu meu irmão? — A palavra soava estranha na boca de Heitor.

Mariane parou com as faíscas na mão, e Heitor quase bateu em suas costas.

— Não, como ele morreu na guerra do Eclipse, que foi há três anos. Faz apenas dois anos que trabalho aqui. Mas se você quer saber dele, pergunte a Eduardo. Eles eram muito amigos. — Mariane contou continuando a caminhada.

Mariane tinha os olhos baixos.

— Foi por isso que, quando você disse seu sobrenome, todos ficaram de boca aberta e não era que Eduardo não gostava de você. Heitor, você é a pessoa que lembra ele, a todo momento, de seu melhor amigo falecido. Eu também não ficaria de bom humor desse jeito.

Sentiu uma sensação ruim. Algo cutucando sua barriga, ele não queria que Eduardo sentisse isso.

— Eu achava que ele não gostava de mim por birra.

— Ah, também pode ser isso. — Mariane riu.

Heitor estava perdido em pensamentos quando uma luz irradiou na escuridão, ele ergueu os olhos. Tinha uma abertura mais à frente.

— Isso é... — Mariane começou e Heitor terminou:

— Uma saída!

Os dois correram saindo para uma janela de pura luz, Heitor sentiu o calor voltar ao seu corpo e os cheiros inconfundíveis do jardim subiram em seu nariz.

— Bom, não conseguimos o DNA de Amélia. Mas, descobrimos como ela sabia de tudo no castelo. — Mariane disse. — Por rotas dentro das paredes que passam por todos os cômodos do castelo... nunca mais vou querer tomar banho aí...

É claro que ninguém via aqueles corredores, eles eram escondidos por uma vasta trepadeira. Olhando assim, não tinha nada de incomum naquilo.

— Enquanto o trio parada dura não volta, — Mariane disse de repente, olhando para a zona oeste — vamos falar sobre o elefante na sala?

Heitor ergueu uma sobrancelha para ela.

— Que elefante?

— O fato de você conversar com Susana apenas pelo olhar! Ela é sua inimiga, Heitor. — Mariane o congelou com o olhar, com toda certeza sua mente estava pensando em mil e uma maneiras de matá-lo. — Você confia nela?

— Ela acabou de nós ajudar!

— Você confia nela! — Mariane ergueu os braços para cima. — Eu não acredito.

251

— Mariane, ela nos alertou sobre Cora.

— Ela nos alertou sobre Cora em cima da hora.

— Olha, você ficou enrolando com aquele anel de prata! — Heitor falou — Nada estava a nosso favor Mariane, ela pelo menos tentou nos ajudar!

Mariane tornou a boca em um rosnado.

— Por que não está usando o anel? — Heitor perguntou se aproximando.

Mariane foi um passo para trás, encarou Heitor e com a feição dura respondeu:

— Meu namorado amava o dia da do "dia vira noite"... nome bobo. — Ela bufou. — Ele me pediu em namoro nesse dia, Susana pegou o anel do meu dedo. — Mariane observou sua própria mão. — Eu não podia deixar ela ficar com aquilo, é como esse colar que você tem com Ágata. Deixaria Amélia pegar ele de você?

— Não! Nunca! — Heitor segurou o colar ainda mais firme no pescoço.

— Pois então... — Mariane continuou olhando apenas sua mão. — E você confia em Susana?

— ...Confio um pouco... não muito... mas não pouco... na média. — Heitor balançou as mãos.

— Tá... mas quando ela te passar a rasteira, não venha chorar no meu ombro. — Mariane apontou com o dedão para si mesma.

— Está bem... — Heitor observou uma movimentação mais afastada dali. — Falando do trio... ali está.

O grupo com Catu acima apareceu, Heitor arregalou os olhos ao ver que não tinham nenhum arranhão. Susana tinha dito que fizera uma explosão em cima deles, mas eles estavam intactos.

— Pegamos o olho! — Ágata gritou feliz na frente de todos.

— Por que estão com essas caras? — Roberto perguntou se aproximando da amiga.

— Nós dois não conseguimos o DNA de Amélia. — Mariane respondeu com os olhos baixos.

— Que droga! — Roberto reclamou com os olhos sangrando em sua mão.

— Você pegou o olho? — Heitor perguntou observando o sangue escorrer da mão do ruivo. — Você matou mesmo uma criatura?

— Matar uma criatura? Claro que não, Heitor, está louco? Eu peguei apenas um olho dos milhares que um Bezalel tem. Sedei ele e costurei seus machucados. Amélia só matou um por malvada, porque não tinha necessidade. — Esbravejou o ruivo.

— Vocês não sofreram nenhum ataque? — Mariane perguntou, os olhos verdes faiscando por uma discórdia.

— Não, por quê? — Eduardo perguntou deixando bem claro que entendeu que tinha algo errado.

— Por nada. — Heitor interrompeu Mariane, confiava em Susana, mas não queria que os outros soubessem sobre isso. E se eles conversassem sobre isso entre si? Amélia tinha várias passagens pelo castelo, a última coisa que precisava era Amélia saber sobre a suposta aliança entre eles. — Amanhã tentamos de novo pegar, babá, os fios de cabelo de Amélia.

Heitor disse se afastando de todos, precisava de um tempo sozinho, pelo menos um pouco. Mesmo sabendo que não era o certo, que não era o momento para isso.

— Heitor, espere! — Eduardo chamou o menino quando já estavam tão longe no jardim que só os dois podiam ser vistos do grupo. — Você quer falar sobre Rafael?... Mariane acabou de me dizer que você queria falar sobre ele.

Heitor observou o homem, "A única coisa que quero nesse momento é sumir", ele pensou. Mas fez que sim com a cabeça, não desperdiçaria uma oportunidade dessas.

— Eu já sei que Amélia o matou. — Heitor cuspiu aquilo com ácido. — E sinto muito se... eu lembro Rafael. Não queria que você se sentisse desconfortável.

— Não. Não tem problema. — Eduardo se apressou em dizer. — Na verdade, nem culpa você tem. Eu sinto muito ter sido tão grosso e ríspido. Mas eu olhava para você, você era tão igual a ele, e eu odiava você por causa disso! — Heitor arregalou os olhos para Eduardo. — Eu... eu peço que me desculpe, mas, Heitor, você era uma lembrança ambulante de que seu irmão estava morto... de que eu o tinha deixado morrer... você é igual a ele. Sentimental e sabia quando alguém precisava de ajuda. — Eduardo se sentou na grama. — Ele tinha um radar para quando alguém estava triste.

253

— Eu não sei como meu irmão era. — Heitor falou olhando além dos muros do castelo. — Eu nem sei como ele agia, como falava. Mas eu queria ser igual a ele, todos têm uma grande admiração por Rafael e parece que ele sempre fez tudo certo.

Eduardo ergueu os olhos, encarou Heitor e riu. O menino arregalou os olhos, Eduardo estava rindo? Isso era possível? Será que finalmente Heitor tinha virado amigo de Eduardo? O jovem se esquecia que na verdade Eduardo era um homem, um ser humano com emoções e não uma pedra que podia falar.

— Seu irmão era tudo. Menos perfeito. — Eduardo se levantou e caminhou até Heitor. — Quer ser igual a ele? Não escute ninguém. Ah, ele não escutava ninguém, pense em um homem ruim de se lidar. Minha Lua! Se Amélia não tivesse matado ele... talvez eu teria.

Heitor sorriu, era uma piada ruim, mas pelo menos aliviava a dor.

Capítulo 8

3 DE NOVEMBRO

Heitor não dormiu naquela noite, apenas ficou observando o chão. A noite fria do lado de fora e a raiva quente de Heitor dentro do quarto, ele batia os dedos no chão. Os dentes cerrados, "como você pôde fazer isso?!", Heitor bateu com mais força no chão fazendo o barulho ecoar.

"O que está acontecendo comigo?", o jovem se perguntou olhando para cima, fazia quatro dias que Cora tinha morrido e aqueles foram os piores dias para Heitor. Ele sentia tristeza e raiva misturadas.

O menino estava como uma ferida exposta, quem chegasse perto se assustava ou se tocasse nela, ele revidava. Estava em pura confusão e não sabia como resolver isso. Virando seus olhos para Lua, Heitor fez uma prece em silêncio: "Por favor, me devolva Cora".

Mas, como Heitor já sabia, não aconteceu nada. "Eu deveria mandar os céus se lascarem! A Lua se lascar! A morte se lascar! Por que pegar Cora? Pegasse Amélia! Ou sei lá, alguém do mal, mas não Cora... ela era tão boazinha". E voltou à posição original quando escutou a porta de seu quarto abrir.

Viu Félix, como as grandes patas cheias de penas ele não fazia barulho ao tocar o piso de madeira.

A coruja foi até a mão de Heitor e a ergueu no ar com a cabeça. O menino a virou para baixo e passou de leve os dedos na testa de Félix.

— O que eu faço? — Ele perguntou ao Orfeu e então sentiu que ele deixou algo em sua mão. — O que é isso? Félix!

Heitor puxou a mão para a luz da lua, não acreditando no que era, seus olhos arregalaram. Ele deu um sorriso.

— Bom garoto! — Heitor elogiou Félix saindo do quarto. — Preciso levar isso a Roberto!

Animado, Heitor saiu correndo pela noite afora, ele não se importava se acordaria alguém, não fazia diferença. Estava quase saindo de dentro de sua própria pele de tanta empolgação.

Com Félix atrás dele, correndo juntos, observava o que tinha em sua mão. Empolgado, nem olhava para a frente, quando trombou com algo e voltou para trás cambaleando.

Félix o segurou com a lombar para ele não ir ao chão.

Heitor segurou com força o que tinha na mão, como se fosse sua própria vida. Ergueu os olhos e automaticamente sua animação foi substituída por raiva por tal visão.

— Amélia, — Heitor disse o nome como se fosse um palavrão — o que você está fazendo aqui?

A mulher de cabelos pretos olhou para ele, molhou os lábios, sua postura era dura e ela tinha um dos lados da face com um enorme roxo que Heitor ficou chocado ao ver. Não era do soco de Cora, ah não, aquele machucado era monumental, parecia ter sido feito a pouco tempo.

— Não estou de bom humor, moleque. — Ela sussurrou tampando o hematoma. — Apenas suma da minha frente.

Heitor não abaixou o olhar, apenas saiu do caminho com Félix logo atrás, nunca tinha notado, mas o Orfeu não parecia temer a mulher de nenhuma forma, apenas arrepiou suas penas e seguiu seus passos com seus olhos amarelos.

— Eu só quero lhe alertar, — Amélia sibilou indo na direção oposta de Heitor — que se entrar em meu quarto de novo, as coisas não vão ficar boas para o seu lado.

Ele sentiu as palavras atingirem suas costas como uma faca.

— E quando foi que as coisas foram boas para o meu lado? — Heitor respondeu na mesma intensidade, tentando não mostrar como essas palavras o afetaram.

— Olhe para você. — Amélia disse sua voz quase morrendo no corredor. — Antigamente você tremia só de me ver, agora me encara. Eu gostava mais quando você quase mijava nas calças quando me via.

— Eu cresci, Amélia, e notei que você é só uma humana. — Heitor fez questão de encarar ela agora. — Uma humana nojenta e sem personalidade. É apenas uma assassina que, assim como qualquer outra pessoa, pode ser morta ou derrotada. Você se acha uma Deusa, mas você é apenas uma mortal.

— Que discurso ótimo. Guarde ele para quando eu te matar. — Disse ela sumindo no corredor.

— O quanto eu odeio essa mulher não está escrito, Félix. — Heitor contou ao Orfeu, os braços cruzados na frente do corpo.

Na quinta vez que o menino ia bater na porta de madeira, Roberto a abriu, os cabelos despenteados e os olhos azuis semicerrados, como se ele não soubesse quem estava a sua frente. Até suas sardas pareciam fora de ordem, como se tivessem sido acordadas agora e obrigadas a irem a seus respectivos lugares nas bochechas do ruivo.

— Heitor... — O ruivo disse como se só agora tivesse identificado quem era. — Sabe que horas são? Três horas da manhã. Você deveria estar na cama e eu também. Que cara horrível é essa? Fui eu que acordei agora.

Heitor adentrou no quarto sem a permissão de Roberto e se sentou na beirada da cama com Félix aos seus pés, o Orfeu deitou onde Heitor tinha visto ele da última vez, o bicho deveria dormir muito com Roberto.

— É que eu encontrei o diabo no corredor. — Heitor disse esfregando as mãos. — Amélia estava acordada.

— Sério?

— Sim, e o melhor de tudo: com uma enorme ferida na cara.

— O quê?! — Roberto acordou repentinamente, como se tivesse levado uma injeção de pura adrenalina na veia. — Você sabe quem foi? — Ele semicerrou os olhos. — Foi você que bateu nela?

— O quê? Não... bem, não por falta de vontade... mas as boas notícias não param por aí. — Heitor mostrou o que tinha na mão. — Félix pegou fios de cabelo de Amélia. Agora podemos ver o passado e como ela matou Rafael!

— Minha Lua! — Roberto disse indo até a direção dos fios. — Vou pegar o olho.

Roberto se abaixou em uma gaveta e puxou a parte do corpo que estava enrolado em um pano branco, todo manchado de sangue que pingava ao chão. Levou até Heitor e estendeu o objeto.

— Olha, eu tenho que te falar uma coisa. — Roberto deixou que o menino pegasse o olho. — Quando você entrar aí dentro, você vai estar em uma memória... uma parte da história, uma coisa que já aconteceu. Então você não pode mudar nada nela... e eu sei que é difícil... mas você vai ver algumas coisas horríveis aí dentro. Então tente não se abalar muito. — Roberto se sentou ao lado de Heitor. — Ah! E como você vai entrar em uma espécie de transe, só alguém com alguma conexão forte com você tem que te tirar. Tem que ser uma amizade muito forte, alguém que te conheça. Por que você não vai conseguir sair sozinho.

— O que acontece se eu não sair? — Heitor engoliu em seco.

— Você morre, junto com a memória.

— O quê?! — Heitor perguntou olhando o olho em sua mão. — Tá... — Ele respirou fundo. — Quem tem mais conexão comigo?

— Como você quer que eu responda isso? — Perguntou Roberto incrédulo.

— Acho que você consegue me puxar.

— Você sabe que é mentira, Heitor. — Roberto advertiu.

Heitor sentiu o colar frio lhe tocar a pele quente, e automaticamente soube quem podia tirar ele.

— Ágata. — Heitor disse com convicção.

— Está certo disso?

— Sim. — Heitor concordou.

— Ela não vai ficar feliz de ser acordada. — Roberto riu e pressionou a mão de Heitor no olho. — Vai com tudo.

Heitor pressionou o olho com os cabelos na mão deixando o sangue escorrer e pingar em sua calça de pijama. Apenas relaxou esperando o que poderia vir.

Heitor escutou uma voz familiar, era Rafael. Mas ela parecia mais doce do que a dos sonhos, o menino abriu os olhos e viu seu irmão parado à sua frente, abaixado, mexendo em algumas caixas.

Ele estava dentro de uma tenda branca com várias mesas e macas espalhadas com caixotes em cima.

— Uma tenda médica... — Heitor sussurrou.

Deu um passo à frente, tentando tocar Rafael, mas não conseguiu, sua mão passou pelos músculos do irmão como se ele fosse fumaça.

Heitor se abaixou ao lado dele e olhou seus olhos, eles eram azuis iguais aos de sua mãe e seus cabelos eram encaracolados como os de seu pai. Sua barba era um pouco rala e ele tinha algumas cicatrizes na cara, ele usava roupas simples assim como os de Heitor.

O homem ergueu uma caixa e colocou em cima da mesa quando outra pessoa adentrou na tenda. Heitor gelou, era Amélia.

— Rafael, cuidado! — Heitor gritou, mas o homem não se mexeu e o menino se lembrou que era apenas uma memória.

— Olá, Rafael. — Amélia o cumprimentou com um sorriso cínico. — Vi que você estava perambulando pelo castelo nos últimos meses... o que procurava?

— Amélia, para trás. — Rafael ameaçou dando alguns passos para frente. — Eu sei que você é uma traidora!

— E quem vai acreditar em você? — Amélia riu, indo na direção dele com faíscas negras saindo da mão.

Heitor arregalou os olhos, então Rafael sabia que Amélia era uma traidora. "Há quanto tempo essa mulher está planejando matar todo mundo?". O menino não estava tremendo de medo, mas sim de raiva. Começou a andar de um lado para o outro, de repente ver seu irmão morrer fosse a pior coisa que ele veria em toda sua vida. "É claro que vai ser horrível, eu estava pensando o quê? Que seria fácil?".

— Amélia, você pode me matar, mas virão outros e outros. E uma hora sua verdadeira face vai ser revelada. — Rafael cuspiu a menos de um metro de distância de Amélia.

— Não se eu matar todos que vieram depois de você... — Amélia riu e então foi para cima de Rafael, ele foi para trás e acertou um chute na barriga da mulher, jogando-a em uma mesa. — Seu pirralho!

Rafael foi na direção da saída da tenda, Heitor se mexia desesperadamente, sentia que podia ajudar o irmão, mas não tinha como. Aquilo era passado, não podia ser mudado.

Não importava o quanto Rafael lutasse bem, não tinha como ele fugir, morreria bem ali.

Antes de ele chegar à saída, Amélia jogou um bolo de faíscas em Rafael, acertando suas costas, e com um grito de dor, o homem caiu no chão.

Aproveitando, Amélia se levantou, tirou o pó de seus ombros e caminhou devagar até Rafael, seus passos não faziam barulho por causa da lama.

Ela parou e observou Rafael de um modo nojento, como um humano olha uma barata. Amélia ergueu o sapato de salto e enfiou na ferida aberta. Rafael gritou e se contorceu.

Heitor soltou um grito baixo, mas não adiantava de nada. Ele observou enquanto a vida saía lentamente de seu irmão, o último sopro de vida dele saiu devagar como se seu próprio corpo lutasse contra a morte... Por alguns segundos, Heitor jurou ter visto Cora no lugar de Rafael. O menino não aguentou e desviou o olhar.

Por fim, os olhos azuis dele perderam o brilho e a cabeça foi para baixo, sem vida.

Heitor se afastou observando o irmão, ele queria tocar nele, mas não conseguia realizar tal ato. Uma coisa ficou fixada na mente de Heitor, a cara de triunfo de Amélia diante da morte de Rafael.

O jovem se encolheu e realmente aquilo era a pior coisa que Heitor podia ter visto. Se sentou a memória parou no tempo, com Amélia em cima do corpo de Rafael com seu rosto brilhando de alegria.

— Ágata... já tá na hora de você me tirar daqui. — Heitor falou alto, ele não sabia se falando ali ele falava lá fora também. "Afinal, onde é dentro e fora?", pensou ele. — Vamos, Ágata... rápido.

Heitor começou a se alarmar e com razão, o chão que antes era de terra, uma espécie de lama, estava começando a ficar preto, a memória estava se desfazendo, já tinha dado o tempo dele ali.

— Socorro, Ágata! — Heitor gritou, o coração batendo mais acelerado agora. — Droga.

Heitor pulou para cima de uma maca olhando enquanto o corpo de seu irmão e Amélia sumiram na escuridão, com as rachaduras tudo em volta foi ficando preto e se aproximando de Heitor.

— Ah, que legal, sobrevivi a Amélia, filhos do Sol, Susana e diversas dores e machucados. Para morrer assim?! — Heitor bufou. — Ah, eu não me conformo.

A escuridão subiu até ele, devagar como uma cobra, menos de dois metros, menos de um, menos que poucos centímetros. Heitor encostou na parede da tenda olhando aquele negócio estranho chegando perto. Mas quando a escuridão ia tocar o pé de Heitor, ele acordou.

UM GUARDIÃO SEM-VISÃO

O mundo todo girou, e ele só via a imagem distorcida de Ágata à sua frente tirando o olho da sua mão e o colocando em cima da mesa.

— Heitor! Rápido, recobra a consciência, Heitor, por favor! Rápido! — A menina pedia batendo a mão nas bochechas de Heitor, mas ele mal a escutava.

Quando recobrou os sentidos, olhou para a criança e se espantou ao ver a cara de preocupada dela. Ele balançou a cabeça e com ânsia de vômito perguntou:

— O que foi?

— Você tem que sair daqui agora! — Ágata gritou puxando-o da cama. — Rápido!

— Por quê? Amélia está atacando o castelo? — Heitor perguntou alarmado vendo que Roberto tinha sumido, mas aliviado ao ver que Félix estava junto dele.

— Não dá tempo de explicar, corre! — Ágata empurrou ele pelo corredor, ela era mais rápida que ele, mas seguia atrás fazendo a guarda.

— Ágata...

— Pega Manchas e some! Por favor, se esconde!

— Por quê? Ágata! Me responde! — Heitor disse correndo a frente, ele estava curioso, mas se Ágata mandava correr, ele corria.

— É Amélia... — A menina começou, mas não terminou, Heitor bateu de frente com algo voltando e caiu em cima da menina enquanto Félix soltou um guincho.

"Tenho que olhar pra onde ando", Heitor pensou olhando para cima e vendo um enorme guarda a sua frente.

— Parado! — O soldado puxou Heitor pelos cabelos para cima. — Você vem comigo.

— O quê?! Por quê?!

— Levem a princesa ao quarto. — Ele ordenou, puxando Heitor para outro lado. Confuso, olhou para Ágata, que tinha os olhos arregalados.

— Não! Espera! Tem um engano! Soltem ele! É Amélia que vocês querem! Me larga! — Ágata gritou olhando para todos os lados.

"Amélia?", Heitor sentiu agora realmente o medo lhe abater e começou a tremer. Por algum motivo sentia que era seu fim. Encarou Ágata, e a menina o olhou até sumir no corredor.

O guarda arrastou Heitor até o grande salão, onde o jogou no meio do piso quadriculado e fez uma reverência ao sair, fechando a porta.

Heitor ergueu a cabeça e viu Fernandez com a pior cara que ele podia já ter visto. Tremendo, levantou-se e viu que ao lado da Rainha estava Eduardo com a cara preocupada e do outro Amélia com a cara em um sorriso, o mesmo sorriso de triunfo que ela teve sobre o corpo de Rafael. E nesse momento ele soube, "Essa aqui vai ser minha cova".

— Ma... majestade... — Heitor foi tentar fazer uma reverência como sempre fez, mas suas pernas não deixaram.

— Não se atreva a me chamar de majestade, seu imundo! — Ela cuspiu e Heitor arregalou os olhos. — Eu abri as portas do castelo, me abri para você, contei sobre meu marido! Sobre os filhos do Sol! E o que você faz? Seu verme nojento!

Heitor foi se encolhendo a cada palavra que ela falava, desesperado ele olhou para Eduardo pedindo ajuda. O homem abriu a boca, mas Fernandez o lançou um olhar de morte.

— Eduardo está te defendendo, acredita? Meu irmão é bobo! Ele só gosta de você porque lembra Rafael, se não... — Fernandez mordeu a língua como se fosse falar um palavrão.

— Se... senhora, por... por que estou sendo acusado? — Heitor ergueu os olhos a ela. — O que eu fiz?

— O que você fez? — Fernandez riu. — O que será, não é? Simples, traiu todos nós! Você era o espião, Heitor, esse tempo todo!

— O quê?! Não! Amélia que é a espiã! Fernandez, me escute, ela matou...

— BASTA! — Fernandez gritou e o silêncio reinou na sala. — Amélia me mostrou os mapas do castelo no seu quarto! E mostrou o hematoma que fez em sua face.

Amélia deu um passo para o lado mostrando de novo o roxo em sua maçã do rosto.

— Eu não fiz isso! Rainha, eu sou um sem-visão, nem faíscas tenho! Como que eu, Heitor, posso ter feito isso? — Ele protestou batendo os pés no chão.

— É verdade, Fernandez, ele não tem nenhuma habilidade com batalhas, ele *nunca* conseguiria atacá-la! — Eduardo encarou Amélia.— Pare de incriminar o garoto, sua rata!

UM GUARDIÃO SEM-VISÃO

— Eduardo. — Lágrimas saíram dos olhos azuis de Amélia. — Como pode falar isso a sua irmã?

Heitor arregalou os olhos, como aquela mulher podia ser tão ardilosa.

— E eu não acredito! — Fernandez rebateu jogando a cabeça para o lado, seus cabelos encaracolados voando para o lado. — Heitor, acha que vou acreditar em você? Um mero plebeu, que saiu não sei de onde, ou na minha irmã, com quem vivi a minha vida inteira?

— Ele não é qualquer um, é irmão de Rafael. — Eduardo rebateu.

— Ah, por favor, pare com isso. — Amélia disse a voz chorosa.. — Rafael já morreu, deixe-o descansar.

Heitor cerrou os dentes quando ela disse isso.

— Desde que éramos pequenos eu nunca confiei em você! — Eduardo gritou com Amélia indo em sua direção. — Eu sempre estive certo sobre você e não fale o nome do meu amigo sendo que foi você quem o matou!

— Não me acuse sem provas.

— Eu tenho provas contra você! — Heitor gritou erguendo a mão. — Tenho provas visuais contra Amélia, só... ah, não! — Heitor começou a tatear em seus bolsos e camiseta a procura do olho de Bazelel, "Droga! Ágata colocou em cima da mesa". — Eu vou buscar!

— Você não sairá deste recinto! — Fernandez gritou indo até Heitor.

— Deixe ele ir buscar as provas, Fernandez! — Suplicou Eduardo, enviando um olhar sofrido a Heitor. — Ele merece uma chance!

— NÃO! — A Rainha gritou. — Ele não merece!

— Fernandez... por favor, não faça isso com ele! — O chefe do exército suplicou de novo.

— Como punição por ser um traidor, você, Heitor Costas, está sentenciado a ser um isolado.

Heitor sentiu que tinha levado uma facada nas costas ou um choque que percorreu o corpo dele inteiro. Ficou sem forças e sentiu que cairia para frente e olhou para Fernandez, os olhos ficando úmidos.

— Não... Rainha, por favor...

— Irmã. — Eduardo chamou ela, mas olhava para Heitor. — Isso não.

— Já está decidido. — Fernandez chegou a poucos centímetros de Heitor, ela jogou um punhado de junas no chão. — As junas deste mês, junte suas coisas e suma! Me entendeu?!

Heitor fez que sim com a cabeça e se abaixou, juntando as junas do chão, e começou a andar até a porta, ombros e cabeça para baixo. Quando ele pegou na maçaneta, um choque passou pela sua cabeça. Lembrou-se de todos os momentos que passou ali naquele castelo, os amigos que fez, os amigos que perdeu, o mundo novo em que ele tinha sido inserido. E agora estava sendo jogado dele... tudo por culpa dela. Por culpa de Amélia.

— Amélia! — Heitor gritou olhando para ela, a pele pálida brilhando na luz das velas. — Eu vou fazer você pagar! — Heitor disse cada palavra devagar como se fosse uma maldição que jogava naquela mulher. — Farei você pagar por tudo que já fez! E isso não é uma ameaça, nem um aviso. É um fato.

— Suma daqui agora, Heitor... — Fernandez parou e não pronunciou o "Costas". — Você não faz jus ao sobrenome que leva!

Heitor mordeu a parte interna da boca, ele já estava abusando da sorte. Não sabia ainda como não tinha sido executado.

O menino saiu da sala batendo a porta, a respiração ficando mais rápida, os dentes quase quebrando de tanta pressão, os guardas começaram a pegar em seus braços.

— Não encostem em mim! — Heitor gritou empurrando-os para os lados.

Heitor estava descendo as escadas indo até Manchas, a égua relinchava só de ver ele.

O jovem queria chorar, mas nem para isso tinha forças, abriu a baía e passou a mão na cabeça branca e marrom da fêmea.

— Vamos para casa, garota. — Ele avisou pegando a cela da parede. — Esse cocho é bom, mas não nos querem mais aqui. Então vamos voltar ao antigo, tudo bem?

Ele começou a pôr a sela quando escutou alguém chamar seu nome, ele se virou e viu...

— Mariane...? — Heitor perguntou, mas ela não respondeu, ela só foi até ele e lhe deu um grande abraço. — Ah, não... — Heitor disse abraçando de volta, sentindo as lágrimas descerem pelas bochechas.

— Heitor... — Mariane apertou mais forte. — Eu não acredito. Primeiro Cora... depois você, Amélia... não acredito que Fernandez caiu nessa história. Eu... eu sinto muito... não esqueça de mim... meu irmão de outra mãe.

— Eu não vou, irmã. — Heitor apertou mais forte, as lágrimas molhando a blusa da menina. — Prometa que você não vai se esquecer de mim também.

— Não tem como esquecer de alguém tão chato.

— Heitor... — O menino ergueu os olhos e viu Roberto com Eduardo ao lado. — Eu sinto muito... — O ruivo disse olhando no fundo de seus olhos.

— Heitor, eu não consegui fazer ela mudar de ideia. Me perdoe... — Eduardo disse, as suas mãos tremendo, Heitor notou que Roberto queria pegar nelas, talvez para passar segurança ou acalmar o homem, mas não o fez. — Rafael ficaria desapontado comigo.

— Não, ele não ficaria. — Heitor advertiu saindo do abraço de Mariane. — Ele agradeceria por você ter cuidado de mim. Mesmo me chamando de praga.

— Eu fiz isso só uma vez... ou mais... — Eduardo riu, mas era uma risada dolorosa. — Eu queria trazer Ágata, mas sabe que Fernandez nunca iria deixar eu fazer tal coisa.

— Está tudo bem... — Heitor disse, "Não, não "está!", o corpo dele gritou em resposta, ele queria pelo menos uma última vez falar com Ágata e dizer adeus. — Fale a ela que eu saí com o colar que ela fez, e que tomara que a cor das faíscas dela sejam bonitas.

Heitor montou em Manchas e olhou para o trio.

— Me levarão até o portão? — Heitor perguntou, tentando não chorar mais.

— Mas é claro, né, seu bocó! — Mariane brincou indo na frente.

Quando chegaram à frente do portão do castelo, o menino se virou para eles.

— Com toda certeza isso não vai me trazer de volta, mas o olho de Bazelel está na mesa de Roberto. Peguem ele e provem que Amélia é a espiã. — Heitor mordeu a língua, eles não disseram nada sobre a informação. Aquilo parecia tão banal agora. — Vocês foram... minha segunda família. — Heitor viu como aquilo era difícil de se falar. — E aposto que do meu irmão também. Eu gosto muito de todos vocês... até de você, Eduardo.

— Vá se lascar. — Eduardo riu e todos riram, até Heitor, mesmo que isso lhe causasse dor. — Eu também gosto de você, Heitor, não importa o que digam. Você é idêntico ao Rafael.

Uma sensação boa alimentou sua barriga e ele sorriu sem saber o porquê. Mas antes de responder, Heitor escutou os passos de mais alguma coisa na terra. Virou-se na cela e viu Félix correndo até ele a todo vapor, geralmente Manchas daria coices ou tentaria sair correndo, mas ela já tinha se acostumado com o Orfeu.

— Félix? — Roberto perguntou a si mesmo no pé do portão.

— O que ele está fazendo? — Perguntou Eduardo sério, virando a cabeça.

O Orfeu parou e ficou ao lado de Manchas. Heitor passou a mão nele, o animal soltou um pio baixo e confortável.

— Heitor... ele quer ir junto com você. — Roberto avisou apontando para Félix.

— O quê?! — Heitor olhou para o animal, ele piscou devagar seus dois olhos bons. E então veio à cabeça do menino que nunca poderia deixar realmente ele para trás. — Eu vou levar você junto. Mas não faço ideia de como vou explicar isso à minha mãe... Adeus, galera.

— Adeus, meu irmão Heitor. — Mariane disse, a voz arrastada e melancólica, parecia a beira do choro.

— Adeus, Heitor. — Eduardo disse de uma forma mais educada.

— Adeus... meu amigo Heitor. — Disse Roberto, sempre um grande carinho era colocado em cada palavra que o ruivo pronunciava.

— Adeus... Cora...

Com isso Heitor virou as costas, mas antes ergueu os olhos para cima, disposto a tentar ver o quarto de Ágata.

Heitor só viu a cabeça negra de Ágata na janela balançando a mão e o coração dele pareceu até bater mais devagar. "Adeus, criança".

— Ah, uma última coisa, Eduardo... — Heitor sorriu e Roberto ficou vermelho olhando para o menino.

— Heitor, não estrague essa despedida tão bonita. — Roberto advertiu já sabendo o que viria.

— Não, Heitor, entregue sim. — Mariane soltou um sorrisão.

— Eduardo... — Heitor começou.

— Heitor, não se atreva. — Roberto advertiu de novo

— Pede logo Roberto em namoro. Ele é louco por você. Tchau!

Ele balançou os pés na barriga de Manchas e ela saiu correndo para o meio da cidade, os cascos batendo ao chão. Félix se tornou logo invisível e foi seguindo ao lado deles.

Heitor virou para trás vendo o portão fechar e as mãos de sua segunda família erguidas dando adeus a ele. Mas enquanto o portão fechava, a janela do quarto de Ágata foi aberta com um enorme barulho.

Ele não sabia se era ele que estava em silêncio ou se Ágata queria mesmo que fizesse tanto barulho. Mas de dentro do quarto, uma massa azul cortou o céu, "Eu não acredito! Catu!".

— Catu! — Heitor gritou, a ave voou até sua direção.

Enquanto Manchas corria pela cidade mantendo o ritmo, Catu os acompanhava pelos céus sobrevoando Heitor. Como seu guarda costas pessoal.

Heitor riu diante da ave, mas seu coração chorava, estava deixando o castelo isolado, se pisasse de novo na cidade seria pego pelos guardas e talvez executado, sentia estar deixando um pedaço seu naquela massa de tijolos e ele nunca se sentiu tão infeliz de voltar à cidade.

As lágrimas caíram na cela e suas mãos tremeram comprimindo um grito de pura dor. Ele queria que pelo menos pudesse ver Cora uma última vez, não queria abandonar Ágata, não queria abandonar Mariane, Roberto e, por incrível que pareça, nem Eduardo. "Pelo menos juntei aquele dois antes de sair... eu acho".

— Adeus, Catu! — Ele gritou quando a ave fez o retorno para o castelo, deixando-o só.

Catu gritou em resposta, como se também estivesse triste.

Capítulo 9

4 DE NOVEMBRO

Tinha acabado de passar da meia noite, faltava pouco para chegar em casa. Tinha passado o dia todo cavalgando e parado duas vezes ao dia, nenhuma delas na cidade. Felix acompanhava o ritmo com esforço. Mesmo fazendo meses que Manchas não fazia tal caminhada, seguiu tranquilamente.

O menino semicerrou os olhos quando uma luz surgiu mais a frente, Félix deu um passo para trás quando viu a luminosidade.

"Eu não acredito, e a porteira da minha casa?!". Sua casa só tinha uma luz, as das velas que sua mãe fazia com o resto do sabão em pedra. Agora, tinha duas velas gigantescas na porteira iluminando.

Ele parou na frente do objeto, a madeira tinha sido trocada e pintada de um azul escuro. Heitor passou a mão sobre a superfície antes de abrir e se surpreendeu ao ver que, um novo desenho entalhado na porteira, os trigos se cruzando como em um X.

— Rafael... — Heitor falou passando a mão no desenho. — Rá, é, olha isso aqui. — Antigamente, o que prendia a porteira era um fio de metal acabado, agora era uma corda forte e bem amarrada. — As junas foram bem gastas no final das contas. Mas... como que eu vou desamarrar isso? — Heitor puxou a corda ainda em cima de Manchas. — Espera, eu conheço esse nó...

Heitor sentiu seu coração bater mais rápido, aquele era o nó de seu pai. Tinha certeza, toda certeza. Agora sim não conseguiria abrir aquela porteira, porque suas mãos tremiam. Não paravam. "Agora não, não".

O menino pulou do cavalo e a poeira subiu até seus joelhos.

— Félix, preciso da sua ajuda. — Heitor apontou para o nó, o Orfeu colocou as garras para fora e com um golpe cortou a corda. — Não é crime se é a minha casa.

Heitor empurrou a porteira até o outro lado, passou Manchas e por fim o Orfeu. O menino se assustou ao ver o resto da sua casa: todas as cercas estavam reformadas, o galinheiro estava novo em folha, só o celeiro que continuava intacto. Heitor levou Manchas até lá, colocou ela na baía e se surpreendeu ao ver outro cavalo ali ao lado. Um animal negro de olhos verdes que bateu os cascos ao chão.

— Nossa... — Heitor arregalou os olhos para ele. — Você é lindo... cuidado para não se apaixonar, Manchas.

Heitor fechou a porta da baía e viu que não era mais farelo que davam aos animais, mas sim ração.

— Caramba... as coisas realmente melhoraram por aqui. — O menino falou sozinho, pegando um punhado de ração e colocando no cocho. — Meu esforço valeu a pena... talvez você não sinta tanta falta do castelo, Manchas.

Heitor saiu do celeiro e, ao fechar a porta, uma luz inundou seus olhos. Ele colocou as mãos sobre a cara tentando fazer a luminosidade diminuir.

— Quem é você?! — Uma voz grossa cortou o ar, Heitor sentiu o coração parar quando identificou a voz.

— PAI? — Heitor perguntou, ainda sem acreditar, depois de tanto tempo.

O homem abaixo a luz, as pupilas de seus olhos aumentaram ao ver o menino.

— Heitor? — O homem chamou. — Heitor!

O homem saiu correndo em direção ao jovem, ele o abraçou com tanta força que achou que iria quebrá-lo.

— Heitor... — Seu pai colocou a mão em suas bochechas. — Você está tão grande, o que aconteceu com sua orelha e seu pescoço? — Ele arregalou os olhos. — Você foi para guerra?

— Não, pai, não fui. — Heitor segurou na mão do homem, seus cabelos marrons iluminados pela luz. — Mas lutei contra uma guerra interna. Pai, você não sabe como estou feliz por ver o senhor.

— Cris! Cris! — O homem chamou. — Venha ver quem está aqui!

Da escuridão surgiu sua mãe, pequena como sempre foi, seus cabelos amarelos curtos e seus olhos azuis brilhando, usava um pijama que passava do seu tamanho.

— Heitor... Heitor! — Ela gritou correndo até ele.

— Mãe! — Heitor abriu os braços para um abraço esperando receber um, mas se encolheu quando viu a feição de raiva dela. — Mãe... calma!

— Você me paga, Heitor Costas! — Ela abaixou as sobrancelhas loiras indo na direção dele. — Você está tão encrencado! Ah, você não perde por esperar!

— Calma, mãe... eu pelo menos trouxe dinheiro para você, não é? — Heitor ergueu as mãos para cima torcendo que assim ela não lhe batesse.

— Trouxe dinheiro? Você acha que isso paga as noites que passei sem dormir? Achando que você tinha morrido! — A mulher gritou batendo os pés no chão. — Ah, se eu não fosse uma mãe tão boa você já teria levado uma surra! CUSTAVA TER ME ENVIADO UMA CARTA?

— Mas eu te enviei uma carta! — Heitor respondeu desviando de um tapa.

— NÃO VALE SER DEPOIS DE MÊS, NÉ, HEITOR COSTAS!! — A mulher gritou, agora acertando um tapa na perna do menino.

Heitor abaixou os olhos, naquele momento ele viu como tinha errado com sua mãe. Mas se não tinha nem tempo para ele, fugindo dos filhos do Sol toda hora... Quem dirá para sua mãe.

— Mãe, desculpa... eu... — Heitor buscou as palavras e pareceu que tudo que já tinha vivido bateu nele como um caminhão, ele puxou o ar tentando não chorar. — Mãe, eu passei os últimos oito meses tentando não morrer. — Os olhos da mulher se arregalaram. — Eu fugi de monstros e de assassinos. Eu vi uma amiga minha morrer bem na minha frente! E por que diabos você nunca me contou sobre Rafael?!

Um silêncio mortal caiu sobre os três, Cris não disse nada, apenas encarava o filho. Seu pai olhava para eles do mesmo jeito, sem saber o que dizer.

— Você foi trabalhar no castelo, não foi? — Cris perguntou ao filho.

— Sim, eu fui.

— Eles mataram seu irmão. Aquele povo do castelo.

— Não, eles não mataram. — Heitor revidou, encarando-a nos olhos. — Quem matou ele foi Amélia.

— Ei! Ei! — O pai do menino interveio. — Vamos todos para dentro e conversaremos melhor, e nenhum dos dois vai brigar. — Ele apontou para seu filho e para sua esposa. — Vamos conversar igual gente. Vocês tão parecendo bichos.

O pai de Heitor colocou as mãos em volta dos ombros de sua mãe e a levou para dentro de casa. Heitor ficou ali parado esperando eles entraram. Quando eles abriram a porta, virou-se para a escuridão e Félix apareceu sob a luz da lua.

— Félix... — Heitor o chamou com aceno de mão e o bicho se aproximou. — Foi aqui que Rafael viveu, aqui que seu antigo dono viveu. — O animal não deu muita bola para o fato e Heitor não sabia se ele realmente tinha entendido, mas completou — O que eu vou te pedir me deixa meio sem graça e aposto que até você não vai gostar. Mas, só por hoje, durma aqui fora. Eu não quero ter que explicar à minha mãe sobre você, um Orfeu, justo hoje.

O bicho eriçou as penas e abriu o bico fazendo um barulho estranho.

— Eu sei que não é legal, tá? Você pode dormir com Manchas. — Heitor apontou para o celeiro. — Ou até com as galinhas.

Félix bateu a cauda no chão indo em direção à primeira opção, apenas pelo jeito que se comportava dava para ver que estava bravo. Mas Heitor não ia contar a seus pais sobre os filhos da Lua ou do Sol. Não hoje, talvez amanhã. Mas não agora.

O menino se moveu até a casa, a sua casa. Fazia tanto tempo que ele não pisava naquele chão, mesmo tendo crescido naquele lugar, era uma sensação de nostalgia, dor e estranhamento, todos juntos. Como se fosse um lugar novo, "Talvez eu tenha me acostumado demais com o castelo".

Heitor bateu uma vez na porta, agora de madeira, já sabia por meio de uma carta que a porta estava lá. Mas era totalmente diferente tocá-la e vê-la do que apenas ler sobre ela.

O menino entrou e um ar quente subiu, ele respirou fundo. As velas iluminavam bem a cozinha, lá não tinha mudado muita coisa, a não ser que a mesa tinha sido trocada e o fogão também.

Heitor pisou no chão de madeira e um rangido surgiu sobre seus pés.

— Eu senti falta desse som. — Admitiu sentando-se na mesa.

O pai de Heitor não se sentou à mesa, na verdade ele foi até o fogão e pegou uma chaleira. Talvez ele fosse fazer café, o menino ainda não acreditava que ele estava acordado. Ver seu pai em pé era como ver um fantasma ou uma memória esquecida pelo tempo, já não lembrava como ele andava, nem como falava, e agora tudo isso tinha voltado tão rápido que o menino não sabia lidar.

— Pode começar a falar! — Sua mãe mandou apontando o dedo para a face do menino.

— Você não estava tão brava quando me enviou as cartas.

— Não sou burra, Heitor, eu queria saber se estava bem antes de brigar com você. Agora que sei, onde você estava com a cabeça?! — A mulher gritou. — Saiu no meio da noite, me deixou sozinha com os bichos e com seu pai!

Heitor franziu o cenho para ela enquanto batucava com os dedos, "Estar bem não é o termo que eu diria a mim mesmo".

— Eu só queria trazer dinheiro para casa. Você vendeu o vestido de casamento para comprar comida! — Heitor se virou ao seu pai. — Sabia? Ela vendeu o vestido do casamento de vocês.

— O quê?! — O homem rebateu quase derramando o café. — Cris, você não fez isso, né?

— Mauro, pelo amor da Lua, você estava em coma ou sei lá o que era aquilo. Mas eu precisava de dinheiro e Heitor tinha perdido todo ele.

— Eu não perdi, eu fui assaltado! — Heitor rebateu aumentando o tom de voz.

— Você não me disse isso, tá vendo? Quer que eu confie como em você? Mente para mim. — A mulher virou a cara para o outro lado, Heitor não a culpava e nem queria isso. Só queria que ela entendesse seu ponto.

— Mãe, tudo que eu fiz foi para dar uma vida melhor para você e o pai. — Ela virou a cabeça para o filho, os olhos azuis focados nos olhos dele, prestando muita atenção a cada palavra. — Eu fiz certo em sair sem te falar? Não. Mas era muito difícil você me deixar ir à cidade, e se eu falasse que trabalharia no castelo? Aí sim que não existiria a possibilidade de você deixar. Eu sinto muito se você ficou preocupada, eu mandei uma carta, mas ela não chegou. Eu queria ter mandado mais cedo ou mais cartas, mas eu não tinha tempo nem para mim lá dentro, sempre fugindo de algum mal.

Heitor coçou a cabeça e se estendeu para trás, aquela conversa era necessária. Ele sabia que era, mas era tão exaustiva. Era como recontar toda a história de como foi enganado por Amélia, de como desconfiava de Eduardo e como no começo Mariane e ele não se davam tão bem.

— Fugindo de algum mal? — A mulher repetiu escutando cada palavra. — Onde você se meteu, meu filho?

— Mãe... — Heitor puxou os cabelos da cabeça um pouco. — Por favor, por favor, não vamos falar disso hoje.

— Agora, falando nisso, Heitor, o que aconteceu com pedaço da sua orelha? — O pai disse arregalando os olhos e colocando uma xícara de café a sua frente.

— Foi queimada... — Heitor falou rápido, puxando o líquido para perto de si.

— O quê?! — A mãe dele arregalou os olhos, a boca aberta, que bom que ela não tinha tomado café, se não teria cuspido.

— Mãe, isso foi há alguns meses. Está tudo bem, já cicatrizou, a mesma coisa que o pai tomou eu usei nela.

— Falando nisso, o que era aquilo? — Sua mãe perguntou, uma sobrancelha levantada.

— Bom, aquilo... — Heitor buscou palavras, ele não iria inserir seus pais em um mundo totalmente novo onde criaturas da Lua e pessoas com faíscas existiam. — Aquilo é um antídoto. Não sei como ele funciona, só sei que funciona. — Agora foi a vez de Heitor abaixar o cenho. — Você disse que não sabia onde eu estava, mas chegou uma carta sua no castelo para mim.

— Eu simplesmente disse para o homem que entrega: "Entregue isso ao Heitor Costas, seja lá onde ele esteja". E funcionou, chegou até você.

Heitor estava gostando daquele momento em família, seu pai e sua mãe estavam unidos de novo e ele tinha voltado à sua casa, ao seu sítio. Agora melhorado, mas ainda tinha coisas pendentes. Coisas de um passado não descoberto.

— Mãe, pai. — Heitor soltou um olhar carregado aos dois. — Tá na hora de vocês dois falarem sobre o Rafael. O meu irmão que eu não fazia ideia que existia até pouco tempo.

O nome causou angústia só pelas caretas que ambos fizeram. Seu pai ficou um bom tempo com o café na boca, talvez achava que aquilo podia ser desculpa para não dizer nada.

— Seu irmão... — Sua mãe disse de forma devagar. — Ele era um homem bom...

— Isso eu já sei, grande guerreiro morto... que trabalhava no castelo. — Heitor se levantou, deixando a xícara na mesa. — Eu não quero isso, eu quero o final do quebra cabeça. Eu sei como ele morreu e quem o matou, mas por que eu não tenho memórias dele? Por que eu nunca vi ele? E por que depois de 18 anos vocês me contam que eu tenho um irmão?! — Heitor parou irritado. — Me contam não, eu descobri sozinho. No leito de morte de Cora!

Os pais tinham os olhos arregalados. Heitor nem deu bola para isso, apenas virou a cabeça para o lado, um gosto de bile em sua boca.

— Nós nunca contamos a verdade por que queríamos poupar você. — Seu pai foi o primeiro, vendo que sua mãe não diria nada. — Quando seu irmão morreu, foi um baque tão grande para a gente, você tinha 15 anos. Claro que é uma idade boa... mas... não conseguimos lhe contar. Você realmente viu ele quando tinha só 3 ou 4 anos de idade, por isso não se lembra. Ele sempre lutava contra os filhos do Sol, sempre ocupado. Nós nos comunicávamos apenas por cartas...

— Seu pai esqueceu de uma coisa — Sua mãe disse colocando a mão na cara. — Quando você tinha 7 anos, seu irmão trabalhava no castelo e você foi atacado por um cachorro. Seu irmão chegou num pulo e deu o antídoto pra você... mas acredito que já saiba...

O menino confirmou com a cabeça.

— Vocês foram no enterro dele? — Heitor perguntou olhando para sua mãe.

— Não. — Respondem os dois em união. — Na época tínhamos você e era tanta coisa para lhe contar, então...

— E daí vocês resolveram não me contar sobre ele? — Heitor não notou, mas gritou. — Foi horrível descobrir por meio de uma foto!

Um silêncio caiu sobre os pais do menino. Parecia que eles estavam morrendo de vergonha ou tristeza. Heitor não conseguia decifrar, então assumiu que na verdade era os dois.

— E não foram apenas por minha causa?

Seu pai bateu na mesa devagar.

— Além do mais, nós só ficamos sabendo da morte dele quando já estava enterrado. Não tinha mesmo como ir.

— Um homem alto e careca e um ruivinho nos contaram sobre a morte dele. — Cris contou com os olhos baixos e Heitor sentiu um arrepio ao perceber que eram Eduardo e Roberto. — Mas ele foi trabalhar no castelo porque quis. Mas, diferente de você, ele contou para onde ia!.

— Só isso? — Perguntou Heitor desanimado

— É. — Mauro mexeu os dedos. — Sinto muito, só sabemos isso filho... Mas, se serve de consolo, obrigado por me tirar do coma.

— É, meu filho, posso estar ainda um pouco brava com você. — Ela semicerrou os olhos. — Mas você realmente trouxe dinheiro para casa... Obrigado.

Heitor sorriu, pegou a xícara e a colocou na pia, mesmo com as palavras de seus pais e estando em casa, estava desanimado demais. Toda sua bateria para aquela conversa tinha acabado.

— Vou para cama... — Ele disse saindo da sala. — Boa noite.

— Boa noite. — Os pais responderam em união.

Heitor foi até seu quarto, que estava do mesmo jeitinho desde quando foi embora. Olhando sua rede, balançou ela com a mão, tinha deixado suas coisas no celeiro com Manchas. Não eram muitas coisas, só um ou dois livros que Cora tinha dado e um monte de folhas para desenho. "Faz tempo que eu não desenho", ele pensou se jogando na rede e nunca se sentiu tão desconfortável como naquele momento.

— Tá... definitivamente eu me acostumei demais com o castelo. — Heitor puxou o corpo para o lado. — Ai, como felicidade de pobre dura pouco.

Capítulo 10

16 de fevereiro

Heitor estava acostumado a acordar cedo, mas aquilo era cedo demais. O sol ainda não tinha nem nascido quando escutou o grito de sua mãe cortando o ar calmo da madrugada.

— Heitor! Venha dar um jeito nessa coruja! — O menino piscou atordoado. — Agora!

Pulou da rede e as tábuas rangeram quando tocou o chão. Heitor correu para fora, pegando um chinelo de dedo ao sair.

— O que foi? — Ele perguntou alarmado indo até a voz de sua mãe.

— Olha isso! — A mulher apontou para Félix, que tinha no bico um pano listrado. — Minha toalha de mesa, Heitor!

"Está muito cedo para isso. Está muito cedo pra acordar, está muito cedo pra existir", o menino pensou se ajoelhando ao lado do Orfeu.

— Vamos, me dá. — Ele mandou calmamente, fazendo sinal com a mão, abrindo e fechando ela.

— Por que ele faz isso? — Sua mãe bravejou.

— Porque é um animal, mãe.

O Orfeu soltou no chão o pedaço de pano restante e Heitor pegou e o entregou à mulher.

— Ah, ótimo! Se sua avó estivesse viva... — Ela começou observando o furo no pano.

— Mas não está. — Heitor ergueu uma sobrancelha para ela.

— Vá tomar café, meu bem. — A mulher piscou para ele e seguiu seu caminho, e Félix foi atrás. — Ainda tô brava com você! Pra que estragar o pano? Um tecido tão lindo!

Heitor riu de sua mãe com o bicho enquanto ia até a cozinha, já tinha passado quatro meses desde o exílio, e isso não o deixava dormir muito bem a noite. E o que mais incomodava era o fato de ninguém ter mandado nada, nenhuma carta nem lembrança. O povo do castelo tinha esquecido dele? Mariane? Roberto? Ágata? Até Eduardo? Heitor não se admirava dele esquecer, mas tinham ficado próximos nos últimos meses de sua estadia. "Nossa, será que era assim que minha mãe ficava?", Heitor se sentiu um lixo pensando nisso.

O menino se sentou à mesa e deixou o corpo esticar e tentar acordar com isso... lembrou de Cora por alguns segundos e seu coração apertou.

Colocando os dois cotovelos na mesa, ele observou uma lagartixa invasora pegar uma aranha marrom.

Explicar para seus pais sobre Félix não foi tão difícil, fez igual tinha feito com Ágata há muito tempo. Mentiu que era uma espécie de coruja estranha e eles acreditaram. A única coisa que causou espanto era o fato dele sumir e reaparecer magicamente.

Mas, tirando isso, foi tudo muito bem, era até engraçado ver sua mãe com o animal e Heitor suspeitava que o Orfeu gostava mais de sua mãe do que do próprio garoto em si, afinal, ele dormia com a mulher e fazia tudo com ela.

— Bom dia! — Celebrou o pai de Heitor entrando na cozinha. — Meu garoto já está acordado?

— Pior que sim. — Heitor rebateu com o sorriso. — Gosto de acordar e ver o senhor acordado também.

— Eu já entendi isso, meu filho, todos os dias você me diz isso. — Mauro riu pegando café também.

— Ué, fiquei dois anos com o senhor desmaiado, o mínimo que posso fazer é que a partir de agora eu sempre diga que gosto de você acordado. — Heitor apertou a xícara com força.

— Eu também te amo. — Mauro disse resumindo tudo que Heitor queria dizer e indo até a janela ver o que estava acontecendo lá fora. — Bom, eu vou lidar com os bois, vem junto?

— Estou indo. — Heitor avisou enquanto seu pai saía para fora.

Heitor passou a mão sobre as bordas da xícara, "O que será que o povo do castelo está fazendo agora? Mariane está treinando? Eduardo também? Roberto está pintando? Ágata está fazendo o quê? Quem está cuidando dela? E o pior, o que Amélia está fazendo?". Mas então alguma coisa tirou Heitor de seus pensamentos. Ele ergueu a cabeça rápido e se levantou de sobressalto.

Foi até a janela, um pouco longe dali, seu pai estava lidando com os bois, como disse. Ele só não suspeitava que um enorme touro de chifres brancos estava indo em sua direção. O menino se assustou, se gritasse só pioraria as coisas, então de sobressalto Heitor pulou da janela, passando por sua mãe sem nem ao menos vê-la, Félix o acompanhou.

Correu até a cerca, o peito subindo e descendo rápido. Heitor passou por debaixo dela, roçando as costas na terra, ficando costas a costas com seu pai, o menino gritou batendo pé com Félix fazendo a fortificação ao lado de Heitor.

— Pra lá! — Heitor gritou ficando de frente com o boi, ele passou os chifres no chão e bateu os cascos e se virou. — Pai, você acabou de acordar, preste atenção para se manter vivo!

O homem arregalou os olhos marrons e abriu a boca:

— Como fez isso?

— Isso o quê?

— Você estava agora mesmo na cozinha.

Heitor sentiu as bochechas corarem e ele desviou o olhar.

— No castelo, se você não é rápido, não sobrevive; e se não se mantém alerta, também não... e mesmo se for os dois... pode morrer... como... — Heitor não sabia se já tinha aceitado a morte de Cora ou não. Às vezes sentia que sim, às vezes sentia que não. Mas lembrar dela ainda causava dor. "Faz meses quatro, se recupere!".

— Heitor. — Seu pai o chamou e ele virou a cabeça. — Já faz alguns meses que você está aqui, meu filho. Por que não conta o que aconteceu no castelo? Por que tem essas cicatrizes?

Heitor passou por debaixo da cerca e passou a mão na cabeça de Félix. Não sabia o que responder, molhou os lábios olhando seu pai, esperando que do nada viesse uma resposta, mas no final só saiu:

— É meio complicado. — O jovem começou a descer a colina devagar.

— Até quando vai ser complicado, Heitor? — Seu pai rebateu.

— Não sei, você demorou 18 anos para me contar sobre meu irmão. Talvez eu também demore 18 anos para te contar o que aconteceu comigo. — Heitor passou por sua mãe e Félix foi junto a ela.

— Você está mais rápido.

— Eduardo iria rir do meu desempenho se visse essa pequena corridinha. — Heitor entrou para dentro para trocar de roupa e voltar a ajudar o pai. "Talvez eu tenha mudado mesmo", ele pensou colocando um tênis.

No almoço, Heitor começou a cutucar o feijão e o arroz do prato, seus pais conversavam alguma coisa, mas ele nem se importava. Apenas mexia de um lado para o outro o garfo. Ele piscou devagar e, então, um bater de palmas na frente do portão.

— Tem alguém na porteira. — Sua mãe avisou e Mauro se levantou para ver quem era.

— Heitor, é para você.

O menino se levantou e correu até a porteira quase tropeçando em Félix, que devorava uma ratazana que provavelmente tinha achado no celeiro.

— Heitor Costas? — O homem ergueu uma sobrancelha. — Ah, oi, *traidor*. — Ele cuspiu.

Heitor fez uma careta a ele.

— O senhor só tem que entregar cartas, nada mais. Não precisa falar. — Heitor puxou o papel das mãos dele e saiu deixando o rapaz para trás.

— De nada. — O homem cuspiu e sumiu em sua carruagem.

Heitor se sentou de volta na mesa e abriu a carta, mas antes de ler, viu a expressão estranha que seus pais tinham.

— O que foi? — Ele perguntou virando a cabeça.

— Ah... Heitor, meu filho. — A mãe dele se encolheu. — Por que aquele homem chamou você de traidor?

Heitor sentiu o rosto esquentar – uma coisa era um desconhecido o chamar de traidor da Rainha. Outra coisa era sua própria mãe falar isso.

— Ah... tá. — Heitor colocou a carta na mesa. — Eu acho que vou contar a verdade para vocês, mas fiquem sentados, porque além de impactante, a história é longa.

Heitor explicou a história tintim por tintim, a cada momento seus pais tinham uma reação diferente. Mas a que mais doeu no menino foi a hora que ele contou detalhadamente como Rafael tinha morrido, contou sobre Amélia, Ágata, Eduardo e Roberto.

— Nossa... — Sua mãe soltou um longo suspiro. — Eu não acredito... você passou por tudo isso?... Quase morreu todas essas vezes? Você lutou todas essas vezes?

— Sim... — Heitor disse desviando o olhar, era estranho ver sua mãe o olhando daquele jeito. Como se não conhecesse o filho que tinha, como se não soubesse quem ele era. — E Rafael também passou.

— Minha Lua... com 18 anos você está salvando o reino? Eu com meus 18 só usava substâncias ilícitas. — Mauro disse coçando a cabeça.

— Mauro! — Cris brigou dando um cutucão nas costelas do esposo.

— O quê? Só estou impressionado com ele. — O homem de cabelos marrons tentou se defender.

Heitor puxou a carta para si enquanto seus pais tentavam se resolver. Abriu a carta, uma letra miúda, como se não quisesse ser vista por ninguém.

"Heitor! Sou eu, Ágata. Estou enviando essa carta para você por debaixo do nariz da Rainha. Eu sinto muito pela demora e por você ter sido exilado, eu sinto sua falta. Procure por nós, estarei com Mariane. Eu não chamaria você se não fosse urgente, Roberto e Mariane descobriram algo sobre Amélia e não querem me contar. Que essa carta chegue até você."

Heitor quase amassou o papel em suas mãos, era aquele sentimento voltando, a adrenalina pura, aquele sentimento que nunca deveria ir embora estava voltando.

— É uma carta de Ágata! — Ele avisou em outro mundo.

— Da menininha que você cuidava? O que ela quer? — Perguntou seu pai se esticando na mesa.

— Menina não, pai, a princesa. — Heitor se levantou e olhou o sol, demoraria ainda muito tempo para ele descer. — Tenho tempo para me planejar. Tenho que ir à cidade.

— Tá, mas como vai encontrar ela? Você está expulso da cidade. Se tentar entrar, você vai preso! — Sua mãe advertiu ficando em pé.

Heitor analisou bem as opções. Se tinha algum jeito de mostrar a verdade sobre Amélia, ele precisava tentar. Se descobrissem a verdade sobre a meia tia assassina de Ágata, todas as acusações sobre o menino cairiam por terra.

— É, realmente estou proibido de entrar lá. — Heitor olhou para Félix, que balançava a cabeça de leve tentando tirar um pedaço de rato da bochecha. — Também fui proibido de ir à cidade por você e, convenhamos, isso não me impediu.

A mulher fez uma bela de uma careta diante do que o jovem disse e voltou a se sentar. Mas parecia meio inquieta e irritada, Mauro batucou os dedos na mesa como se tivesse esperança de que Heitor fosse chamá-lo para a aventura.

Capítulo 11

17 de fevereiro

Tinha acabado de anoitecer, o ar quente do dia ainda pairava no ar e a luminosidade ainda estava presente.

Se saísse agora talvez conseguisse chegar lá antes do amanhecer, afinal, pretendia sair com Félix, que era mais rápido que Manchas. Na primeira vez que eles fizeram o caminho, Félix teve um pouco de dificuldade, mas Heitor contava que com todos aqueles dias no sítio levando a boiada, o animal já tinha se acostumado com o ritmo.

Estava treinando montaria em Félix, a última vez que ele montou no Orfeu deu certo. Mas dessa vez, não. A criatura andava um pouco e Heitor caía, tentou de novo, mais dois metros e caía.

— Mas que coisa! — Heitor reinou se levantando.

— O que foi, filho? — Seu pai apareceu do meio das sombras.

— Eu não... — Heitor respirou fundo. — não consigo montar em Félix, e eu tenho certeza de que ele é mais rápido que Manchas. Preciso dele, mas não sei o que estava acontecendo... eu sempre consigo montar nele!

O pai de Heitor passou ao lado dele e analisou o Orfeu de cima a baixo. O animal balançou a cauda como se ele esperasse uma resposta.

— Monte de novo, quero ver como faz.

Heitor obedeceu ao pai e subiu em Félix, bateu duas vezes de leve na barriga do animal e ele começou a andar, não rápido, lento como se levasse uma criança, e quando o menino pensou que estava progredindo, boom! Caiu ao chão de novo.

— Tá vendo? De cara no chão... de novo. — Heitor levantou, passando a mão nos cabelos. — Foi uma ideia boba.

— Não, não foi. — O pai disse erguendo a mão. — Cris, você ainda tem sua cela de boi?

Heitor ergueu uma sobrancelha diante do comentário e se surpreendeu, mais ainda quando sua mãe apareceu com uma cela maior do que uma cela de cavalo.

— Eu vendi minha antiga, mas comprei ela quando Heitor mandou o dinheiro. — A mulher jogou ao chão o objeto.

— Mãe?... uma cela de boi?

— Eu te ensinei a montar em cavalos. — O pai de Heitor disse animado. — Mas sua mãe montava em bois e vacas quando era mais nova. Ia para vários rodeios.

— Mãe, você fazia isso? — Heitor perguntou, uma sensação boa surgindo em sua barriga quando descobriu que sua mãe fazia coisas tão legais quando mais nova.

— Ah, pare — Cris ficou vermelha. — Quando eu era muito nova, eu fazia isso.

— O problema na sua montaria com Félix é que você não se equilibra.

— Mas da última vez eu me equilibrei!

— Da última vez alguém montou com você? — Perguntou sua mãe erguendo de novo a cela e colocando em Félix.

— Sim, Roberto.

— Então foi ele que te deu equilíbrio. — A mulher cuspiu a resposta amarrando a sela na barriga do animal. — Agora você vai.

Heitor subiu em cima de Félix, ele estranhou um pouco a cela, mas logo começou a se acostumar. O menino passou a mão nas orelhas de coruja.

— Preparado? — Heitor perguntou e o animal soltou um gemido baixo. — Obrigado, mãe e pai.

— Se cuide, meu filho. — A mulher lhe entregou uma capa preta que cobria a cabeça até os pés. — Quando eu queria entrar em festa que... bem... eu não era convidada, eu usava isso. Então não rasgue.

— Dessa vez não vai me mandar tomar cuidado na cidade?

— Não... Você faz isso por si só.

Heitor puxou a capa para perto de si e começou a corrida, as quatro asas de Félix poderiam ter sido úteis se as duas do lado direito não tivessem horríveis cicatrizes que tornaram ela atrofiada, assim, não crescendo penas e impedindo o voo. Mas o Orfeu era muito rápido em terra e sua agilidade e habilidade de ficar invisível também.

Chegando perto dos portões da cidade, Heitor se colou junto a Félix, sentindo as penas cutucarem seu nariz.

— Félix, tá na hora. — O Orfeu balançou a cabeça e automaticamente ambos ficaram invisíveis.

Adentrando na cidade, Heitor sentiu um arrepio quando viu as capivaras abaixo da ponte e quando passou pelos guardas com as marcas da Lua em seus peitos e eles nem falaram nada. A adrenalina subiu pelas veias de Heitor até sua nuca, arrepiado seus cabelos pretos.

A cidade estava iluminada por várias velas, como sempre esteve, Heitor respirou o ar puro da noite, a sensação de nostalgia subiu nele como uma aranha pequena e leve, sem ser percebida.

— Eu sinto falta disso... e você, amigão? — Heitor perguntou animadamente, a coruja não pareceu se importar.

Heitor passou ao lado do castelo, sua animação sumiu rapidamente, por um momento ele sentiu que deveria entrar ali. Que ali era sua casa, era ali que deveria estar. Heitor levou a mão ao alto como se pudesse tocar os muros de pedra que um dia pulou para conseguir um emprego.

Félix virou com força para o oeste, entrando na ala proibida da cidade – tanto dentro do castelo quanto na cidade tinha também. E Heitor não sabia direito o porquê dessa parte da cidade ser restrita, mas ele suspeitava que podia ser ali que soltavam algumas criaturas da Lua.

Heitor puxou Félix para trás, fazendo ele parar, na escuridão. Nem sinal de Ágata e Mariane, Heitor manteve-se firme sem se encolher. Ele semicerrou os olhos que já tinham se desajustado à escuridão.

— Mas ela disse na ala Oeste. — Heitor abriu a carta de Ágata e conferiu, realmente era ala Oeste. — Que estranho..

Sua fala foi cortada ao meio por uma corda, que foi jogada sobre sua mão, puxando ele ao chão.

Heitor arregalou os olhos, mas não teve tempo de reação, caiu sobre a superfície dura, fazendo levantar poeira, cuspiu ao chão, ficando de pé e puxando o pulso.

UM GUARDIÃO SEM-VISÃO

Félix se tornou visível de novo e Heitor se tornou visível assim que foi puxado do animal, a corda que o prendia era preta e comprida, quem a puxava estava no meio da sombras e do meio delas, uma voz conhecida sussurrou:

— Olá, Heitor. — A feição de Amélia veio à luz, seus olhos azuis cintilavam.

— Ah, não... — Heitor puxou a mão tentando se libertar, não estava com medo, mas não queria ficar preso àquela mulher. — Me solta!

— Heitor, lembra daquele papo de te deixar viver para ver seus amigos morrendo um por um? Pois é — A mulher deu uma pausa, puxando o menino para mais perto. — Mas como você foi expulso do castelo, não tem porque te manter vivo. Afinal, nem aqui você pode pisar mais.

Heitor ia usar a outra mão para tentar se soltar, mas foi puxado por outra corda da mesma cor que a primeira que foi lançada, puxando o menino, uma por de cada lado de seu corpo. Quase o dividindo ao meio, tentou puxar de volta as mãos junto ao corpo, mas não conseguiu.

— Olha, eu preferiria continuar vivo, sabe, para quando você der de cara no chão eu poder rir.

— Haha... — Amélia deu um sorriso falso e sarcástico. — Você só finge ser durão, uma pessoa realmente durona é Mariane. Heitor, você é só um bicho de pelúcia com dentes.

— Chega mais perto que te mostro os dentes que vou dar na sua cara!

— Tá bom, bravão, todos nós aqui já sabemos que você é muito perigoso — Amélia desfez o sorriso amarelo e estalou os dedos. — Tchau, Heitor.

O menino sentiu uma dor na cabeça inconfundível, aquela dor que latejava e queimava ao mesmo tempo, tinha levado um golpe na nuca.

Ele piscou, tonteou e por fim caiu ao chão de novo, a respiração ficando mais fraca e a boca secando. "Levante-se, levante-se, rápido, não fique aí deitado". Não adiantava pensar, o corpo dele não reagia e logo cedeu deixando-se abater, a única coisa que ele escutou foi Amélia sibilando:

— Peguem o Orfeu também. Cuidado! Ele é muito rápido!

Heitor piscou, o lugar era mal iluminado e fedia a enxofre, ele quase vomitou, mas segurou, a dor de cabeça era insana e o menino queria fazê-la parar, mas não tinha como. Tentou levantar-se, mas voltou ao chão tão rápido que nem parecia que tinha tentado sair do lugar.

— Heitor — Chamou uma voz feminina que ele conhecia, mas de onde? — Heitor! Acorda!

As pupilas aumentaram com a escuridão do lugar, tentando achar alguma luz. Sentando-se, observou na sua frente uma menina que não esperava ver nem ali e nem como estava – Susana estava amarrada na sua frente, sentada com as mãos para trás.

E Heitor, infelizmente, estava igual a ela.

Sua cabeça careca raspada como sempre, os olhos verdes como gato sempre procurando algo para matar. Dessa vez usava uma calça justa com uma bota e uma blusa com mangas compridas que ficava pouco acima do umbigo.

— Susana?

— Não, o Saci-pererê. Idiota. — Ela cuspiu como veneno a resposta, se Heitor estava de mal humor, ela estava mais.

— Achei que o Saci só tinha uma perna. — Heitor resmungou olhando em volta. — Por que está presa aqui?

— Não te interessa. — Ela bravejou virando a cara.

— Por que me acordou se você nem quer falar comigo?— Heitor questionou.

— Porque você ronca. — Susana cuspiu.

Estavam em uma jaula, as barras enferrujadas deixavam Heitor enjoado e ele sabia onde estavam. Na floresta do sol poente, na base dos filhos do Sol, "Cê tá de brincadeira comigo, né, universo? De novo aqui, e preso com ela?".

— Sabe o que me interessa, Susana? — Ela virou a cara rápido sua boca em um rosnado. — Por que me ajudou? Duas vezes?

— Talvez eu tenha pena de você — Ela disse como se não fosse nada.

— Ficar retrucando não vai ajudar. Mariane era assim e hoje somos amigos, aos poucos você quebra.

— Tão amigos, não é? Então por que ela deixou você ser expulso do reino?

Heitor não respondeu, sabia que não era culpa de Mariane. Mas claro que Susana não perderia essa oportunidade, mas por que Amélia colocou eles dois na mesma cela? Observando as outras celas, ele notou que estavam vazias, molhou os lábios, o que podia dizer que fizesse ela falar?

— Então como, durona, veio parar aqui? — Heitor perguntou tentando forçar um tom de voz que não era seu.

— Eu já disse que não te interessa! — Ela rebateu olhando além das grades.

— Qual é, — Heitor se cansou, jogando a cabeça para trás. — estamos eu e você no mesmo barco — Ele balançou a cabeça de um lado a outro. — Se eu estiver certo, Amélia quer me matar e se você está na mesma cela que eu, ela também quer te matar... Que novidade. Então você pode me contar as coisas, acho que é um dos últimos minutos de vida que tenho. — Heitor semicerrou os olhos para Susana, ela o encarava, a boca meio aberta. — Mortos não contam segredos.

Ele ergueu as sobrancelhas e Susana se ajeitou sentada e deu um sorriso como de quem não acredita no que está acontecendo.

— Tá bom, pirralho, eu te conto. — Ela fez que tanto faz com os ombros e se encostou na parede.

— *Você é mais nova que eu.* — Heitor interrompeu fitando a menina.

— Perguntei? — Ela disse com o cenho abaixando. — Eu ajudei simplesmente porque você me salvou, só isso. Tentei te avisar sobre Cora, mas aquela tonga da Mariane não me deixou ir até você.

— Você pegou o anel dela. — Heitor interveio, sentindo como sua boca estava seca.

— Só peguei o anel porque senão ela iria me atacar.

— Tem medo da Mariane? — Heitor provocou, Susana não disse nada, apenas lançou um olhar de morte ao garoto. — Mas você ainda não me contou por que escondeu eu e Mariane quando estávamos no quarto de Amélia e mentiu que tinha atacado Roberto e Eduardo.

— Olha, eu tenho os meus motivos para querer que Amélia caia, tá?! — Susana se revoltou flexionando a cabeça para trás. — Motivos que não envolvem só você. É que, Heitor, você é a única pessoa que conheci que bateu de frente com ela.

Alguém começou a adentrar o corredor e a conversa cessou nesse momento, mas Heitor deixou um sorriso escondido pelas bochechas para a menina. Aquelas palavras não eram um elogio, mas não eram uma condenação também.

— Olá, Heitor. — Amélia cumprimentou, segurando, com sua mão pálida e unhas berrantes, uma barra cheia de ferrugem. — Pronto para morrer?

— Na verdade, não. — Heitor admitiu com o rosto sereno.

— Venha — Amélia puxou Heitor, deixando Susana sozinha.

O menino lançou um último olhar à menina, os olhos verdes pareciam um pouco tristes com sua partida, "Como é possível? Há algum tempo ela queria me matar, agora parece que está do meu lado. Eu confio nela, mas não deveria".

Heitor cambaleava, já tinha estado ali e não era tão ruim estar pela segunda vez. A não ser por Amélia, que deixava o ambiente horrível, como um fungo indesejável. Eles foram na mesma sala de alguns meses atrás, quando ela o tinha capturado.

O menino se sentou cordialmente na cadeira de madeira na frente da mesa da mulher e cruzou as pernas, como se aquilo não fosse nada demais.

— Está calmo. — Amélia anunciou, como se ele não soubesse disso.

— Não tenho medo de você, não mais, pelo menos. — Heitor deu de ombros, encostando-se na superfície de madeira.

— Heitor, eu te trouxe até aqui porque quero lhe fazer uma proposta. Olha, — Ela se levantou colocando a mão na mesa. — Você é, de certa forma, inteligente, meu jovem. Mesmo não sendo um com-visão, você derrota todos eles. — Ela fez uma cara de orgulho. — Menos eu, enfim.

— Onde quer chegar? — Heitor bufou descruzando as pernas.

— Quer trabalhar para mim?

A mulher fez a proposta de uma forma tão calma, como se não fosse nada demais. Heitor arregalou os olhos e a raiva subiu nele tão rápido que ele ficou em pé, por um momento ele esqueceu até que estava amarrado e quis dar um soco na mulher.

— Como é? Acho que não escutei direito! Quer que eu trabalhe para você?! — Heitor soltou um uivo pela boca — Você matou, Cora! Matou meu irmão! E quer matar Fernandez, por que a sua cabeça pequena pensa que eu vou me juntar a você?

Amélia batucou os dedos na mesa e encarou Heitor, as sobrancelhas abaixadas, ela molhou os lábios, flexionando as mãos.

— Fernandez te traiu. Você lutou a favor dela e como a Rainha ingrata te retribui? Te exilando. Você salvou a filha dela e como ela retribuiu? — Amélia encarou o Heitor e agora sim ele se sentiu mal, a barriga dele revirou-se no lugar. — Se você se juntasse a mim, Heitor, nunca seria descartado. Nunca seria humilhado do jeito que ela te humilhou. Aceite a minha oferta e terá todo o dinheiro do mundo, Heitor. Tanto para você quanto para sua mãe.

O menino se remexeu na cadeira, como Amélia conseguia fazer isso? Entrar na cabeça das pessoas de uma maneira tão fácil? E sua convicção na voz piorava tudo, como se tivesse certeza do que falava.

— Por que você quer que eu trabalhe para os filhos do Sol? — Heitor perguntou encarando Amélia, a mulher sorriu, mas não de um jeito sarcástico, mas sim de maneira real, um sorriso carismático.

— Porque além de eu achar você um ótimo guerreiro, é inteligente, como já disse antes. Assim como eu quero ter minha vingança, você poderá ter a sua. Pense como Fernandez te tratou, como Eduardo te tratou todo esse tempo... Como os guardas te trataram. Não quer o gosto de se sentir superior? Fazer eles se sentirem medo de quem um dia eles não deram bola?

As palavras dela eram como um veneno que entrava nos ouvidos de Heitor, ele não queria seguir o que Amélia dizia. Mas a convicção em sua voz, a certeza do que fala, a melodia suave que saía de sua boca... parecia enfeitiçar Heitor.

— Por que... por que você está fazendo isso? — Heitor apelou para o sentimentalismo mesmo achando que Amélia não tinha isso. — Fernandez é sua irmã.

Amélia nem se incomodou com as palavras de Heitor, ela revirou os olhos como se estivesse cansada de tudo aquilo.

— Heitor, Fernandez pode ser minha irmã, mas a raiva que carrego da família real nunca vai se dissipar, não importa quantos anos passem, podem ser a até séculos. Mas eu só vou descansar quando minha vingança estiver completa! — Ela bateu na mesa com a mão fazendo o objeto tremer. — Deixe— me contar uma história, querido. — Amélia virou a cara para ele, os olhos azuis dominados por uma raiva imaginável. — Quando eu era menor, meus pais e eu éramos descendentes de filhos do Sol, mas só éramos isso, nunca concordamos com as coisas que eles faziam e nunca machucamos ninguém! Mas o rei, o pai de Fernandez, não quis saber disso. — Amélia não demonstrava tristeza ao falar, apenas possuía um olhar parado e frio. — Sabe a ala oeste? Ela tem casas vazias e prédios destruídos, é abandonada por todos e nenhuma planta cresce lá. Sabe por quê? Antigamente, lá era o lugar onde tinha mais filhos do Sol, escondidos, claro. — Ela suspirou. — Ele armou um ataque e invadiu o lugar, matando todos. Independentemente se eram sem ou com-visão. O Rei aniquilou todos, ele matou meu pai e minha mãe na minha frente, Heitor! — Ela tinha agora a cara transformada em puro ódio. — Na minha frente! Ele os matou! Eu vi o sangue escorrer e pingar no chão, manchando as mãos de vermelho, as paredes, o chão, o teto. Tudo... era... vermelho.

Heitor observou Amélia piscar devagar, como se esquecesse que ele ainda estava presente. O menino não sabia o que pensar, não queria ter piedade por Amélia, não depois de tudo que ela fez, mas o que ela viu, o que sofreu, na verdade estava mais para como sobreviveu.

— E aí? — Heitor perguntou tentando fazer Amélia voltar à razão.

— E aí? — Ela repetiu sem muita convicção. — Eu implorei, eu tinha 5 anos e implorei pela minha vida. De joelhos, Heitor, eu pedi ao Rei que não me matasse. — Ela flexionou os lábios. — Então fui morar no castelo, primeiramente como apenas serva, alguns níveis abaixo de você, mas Fernandez gostou de mim e começou a me tratar como irmã e, no final, a Rainha, mãe dela, que antigamente era uma camponesa, aceitou que eu fosse meia irmã de Fernandez. Mas o que eles não esperavam era que planejava tudo isso desde que tinha meus 15 anos. Matar todos e então me livrarei dessa raiva contida em mim.

— Se você planeja isso desde os 15. — Heitor juntou as peças em sua mente. — ...Você... você...

— Matei o Rei na guerra do Eclipse? Claro. Em uma guerra ninguém suspeitaria de mim. — Ela se aproximou de Heitor, encarando-o no fundo de sua alma. — O apunhalei pelas costas e joguei seu corpo sem vida no campo de batalha.

E ela se levantou, encarando Heitor como se quisesse ele morto, e de fato ela queria. O menino segurou o olhar ainda chocado com o que tinha acabado de ouvir. Ele arregalou os olhos a ela, a boca entreaberta.

— Amélia, Fernandez não é assim...

— Heitor, por que defende ela? Ela nem ao menos cogitou o fato de você estar certo sobre mim. — Ela perguntou, a voz serena era muito diferente do que sua cara mostrava.

— Eu defendo ela porque sua escolha foi racional! — Heitor rebateu se levantando. — O seu passado não foi fácil, mas isso não justifica nenhuma de suas atitudes! Se pensa que vou te ajudar só porque me contou sua história, eu sinto muito, mas não. Se eu seguir essa lógica, eu deveria matar você — O menino se aproximou um pouco dela, o máximo que a mesa deixava. — Eu vi você derramar o sangue do meu irmão e de Cora.

— Cale a boca. — Amélia mandou, agora sua feição mudando para assustada.

— Só estou...

— Cale a boca, idiota! Tem alguém aqui! Estou ouvindo! — Amélia avisou batendo o pé e Heitor começou a procurar em volta.

Não tinha ninguém ali, Heitor varreu a sala com os olhos. Era muito pequena, não tinha como alguém ter entrado aqui e ninguém ter visto, até que o menino sentiu algo passar em seu calcanhar, algo macio.

— Amélia, não tem nada aqui. — Heitor falou se divertindo com a mulher assustada.

— Já mandei você calar a boca, não foi?! — Ela gritou com um estalo, fazendo as faíscas pretas aparecerem em sua mão.

"Agora é o a hora de fugir", ele pensou, um sorriso passando por sua cara. Heitor voltou a se sentar na cadeira agora, puxando ela com o pé para mais perto da mesa, precisava de impulso para isso.

— O seu rato coruja está aqui? — Amélia rosnou olhando para ele.

— Talvez! — Heitor gritou empurrando com tudo a mesa com seus pés, ela voou caindo bem em cima de Amélia, que soltou um grito de dor. — Félix, não sei onde você está, mas está na hora de aparecer! Por favor!

O Orfeu obedeceu de muito bom grado, as penas reluzindo, ele foi até Heitor e passou sua cabeça de penas nas mãos amarradas do menino.

— Eu vou te matar, Heitor! — Gritou Amélia saindo do meio das farpas da mesa. — Eu juro pelo Sol!

— Você já disse isso e eu ainda estou vivo. — Falou ele metendo um chute na porta que se abriu. — Pernas, pra que te quero!

Félix correu na frente e Heitor atrás, o menino acompanhava o Orfeu mesmo com as mãos atadas atrás das costas. Ele queria fazer algo atacar Amélia ou impedir ela, mas como Eduardo mesmo disse: "Um sem-visão nunca conseguirá matar um com-visão". Heitor fez uma curva acentuada, ele sabia por onde tinha que seguir para sair, então, com um estalo em sua cabeça, lembrou de Susana.

— Temos que voltar. — Ela avisou ao Orfeu, refazendo o caminho. — Vamos, Félix!

O animal bateu a cauda no chão e se virou a Heitor, ele escutava passos vindo de outros corredores, mas pareciam longe.

— Félix, não faça isso agora, vamos.

O bicho mexeu a cabeça para o lado e não saiu do lugar.

— Eu sei que você não confia nela. — O Orfeu soltou um pio baixo em concordância. — Mas faça isso por mim? Por favor?

Félix piscou e foi até Heitor, e com um golpe rápido de suas garras, tirou as amarras de suas mãos.

— Você podia fazer isso o tempo todo?! — Heitor quase gritou irritado enquanto Félix parecia debochar da situação.

— Heitor! Seu desgraçado! — Amélia gritou vindo logo atrás.

— Tá, tá na hora de ir! — Heitor disse já virando na posição que estavam as celas,

mas o Orfeu permaneceu onde estava de início. Heitor o observou, Félix fez um gesto com a cabeça que indicava "Continue" e o menino obedeceu. "Só não morra!", ele pensou com a dor batendo em seu peito.

Chegando na frente das celas, a penúltima era a que estava Susana, ele correu até as barras de metal assustando a menina quando apareceu.

— O que... pela Lua, o que pensa que está fazendo, fedelho?! — Ela gritou, levantando as mãos também atadas atrás das costas. — Você fugiu de Amélia?

— Sozinho não, agora vira as costas para eu te soltar.

Susana não recusou, mas também não estava acreditando muito bem.

Heitor puxou as cordas, um sentimento de dúvida surgia em seu peito. Mas agora não era hora de dúvida, uma última puxada e Susana, a mulher que quase matou ele diversas vezes, estava solta.

— Tá, agora abre a porta. — Susana disse como se aquilo fosse óbvio e Heitor arregalou os olhos para ela. — Você não trouxe a chave, né, idiota?

— Eu já te soltei! Não se cospe no prato que se come. — Heitor bufou olhando a fechadura.

— Ah, então que péssimo prato eu fui arranjar. — Susana observava a pequena caixa de metal com olhos sérios. — Ah, vai embora, me deixa aqui. Eu me viro.

— Não. — Heitor falou. — Não tem como usar as faíscas para abrir esse treco?

— Amélia não é burra, moleque, ela fez barras a prova de faíscas. Só a chave abre isso.

— E agora? — Heitor perguntou olhando para ela.

— Você some daqui. — Susana se sentou no chão, agora com as mãos para frente do corpo. — Já fez o que podia.

— Eu não vou deixar você aqui.

— Você nem me conhece e não quero outra dívida de vida com você!

Heitor se levantou soltando as barras. Era isso? Iria simplesmente deixar a menina ali para morrer? "Susana faria isso com você sem pensar duas vezes", a voz de Mariane ecoou na sua cabeça. "É, mas você não é Susana", a voz de Ágata contrapôs a da loira.

Ele agarrou de volta as barras.

— Tem que ter um jeito... — O menino pensou em voz alta.

— Ai, minha Lua... — Susana coçou a testa.

Heitor escutou passos vindo do corredor, mas eram passos leves como pluma, quase não fazia barulho. Ele ergueu os olhos e avistou Félix com uma chave resplandecente ao seu bico.

— Félix! — Heitor correu até ele tirando o objeto de sua boca. — A chave! Foi por isso que você ficou para trás?

— Que Orfeu esperto, mais do que o dono. — Susana debochou com um sorriso no rosto.

— Que tal ter cuidado com a boca, hem? — Heitor foi até a fechadura. — Sou eu que estou te soltando, e se eu mudar de ideia?

— Tá, obrigado por me salvar.

— Só isso?

— Você quer o quê? Um prêmio?

Heitor bufou para a mulher, ela era tão delicada como uma mordida de cobra. O menino balançou a cabeça e semicerrou os olhos, e com um suspiro disse:

— Vamos sair daqui, mostra o caminho?

— Com toda certeza.

A menina foi à frente, Heitor atrás e por último, Félix.

Os corredores lembravam vagamente de sua última estadia lá. Mas diferente dessa, a outra não possuía tantos filhos do Sol. Uma hora ou outra um brotava de uma porta e Susana tinha que apagar ele, com um único golpe.

"Seja lá o que ela fez, foi muito grave para Amélia querer matar uma guerreira tão boa". Chegando ao corredor que se dividia em três:

— Qual corredor?

— O direito. — Susana respondeu.

Heitor passou a mão em Félix.

— Certeza?

— Sim, é isso, Heitor, se eu... — Mas ela não conseguiu terminar, pois uma faísca vermelha como fogo passou raspando na cabeça da menina e teria pegado se ela não fosse careca. — Eu estou conversando, com licença?

Ela falou aquilo com tanta tranquilidade que assustou Heitor, como ela não deu um pulo ou um grito? Heitor se virou à origem do disparo. Uma menina maior que Susana em relação à altura, sua cara não estava visível por causa da máscara, mas seus cabelos loiros sim.

— Está ajudando ele a fugir?! — Grito a mulher indignada. — Você podia ter tudo, Susana! Se não tivesse traído Amélia!

— Ah, me poupe! — Susana cuspiu, faíscas cinzas brotaram de sua mão. — Suma daqui agora se não eu te mato.

— Vem pra cima. — A menina disse ficando em posição de combate.

Heitor se encostou na parede com Félix a sua frente, o que rolaria ali seria sanguinário e ele não queria estar no meio de uma briga dessas.

Em um piscar de olhos, Susana estava embaixo da loira, a menina nem se deu conta, ela jogou suas faíscas vermelha em um soco tentando acertar Susana, mas a moça careca foi para o lado bem na hora e, com sua mão direita em forma de punho, acertou um soco no meio do queixo da outra, fazendo a máscara dele voar ao chão.

Heitor arregalou os olhos, Susana tinha feito isso em menos de alguns segundos. A menina caiu ao chão, agora sua face era revelada sem a máscara, seus olhos castanhos só estavam focados em Susana, a boca rosa dela sangrava.

— Fique no chão. — Susana mostrou as faíscas cinzas em sua mão.

A menina desviou o olhar, Susana não atacou novamente, e com um movimento de cabeça chamou Heitor. O menino obedeceu, observando a filha do Sol caída e por um tique— taque de coração se deu conta de uma única coisa: "Se Susana quisesse mesmo, já teria me matado faz tempo".

O caminho era muito bem iluminado e Félix agora estava mais à frente.

Já fazia alguns minutos e nenhum sinal de filhos do Sol, o silêncio tinha caído entre os dois e só o barulho dos passos do trio podia ser ouvido. Aquele silêncio era agonizante, Heitor estava agitado, precisava de algo para desviar a mente.

— Você lutou bem lá atrás. — Heitor elogiou coçando a nuca.

Susana não respondeu e Heitor sentiu um vazio no peito.

— Por que você traiu Amélia? — Heitor perguntou, a coragem saindo junto das palavras.

— Tive meus motivos. — Heitor abaixou os olhos, não era essa a resposta que ele queria.

— Quais motivos?

— Motivos suficientes. — Ela respondeu curta e grossa apressando o passo. — Estamos chegando ao portão.

— Portão?

Heitor arregalou os olhos quando o corredor se abriu a uma área, estilo a área de treinamento do castelo, só que três vezes maior e aberta em cima, com um enorme portão dourado.

— Uau... um portãozão!

Tudo reluzia ali, os olhos castanhos de Heitor brilharam só de ver aquilo.

— Engula a babá. — Avisou Susana indo até uma alavanca. — Vamos sair por aí.

— Vamos abrir esse portão?! Mas ele é maior que os muros do castelo, isso vai fazer muito barulho!

— Então prepare-se para correr. — Susana avisou puxando o objeto de metal.

— Ah, isso não vai prestar. — Heitor disse quando o barulho ensurdecedor cortou o ar, fazendo os tímpanos doerem.

O portão fazia um barulho enferrujado, como se cada engrenagem tivesse dor ao se mexer. Observou devagar a porta subir a passos de tartaruga, cada centímetro que subia era uma hora de tortura a seus ouvidos.

— Por que faz tanto barulho?! — Heitor gritou a Susana.

— O quê?! — Ela gritou de volta, os olhos miúdos de dor.

Mas quem parecia não se importar era Félix, ele balançava a cabeça calmamente esperando o portão abrir o suficiente para ele passar por baixo.

"Se os filhos do Sol chegarem, não vamos escutar! Vamos ser pegos de surpresa!".

Finalmente, depois de alguns minutos o portão abriu o suficiente para uma passagem, Heitor passou por baixo e Félix também.

Mas quando Susana ia passar, logo atrás dela um grupo de filhos do Sol apareceu. Todos os tipos de faíscas foram jogados contra a mulher. Ela puxou a alavanca de novo e correu enquanto a chuva de fogo voava ao seu redor.

— CORRE! — Heitor gritou quando notou que o portão começou voltar a sua posição original.

A menina correu devagar, passando por uma última fresta.

— Assim talvez eles não nos sigam! — Ela avisou parando ao lado de Heitor.

— O quê?! — O menino gritou olhando para ela.

— Nada! Vamos! — Susana virou para trás vendo que alguns filhos do Sol se aproximavam. — Agora!

Heitor montou em Félix e estendeu a mão a Susana, a menina observou a mão incomodada, deu uma última olhada a seus antigos companheiros e agarrou a mão.

Ela subiu segurando em seus ombros, Heitor bateu de leve nas costelas de Félix e o Orfeu começou a correr pela floresta, indo em direção ao reino.

Chegando na entrada do reino, Heitor parou Félix, fazendo Susana cambalear para trás.

— Cuidado com como frear essa coisa. — Ela resmungou olhando para tudo menos Heitor.

— Você vai para onde agora? — O menino perguntou, passando a mão na cabeça de Félix.

— Não sei... sinceramente, não sei. — O menino sentiu a dor naquelas palavras e junto seu estômago remoeu tanta fome.

— Seus pais, podemos levar você até...

— Eles estão mortos, Heitor.

O menino calou a boca na hora e bateu com a mão na testa.

— Desculpa, eu não sabia. — Uma única coisa martelava na cabeça dele "burro, burro e burro".

— Não tem problema, você não sabia. Bom, isso é um adeus, então? — Ela disse pulando para o chão.

— O quê? Você vai ficar sozinha?

— Sempre fui sozinha, Heitor, não tem problema. E você já me ajudou demais. — Susana olhou em volta na floresta. — Obrigada por tudo, pirralho.

Heitor analisou bem a situação e engoliu em seco, uma ideia surgiu em sua mente, sabia que era péssima e que sua mãe o mataria e que não deveria fazer isso, porque ela nunca faria isso por ele.

— Susana, — Heitor chamou observando a menina se afastar — quer vir para minha casa?

— É o quê?!

— Tá, talvez minha mãe surte um pouco em relação a você. — Heitor avisou, descendo de Félix antes de abrir a porteira.

— Eu já esperava por isso de qualquer jeito. — Susana mordeu a bochecha internamente. — Você contou a ela que eu quis te matar?

— Sim. — Heitor respondeu se encolhendo com medo da menina tentar o matar de novo.

— Ah, isso vai ser péssimo. — Susana cuspiu a informação, mas mais para ela mesmo do que para Heitor. — Vá, menino, abra isso.

Heitor abriu a porteira, não sabia o que tinha sido mais confuso, o fato de agora Susana ser meio amiga dele ou de Ágata não ter enviado uma carta realmente. Ele cuidou dela, passou todo dia com ela e nem para dar uma mísera notícia. "Foi a mesma coisa que você fez com sua mãe", Heitor pensou internamente.

— Vai lá, amigão — Heitor disse ao Orfeu, tirando a cela de cima de suas costas.

— Filho! — Heitor virou a cabeça para ver sua mãe, os cabelos loiros brilhando ao céu, o vestido passando dos joelhos. Seus olhos se arregalaram quando viu Susana. — Quem é sua nova amiga? Mariane? E você?

— Não. — Susana respondeu curta e grossa, como sempre foi.

Sua mãe olhou para ele, procurando apoio sobre quem era aquela menina. Heitor colocou as mãos na cintura e mordeu o lábio inferior.

— Mãe, calma, essa é... — Heitor espremeu os olhos, sabia o que estava por vir. — É Susana.

Sua mãe arregalou os olhos mais ainda e o menino tinha quase certeza de que eles iriam cair da cara.

— Susana? Susana! A menina que tentou matar você? Não uma vez, nem duas! Mas três vezes!

— Mãe, ela precisa de um lugar para ficar. — Heitor tentou chamar sua mãe para a razão, mas quem estava mais fora da razão era ele. — Ela foi contra Amélia, Susana seria morta por ela.

— Senhora... — Susana olhou para Heitor querendo o nome de sua mãe.

— Cris. — O menino sussurrou para ela.

— Senhora Cris, eu fui contra Amélia e não vou pedir desculpas por ter quase matado seu filho, eu só estava obedecendo ordens dadas a mim. Se quer culpar alguém da quase morte de seu filho, culpe Amélia. Eu era apenas uma subordinada. — Susana disse isso com uma convicção muito forte, até Heitor se sentiu culpado por algum motivo.

A mãe de Heitor mordeu o dedão, parecia pensativa, e por fim suspirou.

— Ok, você pode ficar, Susana. Mas sem tentar matar ninguém, e se mora aqui, trabalha também e não espere que eu trate você bem, entendeu?

— Sim, senhora. — Susana disse fazendo uma reverência que assustou Heitor.

— Só me chame de Cris.

— Está certo, Cris.

Capítulo 12

30 de fevereiro

Heitor abriu os olhos, o menino sentiu aquela sensação boa de quando alguém se esconde nas cobertas depois de um banho quente. As cores claras fizeram seus olhos castanhos doerem, analisou o lugar.

As nuvens brancas em volta de seu corpo, Heitor se levantou de sobressalto.

— Rafael! — Heitor não conseguiu conter um sorriso. — Irmão!

O homem apareceu na sua frente, os cabelos pretos, a barba rala, os olhos azuis baixos. Ele deu um sorriso tímido ao menino e se aproximou.

— Olá, Heitor. — Ele cumprimentou.

— Rafael... eu tenho tantas perguntas para você. — Heitor agora entendia de onde vinha aquela sensação de conexão com aquele homem, era seu irmão, sangue do mesmo sangue. — Mas o mais importante agora é: Cora está bem? Ela está feliz? Ela falou de mim?

— Calma! — Rafael pediu erguendo a mão. — Eu não posso ficar contando as coisas do pós vida. Mas... não conte isso a ninguém, faço isso porque é meu irmão. Ela está feliz, Heitor. Pode deixar sua cabeça tranquila.

— Ai, que bom. — Heitor soltou um suspiro, onde quer que esteja, Cora estava feliz.

— Mas, Heitor, você sabe que minha visita não é apenas cordial, toda vez que apareço é para alertá-lo. — Heitor perdeu toda a empolgação em um segundo.

— O que é dessa vez?

— Heitor, o castelo corre perigo. Grave perigo. — Rafael piscou os olhos em Heitor e se moveu de um lado a outro.

— Que tipo de perigo?

— O tipo que só Amélia pode oferecer. — O menino disse passando a mão em seu peito, como se o ferimento de sua morte ainda estivesse aberto e doendo.

— Quando você morreu doeu?... tipo... muito? — Heitor perguntou se aproximando do irmão.

— Não — Rafael riu. — Na verdade, no começo sim, mas depois... ficou tudo preto e passou.

— Eu vou vingar você, e Cora também! — Heitor disse, cheio de convicção e confiança na voz.

Rafael balançou a cabeça e pela primeira vez Heitor viu nele uma mistura única de sua mãe e seu pai.

— Eu e Cora não queremos vingança, não queremos sangue. Queremos que você mostre quem Amélia realmente é. — Rafael tornou a ser aquela figura de autoridade que Heitor sempre escutou Eduardo falar. — Heitor, nos mostre que você é melhor do que ela, que consegue resolver isso sem sangue.

Heitor sentiu uma sensação estranha ao ouvir aquilo, mas escutou atentamente. Estava disposto a fazer o que Rafael pedisse.

— Então tenho que ir ao castelo? Mas eu estou exilado do reino! — Heitor avisou ao irmão quase arrancando os cabelos da cabeça.

— Heitor, amanhã Fernandez não estará no castelo. É sua chance, faça com que valha a pena. — Rafael bateu o pé no chão, nuvens voaram em volta de si.

Heitor sentiu uma chama crescer nele, não sabia o que estava sentindo. Mas sabia o que deveria fazer, aquele sentimento foi crescendo, subindo até sua nuca, aumentando suas pupilas, como se tivesse levado uma injeção de pura adrenalina.

— Já posso ir, irmão? — Heitor perguntou animado. — Tenho muita coisa para fazer.

— Você tem um plano?

— Não, preciso de um?

Rafael revirou os olhos e balançou a cabeça, um sorriso saindo de seus lábios, e Heitor pode ver as presas do irmão.

— É claro que não tem. Você é Heitor Costas, não precisa de um plano.

— Fala isso como se fosse ruim. — Heitor ergueu uma sobrancelha a ele.

— Acredite em mim, não é. Agora vá. — Rafael sorriu. — Vá fazer o que sempre fez.

— Certo, irmão.

— Ah, Heitor, antes de ir — Rafael chamou, os olhos baixos. — Diga à mãe e ao pai que eu sinto muito por ter quebrado a xícara de bodas deles.

Heitor riu do irmão e pensou que seria bom se Rafael estivesse vivo. Talvez em outro universo, eles seriam uma enorme família feliz e todos morariam no castelo, Heitor cresceria ao lado de Mariane e Roberto e ter visto o nascimento de Ágata teria sido incrível. Ele se daria melhor com Eduardo e com Fernandez, talvez em outro mundo, se Amélia não fosse má, e todos poderiam ficar juntos, sem brigas, sem tentativas de assassinato.

— Eu direi a eles, mas não vão gostar. — Heitor advertiu.

— Eu queria ainda estar vivo, apenas para poder dar uns cascudos em você. — Rafael contou dando um longo sorriso.

— Rafael... você acha que quando eu morrer eu posso... tipo, achar você? Eu não sei como funciona o mundo dos mortos, mas...

— Só o tempo pode dizer, Heitor. — O homem avisou olhando o menino. — Mas quando você morrer, eu estarei te esperando.

— Obrigado. — Heitor disse da forma mais leve que pode. — Adeus.

— Tchau, Heitor.

Heitor acordou, a sensação boa de ter reencontrado o irmão se desfez quando ele virou na rede e ficou cara a cara com Susana. Como a casa era pequena, Susana teve que pendurar uma rede quase junto do menino. Sendo assim, ele e a garota tinham se tornado mais próximos do que nunca, ele era a primeira pessoa que ela via no dia e a última também.

Heitor tentou pressionar Susana a contar por que ela tinha traído Amélia, mas a menina sempre dava um jeito de fugir do assunto.

O menino bufou, quase jogando o ar na cara da moça, desceu da rede, Rafael ainda estava em seus pensamentos. Ele tinha que ir hoje ao castelo, dia que Fernandez não estaria, sua mãe não gostaria disso, e nem Heitor gostava, de certo jeito.

— Susana. — Heitor chamou batendo na careca da menina. — Susana! Acorda!

Ela abriu devagar os olhos verdes, sua boca se contorceu em um rosnado. Heitor aprendeu que se tivesse que acordar Susana, tinha que ser rápido, uma vez tentou acordar ela devagar e a única coisa que ganhou foi um tapa na orelha. Ela disse que tinha o confundido com um inimigo, mas Heitor sempre desconfiou que não fosse verdade.

— O que foi? — Ela cuspiu a pergunta, a raiva passando em sua voz. — Não é meu dia de levar as vacas.

— Levanta, hoje eu e você vamos ao castelo. — Heitor avisou agora saindo do quarto.

— O quê? Por quê? — Susana perguntou se levantando mais rápido do que de costume.

Heitor tinha notado que Susana conseguia acordar em meio segundo e desferir um golpe em um também. Ela era praticamente uma arma de batalha perfeitamente afiada e sempre no caminho certo.

— Rafael me avisou que Fernandez não estará no castelo hoje, temos que avisar o povo do castelo. — Heitor observou a menina começar a desconfiar aos poucos dele. — Parece que Amélia está bolando algo. Você sabe o quê?

— Você fala com seu irmão morto? Aquele que Amélia matou?

— Sim, eu falo com ele, mas só quando é algo importante. — Heitor avisou, sentindo-se estranhamente envergonhado de Susana ter focado só nisso. — Vai vir comigo?

— A Rainha te expulsou e você acha que o povo do castelo vai te receber de braços abertos?

— Sim. — Heitor confirmou indo até a cozinha. — Fale baixo, meus pais ainda estão dormindo.

— Mas a Rainha deu as ordens, por que eles vão desobedecer a ela por causa de... — Susana olhou de baixo a cima no rapaz — você?

— Porque tem alguns amigos por quem vale a pena quebrar as regras. — Heitor disse indo até o fogão. — Eu acho que sou um deles.

— Convencido você, não acha?

— Você vai comigo ou não?

— Vou só para ver você dando de cara no chão quando eles não abrirem o portão para você. — Susana riu, os braços cruzados sobre o corpo.

— Então se prepare.

Heitor parou ao lado do muro do castelo, o azul escuro reluzindo sobre a luz do sol. O menino tocou de leve a superfície lisa e fria e suspirou, não sabia se sentia alegria ou medo de entrar lá de novo. O peito dele apertou.

— Vamos, peça a seus amigos para abrirem as portas. — Susana debochou cruzando os braços.

— Nós vamos entrar por conta própria, lá dentro eles vão nos proteger. — Heitor segurou mais firme em Félix. — Suba, amigão.

Félix agarrou as pedras escuras com as garras, soltando algumas lascas no processo, Susana segurou mais firme nos ombros do menino durante a subida. "É nesses momentos que eu agradeço por Félix poder ficar invisível". Félix pulou para o chão, o barulho foi imenso, mas ninguém ouviu.

— Eu entrava aqui tão facilmente, nunca tinha guardas em volta. — Susana contou como algo normal, mas para Heitor era uma lembrança horrível, como um calafrio que subia toda vez que ele lembrava de que a menina quase o matou.

— E eu também entrei de boa a primeira vez aqui — Heitor contou olhando em volta. — Caímos no jardim.

— Ora, quem diria, o grande Heitor! Entrou de penetra? — Susana riu e desceu do Orfeu, voltando a ser visível.

Heitor fez igual, mesmo sabendo que era idiotice. Ele não sabia dizer o porquê, mas, quando andava com Susana, tudo que ela fazia parecia certo e que ela era uma deusa improvável de cometer erros. Quando o menino se tocou desse pensamento, balançou a cabeça repreendendo-o.

— Vamos atrás de Eduardo, ele vai saber o que fazer. Se Amélia vai atacar, devemos informar ele primeiro.

— Então vamos falar com o capitão chato. — Susana disse indo até o amontoado de trepadeiras na parede. — Você já sabe dessa passagem, né?

— Sim. — Heitor confirmou sorrindo, mas Susana não sorriu de volta.

Ela puxou as trepadeiras para o lado e Heitor foi logo atrás, adentrando a escuridão, o ar frio cortou as bochechas do menino e balançou seu cabelo, Susana iluminou o lugar com faíscas cinzas, o que não ajudou muito, afinal elas eram quase da mesma cor que as sombras, Heitor prefira as faíscas azuis de Mariane.

Passando por dois buracos de luz, o terceiro era o quarto de Eduardo, Heitor observou o buraco com um olho. O homem não estava no quarto, ele se afastou e observou Susana.

— E aí?

— Ele não está aqui.

Ela bateu o pé no chão, irritada. Heitor passou a mão na pedra pensando o que poderia fazer, então um estalo deu em sua cabeça.

— Quebra a parede.

— Tá louco? — Gritou Susana, a voz ecoando pelo corredor.

— Não precisa derrubar a parede inteira, só abre mais um pouco para passarmos. — Heitor pediu e a menina analisou a situação.

— Tá, chega para trás — Susana fez um punho, as faíscas cinzas escapando de seus dedos escuros e, com um estrondo, o rombo na parede se abriu, soltando pedaços. — Bora lá.

Susana pulou para o chão e Heitor também.

O ambiente era todo organizado e limpo, nem um tufo de cabelo estava fora do lugar, "Se bem que ele é careca, né?". As cobertas da cama bem dobradas e na mesa de centro, nada fora do lugar, lápis com lápis e folhas com folhas.

As prateleiras estavam cheias de medalhas conquistadas em batalha, um desenho de Ágata provavelmente dado a muito tempo atrás e a gravata que Roberto tinha dado a ele.

— Ele não vai gostar do que fizemos no quarto dele. — Susana avisou como se Heitor não soubesse.

– É, eu sei... isso vai para a minha conta, justo agora que ele começou a gostar de mim.

Susana parou e começou a ouvir, com a cara séria ela olhou a Heitor e então seus olhos se arregalaram.

— Debaixo da cama. Agora! — Ela mandou empurrando já o menino.
— O quê?! Por quê?!
— Tem gente vindo! — Susana avisou se jogando embaixo do móvel e Heitor junto, os dois se encostaram rente ao chão. — Cadê sua coruja?

Heitor olhou em volta, Félix tinha sumido como sempre fazia.

— Ele está bem, bom, melhor que nós ele está.— Heitor afirmou.

Nesse momento, Heitor notou que se era acusado antigamente de ser o espião mesmo sem provas, se vissem ou pegassem com Susana, seria seu fim. Seria preso para sempre ou morto, o estômago dele deu uma virada e quase vomitou.

Três guardas entraram na sala, todos com suas armaduras. Eles observaram o buraco feito e olharam. Procuraram dentro do guarda-roupa, ao lado da escrivaninha, até que um deles estava se abaixando para olhar embaixo da cama.

Susana se espremeu contra Heitor e o menino estremeceu, o toque dela era reconfortante, mas não o suficiente para acabar com o medo.

— O que estão fazendo aqui? — Eduardo perguntou entrando em seu quarto.

— Escutamos uma explosão e então viemos ver. Achamos que um filho do Sol entrou aqui. — Avisou o segundo guarda.

— Então vão procurá-lo, obviamente não está aqui! — Eduardo mandou enquanto os guardas se apressaram em sair dali.

Eduardo entrou na sala, os pés fazendo barulho. Ela parou na frente da cama e Heitor notou que Susana parou de respirar nesse exato momento.

— Sei que tem alguém aí. Saia. *Agora.* — Eduardo mandou e Heitor sentiu um certo alívio em perceber que não era uma voz ameaçadora.

Heitor foi na frente por causa da hesitação de Susana perante o homem, o menino saiu de seu esconderijo esperando um olhar severo, mas o que recebeu foi um sorriso.

— Eu tive a leve impressão de que seria você — Ele avisou falando calmamente. — Mas eu detestei o que você fez na minha parede, Heitor. Até Rafael teria sido mais... como posso dizer... menos chamativo.

— É por Rafael que estou aqui, ele me avisou. Tive um sonho lúcido com ele de novo, meu irmão me disse que Amélia está planejando algo, algo horrível. — Heitor explicou erguendo as mãos no ar.

Eduardo passou a mão na barba rala do queixo, ele estava estranhamente elegante, com um terno roxo rubro. Ele suspirou e disse por fim:

— Então está tudo cancelado, vamos ver isso primeiro. — Eduardo disse tirando o casaco púrpura das costas e o colocando na cama.

— Cancelar o quê?

— Meu encontro com Roberto. Ele não vai gostar disso.

Heitor sentiu as bochechas corarem, então realmente o que ele disse em sua partida tinha feito efeito.

— Ah, desculpe por... sabe, ter arruinado seu encontro. — Heitor cruzou os dedos, o que deveria dizer? — Mas fico feliz de vocês estarem saindo. Roberto é bem apaixonado por você.

A pele negra de Eduardo começou a ficar vermelha, foi quando Susana saiu debaixo da cama e ergueu os olhos ao homem.

— Me desculpa, mas toda essa melação iria me grudar no chão se eu não saísse de lá.

— Heitor... *que porcaria é essa?* — Eduardo Sibilou incrédulo ao menino. — O que ela está fazendo aqui?

— Calma aí, Eduardo. — Susana pediu erguendo as mãos.

— Para você é senhor! — Eduardo gritou apontando o dedo para ela. — Heitor, responda a pergunta que te fiz, agora!

— Eduardo, por favor, não surte. Susana está ao nosso lado, eu juro! Ela salvou minha vida! — Heitor pediu desesperado, chegando mais perto do homem. — Eduardo, por favor.

Eduardo olhou nos fundos dos olhos castanhos de Heitor e balançou a cabeça.

— Eu não confio em você. — Eduardo cuspiu a Susana. — Mas se está com Heitor, está com a gente. Bem-vinda ao grupo ao qual eu não vou te convidar.

Heitor suspirou aliviado, aquilo, nas palavras de Eduardo, significava que ele aceitava Susana como aliada, mas que não gostava disso. Para Heitor, isso foi uma grande conquista.

— O que sabem sobre Amélia? — Eduardo perguntou olhando apenas para Susana. — Você era a lacaia dela, vamos, nos conte o que ela planeja.

Susana, com os olhos semicerrados, encarou Eduardo e soltou:

— Realmente, o falador de espíritos aí está certo. — Heitor lançou um olhar de morte à garota. — Amélia está planejando algo. Dia 13 de março ela pretende atacar o castelo com força total.

— Por que você não me contou isso lá no sítio? — Heitor perguntou incrédulo.

— Sei lá, achei que não tinha necessidade. Só isso. — Susana deu de ombros e Heitor quis voar nela.

—Tá, chega — Eduardo interveio. — Não interessa quem não contou o quê. Vamos focar no agora!

Eduardo contorceu o lábio, se ele estivesse comendo algo, o gosto pareceria horrível. O homem fechou a cara e passou as mãos na barba de novo.

— Já? Bom, temos que avisar os outros a ficarem prontos, vamos falar com Roberto e Mariane. E Heitor, — Eduardo apontou para o peito do menino. — como você é um sem-visão, não tem como você machucar alguém com-visão como nós, os filhos da Lua — Eduardo lançou um olhar rápido a Susana. — Precisa de uma arma. Tipo, uma garra de Itzal.

— Roberto disse que isso não existia mais. — Susana arriscou participar da conversa.

— É claro que ele não iria contar a você a verdade. — Eduardo cuspiu se virando. — Pegue Félix, Heitor, vamos atrás de nossos amigos e se quiser, leve Susana. Não me importo.

Susana rosnou para Eduardo e se virou para Heitor.

— Dentre todos que já conheci, ele é o mais chato. — De repente ela ficou vermelha. — Que bom que fui morar com você, não com... eles.

— Esse é o jeito de Eduardo, logo ele para. Vamos. — Heitor chamou tentando ver onde Félix estava. — Você também, Félix, precisamos que você nos esconda!

A criatura ficou visível de novo e passou por Heitor e Susana, ficando invisível e tornando eles invisíveis também.

— Me sigam, sem nenhum barulho. — Eduardo pediu. — Amélia está no castelo e não quero um confronto direto.

— Certo. — Confirmou Heitor e Susana em um único som.

Eduardo seguia na frente, Heitor e Susana abaixados atrás.

— Heitor. — Susana falou do nada. — Para de respirar na minha nuca!

— Eu não tô respirando na sua nuca. — Heitor se defendeu.

— Você tá sim! — Susana repetiu o encarando.

— Vocês dois, calem a boca! Estamos chegando no quarto de Roberto, até lá, fiquem quietos! — Eduardo repreendeu andando mais rápido.

Heitor mostrou a língua à menina e apressou o passo.

— Falando sozinho, Eduardo? — Heitor revirou os olhos ao ouvir aquela voz.

Amélia surgiu ali, vasculhando o lugar com os olhos azuis e parou em cima de Susana e Heitor.

— Que ódio. — Susana disse, mas saiu mais como um rosnado.

Era nesses momentos que Heitor tinha certeza que Susana não estava mais do lado da chefe. O jeito como ela olhava Amélia era com pura raiva, um ódio sanguinário que se desse uma faca agora, ela mataria Amélia sem pensar.

— Fazendo um passeio no castelo, Heitor? Aproveitando que a Rainha saiu? — Susana olhou para Heitor, vendo se ele responderia, mas o menino apenas fechou a boca trincando os dentes. — É, o gato saiu e os ratos fazem a festa.

— Não tem ninguém aqui, Amélia, sai. Já. — Eduardo mandou e seguiu o caminho.

Amélia soltou ar pelo nariz e se virou, com o movimento, Heitor notou um enorme roxo na boca dela, algo que ele não tinha visto antes. Estava feio e o menino tremeu só de pensar quanto deve ter doído.

— Eu fiz isso nela — Susana contou mantendo um sorriso.

— Como? — Heitor ergueu uma sobrancelha, aquilo claramente era mentira. — Se quando eu fui ao esconderijo de vocês ela estava com a cara intacta?

— Primeiro, não me chame de "vocês", quero cortar todos os laços que tenho com Amélia. Segundo, nunca ouviu falar em maquiagem? Ela escondeu o hematoma. — Susana disse observando sua mentora sair devagar. — Esses dias dei um soco na cara dela.

Heitor, em tique-taque de coração, respondeu.

— Ah! Isso eu vi, foi no dia que eu fui exilado, ela disse que eu tinha batido nela.

— Com esses braços molengas? Não acredito que meu soco, divino, foi parar na sua conta. Que chato.

— Eu sei dar socos muito bem, tá? — Heitor disse em tom ofendido, mas não estava.

Eles pararam na frente da porta de Roberto, Eduardo a abriu sem muito esforço.

O ruivo apareceu transcender ao ver Eduardo, mas quando viu Heitor, sua cara mudou para uma combinação de medo e felicidade pura, e quando viu Susana, a cara murchou como um balão que perdeu ar.

— Tá, primeiro. — Roberto ergueu os dedos. — Heitor, você está aqui! — Ele correu até o menino e lhe deu um forte abraço. — E segundo, por que a mulher que me deixou de cama está aqui?

— Cabelo de chama, tô aqui por causa do pirralho. Não por você. — Susana respondeu mordendo a cutícula.

Roberto lançou um olhar a Heitor, como quem diz "Ela não é menor que você? Por que te chamou de pirralho?". E Heitor só respondeu desanimado com um: "deixe isso quieto".

— Amélia está planejando atacar o castelo dia 13 de março. Temos que impedir. — Heitor disse segurando a mão de Roberto, que era pintada de manchas vermelhas em zigue-zague. — Mas eu também estou muito feliz de te ver amigo.

Roberto deu um sorriso de leve, uma de suas mechas ruivas caindo na frente da testa. Ele soltou a mão de Heitor e foi para trás, encarando Eduardo.

— Então nosso encontro?

— É, ele foi cancelado. — Eduardo disse rápido demais, deixando um clima estranho no lugar.

— Tá, Roberto, — Heitor chamou tentando quebrar o clima — eu preciso de uma arma, Eduardo disse que um sem-visão como eu não pode matar nem ferir um com-visão. O que eu faço? Não quero lutar contra Amélia desarmado.

Roberto mexeu nos dedos pensativo, respirou fundo e então disse:

— Tem uma criatura da Lua que pode ajudar a gente. — Roberto foi até uma gaveta, pegou um papel e o entregou a Heitor. — Isso é como ele é descrito. Nunca vi um.

Heitor olhou bem para a página, ali descrevia como um Itzal era, gigante, majestoso, bravo e territorial e, o que mais importava, suas garras podem furar qualquer coisa, ou seja, poderiam furar o corpo de um com-visão.

— Ótimo! — Heitor gritou animado. — Onde achamos um?

Roberto mordeu o lábio inferior e olhou para Eduardo. O homem coçou a garganta e contou:

— O lugar onde eles ficam é a três dias daqui.

— Droga. — Heitor soltou, sentando-se na cama de Roberto. — Três dias? Ida e volta?

— Ida e volta. — Roberto respondeu. — Ao todo seriam sete dias, se tivermos sorte.

— O que estamos esperando? — Susana perguntou olhando para todos ali. — Gente, é sério, Amélia vai atacar. Quanto mais cedo voltarmos melhor.

— Por que está tão interessada em ir contra Amélia? — Roberto perguntou afrontando a menina. — Você era a guarda— costas dela e daí, do dia para noite, você se rebela?

Heitor começou a se contorcer na cama, não gostava do rumo daquela conversa.

— Eu bati em Amélia, cabelo de chama. — Susana se aproximou de Roberto e Heitor viu que ela era alguns centímetros mais alta que ele. — Não sou leal a vocês, não estou dizendo isso. Sou leal a mim mesma e eu acho que Amélia é uma desgraçada que merece a morte. Então qualquer um que está contra ela, está a favor de mim.

Susana semicerrou os olhos verdes e não se afastou de Roberto, os olhos azuis do menino dilatavam e diminuíam. O medo o tomava devagar.

— Tá, chega — Eduardo interveio empurrando Susana para trás. — Vamos nos organizar e juntos vamos atrás desse Itzal.

— Tá. — Susana suspirou indo até a porta, mas não saiu.

— Heitor, você vai junto. — Eduardo disse isso como uma ordem, não como escolha. — Mariane vai também, Roberto, você também. Eu ficarei e vou cuidar, com meus melhores homens, do castelo. Boa sorte, se puderem partir antes de Fernandez chegar, eu agradeço.

— Já?! — Heitor perguntou saindo da cama com um pulo.

— Claro, — Eduardo disse calmamente. — Fernandez chega às três horas da tarde. Saiam antes.

Susana flexionou as mãos e encarou Heitor, parecia esperando por algo. O menino balançou a cabeça de um lado para o outro e se levantou.

— A minha mãe vai odiar isso. — Heitor admitiu.

— Eu vou chamar Mariane. — Roberto anunciou saindo do quarto. — Vem junto, Heitor?

— Eu vou atrás de Ágata — Heitor afirmou. — Vou dar um oi a ela antes de sumir no mundo.

— Ok — Eduardo interveio. — Roberto, chame Mariane para cá, eu chamo Ágata para vir aqui. E agora são... — Eduardo olhou o sol lá fora. — exatamente uma da tarde, vocês têm duas horas.

Passando alguns minutos, alguém bateu na porta, Susana se escorou para trás. Heitor se levantou e viu apenas uma mecha de cabelo encaracolado no furo da porta.

Heitor correu e abriu a porta, os olhos de Ágata se arregalaram em duas bolas enormes.

— Heitor?! — Ágata agarrou o menino em um longo abraço.

— Sim, Ágata, sou eu. — Heitor retrucou, o abraço vendo Catu entrar na sala andando.

— Eu senti muitas saudades.

— É, mas não me mandou nenhuma carta. — Heitor retrucou.

— Eu sei... desculpa, é que minha mãe vigiava as cartas que enviamos. Ela não queria que nenhum de nós tivesse contato com você...

Susana caminhou devagar até ficar ao lado de Heitor.

— Você não é Susana?

— Eu mesma, pirralha. — Heitor trincou os dentes ao ouvir Susana chamar Ágata desse nome.

— Não chame ela assim... — Heitor olhou para Susana, a menina ergueu o lábio de cima.

— Tá bom, não chamo, parece até um guarda-costas. — Susana bufou.

— Eu sou um guarda-costas, Susana! — Heitor respondeu colocando a mão no peito. Claro, poderia ter deixado Susana chamar Ágata de "pirralha", mas sentia que aquela princesa era sua meia irmã, só que bem mais nova e com bem mais dificuldade de proteger.

— Heitor, por que está andando com ela? — Perguntou a princesa, chamando a atenção de Heitor e Susana.

— Por que todo mundo me faz a mesma pergunta? — Heitor bufou voltando à cama. — Susana está contra Amélia agora.

— Hum. — Respondeu Ágata se virando. — Foi legal ver você, Heitor, mas tenho que ir.

— O quê? Por quê? Já? Mas... nem conversamos. — Heitor falou rápido demais.

— Eu sei, mas tenho que fazer algumas coisas. Sinto muito. — Ágata lançou um olhar triste ao menino e saiu pela porta com Catu atrás.

Heitor se encolheu, não era essa a recepção que esperava. Esperava choro ou sei lá, um sorriso ou um grito... O menino colocou a cara sobre as mãos.

— O que foi? — Susana perguntou em tom sério.

— Ela nem deu bola... sabe, por eu ter voltado.

— Ah, crianças são assim, Heitor... se bem que eu acho que ela está brava porque você está comigo. — Susana disse mordendo a cutícula.

— É... talvez...

Dessa vez não houve batidas, apenas a porta foi aberta com tudo, Heitor ergueu os olhos. Mariane estava com os olhos arregalados, o menino foi abrir a boca para dizer alguma coisa, mas não deu tempo, a mulher o abraçou com força. Encostou a cabeça devagar no ombro dela, era assim que ele queria que Ágata tivesse reagido, fazendo ele se sentir acolhido.

— Heitor! Pelo amor da Lua! — Ela puxou a cabeça dele para cima. — Ah, que saudades... eu precisava de alguém para incomodar...

— Também estava com saudades, Mariane. — Heitor confessou se levantando. — Sabe por que estamos aqui, não sabe?

— Sei — Ela deu um sorriso longo. — E não poderia estar mais feliz. Vamos acabar com ela.

— Esse é o espírito — Susana disse e Mariane ficou rígida.

— Roberto me avisou que você está aqui, mas sinceramente, eu não tinha acreditado. — Mariane suspirou. — Heitor... Você confia nela?... Já tivemos essa conversa, mas quero ouvir de novo a resposta.

— Confio. — Heitor respondeu sem demora e Susana arregalou os olhos verdes.

— Tá. — Mariane revirou os olhos. — Se confia nela... ela vai junto?
— Vai e sem discussão.
— Tá. — A loira bufou. — Bom, vamos pegar os cavalos então.

Susana quase beijou os cascos do cavalo quando o viu, "Acho que ela não gostou de andar tanto tempo em Félix". Mariane escolheu um cavalo branco chamado Charme, – ela mostrou a língua quando soube como o chamavam. Roberto pegou um marrom que parecia vermelho, o nome era Guardião, o que irritou um pouco Heitor, "como uma profissão tão nobre acaba como nome de cavalo?". Susana montou em um cavalo totalmente preto chamado Noite e Heitor foi em Félix.

Capítulo 13

3 DE MARÇO

Já foram três dias de caminhada, Heitor estava com a bunda doendo de tanto ficar de um lado para o outro em cima de Félix. Susana quase não falava nada, Mariane aproveitava qualquer coisa para cutucar a menina. Roberto andava na frente com o cavalo vermelho.

Eles andavam em uma trilha de cascalho reta já fazia três dias, em volta deles apenas algumas árvores cresciam juntas, encolhidas pelo frio. Os ventos assobiaram em volta deles e o frio colava nas costas de Heitor.

— Roberto, você sabe *realmente* — Heitor gritou lá de atrás. — onde estávamos indo?

— Pela quinta vez e última, Heitor. Sim, eu sei. — O ruivo rebateu a crítica olhando para frente.

O menino calou a boca, colocou a cabeça nas penas da coruja e fechou os olhos. Dormiu muito mal noite passada, tinha sonhado com pessoas gritando e uma bola de fogo envolvendo o castelo e ele sumindo nas chamas vermelhas, não sobrando nada das pedras negras.

— Chegamos. — Roberto avisou, parando o grupo.

Heitor ergueu a cabeça, estavam perto de uma caverna, era uma abertura de uns 10 metros de altura e 11 metros de largura, era como olhar a boca do espaço, era escuro e frio. Mariane observou o lugar tranquilamente, assim como Susana.

Mas os cavalos e Félix começaram a se mover de um lado para o outro incomodados, batendo os cascos no chão, Orfeu abriu a boca e soltou um grito.

— O que está acontecendo com eles? Por que estão com medo?! — Susana gritou com as mãos nos ouvidos.

— Não estão com medo da caverna! — Roberto contou olhando para trás. — Estão com medo do que está dentro dela.

Heitor desceu de Félix, de tanto que ele se mexia, e deixou que o bicho escolhesse para onde iria. O menino tremeu só de pensar em um tombo que poderia levar daquele enorme animal.

— O Itzal está aí dentro? — Perguntou Heitor olhando mais para dentro do vazio.

— O jeito que os animais reagiram já responde Heitor. Sim, tem um Itzal aí. — Roberto respondeu segurando as rédeas do cavalo enquanto ele batia os cascos e tentava fugir.

Heitor não sentiu nada ao escutar o nome, apenas pensou que ele era bobo. Mas as meninas tremeram ao ouvirem aquela palavra.

— Tem um Itzal aí dentro? Mas parece tão pequeno. — Susana comentou amarrando o cabresto de Noite na árvore.

— Ele não passa por essa abertura. — Mariane comentou fazendo o mesmo que Susana.

Agora o menino começou a se preocupar, "Não passa por essa abertura? Esse bicho é gigante então", Heitor olhou para Roberto, para alguém que amava todas as criaturas, ele estava totalmente apavorado.

— Roberto... qual é o tamanho dessa coisa?

— O suficiente para matar nós quatro com um pisão. — Ele desceu do cavalo. — Pronto para entrar?

— Não.

Heitor observou a frente do buraco, a respiração quase parando. Mariane estava cutucando os brincos da orelha, Susana mordia as cutículas devagar e Roberto era o último observando, mais de trás.

— Tá... quem vai na frente? — Mariane perguntou. — Eu voto no Heitor.

— O quê?! Eu não vou, não.

— Eu voto em Heitor também. — Roberto continuou.

— Heitor. — Susana não disse mais nada, não precisava, todos entenderam o recado.

— Com amigos como vocês, quem precisa de inimigos? — Heitor falou ironicamente, adentrando a escuridão.

Susana, Mariane e Roberto iluminaram o lugar com faíscas coloridas. Heitor tremia a cada passo que dava, a caverna era escura e fria assim como o castelo do reino de Amon. "Será que o castelo não foi feito em cima de uma caverna?".

As paredes e o teto começaram a se juntar e o caminho começou a ficar mais estreito, Heitor puxou ar com os pulmões, abaixando-se, as costas roçando nas rochas.

— Se é um bicho gigante como vocês dizem, — Heitor começou se abaixando ainda mais. — como ele iria caber aqui?

— Eu concordo com Heitor, como um bicho de 20 metros vai caber aqui? — Mariane começou a engatinhar e dava para ver seu desconforto na voz.

Roberto demorou a responder, Heitor suspeitou que estivesse preso em algum lugar e nem sequer ouviu a conversa.

— Roberto?

— Tô aqui! Talvez o Itzal tenha entrado por outro lugar.

— Como você tem certeza que ele está aqui? — Perguntou Heitor.

— Porque Itzal gosta de cavernas frias para hibernar. — A voz do ruivo parecia muito distante, "talvez seja a caverna". — Eles passam muito calor no começo do ano, principalmente em maio, que é o mês que vai vir. Aí eles já dormem por março ou fevereiro. Além disso, quando chegamos perto da caverna todos os animais ficam loucos. Eles têm um cheiro ruim como enxofre.

Heitor puxou ar com a nariz, ali só tinha um cheiro de terra molhada, nada de enxofre, "Se estivermos enganados e eu estiver quase nadando na lama por nada, eu vou ficar muito bravo".

A caverna começou a se abrir, deixando espaço para ficarem de pé novamente, Heitor viu um leve brilho mais à frente. Não era um brilho de faíscas, era um tom mais vermelho, como sangue, um vermelho rubro.

— Gente... olhem aquilo. — Heitor apontou para a massa.

Roberto passou na frente de Susana e Mariane com elas reclamando que tinha pisado em seus pés. O ruivo semicerrou os olhos e avançou mais alguns passos.

— É ele! É um Itzal! — Roberto quase gritou, mas colocou as mãos na boca em seguida. — Temos que manter silêncio, esse bicho pode escutar até uma agulha caindo.

Roberto começou a se virar para ir ao Itzal, mas Susana o puxou de volta ao seu antigo lugar.

— Me explica uma coisa, como vamos matar esse bicho?— Heitor podia não enxergar muito bem na escuridão, mas teve certeza de que Susana estava com os olhos arregalados, a feição apavorada. Mas quem não estava, né?

— O quê? Matar?! Tá louca?! — Heitor não enxergou bem na escuridão, mas certeza de que Roberto fez uma careta. — Não vamos matar! Tá legal? Isso vai para você também, Mariane! Nada de mortes, vamos apenas pegar as garras dele.

Heitor mordeu o lábio e apertou a camiseta que estava usando, agora ensopada de lama.

— Como vamos tirar as garras dele sem o acordar? — Heitor perguntou entrando na conversa.

— Assim como nós, humanos, os Itzals precisam cortar as garras. Unhas muito grandes os incomodam, eles as lascam nas pedras. — Roberto contou. — Se tivermos sorte, vai ter um pedaço de garra soltou por ali.

— Mas só uma lasca não é pouco? — Mariane perguntou e Heitor não fazia ideia de onde ela estava. A única chama que iluminava aquele lugar era a de Roberto.

— Não, esse bicho é gigante, uma lasca dele é o suficiente. — Roberto agora olhou para o Itzal adormecido. — Agora chega de perguntas! E quietos, eu estou tão animado! Nunca vi um Itzal, é a primeira vez.

Susana foi logo atrás do ruivo, que só não dava pulos de felicidade porque acordaria o "monstruoso Itzal", Heitor pensou indo atrás deles com Mariane ao seu lado.

— Que Cora nos ajude. — Heitor disse e a menina riu, o jovem viu o brilho dos dentes dela na escuridão.

— É, vamos precisar. — Ela suspirou. — E muito. Mas damos conta! Olhe para nós, Eduardo não poderia ter esquadrão melhor.

Agora foi a vez de Heitor rir, eles não eram um esquadrão tão bom. Mas, parando para pensar, por que estavam todos ali? Por que estavam todos juntos? Eles eram completamente diferentes, por que eram amigos? Heitor balançou a cabeça. Não queria pensar nisso agora.

Eles entraram na parte mais ampla da caverna, seu teto não era visível de tão alto que era. As paredes eram curvadas e estavam em posições estranhas também, o menino cuidava de cada passo que dava. Mas o que mais surpreendeu Heitor foi o fato de que ali não precisava de iluminação, o trio de faíscas apagou.

Heitor começou a tremer olhando para a criatura, Mariane segurou em seu ombro, Roberto parecia maravilhado e assustado ao mesmo tempo e Susana simplesmente parou no tempo, os olhos verdes do tamanho de bolas.

O animal não era gigantesco, era colossal, só os pés deles eram do tamanho de uma carruagem, ele deveria ter uns 13 metros de comprimento, tirando as asas, que pareciam ter uns 7 metros cada. Ele era uma ave, o bico era preto e pontiagudo, em cima de sua cabeça havia uma carapaça que parecia um crânio, que escondia sua cabeça. Os olhos estavam fechados, "graças à Lua.", pensou Heitor, ele deveria ter umas cem penas no rabo, todas elas pretas, apenas na ponta que tinham a forma de um triângulo e eram vermelhas fosforescente, assim como a ponta de suas asas, que estavam jogadas de um lado para o outro, para um sono mais relaxado, e ele era estranhamente magro.

Heitor queria soltar um "uau", mas se conteve, o medo começou a cutucar ele devagar, "Olha esse bicho, se ele acordar, nós estamos mortos!". O jovem procurou com os olhos as garras do animal, elas deviam ter uns 50 a 70 centímetro e eram brancas, brilhando sob a luz noturna.

Roberto analisou o lugar, tinha ossos de vacas e cavalos pelos cantos. "Não é à toa que eles não quiseram entrar aqui, bom, se não fosse pela garra que preciso pegar, eu também não entraria".

Heitor seguiu Roberto, procurando nas pedras por alguma garra que pudesse servir como espada ou faca.

Até que ele sentiu algo em seu ombro, Heitor olhou para trás, Roberto apontou para Susana, na escuridão. A menina estava ainda com os olhos abertos em enormes bolas e estava dando passos para trás, Heitor se levantou devagar. Se Susana continuasse indo de ré, ela pisaria em cima de vários ossos, fazendo o pior barulho possível.

Mariane estava mais perto, mas nem se deu conta do que estava acontecendo, ela estava abaixada procurando por uma lasca de garra.

Heitor ergueu os braços fazendo sinal para que Susana parasse, mas ela não viu.

Continuou pisando e pisando, até que Susana enfiou o pé em uma carcaça de cavalo, o osso não quebrou, os ossos não quebram tão fácil. Mas o problema não foi ela pisar, ah não, isso nem fez barulho, o problema foi ela pisar e cair na pilha de ossos, derrubando tudo e fazendo um barulho infernal.

Roberto ficou rígido, assim como Heitor e Mariane.

O barulho ecoou, ficando cada vez maior, o menino foi para trás do ruivo como se isso fosse ajudar.

Os olhos vermelhos do bicho se abriram em um estalo e suas pupilas em fendas percorreram o lugar. Heitor tremeu assim como Roberto. O Itzal começou a se ergueu, ágil como uma serpente, quando estava em pé, sua cabeça só era visível por causa dos olhos em fendas.

O animal dobrou as asas bem devagar, ele abaixou o pescoço comprido e abriu o bico, deu um forte grito, mostrando dentes afiados e gigantes.

— Nossa, ele tem dentes implantados no bico igual gansos! — Roberto sussurrou a Heitor e o menino quase deu um tapa nele.

— Roberto, agora é literalmente a pior hora para você me dizer isso!

O bicho desviou o olhar de Susana e pousou em cima do ruivo e do menino.

— Babou. — Avisou Heitor indo para trás, ele sabia que seria morte na certa.

A criatura gritou e investiu contra os dois com a carapaça que tinha na cabeça, Roberto pulou para o lado e Heitor também. A criatura soltou outro grito e chacoalhou a cabeça de um lado para o outro, jogando Heitor contra a parede de pedras, a dor na coluna atingiu ele pior do que uma faca quente. Tremeu, a boca aberta, queria gritar, mas não tinha como, não saía som nenhum.

— Heitor! — Susana gritou e o Itzal se virou para ela. — Não... não...

"Por que ela não luta? Ela é a melhor lutadora que conheço" Por que ela não acaba com isso?", Heitor se perguntou passando a mão na coluna, a dor piorando.

— O ponto fraco dele é as costas! — Roberto gritou avisando.

Mariane começou a procurar desesperada por uma garra, enquanto Roberto jogava uma bola de faíscas na cara da criatura, a cabeça dela foi para trás com a explosão, mas logo voltou ao normal. A carapaça branca do animal agora estava apenas com uma mancha preta onde tinham sido atingidas.

A criatura não gritou, apenas foi com a cabeça em direção a Roberto, ele foi para o lado, o Itzal o seguiu com o bicho. Heitor começou a tentar ficar de pé, as pernas tremendo, ainda não conseguia andar certo.

— Ajuda! Por favor! — Roberto se virou e com o punho fechado deu um soco no animal, que não fez nem cócegas.

Heitor olhou para Susana parada tremendo.

— Susana! — Ele gritou caindo ao chão "Droga". — Susana!

A menina demorou a olhar para ele.

— Ajuda!

Ela se encolheu mais um pouco dentre os ossos, tremendo, não saía do lugar, as mãos no rosto como se quisesse sumir.

Mariane se levantou de repente e correu até a menina, erguendo-a da pilha de cadáveres de animais. Elas conversaram por um tempo, enquanto Roberto corria de um lado para o outro.

Heitor se levantou da queda, a dor diminuiu um pouco e puxou um crânio de cavalo, ele observou bem as costas do animal. Faria igual ele fez, acertando bem na coluna. O menino mirou e BUM!

A criatura soltou um grito, remexeu-se um pouco, as asas chicoteavam de um lado para o outro, ele sambou nos próprios pés e se virou a Heitor. Com um grito, ergueu-se no ar, levantando a poderosa garra.

— Não! Não! — Heitor correu para o outro lado, mas não conseguiu fugir.

Quando a garra estava quase se fechando sobre ele, uma explosão entoou ao lado do seu ouvido direito. Ele se virou, Susana estava em pé junto de Mariane, as duas tinham acertado uma faísca no pé do Itzal.

Heitor caiu ao chão, muito agradecido.

Susana tinha a boca em um rosnado, ela tremia, mas mantinha-se de pé. As duas correram até o Itzal. Mariane deu um soco com o punho esquerdo no animal e acertou outro na parte de baixo do Itzal, fazendo a cabeça da criatura rodopiar.

Susana pegou impulso, pulou nas costas dele e, com várias explosões seguidas, fez o Itzal gritar de dor e dar rodopios tentando tirar o carrapato Susana de suas costas. Heitor voltou ao chão enquanto ele fazia isso, seu rabo vermelho fosforescente fazia giros na caverna.

— Corram! — Mariane gritou a Roberto e Heitor, eles não demoraram a obedecer, passando por debaixo do buraco.

As explosões seguiam contínuas atrás deles, o Itzal se mexia de um lado para o outro, batendo as asas e gritando. Mariane acertou outro soco nas patas do animal, que não resistiu e caiu ao chão, batendo a lateral do corpo na parede, tudo começou a tremer e Heitor teve certeza que vomitaria.

— Venham! — Heitor pediu tentando conter o almoço na barriga.

Mariane esperou por Susana pular do animal e juntas seguiam o caminho, a criatura soltou um grito horrendo e Heitor sentiu os tímpanos começarem a sangrar.

— Não dá para ir mais rápido aí na frente? — Gritou Susana. — Eu não quero ficar nem mais um segundo perto daquela coisa!

— Apressa o passo, Roberto! — Mandou Mariane.

Eles saíram para a luz, Heitor estava tremendo mais do que quando encarou Amélia.

Agora ele não aguentou e colocou tudo que tinha comido em uma moita de amoras, os olhos lacrimejaram.

Mas a pessoa mais abalada parecia Susana – ela não lacrimejava, ela chorava, agarrada na camiseta justa do corpo e começou a soluçar.

Roberto pegou um cantil de água e entregou a Heitor.

— Vá ver como sua amiga está. — Ele mandou.

Heitor tomou alguns goles e tentou devolver o objeto para Roberto, mas ele recusou.

— Ah, pode ficar, não quero água de vômito.

— Tá muito engraçado hoje, hem? — Heitor começou a caminhar até Susana e parou ao lado dela. — Está tudo bem, já passou.

Heitor se sentou ao lado dela e mostrou o cantil.

— Não quero tomar no mesmo lugar que você — Ela soltou um sorriso. — Vai que eu pego essas suas pulgas nojentas.

— Saiba que eu não tenho pulgas! — Heitor disse fechando o cantil ofendido. — O que aconteceu lá dentro? Você olhou para aquele monstro como se fosse a pior coisa do mundo.

— E ele não é?

— Não. Tem Amélia no mundo.

Agora os dois riram, não era uma risada gostosa, mas sim dolorida.

— É verdade, Heitor — Susana limpou as lágrimas na manga. — Eu odeio pássaros. Odeio, odeio! E daí quando eu vi aquele bicho...

— Você tem um medo irracional de pássaros, é isso? — Heitor perguntou erguendo uma sobrancelha.

— Não é para rir.

— Eu não estou.

— Eu estraguei tudo, não foi? — Susana perguntou, com os olhos baixos.

— O quê?! Não! — Heitor quase gritou. — Eu queria estragar as coisas como você faz, então, você nos salvou, Susana!

— Mas eu que coloquei vocês em confusão...

— Se coloca a gente em confusão, mas tira, está automaticamente anulado. — Heitor encarou os olhos verdes dela. — Bom, eu pelo menos penso assim.

— Eu também. — Mariane disse surgindo do nada. — Susana, eu não sou muito sua fã, mas você fez bem lá dentro.

Mariane disse isso fria como um iceberg, os olhos longe, não focados em Susana. "Elas estão se aproximando, mas vai demorar, para serem amigas", pensou Heitor sorrindo.

— Obrigada, Mariane... que pena que não pegamos a garra.

— Quem disse que não? — A loira tirou do bolso uma faca de mais ou menos 20 centímetros.

— Boa, Mariane! — Gritou Heitor se levantando.

Ele pegou a faca e analisou ela, parecia que ela cortaria você só de olhar, o menino passou devagar o dedo sobre a garra animado.

— Ela é sua, Heitor. Totalmente sua. — Mariane afirmou pegando no braço do menino.

— Minha?

— Não, ainda não — Roberto interrompeu. — Eduardo ainda tem que fazer o cabo dela.

— E eu vou afiar para você. — Mariane falou de novo.

— E eu vou ensinar a usar. — Susana disse também, ainda deitada ao chão.

— Então o que estamos esperando? Vamos para casa. — Heitor disse guardando a faca no bolso.

Capítulo 14

7 DE MARÇO

A parte que Heitor mais odiava era passar pelos portões do castelo, onde a cascata caía em baixo. Ele era agora o do meio da fileira, estava morrendo de dor, tanto na bunda quanto nas costas. Susana ia mais à frente, passando a mão incessantemente na cabeça, alguns fios de cabelos sozinhos estavam começando nascer e isso estava a irritando. Mariane estava com um piercing na mão, de tanto cutucar ele, o brinco caiu.

Roberto parecia bem animado por ter visto um Itzal, já o resto do grupo estava traumatizado com a experiência. Susana diminuiu o passo e ficou ao lado de Heitor, ela tinha que ficar invisível assim como o menino ao passar pelo portão.

— Tá, já temos algo que um sem-visão pode usar para ferir Amélia — Ela disse puxando assunto com Heitor. — E agora? O que vamos fazer?

— Eu não sei, Susana... realmente não sei — Heitor admitiu passando a mão na cabeça de Félix.

— Preparados para ficarem invisíveis? — Gritou Mariane para a dupla lá atrás.

— Sim. — Heitor confirmou e Susana chegou mais perto, o cavalo e ela ficando invisível.

Mas, então, quando chegaram ao portão, ficaram visíveis de novo, Mariane abriu a boca, mas não saiu nada. Roberto estava com os olhos azuis arregalados para o castelo, Heitor se levantou em Félix tentando olhar a cena chocante, a única coisa que se podia ouvir naquele cenário era a cascata correndo abaixo deles e o vento soprando.

— O que pela Lua aconteceu aqui?! — Gritou Mariane avançando com o cavalo.

— Mariane, espera! — Roberto gritou também correndo atrás dela.

Heitor voltou a sua pose original, na frente deles não havia guardas, não havia barulho de reino ou de cidade. As pedras negras da ponte estavam cobertas de um vermelho brilhante, sangue, os portões estavam escancarados e uma nuvem de fumaça subia aos céus.

— Heitor, — Susana chamou tirando ele do choque. — Vamos?

— Vamos... — Heitor respondeu com demora. — Vamos, amigão.

Susana acelerou o cavalo à frente de Heitor, Félix seguia atrás e quanto mais Heitor adentrava a cidade, pior ficava.

As casas estavam destruídas, outras pegando fogo, o menino não viu corpos jogados em nenhum lugar, mas sangue pintava as ruas e as paredes das casas.

— O que aconteceu aqui? — Heitor perguntou em voz alta olhando ao redor.

— Amélia aconteceu aqui. — Susana contou e seguindo a diante.

— Ah, não...

Todos arregalaram os olhos perante a visão: a fumaça cortava o céu azul e vinha do castelo.

— Ágata! — Heitor gritou enquanto Félix cortava a cidade, manchando as patas de vermelho.

— Heitor! Espera! — Susana correu atrás dele com Noite.

O jovem chegou perto dos muros de pedra, um enorme buraco dava passagem ao castelo. "Não, não, não, eu não vou suportar a morte de mais ninguém. Por favor, que eu não ache o corpo de ninguém, Por favor! Por favor!", Heitor pensou chegando ao portão do castelo onde estavam os cavalos de Mariane e Roberto. Eles já tinham entrado.

Heitor pulou de Félix e quase vomitou quando um *splash* fez abaixo de seus pés, o que ele tinha pisado não era água, mas sim uma posa de sangue. Ele fechou os olhos e saiu do líquido.

— Ai, acho que vou vomitar — Ele disse olhando para dentro do castelo, viu dois corpos de guardas ao lado da porta principal que estava escancarada. — Ai, minha Lua!

Heitor correu até eles e os balançou, mas já estavam mortos fazia tempo.

— Heitor! — Susana chamou descendo do cavalo e mancando até ele.

— Estão todos... mortos.

— Não todos, talvez esses dois, mas talvez tenha gente viva lá dentro. Fernandez ou Ágata devem estar bem. — Ela estendeu a mão ao jovem. — Vamos.

Heitor aceitou a mão e seguiu com ela até a porta aberta, tudo estava revirado e jogado. As janelas estavam quebradas e vários quadros estavam rasgados.

— Pela Lua... — Heitor sussurrou. — Isso é trabalho de Amélia mesmo.

— Eu te disse, ela deve ter descoberto que iríamos sair daqui e atacou o lugar. E Eduardo não estava preparado para um ataque tão cedo, só ocorreria no dia 13 deste mês. — Susana soltou um gemido de dor. — Mas parece que a data mudou.

— Por que está andando tão devagar? — Heitor perguntou cauteloso, Susana não gostava quando falavam de suas fraquezas.

— Não é nada. Continue.

— Susana, pelo amor da Lua, ainda não confia em mim?

Antes que ela pudesse responder, uma conversa abafada começou a ser escutada por Heitor no final do corredor, eles se entreolharam. Andaram devagar até o final do corredor e Heitor puxou a garra de Itzal, se fosse alguém perigoso, agora pelo menos tinha uma arma.

O jovem olhou o corredor com Susana apoiada nele, enquanto a menina tinha um par de faíscas na mão, Heitor tinha a garra na outra, mas ele abaixou a arma ao ver que não era ninguém maligno.

— Eduardo! O que aconteceu aqui? — Heitor perguntou guardando o objeto de volta no bolso.

— Que bom que vocês estão bem — Eduardo estava acabado, estava com sangue até os joelhos e um corte abria sua testa e pintava seu nariz de vermelho. — Amélia adiantou o ataque, eu não estava pronto, muito menos minhas mulheres e homens. Nós fomos massacrados, levaram algumas criaturas da Lua... Fernandez e Ágata também.

— O quê?! — Heitor gritou. — Não, não... não...

Heitor sentiu o coração acelerar, a boca ficar seca e os olhos começarem a lacrimejar. A única coisa que ele não queria era perder mais alguém, isso incluía Ágata. Não queria que ela se machucasse, a menina era como uma irmã mais nova para ele.

— Estamos lascados... ferrados... — Mariane resmungou se encostando na parede, ela puxou os cabelos e começou a descer até se sentar.

— Calma... a situação é horrível, eu sei — Roberto disse mexendo as mãos incessantemente. — Mas... mas...

Eduardo puxou a mão do ruivo para a sua, a mão branca e a bronzeada, cheia de sardas com a mão negra cheia de cicatrizes e manchada de vermelho fez um ótimo contraste.

— Mas vamos dar um jeito. — Eduardo passou a mão nos cabelos cor de chama do homem. — Sempre damos.

— É... você tem razão. — Roberto confirmou apertando ainda mais as mãos.

— Ô, casal melação, — Susana interrompeu o momento fofinho. — o que vamos fazer?

— Amélia não atacará de novo, pelo menos não hoje — Eduardo olhou para todos ali. — Eu vou juntar os meus guerreiros e guerreiras que sobraram e nos preparar para uma guerra.

— O que aconteceu com o povo? — Heitor perguntou.

— Evacuamos o reino assim que Amélia começou a devastação, mandamos eles para os fortes que temos perto daqui. — Eduardo falou olhando pela janela quebrada. — Hoje foi com toda certeza o pior dia de toda minha vida... perdi minha irmã e minha sobrinha.

— Vamos recuperar elas — Heitor tirou a garra e entregou a Eduardo. — Nossa missão foi bem— sucedida.

— Pelo menos uma notícia boa — Eduardo pegou a garra e apertou. — Ela estará pronta em dois dias?

Mariane fez que sim com a cabeça.

— Ótimo. Roberto, quero sua ajuda, vamos curar os guerreiros machucados e fazer um funeral aos que morreram com bravura. — Eduardo puxou o ruivo pelo corredor. — Mariane, Heitor... e Susana... se prepararem... Amanhã tem treinamento cedo... muito cedo. Estamos em guerra... não há tempo a perder.

— Guerra... — Heitor repetiu a palavra como se fosse um palavrão.

"Nunca pensei que estaria em guerra". Aquela era uma palavra horrível, Heitor pensou que nunca colocaria ele e guerra na mesma frase. Sentiu uma dor de cabeça surgir, queria se deitar e fingir que isso nunca aconteceu. Mas não dava para fugir dos problemas.

— O que você vai fazer, Mariane? — Perguntou Heitor olhando a loira.

— Não sei, Heitor... tô muito estressada para pensar. — Mariane se levantou devagar. — Vou para meu quarto. Eu acho.

— Tá... eu vou achar um lugar para Susana dormir... até...

Mariane não respondeu, ela parecia no mundo da lua. Heitor foi arrastando Susana até o antigo quarto de Cora, a biblioteca. Heitor hesitou ao pegar na maçaneta, era a primeira vez que ele entrava ali após a morte dela. Sentiu a respiração ficar mais rápida e pegou de leve na maçaneta da porta fria, fria demais. Abriu a porta e o cheiro de mofo subiu ao lugar. Ele já sabia que não veria Cora, mas mesmo assim se deixou enganar por um momento que ela iria descer do seu quarto e vir perguntar se estavam bem. Mas, claro, nada aconteceu.

— Eu vou abrir a janela — Heitor avisou deixando Susana no meio do salão.

A janela levou um pouco de luminosidade e ar puro ao lugar, "Quanto tempo faz que ninguém vem aqui?", Heitor se perguntou, olhando para baixo, viu que uma maçã amarela estava no gramado. Semicerrando os olhos, Heitor viu Mariane sentada ao lado do túmulo de Cora.

"Ela era seu porto seguro, não era?", Heitor pensou saindo de lá e indo até Susana.

— Por que você tá mancando? — Ele perguntou sem demora.

— Não é nada, mas que saco! Por que não vai ver se você está bem? — Ela cuspiu a resposta como veneno.

— Susana... — Heitor respirou fundo para não responder com raiva. — Eu não estou bem desde o dia que Cora morreu! Se eu estou perguntando se está tudo bem é porque me importo com você! Então responda a maldita pergunta!

Susana desviou o olhar e subiu a calça tirando a bota. Heitor arregalou os olhos quando viu um caroço vermelho ao lado do tornozelo da menina.

— Feliz agora? — Perguntou a menina com a cara emburrada.

— Susana, desde quando você está com isso?

— Desde o dia do Itzal.

— O quê?! E por que não falou, sua... sua... sua trem! — Heitor se abaixou ao lado dela e começou a analisar o caroço.

— Nós tínhamos coisas mais importantes, o foco da missão não deve ser interrompido por coisas fúteis.

— Susana, é assim que Amélia pensa, mas não nós. Queremos, sim, saber se nossos amigos estão com dor ou pior, machucados! — Heitor olhou em volta. — Onde Cora guardava os curativos...

— Nós... somos amigos? — Susana perguntou espantada tentando ajeitar o pé. O que só causou mais dor à jovem.

— Ué, claro! — Heitor afirmou achando os curativos em cima de uma prateleira. — Ae! Achei, vamos dar uma boa olhada nesse pé.

Heitor tirou uma pomada da bolsa e passou na menina, parecia ser feita de ervas porque era verde e tinha um cheiro de lama de pântano.

— Por que não usa o mel? — A menina perguntou, chegando mais perto de Heitor.

— Porque eu usei a última dose no meu pai, desde então ninguém mais pegou o mel. — Susana abaixou o cenho para ele. — O quê? Eu não pego o mel, quem pega é Roberto.

— Hum — Susana soltou. — Ela é gelada.

— Talvez diminua o inchaço por ela ser fria — Heitor passou uma fita branca em volta do machucado. — Como você conseguiu andar todos esses dias com isso? Parece que você tem um tomate preso ao pé!

— Nossa, obrigada... — Susana agradeceu de modo sarcástico. — É tão bobo, né?

— O quê?

— Eu... ser tão forte e confiante...

— Agora você está se achando — Heitor avisou vendo se estava certo o curativo.

— Cala a boca... mas... é bobo eu ter medo de pássaros. Acabei com a missão.

UM GUARDIÃO SEM-VISÃO

— Dá para você parar? A missão foi um total sucesso, está bem? Pegamos o que queríamos. Não é sua culpa se assustar com os pássaros, ninguém sabia que era um... ou que tinha o formato de um... eu também tenho medos bobos. Tenho medo de cachorro.

Susana riu.

— Tá, isso me faz sentir melhor.

— Que bom. — Heitor deu um tapinha de leve no ombro dela. — Agora vou para meu quarto. Vou pegar um travesseiro e um cobertor para você, já volto.

Heitor tomou um banho rápido no banheiro, sentindo-se limpo finalmente, mas quando ele chegou perto de seu quarto, quase caiu para trás.

— Ah, não! Não! — Heitor parou na frente de seu antigo quarto. — Ah, qual é! Por quê?

O quarto do menino estava totalmente destruído, sem cama, seu guarda-roupa transformado em dois. O travesseiro virou um amontoado de espuma no chão.

Heitor bufou querendo bater na porta que não existia mais, foi ao quarto de Ágata, que era ao lado.

O menino tremeu ao abrir a porta e então sentiu sua raiva ser substituída por tristeza e saudade, a menina não estava mais ali. Heitor foi até os travesseiros dela, que eram no mínimo quatro, e pegou dois deles, deixando os outros dois como se do nada ela fosse voltar e dormir neles.

Observou o quarto dela, estava todo destruído, mas a cama estava intacta. Heitor viu uma cabeça de um cavalo de madeira jogado ao chão, estendeu a mão, lembrando que antigamente Ágata não tinha nem deixado tocar nele. Ela tinha muito amor por ele.

O menino pegou a cabeça de madeira do animal e guardou no bolso, "quando eu te encontrar, Ágata, eu vou devolver isso". Ele sentiu sua corrente de lua encostar em sua garganta, "Eu prometo".

— Nossa, você trouxe dois travesseiros para mim?... Não precisava, mas obrigada.

— Não é dois para você. — Heitor bufou jogando um no chão e outro em Susana. — Eles destruíram meu quarto. Vou dormir aqui também.

Susana riu batendo a mão no joelho.

329

— Ai... ai, isso é melhor que dois travesseiros. — Susana ajeitou o algodão, colocando sua cabeça devagar. — Mas é claro que eles iriam fazer isso, Amélia não te encontrou e decidiu quebrar o que era seu no castelo.

— Essa mulher é uma desgraça na minha vida. — Heitor comentou puxando o cobertor para si. — Eu sempre falo que vou matar Amélia... mas, na realidade... eu não sei se eu consigo...você acha que temos chance com ela?

— Heitor, Amélia não é uma deusa, nem imortal. Ela tem fraquezas, igual a nós. Como pássaros e cachorros. — Susana brincou puxando o cobertor até os ombros.

— Ah, cale a boca. — Heitor disse rindo. — Boa noite.

— Boa noite, tomara que os mosquitos te mordam.

— E que você tenha péssimos pesadelos. — Heitor desejou fechando os olhos.

Capítulo 15

8 DE MARÇO

Heitor acordou com alguém cutucando seu pé, ele abriu os olhos sentindo que tinha tomado uma surra durante a noite.

— O que foi? — Heitor perguntou tentando identificar quem estava ali.

— Vamos, preguiçoso, Eduardo está chamando. — Mariane disse tentando forçar um sorriso.

O menino se levantou com dificuldade e viu Susana deitada a alguns metros longe dele, com os olhos fechados e a boca curvada para baixo, ela tremia de vez em quando, provavelmente estava tendo um pesadelo.

Heitor piscou, ainda estava escuro, para ele aquilo era um pesadelo. Tudo do outro dia agora o atingia como um soco, Fernandez e Ágata sequestradas, ninguém da população do reino estava realmente ali, muitos filhos do Sol e da Lua mortos. Amélia com todas as cartas na mão.

— Diga que isso é um sonho. — Heitor pediu para Mariane.

— Sonhos são bons, Heitor, o que estamos vivendo é um pesadelo. — Mariane olhou para Susana— Vá você acordar sua amiga.

— Achei que vocês estavam virando amigas.

— É... mais ou menos, sabe... — Mariane desviou o olhar.

— Não vou acordar, ela está machucada. — Avisou Heitor saindo da sala.

Ele começou a descer as escadas com Mariane logo atrás.

— Ela vai ficar bem? — Perguntou Mariane.

— Por que quer saber? Ela não é tão... sua amiga. — Heitor brincou.

— Pare de ser infantil — Mariane o empurrou com o ombro. — Eu não confiar nela não significa que quero seu mal... Eu acho que você não deveria colocar tanta confiança nela.

— Não estou colocando — Ela ergueu uma sobrancelha loira para ele. — Tá, talvez esteja. Mas você também colocou muita confiança em mim quando eu era novo no castelo.

— Não, eu só fui confiar em você depois de cinco meses aqui. — Ela confirmou saindo ao pátio. — Só estou falando... que... as pessoas nem sempre são... o que são. Por que Amélia não quer Susana mais com ela? Por que queria matá-la? Já parou para pensar que talvez seja porque ela fez algo muito horrível? Tipo algo que nem Amélia conseguia perdoar?

Heitor sentiu algo ruim subir em suas costas, como uma aranha peluda e nojenta.

— E se for apenas por ela ter agido contra Amélia? — Heitor perguntou parando na frente da porta principal.

— Não sei, Heitor... só não quero que você... sabe... sinta o que eu senti quando descobri que Amélia era a traidora.

O menino deu um sorriso com dificuldade a Mariane. Ela não fazia por mal, apenas estava preocupada.

— É nessas horas queria que Cora estivesse aqui. — Ela admitiu desviando o olhar para mais além, onde o túmulo da mulher estava.

— Eu também... Ela saberia o que fazer...

— Ah, saber, saber ela não ia. — Mariane riu. — Não deixaria que nós entrássemos em pânico.

— Mas você nunca entra em pânico, Mariane.

— É, eu sou demais. — A loira disse com a mão erguida. — Vamos, se demoramos mais um pouco, Eduardo nos mata.

Heitor respirou fundo e abriu a porta, a sala estava como da última vez que viu, com corredores quadrados que se estendiam por dois andares, abertos ao meio com um chão de areia e o céu aberto com o teto de vidro.

Eduardo estava analisando a luta de duas guerreiras de cabelo curto, quando avistou os dois, ele acenou com a cabeça às mulheres que continuaram se agredindo enquanto o homem seguia.

— Bom dia... cadê Susana? — Perguntou Eduardo, o corte na testa estava com um curativo.

— Susana está machucada, Eduardo. — Heitor avisou. — Mas eu e Mariane estamos prontos para o treinamento.

— E, fica entre nós três, aquela menina luta melhor que todos nós. — Mariane se manifestou.

— É isso que me preocupa. — Eduardo resmungou alto. — Bom... vamos lá, começando por vocês dois. Heitor, ataque Mariane.

O menino tremeu, ele olhou para Mariane, ela era musculosa, gorda, robusta e alta. E ainda por cima, como ela tinha vários piercings e cicatrizes espalhados pelo corpo, dava a impressão de imponência.

— Ah, isso vai doer. — Heitor disse dando alguns passos para trás.

— Ah, vai sim! — Mariane afirmou, os cabelos loiros curtos balançando.

— Sem mortes, por favor. — Eduardo disse se afastando. — Mas... Mariane, se você matar Heitor... eu não vi nada.

— O quê?! — Heitor gritou quando um soco sem nenhum aviso acertou seu estômago.

Ele foi para trás cuspindo no chão saliva que tinha mais gosto de bile, Heitor nunca pensou que teria que lutar com Mariane. Ela era sua amiga, não inimiga, "Talvez seja assim que ela tenha reagido ao saber de Amélia", pensou o menino desviando de outro soco.

O menino ergueu a perna direita no ar tentando dar um chute na altura dos ombros dela, mas com um simples giro de corpo, Mariane saiu da reta do golpe, acertando Heitor nas costelas.

— Ai! — O menino gemeu de dor indo para o lado.

"Qual é, eu derrotei Susana e não consigo acertar um golpe nela?", Heitor foi para trás mancando, o que podia fazer?

— O que foi? Cansou? — Mariane disse com desdém.

— Vem você para cima.

Talvez em uma briga de verdade ela não fizesse isso, mas estava entre amigos. A loira veio para frente com o punho fechado, Heitor desviou, acertando o joelho na boca do estômago dela.

Mariane gemeu indo para trás.

— Isso não é o suficiente para me derrubar! — Ela gritou brincando.

— É, mas te abalou um pouco.

Depois de algumas horas de treinamento, o sol já tinha subido ao céu e estava alto.

Heitor estava encharcado, parecia que tinha acabado de sair de uma cachoeira. Mariane também estava suada, seus cabelos loiros estavam começando a ficar oleosos e a grudar na testa.

— Chega! — Eduardo gritou a todos. — Vão para o almoço. Voltaremos depois da uma da tarde.

— Que bom que ele pediu tempo. — Heitor admitiu pegando nas pernas. — Minhas pernas estão doloridas.

— Pare de mentir, você gostou que ele pediu tempo porque eu estava quase te derrotando. — Mariane se vangloriou passando pelo menino e indo na direção da porta.

Heitor bufou, ele sabia que era brincadeira, mas era uma total mentira. De cinco lutas que fizeram, o menino tinha ganhado duas e três tinham ido para a conta de Mariane.

— Mas você não luta mal... — Mariane observou olhando em volta.

— Eu sei que não luto. — Heitor disse com um sorriso.

— Não fique se achando.

— Você que fica se achando toda hora!

— Heitor! — O menino se virou e viu Roberto correndo em sua direção.

Ele passou reto por Eduardo, que olhou de cara feia para as costas do ruivo.

— O que foi? — Perguntou Heitor preocupado.

— É... — Roberto puxou ar com a boca, abanando a cara com a mão. — Seus pais!

Heitor sentiu que gelo tinha entrado em suas veias e pareceu que todo seu corpo ficou duro.

— O que tem eles?! Estão bem?! — Heitor perguntou pegando no ombro de Roberto.

— Eles... eles... estão aqui! — O ruivo avisou.

UM GUARDIÃO SEM-VISÃO

Heitor sentiu o gelo se dissolver, eles só estavam aqui. Estavam bem, vivos.

— Ufa! — Heitor relaxou tirando as mãos de Roberto. — Onde estão?

— Eu mandei eles entrarem. Te esperam no grande salão.

— Obrigado, Roberto, eu vou lá com eles! — Heitor saiu correndo, mas freou no meio do caminho. — Mariane, vem comigo?

A loira virou a cabeça.

— Por quê?

— Quero te apresentar aos meus pais. Roberto, você também.

Os dois pareceram se entreolhar, um sorriso brotou no rosto de ambos.

— Claro! Eu adoraria! — O menino de cabelos cor de chamas colocou as mãos no peito.

— É, vou contar a eles as trapalhadas que o filho deles já fez. — Mariane riu.

— Ei! Nem pense nisso... e tentem fazer esse lugar parecer ótimo, não quero que eles pensem... você sabe... que terei o mesmo destino que Rafael.

Roberto deixou cair os olhos, Heitor sempre falava que Rafael era seu irmão para si mesmo. Mas com os outros, a situação era diferente, era raro falar sobre isso, e quando tocava no assunto, era a mesma coisa que apertar uma ferida.

Estava animado para falar com seus pais, mas não se atreveria a chegar muito perto de Mariane enquanto ela andava. A menina gostava de ir na frente e se Heitor tentasse ultrapassá-la, começaria uma corrida no corredor.

A porta do grande salão foi aberta e até que o lugar estava intacto, como sempre foi, até a cadeira baixa de Cora estava lá, com poeira por não ser usada fazia meses. Mas ali estava.

Mas quando o menino viu seus pais, sua animação sumiu, como uma fumaça sobrada pelo vento. Sua mãe tinha a cara enfiada no ombro de seu pai, as roupas estavam chamuscadas nas bordas, seu pai tinha um curativo cobrindo o antebraço até o pescoço.

— O quê... — Heitor olhou para Roberto esperando uma explicação.

— Eu não vi eles, quem me contou que estavam aqui foi um guarda... tadinhos... — Roberto disse esse "tadinhos" com tanta dor que só por causa disso Heitor não ficou bravo. Ele não queria pena.

— Não fale as coisas no diminutivo, fica horrível. — Mariane advertiu, o sorriso sumindo quando viu os dois adultos. — Vocês estão bem?

A voz de Mariane chamou a atenção de Cris e Mauro. Os olhos cheios de amor pousaram em Heitor, a mulher saiu do lado do marido e correu até o jovem, abraçando-o com tanta força que quase quebrou suas costelas.

— Meu filho! Você está bem!

Heitor aproveitou a sensação que vinha com um abraço de mãe, a sensação boa, do mais puro amor.

— Sim, mãe. Eu estou bem. — Heitor passou a mão nos cabelos ralos de sua mãe. — O que houve?

Mauro se aproximou devagar, as mãos entrelaçadas, parecia com dor.

— Sabe Amélia, a mulher que você odeia? — Cris disse ainda no abraço. — Ela atacou a nossa casa. Destruiu todo o sítio, os únicos animais que conseguimos salvar foram Manchas e Pesadelo.

Heitor sentiu a raiva o abraçar ainda mais forte do que sua mãe, uma serpente de puro ódio nasceu dentro dele naquele instante.

— Isso é horrível! — Roberto disse, sua voz engasgada de surpresa ou de raiva.

— Sim, é horrível mesmo... — Cris soltou Heitor e olhou bem para Roberto. — Desculpe, mas eu te conheço?

Roberto foi pego de surpresa e corou, ficando mais vermelho que seus cabelos.

— Ah, eu fui te falar sobre seu filho, Rafael, sobre ele... Estar morto. — O homem pareceu de repente se arrepender do que disse e tentou consertar. — Ele era muito meu amigo, sabe? Sinto falta dele.

— Você é o menino mão de queimadura? — Cris perguntou a Roberto e ele ficou ainda mais vermelho e abriu a boca sem saber o que dizer.

— Não, mãe — Heitor começou erguendo uma sobrancelha.. — Quem te disse isso?

UM GUARDIÃO SEM-VISÃO

— Ué, quem me contou isso foi Rafael, disse que era o apelido dele — Cris apontou para Roberto. — Mão de queimadura.

— Isso é um apelido antigo! Muito antigo! — Roberto olhou para Mariane, mas ela já estava com um enorme sorriso no rosto. — Nem pense nisso, Mariane! Parou! Eu não quero mais esse apelido, demorei anos para perder ele, agora vocês não vão ressuscitar!

— Ah, mão de queimadura, nos diga por que tinha um apelido assim. Por favor. — Mariane pediu chegando mais perto do ruivo.

— Sai fora! — Ele avisou se afastando.

Heitor olhou para seus pais, eles pareciam interessados na companhia que o filho teve todo esse tempo.

— Vocês precisam descansar — Heitor disse cortando a briga de Mariane e Roberto. — Vou levar vocês para um lugar para ficarem sossegados. Por enquanto.

— A Rainha não vai se importar? — Mauro perguntou olhando em volta. — E por que não tem ninguém no reino?

— É uma longa história, pai... toda envolvendo a mesma mente criminosa. — Heitor disse indo até a porta.

— Amélia. — Mariane terminou. — Eu ajudo você. Mão de queimadura, você vem?

— Não me chame assim! E não, não vou. Sinto muito, Heitor, mas tenho algo mais urgente para resolver. Nos vemos à noite.

— Ok. — Heitor disse a Roberto quando ele saiu correndo no corredor. "O que você está tramando?".

Heitor guiou seus pais pelo castelo e a cada passo algum deles soltava um "uau", era interessante ver como eles reagiam à segunda vida de seu próprio filho. Não só a de Heitor, mas como a de Rafael também.

O menino os guiou até a biblioteca, o cantinho de Cora.

— Mãe e pai... — Heitor começou abrindo a porta.

— Susana! — A mãe do menino gritou entrando na sala. — O que aconteceu com seu pé?

— Eu torci, Cris — Susana disse com um tom tão doce que o menino achou até estranho.

337

— Ó, minha Lua! — A loira se abaixou e olhou o pé enfaixado de Susana. — Está doendo?

— Um pouco... mas está tudo bem.

— É, quando eu estou machucado, ninguém se importa, agora quando é Susana, é todo um alvoroço! — Heitor reclamou baixo.

— Parece que alguém está com ciuminho. — Mariane incomodou.

— Mariane, por que você não monta em um Orfeu e some? — Mandou Heitor, olhando severo para a menina.

Mariane riu e o pai de Heitor também.

— Gostei de você — Mauro disse olhando nos olhos verdes de Mariane.

— Ah, obrigada... — Mariane deu um sorriso ao moço. — Heitor vamos mostrar os banheiros para eles?

— Ah, vamos. Mãe e pai, vamos, temos que trocar essas suas roupas e talvez depois almoçar.

Heitor guiou seus pais até os aposentos do banheiro e deu toalhas e roupas novas, após isso, fizeram uma grande refeição na biblioteca, já que Susana não podia sair do lugar.

— Mas uma coisa que eu não entendi... — Mariane disse do nada enquanto balançava uma coxa de frango — Por que Amélia atacou a casa de Heitor?

Susana fez cara de desdém ao se lembrar da mentora.

— Amélia ataca o ponto fraco das pessoas, ela descobre qual é e então os atinge. — Susana olhou para Cris. — Ela atacou o sítio de Heitor por que, se ele veio de tão longe apenas para trazer dinheiro para sua mãe e pai, é claro que se importava com eles.

Heitor sentiu de repente seu estômago virar e largou a comida, mais uma garfada no feijão e arroz e certeza que iria pôr tudo para fora.

— Talvez não se importe tanto com sua mãe, né, Heitor? — Cris anunciou assustando o menino. — Demorou meses para mandar uma única carta!

— Mãe! — Heitor sentiu o rosto corar, Mariane riu, parecia ser a única coisa que fazia perante a situação.

Mauro apenas degustava as batatas assadas em vez de dizer algo, tanto na defesa do filho quanto de sua esposa, ele apenas perguntou algo quando o prato estava vazio:

— E vocês vão dar um fim nessa mulher?

— Pretendemos atacar o esconderijo, não tão bem escondido dos filhos do Sol. Ela deve estar lá. — Heitor respondeu dando o prato de comida a Mariane. — Toma, não quero mais.

— Azar o seu, mas você tem que se alimentar. Quer lutar com Amélia estando fraco?

— Não estou fraco.

— Então quando foi a última vez que comeu algo decente?

Heitor sentiu a pergunta perfurar seu cérebro, realmente fazia dias que não comia nada e nem tinha fome. Parecia que o menino só estava sobrevivendo, não vivendo, tentava não pensar muito, se pensava, vinha uma tristeza estranha, um sentimento de solidão.

"Sem Ágata e sem Cora... que beleza...", ele pensou.

— Filho, você tem que comer. — Cris disse do outro lado da sala.

— Eu vou, mãe... só não agora.

O sol começou a descer um pouco e Heitor se levantou da cadeira, seus pais estavam em uma conversa muito contagiante com Susana de como ela tinha enfrentado um Itzal.

Heitor cutucou Mariane que brincava com um piercing no nariz.

— Vamos antes que eles nos vejam.

— Por quê?

— Porque eu quero continuar meu treinamento! Não estou pronto para um combate corpo a corpo, Mariane!

A loira entendeu e se levantou também, o menino fechou a porta bem devagar e seguiu pelo corredor.

— Seus pais são gente boa! — Mariane disse. — São bem liberais.

— Me impressiona eles serem tão liberais, sabe... por conta de Rafael. — Heitor sussurrou mesmo estando sozinhos no corredor, era ainda estranho falar que Rafael era seu irmão para as outras pessoas.

— Queria que meus pais fossem assim. — Mariane admitiu. — Eles são bem... bom, eles são um pé no saco para falar a verdade. Quando vim para o castelo ficaram falando o que eu deveria fazer, tive vontade de jogar eles no rio embaixo da ponte.

Heitor riu e agradeceu em silêncio pelos pais que tinha. Queria sentir pena de Mariane por ter pais mais chatos ou rigorosos, mas ela nem parecia se importar com isso. Heitor via em Mariane uma rocha inquebrável, mas tinha um único diamante que conseguia lapidá-la, que era Cora.

— Você considerava Cora sua mãe?

— Nossa, — Mariane riu. — Claro! Para mim ela sempre foi minha mãe e para Roberto também. Aquela mulher... seja onde estiver, está no melhor lugar possível.

— Ela deve estar com Rafael.

— É, deve estar.

Mariane seguiu adiante com um sorriso, Heitor ia logo atrás indo para a ala de treinamento quando algo passou por ele, algo grande e azul. Ele sentiu um arrepio, olhando para cima, Heitor arregalou os olhos e não segurou o grito:

— Catu!

— O quê?! Onde?! — Mariane ergueu os olhos verdes, a ave deu algumas voltas, como se analisasse se deveria descer.

— Mariane, se ele está aqui...

— Ágata também está...

A dupla esqueceu completamente do treinamento, depois ele se resolveria com Eduardo, pouco importava. "Catu, por favor, por favor, que você esteja com Ágata".

 Eles pararam abaixo da massa de penas azuis. Pareceu reconhecer Heitor, desceu, o menino levantou o braço e ele pousou, as unhas rasgando de leve a pele.

— Catu?

A ave deu um assobio alto e balançou a cabeça, batendo o bico preto no antebraço de Heitor.

— Minha Lua! — Mariane disse dando um pulo.

— Se ele está aqui, Ágata também está, né, amigo? Cadê Ágata? Cadê?

O animal não respondeu, apenas começou a balançar de um lado para o outro.

— Acho que ele não tá muito a fim de cooperar. — Mariane disse.

— Não, ele tem que cooperar! Vá buscar uma castanha-do-Pará.

— O quê? Por que eu?

— Porque tem uma ave de 1 quilo no meu braço!

— Tá! — Mariane bufou, saindo correndo para o castelo.

Heitor passou as mãos na cabeça do animal, passando seus dedos pelas penas, Catu soltou um assobio de conforto diante do toque.

— Cadê Ágata? — O animal se ajeitou no braço. — Por favor... me mostre. Você sabe que eu não faria mal a ela.

Catu ajeitou a asa e saiu voando em direção à porta lateral do castelo. Heitor seguiu a ave, os olhos abertos, qualquer piscadela e ele perdia o animal de vista.

A porta estava aberta, Mariane tinha a deixado, "Onde você está indo?", Heitor esperava que ele subiria alguma escada ou iria para outro andar, mas ele manteve a trajetória reta até que chegou à porta das masmorras.

A ave pousou na ponta da escada esperando o menino.

— O que tem lá? — Heitor perguntou se abaixando e estendendo o braço para Catu subir.

Ele começou a descer a escada, cada passo ecoando na escuridão. Pegou uma tocha da parede e continuou descendo, Catu soltava uns gritinhos aleatórios.

Ao fim da escada, Heitor tentou seguir reto como a ave estava fazendo antes, mas, quando ele deu um passo à frente, Catu mordeu com força sua orelha que faltava um pedaço.

— O quê? Não é para eu ir para esse lado, bicho? — Catu soltou a orelha. — Tá! Tá! Eu vou virar.

Heitor seguiu rente à escada, semicerrou os olhos, se continuasse naquele caminho... daria na porta do quarto de Rafael. Ele parou na frente da maçaneta, o corpo inteiro estava em pura estática de empolgação.

— Aqui? — Perguntou Heitor e Catu assobiou em concordância.

O menino abriu a porta e no mesmo instante sentiu uma dor lhe afundar na perna e então um golpe no nariz.

Ele gritou de dor, Catu também se assustou e saiu voando e gritando, Heitor abriu os olhos, a tocha tinha caído no chão, mas ainda restava luz para ver. Ele colocou a mão no nariz sentindo como se tivesse levado uma pontada interna e um líquido quente começou a escorrer.

— O que você quer?! — Perguntou uma voz ameaçadora e feminina, Heitor se tocou que conhecia aquela voz.

— Ágata?!

A menina abaixou o pedaço de pau que tinha nas mãos e seus olhinhos se encheram de lágrimas, ela correu para um abraço.

— Graças à Lua! Heitor, eu pensei que fosse morrer!

— Como... Como você se escondeu aqui? E... E por que não saiu?

Ágata segurou o braço de Heitor, ele não se levantou, estava com medo de que se tentasse, retornaria ao chão. Segurando o nariz sangrando, a menina colocou a testa no ombro dele.

— Ai, Heitor, Amélia... Ela atacou sem aviso. Com milhares de filhos do Sol, em dois minutos o castelo inteiro já estava em chamas. Minha mãe mandou eu correr e eu fiz isso. O único lugar em que consegui pensar que seria seguro era aqui. — Ágata saiu do ombro. — Mas está tudo bem, né? Você está aqui! Então significa que está tudo certo!

Heitor tremeu tanto por causa da dor, mas também porque seria horrível contar isso a ela.

— Ágata... sua mãe foi pega pela Amélia. Sinto muito. — Heitor disse da forma mais calma que pode e a menina perdeu o brilho nos olhos.

— Ah, não... não... não... — Ela colocou as duas mãos nos cabelos, que estavam tão embaraçados. — Minha mãe não... por que, Heitor? Por que isso tá acontecendo? Primeiro Cora, depois ela? O que foi que eu fiz?!

Heitor arregalou os olhos para ela.

— Ágata, você não fez nada! Quem fez tudo isso foi Amélia, não você! — Heitor se lembrou da história de vida horrível que Amélia tinha, mas mesmo com toda essa dor que ela carregava, para ele não era desculpa ser tão má.

A menina se enrolou no antebraço de Heitor e o menino colocou a cabeça em cima dos cabelos.

— O que fazemos agora? — Ela disse com a voz chorosa.

— Nós vamos atacar ela e trazer sua mãe de volta. — Heitor puxou Ágata para um abraço. — Eu prometo.

— Obrigada... — Ela disse, caindo no choro.

Heitor levou Ágata pela mão aos corredores, vários guardas passaram e ficaram de boca aberta, o menino lançou um olhar de "Cai fora, mané", mas eles não pareciam se importar se seus olhares causavam desconforto ou não.

UM GUARDIÃO SEM-VISÃO

A fofoca de Ágata estava a salvo e no castelo se espalhou tão rápido quanto fogo na floresta, e logo Eduardo apareceu no meio do caminho.

— Minha sobrinha! — Ela correu e abraçou Ágata tão forte que Heitor teve certeza de que quebrou algum osso da coitada. — O que aconteceu?

Ágata explicou ao tio tudo que tinha acontecido e ele ficou tão abalado que nem brigou com Heitor pelo fato de não ter ido ao treinamento.

— Você se escondeu no quarto de Rafael? Nossa! — Eduardo arregalou os olhos castanhos. — Esse homem nos protege até quando está morto.

O menino se lembrou quando o irmão o avisou em sonho e de quando apareceu em forma de fumaça e afugentou Susana. "Por que ele não aparece mais nas horas de perigo?".

— É, ele sempre nos protege. — Admitiu Heitor sentindo as costas pesarem. — Vamos, Ágata, deve estar com fome, vou te levar para comer alguma coisa. Deve ter sanduíches ou alguma coisa na cozinha...

— Heitor, não. — Eduardo disse rápido. — Por favor, quero conversar um pouco com Ágata, a sós. Tem coisas que devem ser... esclarecidas. E você, vá ver esse nariz sangrando.

Heitor olhou para a menina, ela parecia assustada e ele também tinha ficado, por que o tom de Eduardo foi muito severo.

— Tá, então... tchau... — Heitor se despediu seguindo para a sala de Cora.

O menino abriu a porta e encontrou Roberto examinando seus pais e Susana, Mariane estava sentada mais atrás com a cara emburrada, mas mudou para uma de assustada quando o viu.

— E aí? Por que você sumiu? Achou algo? E o que aconteceu com seu nariz?

— Não achei algo, Mariane... Achei Ágata.

Roberto parou na hora o que estava fazendo e se virou a ele.

— Conta. Tudo. Agora!

Capítulo 16

13 DE MARÇO

O dia tinha começado com um trovão acordando Heitor, ele abriu os olhos, a sala de Cora estava muito escura para ser às 7 horas da manhã. Ele se espreguiçou e olhou os residentes, sua mãe e seu pai estavam dividindo um saco de dormir mais afastados, perto da árvore do centro. Susana estava dormindo perto de Heitor, seu pé já estava bem melhor, com seu pequeno mas mortal pé, Ágata cutucava Heitor como ferrão, a menina tinha rolado de seu saco de dormir.

Heitor pegou ela do chão e a colocou nas cobertas do seu lugar original, quando fez isso, empoleirado lá em cima, Catu soltou um chiado.

Ele foi até a janela e começou a observar como o tempo estava horrível, o vento assobiava e girava as árvores, pedras de gelo pequenas mas contínuas batiam contra as paredes do castelo e as gotas de chuva chicoteavam na grama.

— Ótimo dia para um ataque. — Heitor saiu do quarto quieto e passando pelos vitrais do castelo viu que tudo estava quase pronto, guardas andavam de um lado para o outro pegando celas e armamentos.

O menino sentiu uma coisa fofa passar em sua mão, olhou e Félix estava ali, seus olhos amarelos vivos brilharam ao ver o menino.

— Ah, oi, amigão! — Heitor abraçou a cabeça do animal. — Faz tempo que não te vejo.

Félix seguiu o corredor e Heitor fez o mesmo, a cada passo que dava, o menino sentia a sua ansiedade o cutucar, e cada vez estava ficando maior. Parou na porta da cozinha, puxou a maçaneta e deu de cara com Roberto e Eduardo, um do lado do outro na mesa.

— Bom dia. — Heitor disse puxando uma cadeira. — Hoje é o dia...

— Bom dia. — Eduardo cumprimentou mexendo na garrafa de café. — Os treinos dos últimos dias vão te ajudar, não precisa temer nada.

Heitor segurou suas mãos pálidas, que, agora que ele notou, tinham algumas cicatrizes, na verdade todo o corpo dele era coberto de cicatrizes de marcas de batalha. Talvez, no final, Heitor fosse um guerreiro, depois de tudo que ele passou e lutou, ele era sim um lutador! Assim como Mariane, Roberto, Eduardo e Susana.

— Não estou com medo... — Heitor admitiu fechando as mãos ainda mais forte. — Estou ansioso.

— Também estou... eu fiz algo incrível para a batalha de hoje! — Roberto contou tão animado que parecia que iria a um piquenique ao parque, e não a uma morte certa.

— Isso vai nos ajudar na batalha?

— Sim!

— Para mim já é mais que o suficiente então... — Heitor pegou um gole de café. — Temos um plano?

— Temos. — Eduardo contou. — Como sabemos que eles estão na fortaleza, entramos pelo portão principal, vamos fazer uma emboscada... Sua amiga Susana vai ajudar nisso. — Heitor gelou ao ouvir isso. — Quando os portões abrirem, entraremos com todas as forças, vamos fazer a mesma coisa que ela fez com a gente, sem aviso. Apenas chegar e destruir.

— Ela vai estar preparada... sabe disso, não?

— Sei, Heitor, mas ainda assim vai ser uma bela de uma surpresa. Falando nisso, sua faca — Eduardo a puxou da cintura. — Está pronta, use com sabedoria.

Heitor pegou o objeto, a faca tinha em torno de 25 centímetros, o cabo era preto com uma marca acinzentada na ponta, a lâmina era branca e brilhava quando os trovões rompiam o céu.

— Ela é... linda! — Heitor elogiou erguendo o objeto aos céus. — Obrigado, Eduardo!

— Não agradeça só a mim, Mariane fez a maior parte. — Eduardo se levantou. — Bom, eu vou sair, ver como estão as tropas... até.

Eduardo deu um beijo no ruivo e logo saiu, Heitor desviou a atenção da faca e analisou Roberto.

— Vocês estão...

— Namorando? Sim. — Roberto sorriu ficando vermelho. — Estou tão feliz... sabe, mas eu queria ter alguém para contar... sabe? Alguém para me apoiar.

Heitor arregalou os olhos.

— Como assim? — Heitor perguntou.

— Ah... — Roberto ficou ainda mais encolhido como se quisesse sumir. — Bom, é que eu... não tenho... sabe... Mãe nem pai... Heitor, sou só eu.

Heitor voltou seus olhos à lâmina. "O que eu devo dizer? O que se diz numa situação dessas?".

— Eu sinto muito... — Heitor começou, mas Roberto interveio.

— Não precisa sentir muito, não tem como sentir falta de algo que nunca teve. — Roberto desviou o olhar do menino. — Como é a sensação de ter... uma mãe?

Heitor sentiu o rosto corar enquanto Félix brincava com o cadarço dos seus tênis, esse era definitivamente o pior momento para ele estar fazendo isso.

— Ter uma mãe. — Heitor buscou palavras e parece que a resposta apareceu imediatamente em sua mente. — É como ter certeza, Roberto, de que todo o mundo pode estar contra você, mas sempre haverá uma única pessoa entre todas que morreria e mataria por você. Sem hesitar. É como ter um escudo invisível e que ninguém pode destruir, e está contigo toda hora.

Heitor sorriu ao terminar a frase. Roberto sorriu para ele também.

— Acho que nunca vou sentir essa sensação. — Roberto molhou os lábios. — Esse sentimento de amor de dar a vida...

— É claro que você já tem esse sentimento! — Heitor contrariou o amigo. — Roberto, Eduardo daria a vida dele pela sua! E se você não sabe, só pode estar cego!... Que Cora não se ofenda com isso.

Roberto arregalou os olhos, estava processando as palavras, ele as saboreou como um doce raro, riu e então lançou um sorriso.

— Obrigado, Heitor, muito obrigado! — O ruivo sorriu, os olhos enchendo de lágrimas.

— Não me diga obrigado por dizer o óbvio, Roberto. Ele te ama. — Heitor pegou outro gole de café e dessa vez Félix bicou seu joelho. — Félix! Para grandão!

Durante a volta à biblioteca, Heitor deu de encontro com Mariane, que ia para o mesmo lugar.

— Está com medo? — Ela perguntou erguendo uma sobrancelha loira.

— Não, e você?

— Eu estou me cagando de medo. — Mariane admitiu e Heitor sentiu um arrepio – Mariane, aquela pessoa tão forte, estava com medo? — O que foi?

— Você está com medo?!

— Estou. Por quê?

— Eu não sei... acho que pensei que você era incapaz de sentir isso... — Heitor contou seguindo a menina até a porta.

— Heitor, eu sou uma humana. Assim como você.

Ela abriu a porta, Mauro e Cris já estavam de pé, a mulher estava penteando os cabelos de Ágata para os lados enquanto a menina balançava os pés, parecia tão feliz com isso, seu pai estava vendo o pé de Susana, que estava estranhamente calma.

— Bom dia, pessoal. — Heitor cumprimentou tentando mudar a atmosfera do lugar. — Hoje é o dia...

— É, hoje é o dia. — Continuou Mauro dando um tapa de leve no ombro de Susana. — Ela já pode ir para a briga, o pé está ótimo.

— Obrigada. — Susana disse, levantou-se e caminhou com um pouco de dificuldade até Heitor. — Quais são as ordens do capitão chato?

— Ele quer todos no pátio. — Mariane anunciou mesmo que a pergunta tinha sido direcionada a Heitor. — Agora.

Heitor observou Susana e Mariane saírem, a menina ergueu uma sobrancelha de pelos escuros e o menino respondeu com um "já vou, espere um pouco".

— Mãe... pai... Vocês não vão para a luta. — Heitor contou e os olhos de Cris viraram fendas.

— O quê?! Eu não vou deixar meu filho lutar sozinho! — A boca dela se transformou em um rosnado. — Nem pensar!

— Mãe... por favor...

— Querida, escute ele — Mauro interrompeu colocando a mão no ombro dela. — Heitor sabe se cuidar e nós dois somos muito velhos para a briga.

— O quê?! Velho é você! Estou pronta para a briga!

— Mãe, — Heitor se aproximou dela e pegou suas mãos trêmulas. — por favor, mãe, fique aqui. Você precisa cuidar de Ágata. — A menina abriu a boca irritada ao saber que não ia à guerra, mas Heitor a interrompeu. — Eu não vou estar aqui... e nem sei se vou voltar. — Essas palavras atingiram Heitor como uma faca, assim como provavelmente todos daquela sala. Morria de medo da morte, mas isso ele teria que ignorar, não sabia como, mas, faria. — Mas pelo menos você estará aqui se ela precisar. E eu não quero que você se machuque, nem o pai.

Ela apertou as mãos dele e beijou a bochecha branca do menino.

— Eu te amo. — Ela disse.

— Eu também te amo, mãe. — Heitor soltou as mãos de sua mãe e olhou para seu pai e depois para Ágata. — Fique bem e obedeça a minha mãe.

— Por favor... não morra. — A princesa pediu, os olhos arregalados, os pelos da nunca de Heitor se arrepiaram, mas ele tentou ficar calmo.

— Eu prometo não morrer.

— Eu não acredito em você. — Ágata disse em um suspiro e passou a mão na cabeça de Catu.

Heitor então teve um estalo na cabeça, ele pegou a faca de Itzal que tinha deixado embaixo do travesseiro e colocou na cintura. Pegou a cabeça do cavalinho de madeira que tinha achado no primeiro dia depois do ataque.

— Toma, já temos o colar. Mas isso vai te ajudar a se lembrar de mim. — Heitor entregou o cavalo de madeira à menina e ela o abraçou. — Sei que ele é importante para você... não sei o porquê.

— Foi meu pai quem me deu. — Ágata contou. — Obrigada, Heitor.

— De nada... — Heitor sentiu o peso daquelas palavras, ele apenas piscou para a menina e virou-se para a porta. — tchau a vocês três. Eu amo os três. — Heitor se segurou a maçaneta da porta, sentiu um arrepio ao pegar nela.

Deu uma última olhada para trás e viu a biblioteca e as pessoas que ama, ele piscou se despedindo, sentindo que estava deixando algo para trás.

— Posso ir em Manchas? — Perguntou Susana passando a mão na égua, provavelmente os pais de Heitor tinham vindo na égua pintada para o castelo. — Ela é mais rápida que Noite.

— Pode — Heitor afirmou colocando a sela em Félix. — Você está preparada?

— Para matar Amélia? — Susana riu. — Claro que estou. Vou fazer ela pagar.

Heitor ia perguntar "pagar o quê?!", mas Eduardo entrou no campo gritando para todos:

— Se preparem! Será uma luta impiedosa! Os filhos do Sol não têm misericórdia! Eles são como ratos, se matarmos Amélia, eles vão sair correndo cheios de medo! Então o foco é achar ela, a matar. Sem mais nem menos. — Eduardo montou em um cavalo marrom escuro. — Sei que estão com medo, mas não temam. Quem morre em batalha e com honra tem o direito de descansar ao lado da Lua em seu pós-vida. Agora subam os portões!

O portão subiu devagar, o que deixava Heitor aflito e sua ansiedade aumentava. Olhou para Mariane, que estava ao seu lado em Guardião, Susana em Manchas. Ele procurava Roberto, por que não estava com Eduardo na frente?

O menino deu uma última olhada ao castelo, sua mãe e seu pai estavam na janela com Ágata, eles acenaram e Heitor fez o mesmo com a mão. Ele não estava com medo antes, mas agora ele tinha começado a brotar devagar em seu peito. "Que eu volte vivo".

— Cadê Roberto? — Perguntou Heitor enquanto a chuva batia contra suas costas, deixando-as geladas.

— Eu não faço ideia, não está lá na frente? — Perguntou Mariane se encolhendo quando um trovão rompeu o céu.

Heitor se ergueu em Félix, nada de cabelos vermelhos.

— Não... nada dele.

Capítulo 17

14 DE MARÇO

Faltavam poucos metros para chegar na fortaleza, se Heitor não tinha medo antes, agora ele estava tremendo, cada passo que Félix dava era um arrepio na espinha do garoto.

Roberto não tinha aparecido e Heitor estava começando a ficar inquieto em relação a isso, já tinha roído todas as suas unhas e a pele em volta dos dedos estavam no vivo.

— Para de roer as unhas! — Reclamou Mariane.

— Isso é nojento. — Susana comentou calmamente.

— Vocês vivem fazendo isso! — Heitor brigou com elas enquanto tirava o dedo da boca. — Só estou ansioso... mas não do jeito bom.

— Estou ansiosa para socar a cara de Amélia! — Susana comentou animada passando do lado de uma árvore.

Heitor notou um olhar de malícia e interesse passar pelos olhos verdes de Mariane e isso o perturbou um pouco.

— Susana, você era tão devota à Amélia, o que aconteceu?

A menina parou em cima de Manchas e Heitor trincou os dentes. "Mariane, péssima ideia! Péssima!".

— Descobri algumas coisas sobre ela que não me agradaram. — Susana respondeu de forma demorada.

— Por que não te agradaram?

"Por favor não, Mariane...", pensou Heitor, queria que Mariane parasse, ele estava prevendo que algo ruim derivaria dessa conversa.

— Sabe a guerra do Eclipse? — Susana virou Manchas para Mariane, estava pronta para a enfrentar. — A que os filhos do Sol perderam por que alguém traiu eles?

— Sei — Mariane afirmou.

— Bom, eles eram meus pais. — Susana afirmou e Heitor sentiu algo se engasgar em sua garganta com a informação e pareceu acontecer o mesmo com Mariane. — Então Amélia simplesmente os matou e me deixou viva. Porque desde criança eu demonstrava grande potencial para produzir faíscas, quando eu tinha apenas cinco meses de vida foi a primeira vez que coloquei fogo no meu berço. Eu descobri isso e caí fora. Satisfeita, Mariane?

A loira ficou imóvel.

— Susana... desculpa... não era isso.

— Tá tudo bem. Agora foque na batalha, não em meu passado, Mariane. — Susana acelerou Manchas. — Vamos, estamos perto do portão.

Ela avançou com a égua pelo meio dos cavalos e parou ao lado de Eduardo, ela seria a isca para a abertura. Heitor encarou Mariane.

— Você é louca?!

— Se eu soubesse que essa era a verdade eu não tinha perguntado! — Mariane parecia aflita e incomodada, mexendo as mãos de um lado para o outro.

Eles se esconderam em um amontoado de arbustos, sentia o coração batendo nas costas e a garganta apertada, como se tivesse uma corda em volta do pescoço. Heitor agarrou o ombro de Mariane e ela lhe lançou um olhar de morte, mas deixou a mão onde estava.

Heitor estava molhado da cabeça aos pés e sentia que sua roupa pesava mais de dez quilos. A chuva agora estava mais rala, com apenas algumas gotas perdidas que caíram de vez em quando.

Eduardo deu um sinal à Susana e ela não se mexeu. Ela olhou para Heitor e fez o sinal com a cabeça para que viesse junto.

— O quê?! Eu?! — O menino apontou para si mesmo.

Susana confirmou.

— Vai logo! — Mariane empurrou Heitor para junto de Susana.

Félix ficou onde estava, o menino olhou para Eduardo. Ele parecia relutante em deixar Heitor ir junto, mas não disse uma única palavra.

Com o estômago se revirando, a dupla se colocou na frente do portão. Acendendo uma faísca cinza, Susana a jogou perto dos filhos do Sol que estavam ali, eles se viraram rápido, quando viram Susana, recuaram com medo.

— O que você está fazendo aqui? — Gritou um guarda.

— Amélia me chamou de novo para a trupe. Eu paguei minha dívida de traição para ela. — Susana prendeu os pulsos de Heitor, puxando-o para mais perto.

— Susana o que está fazendo?! — Perguntou o jovem ficando inquieto.

— Eu trouxe à Amélia o que ela mais queria! Heitor! — Susana mostrou a cara pálida do menino aos guardas. — Me deixem entrar, o que eu tinha com minha mentora se foi quando eu peguei esse rato de castelo imundo!

Os dois guardas se entreolharam.

— O que estão esperando?! — Susana gritou. — Andem!

O guarda mais baixo começou a abrir o portão, Susana apertou Heitor contra o antebraço e começou a passar por baixo do objeto de ferro.

Heitor engolia em seco... não sabia se era um fingimento ou verdade.

Rapidamente, quando pisaram no esconderijo dos filhos do Sol, Susana fez um movimento de lado, jogando Heitor sobre um guarda. Os dois caíram no chão, o homem bateu a cabeça, ficando, assim, desacordado. O outro, Susana eliminou com apenas um soco.

— Você poderia ter me avisado! — Heitor colocou o dedo na cara da mulher.

— Mas aí você não iria fingir tão bem, não é? Sabe, você não é um ótimo ator. — Disse Susana empurrando o dedo de Heitor para o outro lado. Com um assobio, ela mandou as tropas entrarem.

Os guardas do castelo começaram a adentrar o esconderijo, muito quietos, cada passo era calculado. Eduardo passou pelo meio dos soldados e olhou nos olhos de Susana, com uma feição dura, ele disse:

— O que, pela Lua, você estava pensando?! — O homem abaixou as sobrancelhas. — Se você pegar um dos meus homens de confiança, deve pedir antes! Ou me informar.

Heitor arregalou os olhos ao ser chamado de "Homem de confiança".

Eduardo puxou Heitor para longe da menina, o que o menino achou muito estranho, Susana os observava com olhos calmos. Mariane apareceu ainda montada em seu cavalo com o Orfeu logo atrás. Ela parecia rígida e encarou Heitor.

— Só... Não faça mais isso... — Eduardo cuspiu.

— Claro... senhor... — Susana desviou o olhar e começou a entrar junto com os outros guardas.

Eduardo olhou para Mariane e Heitor.

— Nosso foco principal é Amélia, eu vou para a sala dela.

— Peraí, achei que todos nós íamos atacar Amélia juntos! — Mariane resmungou batendo o pé. — Você não dará conta dela sozinho! Não seja burro, Eduardo.

— É, eu também quero atacar Amélia... por Rafael — Heitor completou fechando a mão sobre o peito.

— Por Cora... — Mariane sussurrou.

— Nada disso! Vocês são linha de frente, vão lutar com os soldados. Eu vou enfrentar Amélia.

Mariane abriu a boca, mas voltou a fechá-la depois de um olhar severo do homem.

— Lembre-se de usar sua faca, Heitor — Eduardo mirou o menino apontando o objeto. — É isso que vai te salvar. Ok?

— Ok!

— Bom... agora é com vocês... Se cuidem e cuidem uns dos outros. — Eduardo apertou os ombros de ambos. — E pela Lua... não morram! Eu quero vocês comigo quando comemorarmos nossa vitória.

Os olhos castanhos de Eduardo demonstravam... medo? Era medo que Heitor via neles. O homem soltou as mãos e seguiu em frente, sem olhar para trás.

Barulhos altos de xingamentos e de faíscas explodindo tomou conta dos ouvidos dos jovens.

— Estão começando a festa sem nós — Mariane brincou correndo para a origem do barulho. — Uma batalha nos espera!

— É... uma batalha... — Heitor suspirou e montou em Félix, seguindo Mariane para o meio da confusão.

Heitor sabia naquele momento que era uma entrada e não teria saída. Só tinham duas opções: ou sairia de lá com a vitória e a vida ou a derrota e a morte. "Que seja a primeira opção!".

Seguiram os barulhos por um longo corredor até uma ala extremamente ampla. Heitor nunca tinha chegado àquele lugar em todas as vezes que foi sequestrado.

Era uma ala quadrada maior que o grande salão do castelo, grandes pilares seguravam o teto dourado. Muitos sóis pintados preenchiam as paredes brancas, antigamente deveria ter flores lá porque pedaços verdes de plantas estavam jogados no meio daquela confusão.

Milhares de homens e mulheres se tramavam em um bolo de socos, tapas e... Heitor pensou que tinha visto dentadas. Mariane observou aquela luta colossal e sua animação sumiu rapidamente.

— Pela Lua...

— Sua animação sumiu... não sumiu? — Heitor perguntou.

— Sumiu. — Mariane respondeu.

— Podemos ficar juntos na briga? — Heitor pediu ficando lado a lado com a loira.

— E temos outra opção? — Mariane observou a multidão.

Heitor correu junto de Mariane para o meio da briga. Heitor puxou a faca de Itzal e saiu distribuindo facadas para quem estivesse distraído, enquanto Félix sumiu na multidão, derrubando filhos do Sol e enfiando as garras em quem pudesse parecer para o Orfeu, uma ameaça aos filhos da Lua.

A loira puxou um filho do Sol e jogou contra outro, as explosões de faíscas faziam pedaços de pedras voarem para todos os lados. Heitor se encolheu, a última coisa que queria era uma pedrada na cabeça ou nas costas.

Depois de 30 minutos, Heitor estava completamente manchado de sangue que não era dele, não sabia de quem era. Abaixou-se rápido quando um soco veio de encontro com seu rosto, no mesmo instante, por cima de sua cabeça, Mariane atingiu a cara do agressor com uma explosão de faíscas, deixando a cara do filho do Sol com um enorme rasgo na lateral da cabeça. Ele caiu para trás e ali ficou.

— Estamos perdendo! — Heitor avisou enfiando a faca de Itzal na lateral de um corpo.

— Não precisa me dizer, Heitor! — Mariane gritou quando outra explosão cortou o ar. — Cadê Roberto?!

— Cadê Eduardo, isso sim!... Cadê Susana? — Heitor pensou em voz alta, sentindo de repente uma dor no meio das costas, ele se virou rápido com a faca em mãos.

Uma mulher alta, deveria ter uns dois metros, usando a armadura dos filhos do Sol. Ela rosnou e Heitor tremeu.

O menino pulou para o lado quando ela se jogou sobre ele. Puxando a faca, ele investiu contra a filha do Sol, acertando no ombro dela, Heitor enfiou a faca mais fundo e puxou para o lado. A mulher gritou, puxou a mão dele para fora do machucado e se jogou contra o menino, colocando-o contra o chão.

— Mariane! — Gritou pedindo ajuda.

Mas a loira já estava presa no bolo de quatro filhos do Sol, ela nem se tocou que Heitor tinha a chamado.

Ele arregalou os olhos e empurrando a mulher para trás, analisou o campo de batalha, estavam perdendo. Perdendo feio.

"Roberto, pelo amor da Lua, apareça! Logo!".

Um estrondo fez o chão tremer e Heitor jogou a mulher para longe, ele se levantou, correu até Mariane e deu um soco em um homem que a agarrava por trás.

Ele olhou, um buraco foi feito na parede branca, uma luz na escuridão, Roberto com os olhos azuis brilhavam, seus cabelos ruivos voavam com o vento, não só ele, mas junto um exército de Orfeus extremamente irritados.

"Era essa a grande surpresa!".

Heitor arregalou os olhos e soltou um grito de felicidade, Mariane só não fez o mesmo porque estava ocupada, não só ele como Félix também soltou um longo assobio.

— Heitor! — Mariane chamou jogando um filho do Sol longe. — Vá atrás de Eduardo!

Heitor não respondeu nada.

— Pega a faca de Itzal e vai! Veja se ele tá bem! Agora nós temos os Orfeus e Roberto na briga. Você na briga ou não, não faz diferença!

Heitor ficou um minuto em silêncio, não sabia o que falar, apenas fez que sim com a cabeça e seguiu por dentro a briga, indo para o outro lado do salão, desviando de socos e pontapés tentando achar a saída. Félix começou a seguir Heitor, mas o menino nem percebeu tal coisa.

Finalmente achando uma saída, Heitor entrou em um corredor.

— Não sei se é o caminho certo... — Heitor passou a mão na cabeça de Félix. — Mas é nossa única esperança.

Heitor montou no animal e seguiu por longos caminhos, virando curvas e mais curvas. Mas quando teve certeza de que estava perdido, um barulho alto chamou sua atenção, parecia uma briga.

O menino rapidamente virou o Orfeu em direção ao barulho e acelerou o passo.

Ele chegou na sala principal da briga, também nunca esteve lá, era uma sala mediana. Pisos xadrez, janelas amplas onde deveria entrar sol, mas só apareciam os raios cortando o céu. A chuva tinha piorado desde sua entrada no esconderijo.

Ele desceu de Félix, que estava um pouco arrepiado, e desviou de um jogo de faíscas negras.

Amélia estava em uma briga sanguinária com Eduardo. Golpes eram trocados, assim como xingamentos, Eduardo sangrava em um braço, Amélia estava com a boca sangrando, assim como sua testa branca.

Félix fez uma barreira entre Heitor e Amélia, o menino puxou a faca de Itzal e observou a assassina o olhar de modo severo.

— Quanto tempo... você não mudou nada. — Amélia fez faíscas negras surgirem em sua mão. — Eu acho que agora sim é a batalha final.

Eduardo olhou para Heitor e o chamou com a cabeça, um claro pedido para se juntarem a ele.

Heitor correu e ficou ao lado do homem, com Félix mostrando as garras à Amélia. Ela deu um sorriso cínico e então soltou:

— Três contra uma... vocês não acham injusto?

— Injusto?! Injusto foi você ter sequestrado minha irmã! — Eduardo gritou jogando faíscas marrons nela, Amélia pulou para o lado. — Sequestrar uma criança é justo, Amélia?!

Ela molhou os lábios.

— Olha, analisando assim... acho... acho sim! — Amélia gritou jogando outro bolo tão repentino que se não fosse por Félix, Heitor teria sido atingido.

Mas Eduardo não teve essa sorte, porque foi atingido bem em seu ombro, ele tremeu no chão tentando se levantar, mas não conseguiu.

— Eduardo! — Heitor chamou indo em sua direção, mas foi impedido por Amélia.

— Fique onde está... verme... — Ela sibilou.

Sem aviso, Félix foi para cima de Amélia e cravou as garras no braço da mulher, ela revidou jogando o Orfeu longe.

— Odeio esses animais!

Heitor aproveitou e avançou contra ela, Amélia parecia relativamente calma em relação à ameaça de Heitor, na cabeça dela, ele não era nada, apenas um humano que não podia machucá-la.

Então, ela viu o brilho da faca e seus olhos foram tomados pelo pânico.

Heitor avançou com a faca, tentando acertar algum ponto vital da mulher, mas apenas rasgou o vestido dela, fazendo um rombo na peça de roupa.

— Uma faca de Itzal? Você não é tão burro como eu pensava — Amélia desdenhou e Heitor foi para cima dela sem responder.

Ele tentou cravar a faca no estômago dela, ela foi para o lado e acertou um soco nas costas do menino. Heitor caiu e a faca se desprendeu da mão e caiu longe, olhou em volta... onde estava a faca?

— Heitor... eu sei como sente falta de Cora. Que tal eu te mandar para o mesmo lugar que ela?

— Não, obrigado! — Heitor foi contra a mulher com o ombro, jogando— a contra a parede. Félix se levantou, balançou as penas e ficou a alguns centímetros de Heitor com seu bico fazendo um chiado estranho. — Félix, cuide dela para mim.

Heitor correu até a faca e Amélia jogou uma faísca preta fazendo uma explosão, jogando a arma para mais longe. Félix tentava impedir, levantando suas duas asas boas, mas a mulher, com um punho fechado, acertou um punhado de faíscas negras na cabeça do Orfeu, o que fez o animal ir para o lado cambaleante.

— Chega, Heitor, já tô cansada de você! — Amélia sibilou e correu até o menino.

Ele sentiu os pelos do braço arrepiarem, ele correu até a faca, mas um soco nas costas dele foi mais rápido, Amélia pegou e o jogou no chão, virando-o para ela.

— Heitor! — Eduardo gritou tentando se levantar.

— Fique onde está, Eduardo... — Amélia cuspiu.

Ela pegou as faíscas negras e colocou ela a alguns centímetros do peito de Heitor, ele sentia o quente das chamas, a respiração ficou mais rápida.

Ele piscou os olhos. E foi nesse momento que Heitor pensou: "Eu vou morrer...".

— Tchau, Heitor Costas...

Ela enfiou as faíscas no peito de Heitor, ele soltou um grito horrendo, a dor era tão intensa que ele sentia que seu cérebro explodiria. Lágrimas cresceram em seus olhos e mancharam seu rosto, assim como o sangue manchava sua camiseta branca e encharcada.

— NÃO! NÃO! AMÉLIA, SOLTE ELE! — Eduardo gritou, uma dor intensa em sua voz.

O menino fechou os punhos em volta do pulso de Amélia tentando fazer ela parar, mas isso não era o suficiente.

Félix soltou um grito descomunal, levantou a pata traseira sangrando, suas asas boas se ergueram e ele avançou contra Amélia, levantou sua patas mostrando suas garras e acertou sua face, abrindo três grandes rombos na bochecha da mulher.

Heitor quase vomitou quando viu onde Amélia tinha tirado a mão, só tinha um buraco na pele queimada e chamuscada. Ele quase conseguia ver seus próprios órgãos.

Olhou para o lado, Amélia estava engalfinhada com Félix, Heitor engatinhou até a faca de Itzal e a pegou. Firmou ela na mão e se agarrou à parede de pedras e, por um minuto, ele teve o leve vislumbre de ver Cora.

Ela estendia a mão negra e velha para Heitor, um convite a se juntar a ela. Heitor sentiu mais lágrimas descerem de seu rosto, ignorou a visão, ele já sabia que morreria. Esse era seu destino. Desde que pisou no castelo, ele no fundo já sabia.

— Heitor! — Eduardo chamou o menino, ele olhou para o homem e seus olhos se arregalaram. — Não...

Heitor não conseguia responder, ele puxou a faca de Itzal e caminhou devagar até Amélia, o sangue pingando no chão a cada passo que ele dava.

Félix, talvez impulsionado pela raiva, segurava Amélia com força, suas quatro patas travavam a mulher ao chão. Soltando um chiado baixo e fraco, com toda certeza o Orfeu estava exausto.

— Me solta, seu rato com asas! — Amélia gritou se contorcendo, mas aí ela vislumbrou a faca na mão de Heitor. — Heitor! Largue essa faca, menino, você não tem coragem de fazer tal coisa! Você não consegue matar alguém! Você é fraco!

Heitor se aproximou com um rastro de sangue descendo de seu peito. Ele se aproximou de Amélia e sussurrou, porque não conseguia produzir nenhum barulho mais alto que pequenos sussurros.

— Isso é por Cora e pelo meu irmão!

Félix foi para o lado e Heitor enfiou a lâmina no tórax da mulher e girou com toda a força que lhe restava em seu corpo, a assassina soltou um grito de dor enquanto a faca abria um furo em seu peito.

Ela parecia lutar contra a morte, mas ela já tinha perdido essa briga.

Amélia ficou dura ao chão, Félix se levantou, a perna sangrando, e se escorou em Heitor, que caiu para o lado, o sangue saindo de seu ferimento.

— Adeus... Amélia... — Ele piscou sentindo as penas macias de Félix. — Chame os outros, Félix... conte... conte... que Amélia se foi.

O animal parecia receoso, ele colocou o bico no nariz de Heitor e saiu pela porta, Heitor esperou no chão gelado sentindo as mãos tremendo. Os olhos cheios de lágrimas, o que ele mais temia era a morte e agora teria que enfrentá-la, não tinha escapatória.

— Heitor, consegue me ouvir? — Eduardo perguntou, com os olhos arregalados.

Heitor fez que sim com a cabeça, os cabelos pretos grudando em sua testa suada.

— Pela Lua, Heitor... não morra! Agora que Amélia se foi! Não morra agora! — Eduardo implorou a Heitor estendendo a mão, mas é claro que nunca encostaram, as mãos estavam muito longe um do outro.

— O que vou falar para Ágata? — Eduardo perguntou.

Heitor nem escutou, seus pensamentos estavam focados em conseguir respirar.

Félix avançou para dentro da ala junto de Mariane, Susana e Roberto, que ajudava

Fernandez a andar. Deveriam tê-la resgatado de alguma cela, porque ela não estava com uma aparência muito boa, estava suja e cheia de ferimentos. Quando o ruivo e a Rainha viram Eduardo caído ao chão, sangrando, correram ao seu encontro, mas Susana e Mariane, Félix correram até Heitor.

— Heitor! — Mariane gritou puxando a cabeça do menino para seu colo. — HEITOR!

Ele piscou os olhos marrons para ela, enquanto um filete de sangue descia de sua boca.

— Nós... ganhamos. — Ele cuspiu as palavras junto de sangue., quando o Orfeu tocou seu nariz com o bico de novo.

— Roberto! — Mariane gritou para o ruivo, ele ergueu a cabeça e deixou Eduardo onde estava.

— Ah, não... não... — Roberto viu o ferimento. — Não tem como curar isso... está muito aberto... muito sangue perdido!

— Tente alguma coisa! — Susana mandou gritando enquanto seus olhos verdes ficavam úmidos.

— Não tem o que fazer! — Roberto contou se encolhendo como se sentisse uma terrível dor ao peito.

— Heitor... — Eduardo recebeu ajuda de Fernandez para chegar perto do menino. — Hoje... você foi um grande guerreiro e você terá que partir... — Eduardo colocou as mãos nas bochechas de Heitor. — Mas você reencontrará Cora e Rafael! Estará feliz... quando nós passarmos para o pós vida... nos reencontraremos e juntos à Lua descansaremos. Todos juntos.

Heitor piscou devagar para Eduardo, não tinha escutado direito ele, mas sentiu que Roberto segurou sua mão com tanta força que quase a quebrou. O ruivo colocou a mão na testa dele e começou a chorar, um choro doído.

— Adeus... eu amo... amo...vo... — As palavras foram cortadas pela metade, o peito de Heitor parou no meio das palavras e, no mesmo instante, os olhos ficaram sem cor.

— Minha Lua! — Mariane gritou puxando os cabelos de Heitor.

Susana caminhou devagar até ficar ao lado dele e segurou sua blusa, os olhos enchendo de água. Ela repousou a cabeça na carcaça de Heitor, que ainda estava quente, como se ele ainda estivesse vivo.

— Descanse, Heitor Costas... todos no reino de Amon saberão de suas façanhas... — Fernandez soltou.

Eduardo pegou o corpo de Heitor ao colo.

— Vamos levá-lo para casa. Ele merece um funeral digno. — Eduardo disse encarando o Orfeu. — Quer levar ele?

O animal balançou a cabeça e colocou seu corpo junto do homem, um claro sinal de que poderia colar o corpo de Heitor em suas costas. E foi isso que o chefe do exército fez, o animal andou devagar, com todo o cuidado do mundo para não derrubar o dono falecido.

— O que vamos fazer com Amélia? — Perguntou Roberto em sussurro, o homem tão animado que parecia ter morrido naquele momento.

— Deixe que o corpo dela apodreça com os ratos e vermes desse lugar horrível. — Fernandez disse e então encarou o corpo da ex-irmã. — Ela não merece funeral. Ficar presa a esse castelo, do mesmo jeito que me manteve presa esse tempo todo aqui.

Mariane e Susana confirmaram com a cabeça e seguiram Félix, também a passos lentos. Eduardo foi atrás, pegando na mão de Roberto e a Rainha foi na frente do casal.

Quando chegaram ao salão de batalha, os filhos da luz e das sombras quase se matavam. Fernandez apenas estufou o peito, recobrando a pose de Rainha que sempre teve e gritou:

— Filhos da Lua! Podem parar com a batalha! Amélia está morta! — Um "viva" se instaurou entre os soldados e como todos pensavam, os filhos do Sol, assustados saíram correndo por todos os buracos que conseguiram achar. — Acabou... — Sussurrou Fernandez passando pelo meio de seus soldados e eles a seguindo logo atrás.

Do lado de fora, Felix correu até Manchas, que estava amarrada em uma corda, e mostrou Heitor. De início, a égua o cutucou com o nariz pintado, esperando que ele respondesse, mas o menino não fez isso. Ela relinchou e continuou a cutucar, sem resposta. Manchas se ergueu nas patas traseiras e tentou se desvencilhar do cabresto, relinchando desesperada.

— Tá tudo bem! Tá tudo bem!— Susana disse erguendo as mãos.— Eu vou soltar você.. — E foi isso que ela fez.

Manchas ficou ali, cutucando o corpo de Heitor, esperando por resposta, Susana observou, os olhos úmidos. "Não acredito que vou chorar por causa de uma égua…E seu dono estupido", mas Susana já estava chorando, tentou limpar as lágrimas, mas só vinham mais.

— Ei, quer vir comigo? — Perguntou Mariane estendendo a mão a Susana. — Manchas não vai poder te dar carona.

— Eu… aceito. — A menina careca confirmou e aceitou a mão, Mariane a puxou para cima do cavalo e juntas elas marcharam em direção do castelo, com o corpo de Heitor sobre Félix.

Capítulo 18

15 de março

Os portões do castelo se ergueram, como a maioria dos guardas estava em guerra, poucas pessoas esperavam dentro do portão. Dentre elas, os pais de Heitor e Ágata. Eduardo entrou depois que todos os guardas entraram, desceu do cavalo e esperou por Roberto. O ruivo desceu do seu animal também e foi em direção do namorado.

— Você vai contar? Ou quer que eu conte? — Perguntou o ruivo segurando no braço do homem.

— Eu conto. — A voz de Fernandez surgiu atrás deles. — Tragam o corpo.

A Rainha foi até a senhora pequena de cabelos loiros e um homem mais alto de cabelos escuros, ela desceu do cavalo e os dois fizeram menção de que fariam uma reverência, mas Fernandez foi mais rápida.

— Não precisam fazer isso. — Avisou com a voz amarga. — Preciso lhes contar algo... é sobre seu filho Heitor.

Os olhos de Cris se encheram de água, ela colocou a mão na boca.

— Por favor, Rainha, não me diga.. — A loira suplicou.

— Seu filho Heitor, — Fernandez suspirou, as palavras pesavam em sua boca — está *morto*.

— **NÃO!** — Gritou Cris, as lágrimas escorrendo de seu rosto, ela abraçou o marido, o homem retribuiu o abraço os olhos marejados.

— Eu sinto muito, eu também sou mãe, imagino a dor que esteja sentindo... mas foi graças a Heitor que vencemos a guerra, você foi uma excelente mãe. Ambos seus filhos foram guerreiros e ambos foram heróis.

Foi uma mãe muito melhor que eu. — Ela encarou a mulher. Cris arregalou os olhos e Fernandez fez uma reverência à mãe de Heitor, todos ficaram boquiabertos. — Quer ver o corpo do seu filho?

— Por favor. — Responderam os pais em único som.

Eles caminharam até Félix, que tinha colocado o corpo em uma rocha lisa, ao seu entorno estavam Mariane e Susana, com Roberto e Eduardo ao seu lado, Manchas estava ao lado do Orfeu enquanto ainda cutucava os cabelos de Heitor com seu focinho.

E a pior coisa que a Rainha podia ter visto, não sabia nem o que falar, Ágata encarava o corpo horrorizada. A boca estava aberta, ela olhou para a mãe.

— Mãe? — Perguntou Ágata, a voz chorosa. — Me diga que isso não é verdade.

— Ágata... — A Rainha parou. — Filha, Heitor foi um bravo guerreiro é um ótimo guardião. — Ela abriu os braços. — Venha aqui.

A menina correu para uma abraço da mãe, os olhos marrom escorrendo de lágrimas.

— Meu... filho. — Cris se aproximou e todos se afastaram, deixando mais espaço para a mãe do menino. Ela tirou os cabelos da testa de Heitor e beijou seu corpo frio. — Vai ficar com seu irmão mais velho agora. — Ela fungou, não contendo o choro. — Está bem? Rafael, cuide bem do seu irmão. — O marido se aproximou e passou a mão nos cabelos do filho.

— Você me salvou, meu filho, obrigado... mas, entre mim e você, eu preferiria mil vezes que fosse eu.

— Vocês dois podem morar aqui de graça. — Fernandez encarou Cris e Mauro. — Heitor me contou dos problemas financeiros. Vocês não vão pagar nada. — Cris fez menção de abrir a boca, mas Fernandez a interrompeu. — Por favor, e meu modo de se redimir com vocês, isso nunca vai substituir seu filho. E eu sei, mas é o que posso fazer, vocês podem ter um novo começo.

— Só com uma condição. — Cris encarou Susana e ofereceu a mão, a menina aceitou de muito bom grado e se escorou na loira, ainda tinha os olhos verdes vermelhos de tanto chorar e parecia sentir vergonha disso. — Susana tem que morar conosco.

— Não, Cris, não posso... — A menina arregalou os olhos. — Eu nunca me perdoaria se aceitasse isso.

— Está bem. Vocês três morarão aqui a partir de agora. — Fernandez confirmou e Susana abraçou Cris, sussurrando:

— Obrigado..

— De nada, querida...

— Escutem todos! — Gritou Fernandez, todos os olhares foram para ela. — Heitor Costas faleceu hoje, 15 de março, e a partir de hoje se comemora o dia da *renovação*, esse dia será lembrado por milênios. O dia que Heitor deu a vida para salvar um reino inteiro da destruição! O dia que o guardião sem-visão salvou a todos nós. O dia em que um amigo e filho faleceu, mas o reino ganhou um herói! Eu quero uma salva de palmas a Heitor Costas!

As palmas se iniciaram, as pessoas gritaram em homenagem a Heitor, que deu a vida, para que o reino continuasse como estava. Sem aviso, Fernandez se virou ao corpo e fez uma reverência, todos abriram as bocas e arregalaram de novo os olhos, mas fizeram a mesma coisa, abaixaram-se em homenagem ao herói morto, Heitor Costas. O menino que derrotou Amélia.

EPÍLOGO

 Na frente de um espelho, uma menina alta de pele negra, olhos castanhos redondos, um longo vestido roxo vibrante que tocava o chão. Uma coroa cintilante no meio de seus cachos pretos.

 Ao seu lado, um ruivo com vários alfinetes na boca ajeitava sua túnica comprida.

 — Pronto, princesa. — O homem avisou indo um pouco para trás para ver seu trabalho bem sucedido.

 — Obrigada, Roberto, ficou lindo! — A menina deu uma rodopiada na frente do espelho.

 — Você está linda, Ágata... Heitor adoraria esse vestido. — Disse uma voz do nada, assustando tanto Ágata quanto Roberto.

 — Mariane! — Roberto advertiu quase cuspindo os alfinetes na boca.

 — O quê? Não é porque ele morreu que não podemos falar dele! — Ela se encostou na parede bufando. — Eu sinto a falta dele e sei que você também sente, do mesmo jeito que sentimos falta de Cora.

 Roberto lançou outro olhar à Mariane e continuou a ver as medidas do vestido, enquanto soltava um longo suspiro.

 — Vamos, querida... — Roberto tirou Ágata de seus pensamentos. — As medidas estão todas certas... só vou tirar os alfinetes e finalmente e você poderá saber a cor de suas faíscas.

 — Eu estou tão animada! — Mariane quase gritou. — Eu lembro da primeira vez que vi minhas faíscas! Foi tão legal!

 Mas Ágata não respondeu, apenas piscou os olhos e retirou um alfinete de seu vestido. Mariane e Roberto se entreolharam preocupados. Para os filhos da Lua, saber as cores de suas faíscas era algo simplesmente incrível.

 — Querida, — Roberto puxou Ágata para poder ver seus olhos escuros — é sua festa das faíscas! Se anima!

 — Eu não quero me animar, Roberto... eu quero... que ele esteja aqui. — Ágata colocou a mão nos olhos enquanto lágrimas silenciosas desciam de sua face.

— Oh, meu bem... — Roberto puxou a princesa para um abraço, a menina pegou a camiseta do ruivo e apertou com toda a força.

— Heitor morreu de uma forma nobre... — Mariane tentou acalmar a menina. — Ele sempre estará em nossos corações, Ágata... mesma coisa Cora.

Roberto começou a passar a mão nas costas da princesa.

— Venha, vamos ver uma coisa... era uma surpresa, mas tudo bem. — Mariane pegou na mão da menina e a levou até a janela. — Sua mãe e Eduardo prepararam uma coisa... para nossas... estrelas.

Ágata colocou as mãos no vidro, seus olhos se iluminaram tanto pelas lágrimas quanto pela felicidade.

As estátuas de três pessoas, dois homens, pareciam ter quase a mesma idade. Um mais alto, outro mais baixo, um tinha barba, outro tinha o queixo liso.

Embaixo, os nomes: Heitor Costas e Rafael Costas. Dois irmãos. Dois guerreiros.

E do outro lado, a estátua de uma velha baixinha com os olhos em uma pintura mais puxada para a cor de um tipo de leite. Sentado na ponta do dedo da estátua da velha, uma arara azul limpava as suas longas penas. Abaixo, lia-se: Cora, mãe, não de sangue, mas de alma.

— Catu... — Ágata sussurrou.

E abaixo, trabalhando nos jardins do castelo, três pessoas, uma delas Cris, com seus cabelos loiros plantando rosas amarelas, Mauro subindo em uma longa escada para uma árvore, enquanto Susana segurava o pé de madeira do objeto. Félix se espojava em uma pilha de folhas na grama.

As vozes deles, abafadas pelo vidro, pareciam alegres. A conversa estava intensa entre os três.

— Não esquecemos de Heitor... — Mariane contou.

— Nem de Rafael ou Cora. — Roberto continuou. — Ele sempre estará com você, princesa. — Roberto colocou a mão nos ombros da menina. — Ele teria orgulho da moça que você se tornou...

— É, se você está com saudade de Heitor, pode andar com Félix... eles têm a mesma inteligência... e personalidade, em minha sincera opinião. — Mariane riu colocando a mão no tórax.

Ágata soltou um riso doído.

— Vamos agora, princesa, se não sua mãe acabará conosco. — Roberto argumentou indo em direção à porta.

— Tá bom... — Ágata seguiu para fora da sala com os ombros erguidos.

Mariane olhou pela última vez para a estátua de Heitor.

— Que falta você faz, hein, amigo...

Ágata saiu pela porta, Roberto ainda retirando um ou dois alfinetes que tinham ficado em seu longo vestido roxo.

Ao seu lado direito estava sua mãe, Fernandez, com um longo vestido vermelho e sua belíssima coroa. Tentava segurar algumas quando ela viu Ágata adentrar no grande salão.

Ao seu lado esquerdo, Eduardo, com o mesmo terno de sempre, marrom claro com uma bengala, usava a gravata que seu namorado Roberto tinha lhe dado. Ele sorriu para Ágata enquanto Roberto e Mariane ficaram ao lado dele.

Na frente da menina, vários guardas e pessoas com-visão se agrupavam. Afinal, os sem-visão ainda eram proibidos, os pais de Heitor e Rafael eram as únicas exceções do castelo inteiro. Um longo corredor em uma plataforma mais elevada levava até uma bacia de ouro puro cheia de feno dentro. Ágata deveria incendiar aquele capim e assim saberiam suas faíscas.

Ela começou a andar em direção ao balde de feno quando algumas pessoas adentraram na ala, Susana, Cris e Mauro. Acompanhados de Félix e Catu, que assobiou ao ver Ágata ali na frente. A princesa continuou, um silêncio mortal reinava na sala, ela se aproximou do feno; ela o encarou, sentindo seu coração bater mais forte no peito e as mãos ficarem suadas.

Ela encostou na bacia, fez como sua mãe tinha lhe falado, "Guie sua alma até onde você quer que ela vá, faça de sua alma uma arma"; Ágata se concentrou, todos no espaço esperavam ansiosos. A princesa sentiu as mãos queimarem e um fogo subir de leve pelo seu corpo inteiro, ela sentiu o cheiro de queimado subiu e todos gritaram em único som.

Ágata abriu os olhos, suas faíscas queimavam o feno, a cor era linda, e um roxo brilhante iluminava os olhos de Ágata. Ela sorriu e se virou para sua mãe, mas ela nem lembrou de sua mãe. Outra coisa chamou a atenção da menina.

Um menino alto, sem um pedaço da orelha batia palmas com os demais, ele estava ao lado da Rainha, mas ela não o via, só Ágata parecia ver. Lágrimas desceram dos olhos de Ágata.

— Heitor... — Ela sussurrou e o menino riu e piscou para ela.

Não era só ele, acompanhado de Heitor tinha uma velinha, baixinha e magra, e claro, cega.

— Cora. — Ágata deixou as palavras morrerem em sua boca.

Heitor lhe lançou um olhar, suas íris castanho em volta das pupilas brilhavam. Ele abriu a boca e falou algo, estava longe, mas Ágata escutou como se Heitor estivesse ao seu lado.

— Estou orgulhoso de você . — Ele sussurrou. — Cora também está, suas faíscas são iguais. Vocês têm as almas iguais.

E com isso, tanto Heitor quanto Cora sumiram, deixando Ágata ali, com os gritos da multidão.